Martina Breitkopf
René macht Bäuerchen

W0045101

erlebte orte
[Bremen & umzu]

Martina Breitkopf

René macht Bäuerchen

Roman

niebank
rusch
fachverlag

Bibliografische Informationen Der Deutschen Nationalbibliothek

Die Deutsche Nationalbibliothek verzeichnet diese Publikation in der Deutschen Nationalbibliografie; detaillierte bibliografische Daten sind im Internet über http://dnb.d-nb.de abrufbar

Cover- und Autorinnenfotos: Fotowerkstatt Henriette Braun
Gestaltung und Satz: Kay Niebank, Bremen
Druck & Bindung: KDD Kompetenzzentrum Digital-Druck GmbH, Nürnberg
Printed in Germany
Gedruckt auf säurefreiem Papier

© 2015 Niebank-Rusch-Fachverlag • Bremen
Niebank-Rusch-Fachverlag, Hartwigstr. 2c, 28209 Bremen
Besuchen Sie uns im Internet: www.nr-verlag.de

ISBN: 978-3-939564-43-0

Dieses Buch beruht auf einer wahren Begebenheit.
Die Namen und Personen sind jedoch frei erfunden.
Eventuelle Ähnlichkeiten mit lebenden oder
verstorbenen Personen sind rein zufällig
und nicht beabsichtigt.

Mein Handy summt.

„Schönbach."

„Martha? Papa hier. Du, ich hab da noch was für den Renie."

Das namentlich eher weibliche Wesen, für das mein Vater etwas zu haben meint, ist mein Mann. Im wirklichen Leben heißt er übrigens René. Mein alter Herr nun, der als in frühester Jugend rüber gemachter schlesischer Flüchtling einen sehr eigenen Zugang zur deutschen Sprache entwickelt hat, pflegt diesem „ausländischen" Namen seine ganz individuelle, germanisch feminine Note aufzudrücken.

„Der Renie hat doch ‚nen sauren Magen. Ich hab da bei mir in der Hausapotheke was gefunden. Ist etwas abgelaufen, aber das ist ja egal, oder? Nur drei Monate. Das MTL kann ja etwas drüber sein."

„Das was?"

„Na das MTL ist das doch, oder nicht?"

Ich setze meinen mir innewohnenden Wortsuchlauf in Gang.

„Ich weiß nicht, was du mit MTL meinst. Maulende Trottellumme? Ich glaub du meinst MHD, also Mindesthaltbarkeitsdatum. Kann das sein?"

„Ja genau, das mein ich. Sag doch gleich."

„Sag du doch gleich, Vatter."

„Also das jedenfalls hat mir sehr geholfen. Hörst du mich denn noch?"

„Ja, ich hör dich. Aber ich weiß grad nicht, wovon du sprichst. René hat einen sauren Magen?"

„Ja. Sodbrennen."

„Davon weiß ich gar nichts."

Mein Vater reagiert ungehalten.

„Na, du warst doch vorgestern dabei, als wir da bei dir im Geschäft Kaffee getrunken haben. Da hat er dem Kontrolleur von euch, der auch dabei war, erzählt, dass er jetzt ständig Bäuerchen macht. Wobei, wenn du mich fragst, geht den Mann sowas doch eigentlich gar nichts an."

Ich versuche, mich an das Gespräch zu erinnern.

„Papa, das mit dem Bäuerchen hast du falsch verstanden. René hat dem Huber erzählt, dass er jetzt auch noch dauerhaft auf Landwirt machen muss; aber mittlerweile, halt scherzhaft formuliert, schon ein Drittel Bäuerchen ist. Leistungspflügen und Kampfmelken sind durch und bald hat er auch das erste Lehrjahr hinter sich. Ich hab dir doch erzählt, dass René eine landwirtschaftliche Lehre macht."

„Was, das war ernst gemeint? Wieso das denn? Ihr arbeitet doch so schon rund um die Uhr. Und Berufe habt ihr auch genug. Er jedenfalls. Das, was du machst, ist ja kein Beruf."

Ich lache gequält, wie immer bei den gewohnt angriffslustigen Sticheleien meines Vaters, und frage ihn, was denn seiner Ansicht nach ein Beruf sei, wenn meiner keiner ist.

„Na z.B. das, was ich ein Leben lang gemacht habe, auch wenn du das nie respektoriert hast."

Ich stöhne auf und vermeide es tunlichst, ihn zu korrigieren.

„Nein Papa, bitte nicht schon wieder die Geschichte."

„Also du kannst mir doch nicht erzählen, dass dir das damals aus Versehen passiert ist. Wie kann man bei der Frage nach dem Beruf des Vaters beim Schweißer das W vergessen. So was macht man doch mit Absicht."

„Papa, ich war acht Jahre alt und gerade in der dritten Klasse. Ich beteuere nun schon seit mehreren Jahrzehnten meine Unschuld."

„Das letzte Wort ist da noch nicht gesprochen. Aber das machen wir ein andermal. Mir wird das jetzt zu teuer mit der Telefoniererei. Also, warum muss der Renie jetzt schon wieder was Neues lernen?"

„Papa, hab ich dir doch alles schon erklärt. Wir sind angezeigt worden und damit wir den Hof nicht verlieren, macht René als zusätzliche Absicherung nun auch noch diese Lehre."

„Mein Gott, ihr habt doch schon so viel um die Ohren. Also hat Renie kein Sodbrennen?"

„Aktuell nicht, aber das kann ja noch kommen. Wobei, wenn einer es ohne Sodbrennen schafft, dann René.

„Wollen wir mal hoffen. Ich heb das Mittel noch auf. Beim Joghurt ist das ja auch nicht so schlimm mit dem MTL."

„Genau. Mach das, Papa. Tschüß dann."

„Tschüß."

René, die Perle vor der liebenden Sau

Mein Mann René ist einer jener wenigen begnadeten Schlaumeier, die das, was mir die Schulzeit in grausamster Erinnerung hält, nie mussten: pauken. Er lernt leidenschaftlich gern und damit leicht und niemals auswendig. Alles ergibt sich für ihn aus der Logik des Erlernten und das so brillant, dass er sich schlichtweg weigern kann, auswendig zu Lernendes herunter zu beten. Er beruft sich darauf, zu wissen, wo es steht, und keiner wagt zu widersprechen, da dies von René unweigerlich als Dummheit des Fordernden entlarvt würde.

Mir war diese Leichtigkeit des Lernens nie gegeben. In meiner Schulzeit beneidete ich Menschen wie René unendlich um jene intellektuelle Schwerelosigkeit, die mir nicht vergönnt war. Viele Jahre war ich eine durchschnittlich Talentfreie, die ihre Vieren verbal als Einser des kleinen Mannes aufpeppte, um mit diesem schmalbrüstigen Witz, wenn schon keinen Bewunderer, dann vielleicht zumindest einen höflichen Lacher auf der eigenen Seite zu haben.

Wären der Hochbegabte und ich nicht durch eine staatlich initiierte Baumaßnahme in Form einer Mauer getrennt gewesen und uns sehr jung in einem herkömmlichen Bildungsinstitut hüben oder drüben über den Weg gelaufen, hätte ich ihn hartnäckig mit den Auswüchsen meiner Missgunst verfolgt und wäre doppelt gestraft gewesen, weil derlei Gebaren an einem Souverän wie ihm abprallt. Wenn er denn eine Reaktion gezeigt hätte, so bestenfalls Mitleid.

Glücklicherweise sind wir uns zu so fortgeschrittener Geschlechtsreife begegnet, dass jene verantwortlichen Hormone, von denen René sicherlich wieder weiß, wie sie heißen, das mir antrainierte Konkurrenzgebaren natürlich zu unterdrücken in der Lage waren. Wäre diese chemische Reaktion nicht rettend zwischen uns getreten, so hätte ich ihn unter anderen Bedingungen sicher auf dem Nachhauseweg von der Grundschule eigenhändig oder wenigstens ideell mit dem Hintern in die Abluft der Heißmangel gestopft. So war der Allerwerteste in der Abluft real immer meiner, auch ohne das Zutun eines Klassenbesten wie ihm. Aber dieser Querverweis tut hier und jetzt noch nichts zur Sache.

Natürlich hat René ein Einser-Abitur; fast 0,9, wäre er über den Mathematikarbeiten nicht immer vor Langeweile eingeschlafen. In seiner Freizeit liebte er es, in Chemie- und Physiklehrbüchern zu schmökern und dabei so ausgelassen wie herzhaft über Pointen zu lachen, die nur die Curies, Einstein und Jean Pütz verstehen. Die Stipendien, mit denen man ihn nach der Wende im Westen überhäufte, brachten einen Weihenstephaner Ingenieur für Lebensmitteltechnologie hervor. Nur der Form halber erwähne ich, dass er ein Diplom mit Auszeichnung vorweisen kann.

Wobei, dies sei noch ergänzt, der Prädikatsabschluss selbstverständlich nicht unter den profanen Bedingungen für normal Sterbliche zustande kam, sondern fernab der Heimat und der Muttersprache in Paris und der dort ortsüblichen, mal eben schnell erlernten Landessprache Französisch verfasst wurde. Gut, kann man einwenden, als Ossi ist man per se ein vorbelastetes Sprachgenie, da man nach Kisuaheli und Zulu eine der am schwersten zu erlernenden Artikulationsformen der Welt beherrscht. Eine bemerkenswerte Leistung ist es meiner Ansicht nach aber dennoch. Da René multitaskingfähig ist, obwohl er einparken kann, hat er so ganz nebenbei auf dem vierten Bildungsweg auch noch sein Lehrerdiplom für Mathematik und verwandte gymnasiale Oberstufensadismen, dieses Mal allerdings ohne nennenswerte Auszeichnung, erworben.

Bevor ich es vergesse, sei ergänzt, dass René sich vor den akademischen Titeln als vorbildliches Erziehungsprodukt des Arbeiter- und Bauernstaates auch in handwerklichen Laufbahnen erprobt hat. So erlernte er, nachdem er seine Lehre als Hotel- und Restaurantfachmann bereits abgeschlossen hatte, die Kochkunst ebenfalls mit IHK Weihen bei einem mittlerweile insolventen Sternekoch im bodenständigen Tegernseer Tal. Diese Fertigkeit allerdings ist im Gegensatz zu den angewandten Naturwissenschaften weitestgehend aus seinem täglichen Tätigkeitsrepertoire gestrichen. Es sei denn, seine Zweitfrau, jene angebetete Halbgöttin, auf die ich noch zu sprechen komme, wird von einem Anflug von Appetit, den es immer schnellstens von ihm zu befriedigen gilt, überwältigt. Da René trotz aller ihm innewohnenden Souveränität auch von mikroskopisch kleinen Spuren niederer menschlicher Instinkte wie Eitelkeit und männlichem Dominanzgehabe umtrieben ist, hat er noch ganz nebenbei eine Barista-Ausbildung draufgesetzt, um mir an den Stätten meines beruflichen Schaffens vor meiner Belegschaft fachlich fundierte Widerworte geben zu können.

Wenn man bei der Vita nun dächte, dieses vergeistigte Wesen müsse zwangsläufig unsportlich, adipös und pickelig sein, dann muss ich alle, die wie ich mit dem erwähnten gesunden Sozialneid ausgestattet sind, leider auch in diesem Punkt enttäuschen.

Wir lernten uns bei einem Dressurlehrgang in der Landesreitschule in Verden kennen. Während der Lehrgangsleiter Herr Jochen Wüst mich, die passionierte verbiesterte Dressurpute, anschrie, ich solle wegen meines eklatanten Talentdefizites doch zum Tennis gehen, und ich zurückschrie, da käme ich her und die hätten mich zum Reiten geschickt, bestand mein jetziger Gatte als jungfräulicher Anfänger alle Anforderungen des kleinen Hufeisens mit Bravour. Auf die Frage im Schulungsraum, warum er an dieser sportlichen Veranstaltung teilnehme, hatte René angegeben, dass sich sein verehrter Großvater – ich vermutete in einem Anflug von postmortaler Sentimentalität – kurz vor seinem Tode gewünscht hatte, sein Enkel möge doch mal eben schnell reiten lernen.

Der behauptete Großvater kristallisierte sich außerhalb des Theorieraumes im Verlauf der Woche als schmucke, blonde Elite Partner Internetbekanntschaft mit hippologischen Freizeitambitionen heraus. Ein Umstand, der zu meinem großen Erstaunen und Leidwesen ein Gefühl von Eifersucht in mir auslöste – sah doch dieser Intellektuelle mit dem mitreißenden Humor und dem gespaltenen Verhältnis zur Wahrheit bei all dem auch noch so fabelhaft aus, dass ich erstmals in Anwesenheit von Pferden einem Menschen mehr Aufmerksamkeit schenkte als meinen vierbeinigen Präferenzgeschöpfen.

Ich erinnere mich, dass ich vor dem offiziellen Beginn des Lehrganges meinen Blick über die bereits anwesenden, wie immer ausschließlich weiblichen Teilnehmer im Schulungsraum schweifen ließ. Ich kannte alle Gesichter, auch wenn ich sie zuvor noch nie gesehen hatte. Dieser Lehrgang war nicht mein Wunschlehrgang. Eine erkrankte Freundin hatte mich gebeten, für sie einzuspringen. Dass mein Widerwille vor dieser Stätte und seinem absolutistischen Herrscher Jochen Wüst jedoch in diesem Moment derart in mir anschwoll, überraschte mich selbst. Ich fragte mich in einem wehleidigen Anflug selbstmitleidiger Koketterie, warum ich hier für teures Geld im Begriff war, meine Lebenszeit zu vergeuden.

„Sie rutschen im Sattel herum wie ein Stück Butter in der heißen Pfanne", waren seine an mich adressierten Begrüßungsworte zu Beginn des vorangegangenen und von mir geplant letzten Lehrganges an diesem Ort vor einigen Monaten. Die schneidende Stimme, mit der der hagere, lederne

Hüne seine größtenteils beleidigenden, als Reitlehre getarnten Kommentare herausschrie, ließen in mir die Frage aufkeimen, wie lange wohl ein Golf- oder Tennislehrer bei gleichermaßen erniedrigender Ansprache ihrer zahlenden Klientel von selbiger frequentiert würden, sofern es sich bei Letzteren nicht gerade um eingefleischte Masochisten handelte.

Wenn man – so sinnierte ich damals in Erwartung der feierlichen Eröffnungsbeschimpfungen für den bevorstehenden Herbst-Dressurlehrgang – bei diesen Anlässen des teuer bezahlten Mobbings wenigstens interessante Männer kennenlernen könnte, dann würde zumindest dieser Zweck ein äußerst fragwürdiges Mittel heiligen. Nun ist aber ausgerechnet der Dressursport die Sportart, bei der die Wahrscheinlichkeit gegen Null tendiert, wenn es um die Frage geht, auf Männer im Sinne von Objekten der Begierde und nicht im Sinne von Familienvätern oder Reitlehrern zu treffen. Ich gestand mir wehmütig ein, diesen Aspekt bei der Wahl meines Sportes völlig vernachlässigt zu haben.

Die Tür des Lehrgangsraumes öffnete sich. Es beschämte mich, dass ich – die zumindest laut lokalem Wirtschaftsteil des örtlichen Kreisblattes so „abgeklärte Geschäftsfrau" – zusammenzuckte, als befände ich mich in Erwartung einer Audienz bei meinem persönlichen Kundenbetreuer der Deutschen Bank, Abteilung mittelständische Firmenkredite. Doch anstatt des gefürchteten Scharfrichters Wüst lugte eine kleine, mir unbekannte männliche Gestalt mit zartem Gesicht und fast noch erkennbaren Spuren von Eierschale am Kopf hinter der Tür hervor. Im rechten Ohrläppchen der halben Portion glitzerte ein Brillant und an dem bunt gemusterten Rucksack hing ein Stofftier in Gestalt eines Marienkäfers.

Doch der XY-Chromosomen nicht genug. Direkt auf dem Fuße folgte dem Männlein ein richtiger Mann. Er trug eine befremdlich stylische, mehrfarbig karierte Wolljacke. Unter der Reithose des Schönen zeichneten sich zu meinem Wohlgefallen – und als Wiedergutmachung für den bunten Fauxpas um seine Schultern – die muskulösen Oberschenkel und der makellose Po eines Rudolf Nurejew ab. Die extravagante Garderobe und das dem Adonis-Gesamtkunstwerk bei Fuß folgende Zwergen-Männlein ließen allerdings nach einem kurzen, sehr heftigen Prickeln in meiner Magengrube eine ernüchternde Erkenntnis in mir aufkeimen: Zwar war der begehrenswerte Beau in dieser trostlosen Szenerie real; leider aber, so meine messerscharfe und von untrüglicher Menschenkenntnis getragene damalige Schlussfolgerung, in Gestalt eines Schwulenpaares. Ich war vorübergehend untröstlich.

Zwei Monate später zog das wunderbare Geschöpf mit der bunten Wolljacke bei mir ein. Hans-Jürgen, der Marienkäfer, war ihm auf der Treppe zum Lehrgangsraum erstmals begegnet, ebenfalls nicht schwul, zumindest nicht offiziell, und seines Zeichens Finanzbeamter mit dem Aufgabenschwerpunkt Kontrolle von Spielbanken.

Nach unserer ersten gemeinsamen Nacht in meiner Wohnung saß René morgens um 6h00 im Badezimmer auf dem Fußboden unterhalb des Waschbeckens, schimpfte über den Pfusch der Handwerker und schraubte das Abflussrohr auseinander, um es zu reinigen. Als er aufblickte und mich sah, lächelte er mir zu, formte einen Kussmund und fuhr mit seiner Reparatur fort.

Im Gegensatz zu den sonst anstrengenden und beängstigenden Choreographien des Morgens danach, die ich selbst inszeniert oder aber durchlebt hatte, war diese Situation lediglich ein wenig befremdlich. Die für mich zu diesen Momenten gehörende Versagensangst, ich könnte den frisch Erbeuteten mit meinem bettwarmen, rotgescheckten, aufgequollenen Anblick verjagen, blieb aus. Ich hatte mich nicht, wie es sonst vor dem ersten morgendlichen Aufeinandertreffen der Fall war, von Panik getrieben mit der Taschenlampe schon unter der Bettdecke geschminkt. Stattdessen war da nur ein großes Wohlbehagen, das auch in den folgenden Jahren nicht durch die fernsehprogrammatische Frage zwischen Tatort oder Wissenschaftsforum, keinen hygienetechnischen Disput zwischen der Suddel-Tante und dem Meister Proper oder Gesinnungskontroversen vertrieben wurde. Wie er das schaffte und immer noch schafft, weiß ich bis heute nicht; genieße es aber unendlich, sofern er mich nicht gerade mit seinem mit ihm in Symbiose lebenden Staubsauger oder seinen endlosen Schimpftiraden über immer schlechter arbeitende Handwerker nervt.

Doch nach diesem nicht voll umfänglichen Annäherungsversuch an die Persönlichkeit des Mannes, der nun schon seit mehreren Jahren bei mir wohnen darf, komme ich zur zentralen Frage meiner Ausführungen:

Warum wird ein derart Begnadeter mit so vielen Beruf(ung)en und wenig Langeweile in seinem Leben auch noch Landwirt und gründet eine Ziegenkäserei?

Nach meiner Darstellung könnte man geneigt sein, ihn für einen ambitionierten Berufe-Sammler oder ewig Suchenden oder gar schlecht integrierbaren Autisten zu halten. Diese Auflösungen wären alle nicht wirklich zutreffend und täten ihm – nicht gänzlich, aber irgendwie doch – Unrecht.

Obwohl sein zweiter Name – dies sei bei meinem subjektiven Streben nach Objektivität und dem Stichwort Autist erwähnt – nicht gerade Teamplayer lautete. Wie sein Cousin Simon mir unter dem Siegel der Verschwiegenheit während einer Familienfeier in Weißenfels verriet, war René ab der zehnten Klasse der Polytechnischen Oberschule in Halle an der Saale für eine nicht unerhebliche Zahl von Mitschülern – wohl die, die nicht bei ihm abschreiben durften und ihn deshalb hasserfüllt mieden – der „Lonelli".

„Nahh kannste das globen?" flüsterte mir Simon bedeutungsschwanger in lupenreinem Ostdeutsch ins Ohr. Die von mir zu diesem Zeitpunkt aus Sorge vor einer peinlichen Wissenslücke nicht hinterfragte Bedeutung dieser augenscheinlichen Beschimpfung erschloss sich mir erst drei Jahre später bei einem meiner Lehrgangsaufenthalte im Landgestüt Redefin in der Nähe von Ludwigslust:

Ein altgedienter Gestüter, der in der dortigen Besamungsstation seiner Arbeit nachging, schickte mich in den Hengststall C, um ihm den „Lonelli" zu holen. Ehrfürchtig und stolz, mit der verantwortungsvollen Aufgabe betraut zu sein, betrat ich einen prächtigen Stalltrakt, dessen architektonischer Zierrat und Schi-Schi aus Kaiserzeiten mich fast erschlugen. In den geräumigen Boxen standen wundervolle Geschöpfe – Hengste, deren Sperma die Mecklenburgische Pferdezucht zu veredeln bestimmt war.

Ich schritt die Stallgasse ab und fixierte dabei auf der Suche nach dem „Lonelli" jedes Namensschild einzeln: Juventus, D'Olympic, Gonzo, Gloriosus, Liekedeeler, Lonely Boy, Anrith, Roodist, u.s.w., u.s.f. Nach zehnminütiger Suche ergriff die dezente Befürchtung, ich könne versagen, zunehmend Besitz von mir. Ich war nun bereits fünf Mal die fünfzehn Hengste auf jeder Seite der Stallgasse abgeschritten. Ich fand ihn nicht, den „Lonelli". Ohne Hengst und mit glühenden, schamroten Wangen stand ich vor GOW (Gestütsoberwart) Schicketanz und gestand ihm ein, dass ich diesen „Lonelli" nicht gefunden hätte.

„Na Mänsch, Kind, habt ihr denn im Westen keen Ähnglisch in der Schule gehobt?" stapfte der GOW ungeduldig schimpfend vor mir her in Richtung des Stall C, während ich irritiert über die Bemerkung und beschämt über mein Unvermögen hinterher stolperte. Schicktanz blieb vor einer Box stehen, vor der auch ich gestanden hatte.

In besagtem Appartement wohnte er, der Lonely Boy, und hätte ich im Englischunterricht besser aufgepasst, dann hätte ich ihn auch gefunden, den „Lonelli".

Ein lonely one also ist René in den Augen einiger seiner Mitschüler gewesen. Als einsam im Sinne von zurückgezogen oder kontaktscheu habe ich ihn nie erlebt. Die einzige mir schlüssig erscheinende, fast schon kitschige, heroische Assoziation zu lonely im Zusammenhang mit René könnte der einsame unbeirrbare Einzelkämpfer sein. René verbündet und verbandelt sich nicht, um seine Zwecke durchzusetzen. Er kennt kein Erbarmen, wenn er sich falsch behandelt oder angegriffen fühlt. Die Messlatte, die er an Menschen anlegt, damit er sie in sein Leben lässt, hat eine Schwindel erregende, fast schon arrogante Höhe.

Im Arbeits- wie im Privatleben sind diese Eigenschaften weder gut, noch schlecht. Je nach Anlass sind sie mal mehr, mal weniger hilfreich oder schädlich. Ich für meinen Teil, obwohl vor Liebe immer noch im fortschreitenden, wenn auch verlangsamten Erblindungsprozess begriffen, sehe nicht nur einen makellosen Helden, sondern eben auch den anstrengenden Korinthenkacker. Aber genau so, wie er uns mit dieser Seite seiner Persönlichkeit unseren Freundeskreis eher gesundgeschrumpft hat, als dass dieser explodiert wäre, hielt er uns auch Schmarotzer und Blender vom Hals. Ebenso hat er frühere Arbeitgeber mit seinem Fleiß, seinem Biss und seiner Fachkompetenz überzeugt, während auf der anderen Seite netzwerkende Kollegen seinen penetranten Perfektionismus über handelsübliche Intrigen bekämpften und des Nachts in den Bars, mit Dornfelder Wodu-Zauber unterstützt, ihren Mord- und Foltergelüsten gegenüber diesem Streber Befriedigung zu verschaffen suchten.

In zwei seiner zahlreichen Betätigungsfelder, das sei zu meiner Schande und seiner Entlastung erwähnt – habe ich, die ich wohl auch ein sehr fragwürdiger Umgang für ihn bin, meinen Gatten getrieben. Dies geschah zu einem Zeitpunkt, da er in einem Großunternehmen seines Selbstwertgefühles beraubt wurde und kurzzeitig den Ingenieur in sich verleugnet oder ihn schlichtweg aus dem Bewusstsein verloren hatte.

Damals dachte ich mir den Lehrerberuf und die damit einhergehende Verbeamtung als einen Garanten für finanzielle und zwischenmenschliche, also betriebsklimatische Sicherheit in seinem Leben. Ich wünschte mir für ihn eine mobbingfreie und vor allem krisensichere Einkommensquelle, die mein Broterwerb nicht war. Sollte doch wenigstens einer von uns beiden, so mein nicht ganz uneigennütziger Gedanke, etwas Ruhiges und Vernünftiges machen.

Die Work-Life-Balance-Gastronomie, konkret die gemeinhin bekannte und global agierende Tschibuxi-Kette mit ihrem kombinierten Kaffeehaus-Bistrokonzept sowie dem integrierten Waschsalonbereich – also besagte unsichere Unvernunft, mit der ich meine Existenz bestritt- wurde dann aber doch, entgegen meiner Lebensunterhaltssicherungsbestrebungen im Anschluss an seine Lehrerausbildung auch Renés Betätigungsfeld. Einerseits geschah dies aus Mitleid zur technikfremden und um Hilfe schreienden Gattin, die ohne die Unterstützung eines Ingenieurs von ihrer immer komplexer werdenden Beschäftigung aufgezehrt zu werden drohte. Andererseits reagierte Herr René Kurz, so sein auch nach der Heirat beibehaltener Mädchenname, prompt und nicht gerade ungern auf diesen Hilferuf. Denn die Aussicht des frischgebackenen Lehrers, dem das Gymnasium verwehrt wurde, sich die nächsten Jahre von Schlosserlehrlingen in Bremerhaven domestizieren zu lassen, trieb ihn fast freudig erregt vom Berufsschulregen in die Gastronomietraufe zurück.

Langsam offenbaren sich also in dieser Biographie Störfaktoren im Leben eines Mannes, der als freischwebendes Element oder mit einer Frau Ingenieurin an seiner Seite wunderbar gradlinig die neuzeitliche Physik oder die Spindeldüsen von Hochdruckreinigern hätte revolutionieren können.

So steht er woanders und ist ein augenscheinlich Deplatzierter, den das Schicksal zudem mit mindestens vier sehr vitalen Handicaps in seinem Leben bedacht hat. Vier Pflegefälle, die seinen ausgeprägten Fürsorgeinstinkt, den ich bislang zu erwähnen vergaß, derart forderten, dass er für die ihm Anvertrauten aus noch zu erklärenden Umständen aufopferungsvoll und kämpferisch auf den Techniker auch noch den Ziegen- und Nestbauern draufsatteln musste.

Der wesentlichste dieser Pflegefälle bin ich, seine Frau. Einen weiteren hat er sich innbrünstig und voll Leidenschaft zusätzlich in sein Leben geholt, seine Freundin. Die ist allerdings nicht ohne ihren Lebensgefährten zu haben und ich mittlerweile nicht mehr ohne meinen Therapeuten.

Arbeiten wir das ganze einmal systematisch ab und beginnen zunächst bei mir.

Wir machen dort weiter, wo wir meine Person betreffend endeten, nämlich meiner benannten eingeschränkten Auffassungsgabe, die sich für mich bereits in der dritten Klasse störend bemerkbar machte und dem schon erwähnten Versenken meines Gesäßes in der Abluft der Heißmangel durch in etwa gleichaltrige Fremdeinwirkung.

Da ich als Kunstturnerin der TV-Jahn Leistungsriege körperlich durchtrainiert war und zudem mental der Ballettcompany des Bolschoi Theaters nahe stand, indem ich täglich die Bilder meines Fotokalenders Sternstunden der klassischen Tanzkunst wie hypnotisiert anstarrte, konnte es sich bei dieser körperlichen Entmündigung folglich nicht um einen Einzeltäter handeln.

Das übermächtige Überfallkommando, das mich auf dem Heimweg von der Grundschule ereilte, hatte mehr als einen Namen:

Uta Paul und ihr Bruder Paul Paul.

Der Name des Bruders ist übrigens nicht der krampfhafte Versuch einer Pointe. Die Eltern von Uta und Paul waren so intensiv mit der Vernichtung ihres Verstandes mittels Hochprozentigem beschäftigt, dass ihnen neue Namen für ihre Kinder weder einfielen, noch sie sich diese hätten merken können. Also wurde der Sohn nach dem Vater benannt.

Warum dann aber ein so komplizierter Name wie Uta für die Tochter? Warum nicht Paula? Diese Frage drängt sich auf und findet ihre Erklärung darin, dass der Name des weiblichen Nachwuchses während eines gemeinsamen

Entziehungskuraufenthaltes der Eltern am Zwischenahner Meer festgelegt wurde. Eine Phase im Leben des Ehepaares, in der die ihren Hirnen innewohnenden Neuronen sich nicht torkelnd von einer Synapse zur nächsten quälten, sondern flott unterwegs waren und den beiden Pauls geistige Höhenflüge bescherten.

Uta und ich gingen damals gemeinsam in die 3b bei unserer Klassenlehrerin Frau Lechner. Damit war es aus meiner Sicht auch genug der Gemeinsamkeiten. Uta kam aus der Robust-Haltung und ließ diese auch gern mal ihrem unmittelbaren Umfeld angedeihen. Ich ahnte noch nichts vom Genuss meiner bevorstehenden Hämatome, als ich vertretungsweise den Platz Ulrikes – der erkrankten Tischnachbarin von Uta – einnehmen sollte. Die Tochter des an Alkoholismus erkrankten Elternpaares Paul, wie Frau Lechner die Umstände um Uta zu benennen pflegte, sollte nicht allein sitzen, da die Verlustängste um die erkrankte Mitschülerin ihre latent schwelende Legasthenie verstärken könnten.

Uta empfing mich die Farbe meines Teints taxierend mit den sorgsam gewählten Worten: „Na Käsefresse, Lust auf Arschvoll?"

Als nächstes teilte sie mir mit, dass ich sie Bella nennen dürfe. Das wäre Italienisch und würde Schöne heißen.

Nur nebenbei sei erwähnt, dass Utas rundes Gesicht von der dunkelbraunen Haarpracht und Fülle eines Oldenburger Kaltblutschweifes umspielt wurde. Frisiert war dieses Geschenk der Natur zu zwei seitlich abstehenden Pferdeschwänzen und einem die Stirn und Augenbrauen bedeckenden Mireille Mathieu Pony. So weit so gut, wäre die Mähne der Kaltblutstute das letzte Quartal zumindest einmal abgeduscht worden. Selbiges hätte auch Utas Zähnen sowie ihrem jahreszeitlos schicken blaugrauen Rollkragenpullover und ihrer gleichfarbigen Trevira 2000 Hose gut getan. Vielleicht wäre sogar die Originalfarbe – sowohl der Textilien, wie auch der Zähne – noch mal zum Vorschein gekommen.

Ich erkundigte mich höflich, ob ich sie statt Bella Poubelle nennen könnte, das hieße Allerschönste und wäre doch um einiges zutreffender.

Das zweieinhalb Jahre ältere und extrem anabol anmutende Mastküken schaute mich halb zweifelnd, halb geschmeichelt an und fragte:

„Auf was heißt das so?"

Als ambitionierte Anhängerin des Grand Prix Eurovision de la Chanson kannte ich durchaus einige Sprachen; nur musste es auch eine sein, die mir nicht gefährlich werden konnte. Die französischsprachige Mitschülerin, die mich mit dem schönen Wort Poubelle bekannt gemacht hatte, saß zwei Bänke vor uns und durfte in dieser Frage auf keinen Fall von BamBam konsultiert werden.

BamBam war in unserer Klasse übrigens die inoffizielle Bezeichnung für unsere Uta, die wie schon angedeutet eine leicht erhöhte Dosis Testosteron mit auf den Lebensweg bekommen hatte.

Ich entschied mich für Suaheli, damit gegen Ralf Siegel und für „Die Wüste lebt".

„Wenn das Verarsche is‚, gibt's ‚ne Packung." Uta fixierte mich mit zusammengekniffenen Augen und knirschenden Zähnen.

Besagte Packung war berüchtigt, gefürchtet und variantenreich.

Bei Verabreichung der Packung wandten die Geschwister Paul das im familiären Umfeld Gelernte und Perfektionierte außerhäusig an und waren für eine ideenreiche Ausgestaltung ihrer individuellen Opferbetreuung bekannt.

Bei der ausgefeilten und subtilen Vermöbelungstechnik aus dem Hause Paul sparte der Schlagende grundsätzlich das Gesicht des Opfers aus. Diese Vorgehensweise ging als die

NiV-Technik (Nie inne Visage) der Pauls in die Annalen der schulischen Gewalt der Konrad-Adenauer Grundschule in Deichhorst ein. Aber die Geschwister allein auf NiV zu reduzieren, würde der Bandbreite ihres Einfallsreichtums nicht gerecht werden.

Da ich zum Zeitpunkt meiner unfreiwilligen Tischnachbarschaftshilfe noch nicht in den Genuss einer solchen Überraschungstüte gekommen war und diese nur vom Hörensagen kannte, pflegte ich mit Uta einen unangemessen unbedarften und leichtsinnigen Umgang.

Während Uta mich mit dem Ellenbogen anrempelte, bellte sie:

„Hab morgen Geburtstag, geil wa?"

In mir regte sich auf Grund dieser Mitteilung nicht die von ihr erwartete Euphorie. Ich fand ihren Altersvorsprung eher beängstigend, zumal er sich so dicht neben mir abspielte und das pulsierende Zellwachstum sich auf ihre Extremitäten unter Aussparung der Hirnsubstanz zu beschränken schien.

Mein Selbsterhaltungstrieb, der schon zu lange untätig vor sich hin döste, schien langsam zu realisieren, dass es auch um seine Existenz ging. Also keimte in mir die Idee, ein kleiner Scherz wäre nicht schlecht, um Uta gnädig zu stimmen.

Ich sagte also, das wäre ja so richtig geil mit ihrem Geburtstag, aber sie wüsste schon, dass sie dann auch zweieinhalb Jahre früher ins Gras beißen müsste als ich. Dabei lachte ich sie an, fand den Witz ziemlich flach, aber optimal auf ihr Format zugeschnitten.

Uta lachte nicht.

Die Quittung für die Mülltonne, die ich frühzeitig in den Tod zu schicken gedachte, ereilte mich nach der sechsten Stunde auf dem Nachhauseweg von der Schule auf Höhe der Heißmangel.

Uta und ihr Bruder hatten mittlerweile herausgefunden, dass Poubelle Mülltonne hieß und dass es Französisch und nicht „Suli" war. Auch die Sache mit dem Todeszeitpunkt hatte seine Aufklärung zu meinen Ungunsten gefunden, nachdem Paul sich mal eben in einem Bestattungsinstitut erkundigt hatte. Den Herrn Kaplan Niehaus konnte er nicht konsultieren, da dieser ihn wegen seiner Lieblingsgrölerei „Lieber Gott im Himmel, schenk mir deinen P....." unermüdlich zur Beichte drängte und auch diese Kontaktaufnahme als Chance zu einer weiteren Moralpredigt nicht hätte verstreichen lassen.

Paul war damals etwa 14 Jahre alt und hormonell auf einem Reifestand, von dem pubertätskrüppelige Mädels sagten, er könne sich mit dem Frotteetuch rasieren.

Geistig befand er sich – relativ überfordert – zum zweiten Mal in der sechsten Klasse.

Wie seine Schwester wurde auch er ein Jahr später als üblich eingeschult. Man munkelte, dies sei zumindest bei Uta geschehen, um einen besonders wertvollen Erstklässler-Jahrgang zu schonen. Die gesonderte Wertigkeit der als so schützenswert eingestuften Schulanfänger ergab sich aus dem gesellschaftlichen Stellenwert und dem Kontostand einiger Elternpaare:

Die Tochter des Bürgermeisters sollte ebenso wie der Sohn eines namhaften mittelständischen Unternehmers unbeschadet von Vandalen den Bildungsweg antreten.

Uta und Paul hatten mit diesem Jahr zusätzlicher unbeschwerter Kindheit, die sie ohne störende schulische Nebentätigkeit effektiver in die ganztägige Schikane von Fünfjährigen auf öffentlichen Spielplätzen stecken konnten, sicher kein Problem.

Derart gut für ihre Zwecke vorbereitet, verfolgten mich die beiden bis auf Höhe der Heißmangel.

„Schweinsauge", schrie er.

„Chinaböller", grölte sie ebenfalls in Anspielung auf meine kleinen Augen.

Ich spürte beide dicht hinter mir. Paul hängte sich an meinen Tornister und zog mich zu Boden. Dann schliffen sie mich jeder an einem Arm zerrend über den Bürgersteig in Richtung des seitlich am Gebäude befindlichen und von der Straße schwer erkennbaren Abluftrohres der Heißmangel.

Das Rohr hatte einen Durchmesser von einem knappen Meter. Die Geschwister klemmten mich, das Gesicht auf die Knie gedrückt, mitsamt Tornister auf dem Rücken zunächst bis zu den Kniekehlen hinein. Die Arme hatten sie mir nach hinten gezogen.

Aus den Schilderungen anderer Opfer wusste ich, dass sie lediglich mit dem Hintern die Arme nach vorn hineingestopft wurden und zwei bis drei Minuten brauchten, um sich aus der unangenehmen Lage zu befreien. Da ich als Kunstturnerin ziemlich schmal und gelenkig war, ließ ich mich augenscheinlich besonders raumsparend zusammenklappen.

„Die Stinkmorchel passt ja noch weiter rein", konstatierte Paul und drückte mich tiefer in das Rohr hinein. Dann verschwanden die beiden.

Ich muss wohl kaum erwähnen, dass nicht nur das Rohr ein unlösbares Problem für mich darstellte, aus dem zu entrinnen von meiner Körperposition her unmöglich war, sondern die Abluft der Heißmangel mir zunehmend zuzusetzen begann.

Das Atmen fiel mir mit der aufkeimenden Platzangst und den damit einhergehenden Panikattacken immer schwerer. Ich schrie, bis es nicht mehr ging, und hyperventilierte exzessiv, in der Hoffnung, schnell zu sterben, weil die Angst vor dem Bewusstsein, wo ich mich befand, größer war als die Angst vor dem nicht mehr sein.

Als ich erwachte, stand eine mir unbekannte Frau, die an eine Krankenschwester erinnerte, neben mir. Ich lag auf einer Pritsche, während sie an einem Tropf hantierte, der mich über eine Kanüle in meiner rechten Armbeuge zu versorgen schien.

Sie sagte mir, sie sei Schwester Monika, die Arzthelferin von Dr. Bertram.

Ich solle mir keine Sorgen machen; ich sei augenscheinlich o.k., solle aber sagen, wenn mir etwas wehtäte.

Das Verhör über meine Befindlichkeiten setzte sich im Anschluss an mein Erwachen unter Leitung von Dr. Bertram noch eine Weile fort.

Zwar konnte ich keine körperlichen Schmerzen vermelden, aber das, was da in mir bohrte, tat unendlich weh, ohne dass ich ein Organ hätte benennen können. Es war eine lauernde, unterschwellige Angst, die ich aus dem Rohr mitgebracht hatte und die meinen ganzen Körper durchtrieb, als hätte ich eine Packung Reißnägel verschluckt.

In dieser Nacht, die ich ganz normal zu Hause verbrachte, da kein Befund für eine stationäre Behandlung vorlag, machte ich in mein Bett, kaum dass ich nach einer ewigen Zeit des Wachliegens wenige Minuten eingedöst war. Mein Entsetzen über mich war unbeschreiblich: ich, die ich fast stubenrein zur Welt gekommen war, eine Bettnässerin. Die aufkeimende Panik vor diesem ohnmächtigen Kontrollverlust ließ mich diese und viele folgende Nächte schlaflos über meine Organe wachen.

Nicht nur die Nächte veränderten sich für mich, auch die Tage brachten immer neue nie gekannte Überraschungen. Fahrstühle gingen gar nicht mehr. Engere Treppenaufgänge, wie z.B. Wendeltreppen in Türmen, lösten ebenso Asthma- und Ohnmachtsanfälle aus wie eine Autofahrt durch den Elbtunnel. Eine nach einem Unfall notwendige Tomographie war ohne Sedierung nicht durchführbar.

Da ich schon vor meinem Kurzaufenthalt von einer halben Stunde in dem Rohr der Heißmangel ein allergisches Asthma in meinem eigentlich sehr kleinen Krankheitsrepertoire hatte, wandelte sich dies nach dem putzigen Schülerstreich der Geschwister in ein jederzeit und überall lauerndes stressinduziertes Asthma.

Nach der Paulschen Packung ging ich einige Tage lang nicht zur Schule. Ich wollte sicher sein, dass Utas alte Tischnachbarin Ulrike wieder neben ihr saß. Die Namen meiner Peiniger hatte ich, in der Hoffnung, sie würden mich daraufhin in Frieden lassen, nicht verraten. Meine Kalkulation ging scheinbar auf.

Zwar wusste jeder, wer es gewesen war, aber im Falle meiner offiziellen Namensbenennung hätte Paul der Schulverweis gedroht. Darüber hinaus waren die beiden kreativen Geister glücklicherweise auch längst interessanteren, weil neuen Opfern zugeneigt.

Dennoch blieb die Angst mein ständiger Begleiter und daraus folgte ein täglicher Umweg zur Schule und nach Hause von mehr als vier Kilometern zusätzlich pro Strecke.

Kam es vor, dass jemand zu dicht hinter mir ging und ich mir einbildete, es wären die Pauls und das war jedes Mal der Fall, weil sich ihr Geruch mir bei jeder Gelegenheit in die Nase zwängte, dann schrie ich, wie am Spieß in einem fort: „Vergewaltigung, Vergewaltigung, Vergewaltigung…"

Ich hatte dieses Verfahren als Abwehrmechanismus einer hysterischen Frau in einem amerikanischen Spielfilm gesehen und nach meiner Einschätzung für hochwirksam eingestuft. Es wurde deshalb umgehend in mein Selbstverteidigungsrepertoire übernommen.

Meine Eltern hatten leider wenig Verständnis für die universelle Anwendung meines Selbstschutzprogrammes. Sie empfanden es als Schande, wenn sie wieder zum Pfarrer zitiert wurden, weil ich mich weigerte, im Zuge des Kommunionsunterrichtes einen Beichtstuhl zu betreten, und auf den „sanften Druck", mit dem eine Ordensschwester versuchte, mich doch hinein zu befördern, umgehend begann, den roten Dom des Nordens als Resonanzkörper für meine Vergewaltigungsschreie zu nutzen.

Übrigens sei noch erwähnt, wem ich es zu verdanken hatte, dass ich meinen beheizten Sarkophag wieder lebend verlassen habe. Mein Held hieß Herr Josef Dobberstein. Er nahm, wie ein paar andere Menschen auch, eine Abkürzung zu den Arztpraxen. Diese Abkürzung führte seitlich an der Heißmangel und damit direkt an dem Abluftrohr vorbei. Da sich meine dort herausragenden Füße auf einer Höhe von ca. 60 cm vom Erdboden entfernt befanden, fiel dies nicht in den Blickwinkel der Vorbeieilenden und mein anfängliches Gewimmer war zu leise, als dass es an ein Ohr drang.

Mein großes Glück war, dass der 85-jährige Herr Dobberstein sehr langsam ging und einen Taststock bei sich führte, weil er blind war. Ihm fiel auf, dass zu diesem Zeitpunkt an dieser Stelle keine heiße Luft aus der Wand kam und sein Stock, der gegen meine Füße stieß, gegen etwas stieß, was sonst nicht dort war. Mit der nötigen Sensibilität die seine Einschränkung in ihm hervorgebracht hatte, spürte er, dass etwas nicht stimmte.

Dann ertastete er mit seinen Händen meine Kinderfüße und rief mit geringfügig kräftigerer Stimme als der meinen um Hilfe.

Ich konnte mich glücklicherweise noch bei ihm bedanken. Er starb eine Woche nach seiner guten Tat. Ich weiß nicht, ob diese eine lebensverlängernde oder verkürzende Wirkung auf ihn hatte. Er war ebenso von der Glückseligkeit über seinen späten Nutzen für mein Leben berauscht wie von den Rumtopffrüchten, die meine Mutter reichlich in den Präsentkorb für ihn gestapelt hatte.

Gemeinsam mit Herrn Dobberstein auf seinem Sofa sitzend naschten wir an den Früchten und er sagte grinsend, nachdem ich ihm von meiner unfreiwilligen Bekanntschaft zu Uta berichtet hatte: „Na mal gut, dass die Ulrike, Utas ständige Tischnachbarin, nicht erst im Herbst ihre Frühjahrsgrippe gekriegt hat, da wird's mich nämlich glaub ich nicht mehr geben."

Nach meinem Erlebnis im Abluftrohr war ich anfangs erheblich, aber nach ein bis zwei Jahren nur noch mittelprächtig lädiert und mitnichten eine gebrochene Persönlichkeit, die ihre Ängste zu pflegen gedachte. Ganz im Gegenteil waren meine Ängste mir im Wesentlichen Ansporn, sie zu bewältigen.

Ich war von der Überzeugung getrieben, dass persönliche Stärke durch physische und psychische Überlegenheit mich vor den Menschen schützen würde.

Denn Menschen waren mir im Allgemeinen nach der Heißluftpackung noch suspekter als zuvor. Nur im Speziellen konnten vereinzelte Exemplare mein Vertrauen gewinnen, wie der blinde alte Mann, der mir das Leben rettete.

Grundsätzlich aber zog ich die Tiere den Menschen vor. so träumte ich schon sehr früh und sehr intensiv von einem Leben fern ab von den grausamen menschlichen Kreaturen, irgendwo auf dem Lande mit großen schwarzen Hunden, starken glänzenden Pferden und vielleicht einem sehr hübschen lustigen Mann; ruhig aus der Gattung Mensch mit vielen Muskeln und immer freiem Oberkörper. Irgendwann einmal sollte sich dies für mein Leben erfüllen, weil ich es wollte. Da dies niemand anderes übernehmen würde, begann ich gewisse Vorbereitungen.

Wenn nun mein Vater, dieser fleißige Arbeiter, der seinerseits einem Traum in Form eines beigefarbenen verklinkerten Walmdachbungalows anhing und diesem Zweck sein Leben unterordnete, mir sagte, ich solle nicht zum Gymnasium gehen, sondern Friseuse werden, damit ich ordentlich um den Kopf herum ausschaue und einen Mann abbekomme, dann empfand ich das nicht als Unterstützung meines Lebensplanes, sondern einfach nur als sehr, sehr beunruhigend und kontraproduktiv. Auch der ständig betonte Umstand, ich würde den gemauerten Schuhkarton einmal erben, erfreute mich dezent nur dahingehend, dass ich mich fragte, ob man dafür wohl ein oder zwei Pferde kaufen könnte.

Ich strebte also, beflügelt durch diverse Erlebnisse während meines kurzen Daseins, das ziemliche Gegenteil dessen an, was meine Eltern mir vorlebten und sich für mich wie für sich wünschten.

Mein erstes Etappenziel vor dem stolzen Ross, dem Landsitz und dem Mann, der das Haushaltsgeld von mir zugeteilt bekam, hieß Abitur und zwar ein brillantes.

Ich lernte verbissen und ausdauernd. Da ich mich, wie mein Vater mir unmissverständlich klar machte, um die Finanzierung eines verlotterten Studentenlebens selbst zu kümmern hätte, wenn ich nicht bereit wäre, etwas Vernünftiges zu lernen, übte ich erstmals mit 16 Lenzen das Geldverdienen als Küchenkraft in einem der Kaffeehaus-Bistros, die ich einige Jahre später mein Eigen nennen sollte.

Einiges von dem, was ich mir vorgenommen hatte, gelang, unter anderem das brillante Abitur und das selbstfinanzierte Studium. Bei Letzterem lag der Erfolg allerdings eher im selbst finanziert als im brauchbar. Meiner Einschätzung nach sind Wirtschaftswissenschaften vom Nützlichkeitsfaktor für Glücksmomente im

Berufsleben oder ein einträgliches Einkommen, was durchaus identisch sein kann, auf demselben Niveau anzusiedeln wie die Studienfächer Angewandte Ethik oder Friesische Philologie.

Da ich glücklicherweise meine Tätigkeit als Tellerwäscherin im Bistro nie aufgegeben, sondern bis auf die Ebene der Geschäftsführung weiter ausgebaut hatte, konnte ich vor Erreichen meines dreißigsten Lebensjahres eine halbe Stadtvilla in Bremen-Schwachhausen, die ich mir gemeinsam mit der Deutschen Bank angeschafft hatte, mein eigen nennen.

Ich fuhr während dieser sehr turbulenten, kräftezehrenden und insgesamt finanziell lukrativen Jahre schnittige Dienstwagen, in denen, sofern ich einmal Zeit hatte, die ebenso schnittigen Männer an meiner Seite temporär gern mitfuhren, bevor sie nach der „Spritztour" zum Abendbrot zu ihren Frauen nach Hause gingen.

Kaum war der jeweilige Liebeslebensabschnittsgefährte dann endlich verschwunden, lag ich, selten Zufriedenheit verspürend, aber fast immer erleichtert, wahlweise, je nach dem Ort des letzten Aktes der Vorabendveranstaltung, entweder im Bett, auf dem Küchentisch, unter dem Schreibtisch oder in der Badewanne und träumte erschöpft, halb schlafend, halb wachend von einem, der bleiben sollte, den ich immer lieber da hätte, als dass ich ihn mir sofort wieder wegwünschte.

Meistens dachte ich in derart entrückten Momenten in Reimen und hatte kurz vor dem erlösenden Eintauchen in tiefen Schlaf einen wohligen Spaß an den Produkten meiner einsamen Langeweile.

Der schönste Mann,..........
der je auf Erden unsäglich eine Frau begehrt
Wer mag sie wohl sein, die er verehrt
Nach der er sich wie toll verzehrt

Auf die er starrt
Der Blick vernarrt
Um deren Leib er klammert
Und lustvoll jammert
Gib dich mir hin
Du Göttin
Objekt meiner Begierde
Meines wachsenden Phallus Zierde
Wer ist sie, deren Unterleib
Begierig ihn zum Zeitvertreib
Hat auserkoren
Um die Liebe
Die sie schworen
Zu vollstrecken
Wie die Jecken
Morgens um halb Fünf?
Du bist es, ruft die Blase
Mitten in der Tiefschlafphase
Trag mich zum Klo und mach mich leer
Dann hast die nächsten Stunden du Gewähr
Dass ohne 10atü auf den Gedärmen
Dein Verzehren und dein Schwärmen
Als dein Hecheln und dein Winden
Ein traumhaft schönes Ende finden
Rasch zur Schüssel, ja kein Licht
Dass mein bleiches Angesicht
Ihn nur nicht vertreibe
Er bloß bei mir bleibe
Ich hab dich so vermisst
Erschallt mein Ruf zurück im Bette
Zu spät! Er hat sich schon verpisst
Der ach so Nette

Kurzum, mein Leben war aufregend, anstrengend und einsam. Ich war so dermaßen frei, unabhängig und traurig, dass ich mir den Therapeuten, nach dem meine Seele dürstete, nicht nur leisten konnte und wollte, sondern es sogar zuließ, dass er mich erwählte und ich, die Selbstbestimmtheit in Person, dies widerspruchslos hinnahm.

Er hieß Paul. Da er mich trotz seines Namens nicht traumatisierte und wieder zum Bettnässer machte, durfte er auch weiterhin ein Paul bleiben.

Er war riesig, hatte ein dunkelbraunes Haarkleid und einen monströsen Schniedel, der ihm relativ häufig lose zwischen den Schenkeln herum baumelte.

Ich kam nicht umhin, bei diesem Anblick an den proligen, aber dennoch charmanten Damenwitz zu denken, den Mama und ihre Freundinnen sich nach dem sechsten Eckes Edelkirsch zu erzählen pflegten:

„Suche Mann mit Pferdeschwanz. Frisur egal."

Pauls Augen waren tiefdunkel, sanft und weise mit einer melancholischen Aristokratenfalte im Oberlid. Ich war überwältigt von ihm und mein Herz pochte freudig erregt, wenn ich mich seinem für ihn viel zu niedrigen Fenster näherte, aus dem heraus er mir wie eine Moräne aus ihrer Höhle seine Lippen entgegenstreckte, um mich zu liebkosen und nach Leckereien abzutasten.

Wir kannten uns seit einem halben Jahr, ohne dass ich mir Hoffnungen machte, jemals meine Zeit intensiver mit ihm verbringen zu dürfen.

Er lebte in einer festen Beziehung mit einer Frau, die vor Stolz zu platzen schien, wenn sie mit ihm über den Hof stolzierte.

Dass sie, Anke Appelt, bereits plante, Paul umzubringen, erfuhr ich erst Wochen später.

Zwischenzeitlich war ich zumindest in seiner Nähe. Zwei- bis dreimal pro Woche ritt ich hartnäckig und verbissen in der Erwachsenenlerngruppe des RC Bremen-Schimmelhof, welche zur Hälfte aus menopausierenden Frauen bestand und die Kochlöffeltruppe genannt wurde. Auf dem Weg in meinen Stalltrakt kam ich an Pauls Box vorbei und versäumte es nie, uns beide mit vegetarischem Allerlei zu beglücken. Wir tauschten dann ein paar gierige Blicke und Berührungen aus, von denen wir bis zum nächsten Treffen zehrten.

Vor der Reitstunde gab es unter Leitung unserer Reitlehrerin, der schönen „Clodia", die nur aus Beinen und langen blonden Haaren bestand, Pferdepflege. Wegen meines allergischen Asthmas versuchte ich mich – leider erfolglos – von diesem Teil meiner Freizeitbetätigung freizukaufen. Ich vermute, der Rest der Mannschaft wollte meinen Anblick mit Schutzmaske nicht missen.

Ich sah aus wie ein Epidemiologe auf Reiturlaub und hatte noch drei Stunden nach Entfernen der Maske einen roten Ring mitten im Gesicht, der von seiner entstellenden Wirkung weit dramatischer war als die im Vergleich appetitlichen Orangenornamente unter den drall sitzenden Reithosen der restlichen Kochlöffel. Bei dem Versuch, mich mit Make-up wieder alltagstauglich zu gestalten, sammelte sich die Creme in dem rinnenartigen Abdruck der Haut und ließ mich vom Epidemiologen zu einem gelungenen Werbeträger für eine populäre Dosenmilchmarke mutieren.

Das mit dem Hegen und Pflegen war allerdings nicht nur wegen meiner allergischen Reaktionen „nicht so mein Ding". Obwohl die Soziologie den Frauenüberhang in der Reiterei aus dem weiblichen Hätschel- und Tätschelinstinkt ableitete, nahm ich für mich in Anspruch, diese These und damit die neuzeitliche Geschlechtertypisierung zu widerlegen, indem ich mich stärker von der männlichen Profilierungssucht und dessen Spieltrieb inspiriert definierte. Konkret bedeutete dies, es muss richtig fetzig und schnell zugehen. Meinem Selbstverständnis im Sport gemäß hieß das: Ich will an die Weltspitze der Dressurreiterei und zwar innerhalb der nächsten fünf Jahre. Ich konnte mich folglich nicht mit Striegeln aufhalten.

Es bedurfte übrigens keine zwei Wochen reiterlicher Betätigung, um die Zielvorgabe geringfügig zu relativieren. Anfangs dachte ich, in dieser Individualsportart eher der Herr über meinen Erfolg zu sein als in einer Mannschaftssportart mit Teamchef und Abseitsregel. Ich hielt Zähigkeit und Disziplin- bekanntermaßen meine Lieblingstugenden, weil ich sonst keine anderen hatte- für ausreichend, um mich auch auf dem Feld der Kampfsportart Reiten zu behaupten. Dies kann theoretisch auch gelingen, allerdings nur auf dem Nebenschauplatz Reiterstube im Clinch mit den übrigen Protagonisten einer Kochlöffeltruppe.

Grundsätzlich steht der Überlegene in dieser Sportart, die man schnellstmöglich als Miteinander und nicht als Gegeneinander begreifen sollte, von vornherein fest: Es ist der vierbeinige Tanzpartner.

Nach vier Wochen konnte ich meinen Sportsfreund namens Captain Iglo, einen kompakten mittelgroßen Haflingerverschnitt, erstmals so ungefähr – also plus/minus drei Meter – an dem von mir anvisierten Punkt anhalten. Ein enormer Etappenerfolg auf dem Weg zur übernächsten Olympiade, die ich innerlich schon kleinlaut gegen eine E-Dressur im Oldi-Cup von Haselünne ausgetauscht hatte. Zwar war ich noch einige Jahrzehnte von der Altersklasse entfernt, realisierte aber auch, dass ich mich ranhalten musste, den ehrgeizigen Vorsatz in der knappen Zeit umzusetzen.

Für die nächsten Wochen hatte ich mir das großmächtige Ziel gesteckt, meinen Etappenerfolg nicht nur aus dem Schritt, sondern aus dem nächsthöheren Gang, dem Trab zu übertreffen.

Die textilbespannten Orangen meiner Damengruppe waren allesamt nicht sportlicher, aber ihrer Suggestion gemäß weitaus erfahrener und fortgeschrittener als ich. Die zwei Beates, beide Anfang 40, hatten in ihrer Kindheit mit dem Reiten begonnen. Die eine gab es zwischenzeitlich wegen ihrer zwei Kinder und ihres Mannes auf, während die andere es wegen ihrer zwei Männer, der daraus resultierenden nervlichen Belastung und ihrer Berufung zur Paartherapeutin ruhen ließ.

Susanne, eine geschiedene Mittvierzigerin mit Reiterfahrung, die vor einigen Jahren „glücklicherweise" einen Autounfall hatte, der ihr kleinere Gedächtnislücken z.B. bezüglich der Frage, was sie am Vorabend so alles getrunken hatte, aber auch eine erkleckliche Berufsunfähigkeitsrente „einbrachte", musste sich um die Bezahlung ihrer Reitstunden ebenso wenig Sorgen machen wie um die Finanzierung ihrer selbstgeborenen ständigen Begleiterin Chantal-Joyce.

Letztere fand durch die üppigen Alimente ihres Erzeugers eine luxuriöse existenzielle Absicherung, welche es ihr ermöglichte, stets in den geschmackvollsten pink-hellblau karierten Reithosen und einer mit Swarovski-Steinen bestickten Reitkappe auf der Stallgasse zu flanieren.

Bis auf die 17-jährige Chantal-Joyce, die noch in der Schnupperphase war und erst mal nur beim Reiten zusah, waren die drei älteren Kursteilnehmerinnen klassische Dressurputen, von denen ich zumindest bezüglich des richtigen Auftretens in der Reiterstube einiges lernen konnte.

Beim erstmaligen Aufeinandertreffen betont man, dass man seit Ewigkeiten nicht geritten ist. Eigentlich war man

„damals" schon „richtig, richtig gut", aber dann kamen die Kinder oder die Männer oder beides oder man war anderweitig unglaublich gefragt und wichtig oder nicht wichtig und deshalb frustriert, weshalb man zum Leidwesen aller damaligen Spitzenpferde, die sich fortan mit schlechteren Reitern abquälen mussten, den Sport selbstlos oder gezwungenermaßen aufgegeben hat.

Nach dieser Einstimmung auf die erste Reitstunde war ich voller Demut und sehr gespannt auf das Comeback der einstigen Ausnahmetalente des deutschen Dressursports.

Leider rauschte dieses historische Ereignis wie auch die folgenden zu schnell an mir vorüber, als dass ich die Stars von damals hätte gebührend würdigen können. Zu sehr war ich mit mir, dem Captain und dem oben bleiben beschäftigt.

Ich bekam nur am Rande mit, dass Susanne beim Aufsteigen die Hose platzte, weil ihre Stute Gernika nicht stehen bleiben wollte. Diesen Ursache – Wirkung Zusammenhang bestimmte Susanne. Beate 1 wollte nach 25 Minuten ein anderes Pferd, weil sie sich mit dem Wallach Whisky, der immer nur in einer Ecke stand und sich dort nicht heraus bewegte, ihren Fähigkeiten gemäß unterfordert fühlte. Beate 2, die ihr Pferd Cool Sensation in den Trab bekam und schon zu meiner heimlichen Heldin erklärt wurde, wollte ein ruhigeres Pferd, weil sie keine Lust hätte, Wildpferde einzureiten.

Nach den Trainingsstunden gab es die folgenden Monate regelmäßig einen gemeinsamen Absacker in der Reiterstube. Je nach persönlicher Vorliebe handelte es sich dabei um ein Proseccochen, ein Käffchen, ein Frankfurter Kränzchen, eine Gülly (eine Gauloise) oder ein Bockwürstchen. Ich lernte, dass die Verniedlichungsform bei der Benennung der Suchtmittel das schlechte Gewissen, das beim Konsum entstehen könnte, auf ein Minimum reduziert.

Nach den ersten Reitstunden war die Stimmung der Damen noch leicht gereizt, da entgegen ihrer Selbstdarstellung und dem behaupteten Können die tatsächlichen Fähigkeiten davon nicht nur Welten, sondern Galaxien entfernt waren. Die Gründe, die dafür herhalten mussten, dass die sedierte Genialität jeder Einzelnen nicht erwachte und zur Entfaltung kam, fanden sich u.a. in der Ignoranz und Parteilichkeit der unfähigen Claudia, die sich seit ihrer neuesten männlichen Bekanntschaft, einem Croupier aus der Bremer Spielbank, der „Faites vos jeux s'il vous plait" sagen konnte, nach Anmeldung im Institut Francais nur noch „Clodia" nannte und ganz klar den einen dauergewellten Kochlöffel dem anderen mit Stangenlocken vorzog, weil sie dem dreimal mehr die hilfreiche Anweisung „Hacken runter und Hand vor" gab, als dem anderen, auf den sie es wohl abgesehen hatte und den sie deshalb ständig mit dem Hinweis „Hand vor und Hacken runter" quälte. Jede der Damen fand entweder in Claudia, Whisky, Gernika oder der unterkühlten Sensation die Ursache für ihr Scheitern begründet.

Nachdem glücklicherweise allen Beteiligten relativ schnell bewusst wurde, dass keiner von uns viel konnte, wandelte sich die anfängliche Giftspritzerei in wohltuende Selbstironie und befreiende Lästerorgien über die Schöneren und Besseren im Stall. Wir, die Kochlöffel, konnten also aus einem reichlichen Materialfundus schöpfen.

Ich erfuhr, dass Paul damals besagter jungen Frau namens Anke Appelt gehörte. Sie und die schöne Claudia hatten ihn in einem Verkaufskatalog für Pferde entdeckt. Er stand in der Nähe von Hamburg und gehörte einer schwangeren Frau, die dem Drängen ihres Mannes nachgab und Paul, wenn auch sehr schweren Herzens, ihrer wachsenden Menschenfamilie opferte.

Susanne kommentierte die Transaktion dahingehend, dass die Appelt für „den Riesen mit der Wahnsinnsübersetzung nicht ansatzweise genug reiten kann". Aber „Claudia, die kleine Natter" hätte es eh selbst auf ihn abgesehen und „wenn die Appelt es nicht hinkriegt, wäre ja wohl klar, wer auf dem Geschoss herumturnt."

Wenn man nicht reiten kann, sinnierte Susanne weise weiter, nützt auch das stärkste Wunschdenken nichts. Unabhängig davon auf welcher Grundlage wohl diese Lebenserkenntnis in Susanne gereift war, traf sie auf Anke zu.

Anke Appelt wandte sich von ihrem Sportgerät ab. Es ließ sie, die schon am Boden keine Elfe war, auch 1,80m von der Erde entfernt nicht annähernd so elegant aussehen wie von ihr erhofft. Man munkelte, Paul solle weg. Der offiziell auf der Stallgasse gehandelte und von Anke verbreitete Grund für die noch inoffizielle Trennung von ihrem einstigen Traummann aus dem Katalog lautete: kissing spines. Während unseres Kochlöffelbrunch nach einer unserer Reitstunden stieß Anke in ernster, semiprofessioneller Mediziner-Manier zu uns und berichtete ungefragt, vermutlich weil sie spürte, dass die Luft zum Schneiden dick vor Neugier war, sie habe Pauls Rücken röntgen lassen. Seine Wirbel in der Sattellage stünden viel zu dicht beieinander, „weshalb man ihn auch nicht so wirklich sitzen könnte". Er hätte chronische Schmerzen, attestierte sie mit derart gequälten Gesichtszügen, dass man meinte, Anke versuche sich als Pauls Mimik-Double.

Dies war eine Diagnose, die wie ich später mit weitaus mehr Erfahrung im Umgang mit Pferden begriff, modern wurde, als die noch moderneren Untersuchungsmethoden Teile der Anatomie sichtbar machten, die in den Jahrzehnten zuvor unsichtbar waren und damit auch unangreifbar blieben für ausschweifende Interpretationen.

Ich erlebte in meiner reiterlichen Anfangsphase oft, dass Veterinärmediziner den Eigentümern der vierbeinigen Patienten dazu rieten, ihren Tieren operativ die Dornfortsätze abfeilen zu lassen. Während des Heilungsprozesses sollten die Pferde dann wochenlang mit einem Bauchgurt an der Decke aufgehängt werden.

Nachdem Anke uns mit der Attitüde einer schwer vom Schicksal getroffenen Pferdebesitzerin den Zustand ihres Erfolgspferdes Paul geschildert hatte, fragte Susanne voll des partiell ehrlich gemeinten Mitleids, was sie denn nun zu tun gedenke.

„Nun ja", antwortete sie seufzend, ohne die Frage inhaltlich auch nur ansatzweise zu würdigen, es würde „wohl mal wieder nix aus ihren für dieses Jahr geplanten Turnierstarts", von denen alle Anwesenden außer mir insgeheim wussten, dass Anke schon seit ihrem kleinen Reitabzeichen vor zehn Jahren von ihnen träumte, ohne sie jemals realisiert zu haben.

Ankes theoretischer Anspruch, wie der vieler ambitionierter Reiterinnen und Kochlöffel, ist in etwa vergleichbar mit der Erwartungshaltung, man könne mit dem kleinen Seepferdchen den Ärmelkanal durchschwimmen oder zwei Jahre nach dem Freischwimmer olympisches Gold im Freistil holen. Die Erkenntnis, dass ein Leben meist nicht reicht, um reiten zu lernen, reifte allerdings auch in mir erst Jahre später.

Noch war Anke in meinen Augen ein Reiterguru, dessen Worten ich allein deshalb Glauben schenkte, weil sie von Kindesbeinen an ritt und das schönste Pferd der Welt besaß, während ich noch vom kleinen Hufeisen und vom Halten aus dem Trab träumte.

„Was hast du denn jetzt eigentlich mit Paul geplant? Soll er operiert werden?" fragte ich kaum hörbar, weil ich Angst vor der Antwort hatte, die Anke nun vielleicht doch noch mal zu geben gedachte.

Sie blickte bedeutungsschwanger ins Nichts, zuckte mit den Schultern und drückte eine Nuance zu theatralisch die Worte, „Ich weiß es noch nicht" heraus.

In klarer unmissverständlicher Entschiedenheit folgte der Nachsatz, eine Operation könne sie sich jedenfalls nicht leisten.

Ein paar Tage später kursierte das Gerücht im Stall, Paul solle zum Schlachter.

Die arme Anke wäre mit den Nerven am Ende, aber sie könne das Geld für die OP nicht aufbringen und vom Einschläfern hätte sie gar nichts Gutes gehört.

Ich verstand nicht, warum sie es so eilig hatte. Zumal ich das Krankheitsbild so verstanden hatte, dass Paul zwar beim Reiten, nicht aber beim Weidegang oder in der Box Schmerzen hatte. Meiner Ansicht nach musste man genauere Erkundigungen über die Diagnose und eventuelle alternative Behandlungsmethoden anstellen. Schließlich ging es um das Schicksal eines der bezauberndsten und liebenswertesten Geschöpfe auf diesem Erdball.

Da ich die Möglichkeit hatte, mein erstes eigenes Pferd über einen privaten Kontakt sofort, sogar kostenlos unterzustellen, ging ich kurz entschlossen zu Anke und fragte sie, ob sie mir Paul zum Schlachtpreis verkaufen würde.

Zu meinem Erstaunen war Anke nicht sonderlich begeistert. Sie runzelte die Stirn, schaute mich bedeutungsschwanger an und gab mir zu verstehen, dass sie Sorge hätte, ich würde ihn operieren lassen oder sogar reiten wollen, ob nun mit oder ohne OP. Allein der Gedanke an den potentiellen Missbrauch der armen Kreatur bräche ihr das Herz, da sie es nicht mehr ertrüge, Paul leiden zu sehen.

Ich hatte bei meinen Rendezvous mit Paul eher weniger das Gefühl, ein von Schmerzen geplagtes Geschöpf vor mir zu haben. Ein von gierigem Heißhunger zerfressenes zwar immer, aber einen leidmindernden Umgang damit hatte ich gefunden und in meinem prall gefüllten Jutebeutel immer dabei.

Ich versicherte Anke, dass ich Paul schon deshalb nicht reiten würde, weil ich es gar nicht könnte. Vermutlich, so schleimte ich, würde ich niemals auf dem Niveau reiten, auf dem sie sich bewegte. Anke schaute mich mitleidig und bestätigend an. Ich ergänzte, dass ich von der OP auch nichts hielte und sie mir darüber hinaus auch gar nicht leisten könnte, vermutlich noch weniger als Anke selbst, ergänzte ich verlogen. Anke gefiel auch dieser Aspekt ihrer Aufwertung und meiner Erniedrigung.

„Aber die Box kannst du dir hoffentlich schon noch leisten", grinste sie mich höhnisch an. Ich beruhigte Anke auch dahingehend und berichtete von meiner privaten Einstellmöglichkeit mit viel Weidegang.

Anke sagte mir, sie wolle darüber schlafen. Eine halbe Stunde später rief sie mich an und sagte mir, sie würde mir Paul für fünftausend Euro verkaufen. Ich schluckte

und bemerkte kleinlaut, dass der Schlachter doch nur anderthalb tausend Euro gezahlt hätte. Anke belehrte mich, dass die Preissteigerung ein wohlwollender und sehr durchdachter Test meiner Willensbereitschaft sei, Paul wirklich kaufen zu wollen. Sie würde mich und das Tier im Falle meiner Ablehnung vor einem Schritt bewahren, hinter dem ich nicht wirklich stünde.

Die letzten Jahre hatte ich es trainiert, Menschen, die mich derart zur Manövriermasse ihrer hinterlistigen Intentionen machten, nach allen Regeln der rhetorischen Kunst abzukanzeln, ihrer Niedertracht zu entlarven und in eine Schockstarre zu treiben, die ihnen jedes Widerwort in der Kehle gefrieren ließ.

In der Causa Paul akzeptierte ich entgegen meinem sonstigen Vorgehen selig schweigend, ohne innere Überwindung und locker flockig über einen riesigen Schatten meiner selbst springend. Überglücklich führte ich das zweite Paulchen meines Lebens am nächsten Tag in seinen neuen Hochsicherheitstrakt.

Ich hatte noch etwas gut zu machen: Das erste Paulchen meines Lebens hatte ich, damals sieben Lenze zählend, nachlässig in den Tod getrieben. Der kleine Kanarienvogel war mein einziger und daher liebster Spielkamerad. Ich denke, ich war sein einziger und gefürchtetster Peiniger.

Paulchen wurde jeden Tag von mir gebadet, bekam eine Perücke von Barbie aufgesetzt, einen Schal von Ken locker um den Hals geschwungen, musste mit mir Fünf-Uhr-Tee trinken und danach eine mündliche Prüfung bezüglich diverser Sinnsprüche von Wilhelm Busch über sich ergehen lassen.

Als Ausgleich zu diesen Strapazen frönte Paulchen leidenschaftlich und innbrünstig der Sangeskunst. Je lauter die Geräusche im Hintergrund, so unermüdlicher und lauter trällerte er. Ein Staubsauger mit Klopf-Saug-Funktion war die größte Inspiration für ihn. Bei den ausgiebigen Putzorgien meiner Mutter wurde der kleine Vogel deshalb zu seinem Selbstschutz in den Heizungskeller gesperrt.

An einem heißen Julitag in den Sommerferien bestand mein Vater auf meine Mithilfe bei der Gartenarbeit. Konkret hieß dies: Rasen mähen. Um ein wenig Gesellschaft zu haben, stellte ich Paulchen in seinem mit einem Frotteetuch überdeckten Käfig auf die Terrasse.

Mit hochrotem Kopf arbeitete ich in etwas mehr als zwei Stunden die gesamte Rasenfläche ab. Dies war ein guter Zeitrahmen für mich, aber leider ein ruinöser für Paulchen. Er, der bei 30°C im Schatten unermüdlich den Rasenmäher zu übertönen versuchte, erlag mitten im hohen C einem Kreislaufkollaps. Mich vermochte nichts wirklich zu trösten, abgesehen vom Gedanken, dass Paulchen in Ausübung seines liebsten Hobbys gestorben war.

Mein neuer Schutzbefohlener, der mit Sicherheit nicht mitten in einer Arie kollabieren würde, fühlte sich sichtlich wohl in seinem neuen Heim.

Die umgebaute Scheune hatte große Boxen und jede von ihnen ein Paddock. Der so entstandene Stall war Bestandteil eines Hofes in der Nähe meines Verwaltungsbüros und gehörte Albert. Er war ein tierlieber Privatier, der sich auf seine älteren Tage der Westernreiterei verschrieben hatte.

Bis vor wenigen Monaten verdiente er mehr oder weniger aktiv sein Geld in meiner Branche, der Kaffeehaus- und Bistrogastronomie. Albert hatte sich frühzeitig nach einer passenden Nachfolge für seine Geschäfte umgeschaut und sie vor 15 Jahren in Person seiner zweiten Einstellung, die er als Betreiber seines ersten Bistros tätigte, auch gefunden. Ich, um die es sich handelte und die damals 16-jährig in den Sommerferien begann, erstmals ihr eigenes Geld zu verdienen, hatte in seinen Augen genügend Biss, ihm Jahre später seine Geschäfte innerhalb der Tschibuxi-Kette auf Rentenbasis abzukaufen. So blieb ihm langes Arbeiten und ein karger Lebensabend mit Riester erspart.

Albert freute sich, bei der Ausübung seines neuen Zeitvertreibes ein wenig vertraute Gesellschaft zu haben. Er hoffte, mich überreden zu können, ihn bei den Ausritten auf seinen beiden Quarterhorsestuten zu begleiten- natürlich nur wenn, seine Renteneinkünfte darunter nicht zu leiden drohten und die Geschäfte weiterhin florierten.

Prinzess und Chouchou waren zwei nette, sehr gut ausgebildete Pferdedamen. Mein ehemaliger Chef hatte wie ich wenig Erfahrung mit Pferden. Er hatte sich daher im Gegensatz zu vielen anderen todesmutigen Greenhorns in der Reiterei bei seiner Erstanschaffung nicht für gekörte Hengste, sondern entgegen seinen sonstigen Gepflogenheiten sehr vernünftig und bodenständig für die mittelalten weiblichen Lebensversicherungen entschieden.

Als angehende Grand Prix Reiterin mit Dünkel und unterentwickeltem Sinn für die Realität war ich anfangs schwer für die Westernreiterei zu begeistern. Es reizte mich durchaus, von den Pferdchen zu lernen. Allerdings bereitete mir die folkloristische Ästhetik der Utensilien dieser Sparte der Reitkunst, sprich der Cowboyhut und die Chaps mit Lederfransen, körperliche Schmerzen.

Als Albert mir mehrfach sehr glaubwürdig versicherte, nicht wie in unseren Kaffeehaus-Bistros auf eine Uniformierung zu bestehen, wagte ich mit Jeans und tief ins Gesicht gezogener Schirmmütze erste Versuche.

Quarterhorses sind mit ihrem schlurfenden Trab, dem sogenannten Jogg, wunderbar bequem zu sitzen. Sie sind für die vom Zuchtziel angestrebte

stundenlange Farmarbeit ebenso prädestiniert, wie auch für Späteinsteiger in den Reitsport, die ihre ersten Bandscheibenvorfälle bereits hinter sich haben.

Ohne meine Ambitionen in der klassischen Reiterei zu vernachlässigen, fand ich bald großen Gefallen an den Ausritten auf einer der beiden Damen und verband meine Besuche bei Paul immer häufiger mit einem Abstecher in die umliegenden Wiesen.

Neben meinem sehr zeitintensiven Broterwerb widmete ich den Pferden und der Reiterei bald weitaus mehr Aufmerksamkeit als meinen anstrengenden, nervenaufreibenden Verhältnissen zum anderen Geschlecht.

Ich begann, mich zunehmend zu entspannen und vernachlässigte – ohne Angst, den Anschluss an die Zivilisation oder den Zugriff auf das potentielle Lebensglück zu verpassen – immer mehr Einladungen zu Abenden und Nächten zu zweit. Es bereitete mir ein wärmeres und wohligeres Gefühl, an einer Kochlöffelstunde teilzunehmen, ein Carepaket für Paul zu packen oder mit Albert und seiner Cowboywichteltruppe auszureiten, als den Abend mit einem anspruchsvollen, „standesgemäßen" Mann zu verbringen, dessen Scanner-Blick stundenlang meinen Körper und meine Hirnströme sezierte, um mich danach mit einem Ideal zu malträtieren, das ich über meine für diese Abende verfassten Drehbücher selbst als Kunstprodukt befeuert hatte und das mich danach wie ein sehr kräftezehrender Fluch in die Pflicht nahm.

So entschied ich mich an einem Wochenende im August auch für einen Wanderritt in der Lüneburger Heide und gegen einen Zahnarzt mit Karten für ein Hanna Schygulla Konzert in der Oldenburger Kulturetage und anschließendem Besuch einer „sehr feisten", alkoholfreien Tapas-Bar.

Die Lüge von den „küssenden Spinnen".

Alberts Saloon-Bekanntschaften, die den Ritt organisiert hatten, waren das Pendant zu meiner Kochlöffeltruppe; nur dass die Reiterstube der Reitschule der Cowboys eben mehr wie ein Saloon in einer Westernkulisse aussah und auch so roch – eben etwas mehr Schweiß, Whiskey und Marlboro und etwas weniger Maggie, Adrenalin und Axe for Women Sport.

Wir machten uns am Abreisetag gegen Mittag gemeinsam mit Albert daran, die Stuten auf den Hänger zu verladen. Besser gesagt versuchten wir, die Damen mit einer unwiderstehlichen Mischung aus Leckerlies und rührendem Ungeschick auf das Transportmittel zu locken. Prinzess hatte relativ schnell ausreichend Mitleid mit uns und ließ sich auch von unseren aufgeregten Hampeleien vor ihrer Nase nicht davon abhalten, sich ihren Weg auf den Hänger zu bahnen.

Chouchou (frz. für Herzchen oder Liebchen) dagegen, die sich in ihrem relativ kurzen Leben mehr Sachverstand im Umgang mit Menschen angeeignet hatte, als wir Pferdeverstand, und die so gar keine Lust auf Ausflugskultur hatte, war nicht bereit, ihr Taxi zu betreten.

Es folgten drei Stunden unermüdlicher Versuche, das Tier mit allen Varianten der Überzeugungs- und Überredungskunst dorthin zu bekommen, wohin wir es haben wollten. Wir versagten. Unsere Kräfte schwanden langsam, unsere Nerven lagen blank und die Zeit, die wir für die Anreise brauchten, rann dahin.

Albert bat mich zum dritten Mal, zu seiner Frau ins Haus zu gehen und in der Pension, in der wir einquartiert waren, anzurufen, um unsere verspätete Ankunft weitergehend nach hinten zu korrigieren. Die Dame aus der Pension riet mir das nächste Mal doch einfach erst dann wieder anzurufen, wenn wir es geschafft hätten. Sie hatte völlig Recht. Anscheinend ließ der erfolglose Umgang mit Tieren einen auch schnell im Umgang mit seinen Mitmenschen verblöden.

Als ich von dem Telefonat im Haus zum Stall zurückkam, lief zu meinem großen Erstaunen der Motor von Alberts Geländewagen. Er rief mir aus dem Wagen heraus zu, ich solle schnell einsteigen. Er hätte es geschafft, das Pferd zu verladen, und er wolle nicht, dass es unruhig würde. Ich sprintete zum Auto, sprang durch die geöffnete Beifahrertür auf meinen Sitz und fragte, kaum, dass ich Platz genommen hatte, wie er es geschafft hätte, diesen wundersamen Geisteswandel beim „Herzchen" zu bewirken.

Alberts Antwort bestand aus einem Achselzucken, einem Grinsen und dem lakonischen Spruch, Pferde wären eben unergründlich und er ein verkannter Monty Roberts. Ich gab ihm zu verstehen, dass ich ihn vor der Rückreise daran erinnern werde, falls Chouchou ihren Pferdeflüsterer dann nicht mehr erkennen würde.

„Tu das", sagte er selbstbewusst.

Die Behauptung, dass Pferde unergründlich seien, bewahrheitete sich relativ schnell. Einige können während einer zweistündigen Fahrt in die Lüneburger Heide ihr Haarkleid von wasserstoffblond auf dunkelbrünett und ihre Statue von klein und pummelig auf schlank und hochgewachsen variieren und gleichzeitig noch eine Geschlechtsumwandlung organisieren. Als ich in Undeloh die seitliche Hängertür öffnete, schaute Paul mich mit seinen lieben Augen erwartungsvoll an.

„Und nun Pferdeflüsterer? Mache ich das Bodenpersonal?" fragte ich meinen Begleiter.

„Selbstverständlich nicht. Du kennst doch meine weitreichenden Kontakte in Politik, Wirtschaft und Wanderreiten. Als du überflüssige Telefonate geführt hast, habe ich die Zeit sinnvoll genutzt und dir ein traumhaftes Ersatzpferd besorgt."

„Du meinst jetzt aber nicht Paul?"

„Nein, den habe ich nur gefragt, ob er ein wenig Lust auf Heimatkunde hat, und schon stand er auf dem Hänger. Er soll keinen Sport machen. Zumindest kein Gewichtheben. Du gehst einfach so mit ihm spazieren, wenn ihr beide Lust habt. Ihr könnt ja ein wenig Rilke rezitieren oder die moderne Reitlehre in Frage stellen."

Die flapsigen, wohlwollenden Sticheleien beruhigten mich. Ich hätte es müßig und anstrengend gefunden, mich einem Gruppenzwang widersetzen zu müssen, der da hätte lauten können: „Ach stell dich nicht so an, setz dich doch mal drauf auf das Pferd, davon stirbt der schon nicht."

Am nächsten Mittag sollte der Ausritt beginnen. Ich hatte tief und fest geschlafen. Mein Zimmer war von unaufdringlicher Schlichtheit – ebenso wie Alberts Freunde aus der Westernreitgruppe. Bernd und seine Frau Erika kamen gebürtig aus Kamenz. Beide freuten sich wie verrückt über ihre beiden leicht lendenlahmen Norweger, welche die unaufhörlich sächselnden Alphatiere mit stoischer Ruhe ertrugen. Die Westernreiterei war für das Ehepaar der Inbegriff von Freiheitskultur im heilsbringenden Imperialismus. Früher in der „Ostzone" war Bernd ein segelnder und insgeheim wenig staatstragender Meeresbiologe, der immer noch angesäuert wirkte, weil ihm die „Schlawiner" bei seinen Wasserexkursionen auf die Schliche gekommen waren.

„Noohhh! Doh woerde isch äbn wechdälägiehrt", betonte er verheißungsvoll.

„Was hat er gesagt?" raunte Ivett, die vierte Person aus der Westernreittruppe mir von der Seite zu.

„Dass er Opfer von Umstrukturierungsmaßnahmen in seiner Abteilung wurde", antwortete ich, ohne mit dieser Antwort das fragende Moment aus Ivetts Antlitz zu zaubern.

„Dor Kaahn wahr wesch, tte'Kahrrjäre im Ahrsch und'doh Kloaufix seen ehnsschoer Kolähjsche, dehr ihn am Wochnände begläidtedt hod", ergänzte Erika weniger nachtragend.

Der erneut unverständige Blick von Ivett reichte und ich übersetzte ihr im Flüsterton:

„Das Segelboot wurde ihm entzogen, seiner Aufstiegsmöglichkeiten im Beruf war er vollständig beraubt und der einachsige Lastanhänger für PKW der DDR zum privaten Transport von sozialistischem Volkseigentum, genannt Klaufix, war sein einziger verbliebener Freund, der ihn am Wochenende noch begleitet hat."

„Ach so. Wie traurig", sagte Ivett.

Im goldenen Westen nun war Bernd Pharmareferent. Er hatte sich das Ganze nicht so kräftezehrend vorgestellt, aber er müsste mit seinen 55 Jahren ja glücklicherweise auch nicht mehr so lange, bemerkte er äußerst belustigt. Wenn er in Flensburg noch einen Punkt mehr ansammelte, dann wäre er auch mal gespannt, wie es dann weiterginge. Diesen Aspekt fand Bernd sogar noch lustiger. Zum Glück war Erika, die wandelnde Pensionszusage, hüben wie drüben Lehrerin und wollte und sollte dies auch bleiben.

Ivett war eine geschiedene freischaffende Westerntrainerin mit einer permanenten Martinifahne und einem Schulpferd.

Sie annoncierte in der einschlägigen Fachliteratur, also im Kükenmoorer Anzeiger, mit dem Namen ihres Anwesens:

Home of sweet, heartbreaking Melody.

Man erahnt auch ohne wesentliche Englischkenntnisse, dass „sweet, heartbreaking Melody", wenn nicht ihr eigener Kosename, dann der bezaubernde Name des Mädels sein musste, welches Ivett für sich anschaffen schickte.

Der Salär für eine Stunde auf „Melody" war nicht im unteren Preissegment angesiedelt, schließlich, dies erfuhr man als aufmerksamer Leser der Werbeanzeige, handelte es sich bei dem Hochleistungsgeschöpf um eine „Championesse of the world".

Ivett hatte in Fremdsprachen nicht so aufgepasst, aber als freischaffende Fachjournalistin für Westernreitsport, für die sie sich hielt, schrieb man in Deutschland ja auch „für eine Klientel, die es gern mal etwas eingedeutschter und nicht so geschliffen mag".

Ivett war trotz oder vielleicht wegen ihres „kleinen Problems", über das zu sprechen sie gern jederzeit bereit war, ob man nun wollte oder nicht, eine unkomplizierte, hilfsbereite und unterhaltsame Person.

Lediglich Albert war ein wenig enerviert von ihr, da Ivett sich von ihrem Selbstverständnis als „attraktive, genussorientierte" Endvierzigerin „auf dem Höhepunkt ihrer sexuellen Selbstwahrnehmung" befand und Albert gern daran hätte körperlich mitwirken sowie finanziell teilhaben lassen.

Ich wusste aus seinen eigenen Bekundungen, dass er gern Geld für schöne Dinge ausgab, aber „Melody" hätte eher in den Rahmen dieser Begehrlichkeiten gepasst als Ivett.

Bevor die anderen erschienen, drapierte Albert mich im Frühstücksraum so an seiner Seite, dass direkt neben ihm keine Person mehr Platz nehmen konnte. Er flüsterte mir zu, dass sein Zimmer sich genau neben Ivetts befand und sie beide angrenzende Balkone hätten. Als er heute Morgen seine Socken von der Balustrade holen wollte, wäre Ivett auf ihren Balkon getreten, hätte so getan, als würde sie Albert nicht wahrnehmen, habe sich gereckt und gestreckt und gejucht:

"Ach, ich fühl mich so frei und begehrenswert.""Iiiiiiiih," kommentierte ich.

„Wieso iiih? Habe ich denn schon erwähnt, dass sie nichts an hatte?" fragte Albert irritiert.

Dazu fiel mir nichts mehr ein – außer der Nachfrage, was er dann gemacht hätte.

„Ich bin schnell ins Zimmer gelaufen, hab die Balkontür verrammelt und die Vorhänge zugezogen."

„Hast du auch eine Sicherheitskette an deiner Zimmertür?"

„Nein, aber ich kann zuschließen und einen Stuhl unter die Klinke stellen. Zur Not können wir ja eventuell die Zimmer tauschen", schlug Albert vor.

„Und was, wenn sie bi ist? Die ist stärker als ich."

„Na, als ich doch auch."

„Ich muss eure Rente erarbeiten."

Albert grübelte.

Sein Gedankenfluss, sofern in Bewegung wurde unterbrochen, als die drei anderen zum Frühstück erschienen. Ivett Branca, wie ich sie fortan vor Albert nannte, war unbeschwert und fröhlich und irgendwie schon wieder in Begleitung, die Kamenzer mal ausgenommen.

Nach dem Frühstück sollte ich meinen Ersatzwallach kennenlernen. Seinen vielversprechenden Namen kannte ich schon:

Schwarzenegger.

Schwarz war er tatsächlich. Aber Mohrle hätte ihn treffender umschrieben. Das Pony war vom Stockmaß zwischen einem Hauskater und einem Dobermann anzusiedeln. Ich behauptete, ich könne es mit Anlauf überspringen, wenn ich nur wollte. Man legte mir gruppendynamisch nahe, es nicht zu übertreiben. Ich war vielleicht nicht das uneitelste Geschöpf auf Erden, aber was würde unabhängig davon der Tierschutz zu dieser Vergewaltigung sagen, fragte ich in die Runde.

„Der sagt, sie sollten Schwarzenegger mal ausprobieren." Die Stimme entwich einem mir unbekannten Mann im Stall, der mit einem blutverschmierten Kittel aus einer Pferdebox trat.

Genauso hatte ich mir immer schon einen Tierschutzaktivisten vorgestellt, der jeden Samstag auf dem Wochenmarkt frische Rossbratwürstchen feilbot.

„Wenn ich mich vorstellen darf. Ich bin Dr. Horst Möllding, der im Ort ansässige Tierarzt."

Wir gaben uns wechselseitig die Hand. Zu Alberts Wohlgefallen rückte Ivett umgehend sehr dicht und mit kokettem Wimpernschlag an den Veterinär heran.

„Herr Doktor, kennen sie eigentlich die traurige Geschichte von unserem Paul, der nur zuschauen darf, wenn seine anderen Freunde durch den Wald galoppieren?"

„Nein, und ich habe leider auch keine Zeit, sie mir anzuhören, außer sie sind die Besitzerin eines Pferdes namens Paul und nicht die Frau, Mutter oder Geliebte eines männlichen Wesens namens Paul und nehmen meine Dienste ausschließlich als Tierarzt und nicht als Seelsorger oder zum Zeitvertreib in Anspruch."

In Ivett Brancas rot unterlaufene Augen schossen Tränen. Sie schluchzte auf und war wohl auf Grund ihrer niedrigen Frustrationstoleranz umgehend verschwunden, vermutlich in Richtung Zimmerbar.

„Siehst du Albert, so geht das, auch ohne Türverrammeln mit hinterher stickiger Luft im Zimmer."

Ein sportlicher, junger Mann in weißer Turnierhose hatte zwischenzeitlich den Stall betreten und einige Gesprächsfetzen aufgegriffen.

„Na Horst, immer noch kein Wochenende?" Zu uns gewandt sagte er, wir sollten ihn nicht weglassen, falls wir Hilfe bräuchten. Möllding wäre der beste lebende Pferdearzt unter Gottes Sonne. Bei dem jungen Mann, der diese frohe Botschaft verkündete, handelte es sich um Andreas, den Sohn des Hauses, ein international erfolgreicher Vielseitigkeitsreiter, wie ich glücklicherweise erst später erfuhr.

Nach einem kurzen Seitenblick auf Schwarzenegger und auch auf Grund der Tatsache, dass ich rein gar nichts über Pauls tatsächlichen Zustand wusste, sagte ich entschlossen:

„Herr Dr. Möllding, ich bin die Besitzerin von Paul, dem Pferd. Ich habe weder einen Mann, noch einen Geliebten, von dem ich ihnen erzählen möchte. Einen Seelsorger habe ich schon, allerdings zu wenig Zeit, weshalb ich keinen Zeitvertreib brauche. Was ich allerdings bräuchte, wäre ein Tierarzt."

„Das habe ich fast befürchtet", seufzte der promovierte Horst. Ich berichtete über Pauls Vorgeschichte, die kissing spines Diagnose und all das, was mir so über ihn erzählt worden war.

Möllding unterbrach meinen Redefluss kurz und fragte in die Runde, ob mal einer das Pferd holen könnte.

„Der große Braune hinten?", fragte Andreas, der immer noch bei uns stand und interessiert zuhörte und Paul auf mein Zeichen hin holte.

Möllding wollte von mir wissen, ob ich jemals persönlich mit dem behandelnden Arzt von Paul gesprochen hätte, mir die Röntgenaufnahmen hätte zeigen lassen und ob ich das Pferd selbst geritten hätte.

Ich verneinte alle Anfragen.

Dann erschien Andreas mit Paul am Halfter auf der Stallgasse und Möllding fragte, ob ich zumindest mal einen Reiter auf Paul gesehen hätte.

Ich bestätigte, Paul unter Reitern gesehen zu haben, schränkte aber ein, nicht beurteilen zu können, ob er Defizite im Bewegungsablauf gehabt hätte oder nicht.

„Gut", sagte Möllding, „dann fangen wir mal ganz einfach und vorbehaltlos an."

Andreas wusste sofort, was der Arzt damit meinte, griff nach der Longe und fragte: "Drinnen oder draußen?"

„Halle", lautete die Antwort.

Wir, also ich und die Westernwichtel, mit Ausnahme von Ivett, die wir hinter uns auf ihrem Balkon etwas von Selbstbestimmung und begehrenswerter Frau jauchzen hörten, folgten den beiden Männern in die Reithalle.

Schweigend schauten wir zu, wie der junge Mann Paul in allen Gangarten um sich herumlaufen ließ.

„Hübscher Kerl. Hat schöne Bewegungen. Viel Schwung, kommt über den Rücken und hat viel Bergauf im Galopp. Tolles Pferd.", sagte Andreas zwischendurch.

„Ja, nicht schlecht", bestätigte Möllding.

Nach der Longenarbeit tastete der Arzt Pauls Rücken ab. Paul zeigte keinerlei Empfindlichkeiten.

„Also für Beugeproben besteht keine Veranlassung. Das Pferd zeigt keine Lahmheit. Ich habe so erst mal keinen Befund. Sie könnten sich ja mal draufsetzen. Vielleicht erkennen wir dann eine Problematik."

„Die Problematik wäre dann erst mal ich, weil ich so gut wie gar nicht reiten kann", gestand ich kleinlaut ein. Die Westernwichtel protestierten zwar, weil sie nett sein wollten und es sogar ein wenig ernst meinten – sie dachten von sich ja auch, dass sie reiten könnten –, aber de facto konnte ich mir Paul nicht unterm Sattel vorstellen.

„Wenn du nichts dagegen hast, würde ich ihn vorreiten", schlug Andreas vor.

„Ich wäre dir sehr dankbar, wenn du das tätest", sagte ich mit pochendem Herzen und knallroter Glühbirne.

„Gern. Ich hol nur eben meinen Sattel, eine Trense und Chaps. Bin gleich zurück."

Ich drückte Albert Pauls Strick in die Hand, griff zu meinem Handy und wählte Claudias Nummer.

„Hallo Claudia, hier Martha. Sag mal, hat die Appelt dir jemals die Röntgenaufnahmen von Pauls Rücken gezeigt?"

„Hi, nein, wozu Aufnahmen? Die kissing spines Kacke erzählt sie doch bei jedem Pferd. Das ist jetzt schon ihr Drittes mit angeblich kissing spines. Die fette Trulla knallt jedem Pferd in den Rücken, guckt sich dabei im Spiegel an, sieht den optischen Super-Gau und schreit nicht nach den Weight Watchers, sondern kissing spines. Dann will sie immer noch die Box nach vorn raus mit dem niedrigen Fenster, damit alle, die den Hof betreten, als erstes ihr Pferd sehen. Dass es da zieht wie Hechtsuppe, immer über den Rücken drüber, hab ich ihr auch schon tausend Mal gesagt. Rate mal, was das Nachfolgemodel von Paul angeblich hat. Gut, dass du den armen Kerl gerettet hast. Grüß ihn von mir. Ist ein ganz feines Pferd. Leider hatte ich das Geld nicht. Und wenn, hätte sie ihn mir nicht verkauft. Sie sagt über dich, wie war das noch, du wärst ein dermaßen vertrottelter Moralinger. Du würdest dich, weil versprochen, nie auf Paul setzen – oder so – und wenn doch wäre deine maximale Verweildauer wegen sofortiger Wohnungsnot in Sekunden zu bemessen. Streng dich an und beweis das Gegenteil. Tschüßi. Ich muss jetzt."

Obwohl ich nicht auf Mithören gestellt hatte, konnten die Anwesenden jedes von Claudias Worten verstehen. Reitlehrerorgan halt.

„Vielleicht handelt es sich hier um einen klassischen Fall von Anfängerglück", kommentierte Möllding, während der Rest der Mannschaft etwas unangenehm berührt darüber schien, sogar im Urlaub mit der alltäglichen Schlechtigkeit der Welt konfrontiert zu werden.

Dann betrat Andreas auf Paul sitzend die Halle.

Die nächsten zwanzig Minuten starrte ich wie gebannt auf ein Pferd, das mich von seinen Bewegungsabläufen und seiner Ästhetik an die Hochglanzvideos der Verdener Eliteauktion erinnerte.

Ich war drauf und dran, mit dem Bieten zu beginnen.

„Ist Anfängerglück. Herzlichen Glückwunsch." Mit diesen Worten verabschiedete Möllding sich nach wenigen Minuten und eilte von diesem Glücksfall zu einem Notfall.

Andreas schaute von Paul zu mir herab.

„Na, da hast du ja alles richtig gemacht. Und morgen setzt du dich selber drauf."

„Ich hab Angst. Um das Pferd."

„Brauchst du nicht, der wird dir helfen. Du hast ihn gerettet."

Ab dem nächsten Tag ritt ich Paul mehrere Jahre lang beinah täglich.

Er brachte mich zum Weinen und zum Lachen, zum Schwärmen und zum Fluchen, er stellte mich permanent in Frage und gab mir mehr Kraft, als jedes andere mühsam erkämpfte, vermeintliche Erfolgsmoment in meinem bisherigen Leben. Bei all dem hat Paul mir nicht nur einmal, sondern mehrfach das Leben gerettet.

Über die vielen Male habe ich nie bis selten gesprochen. Über das eine Mal häufiger, um es irgendwann los zu werden und nicht ewig mit mir herumzutragen.

Die Vertreibung aus dem Paradies mitten durchs Watt

Albert hatte mich und René, den ich einige Monate zuvor in der erwähnten, für seine einfühlsame Pädagogik bekannten Lehranstalt des Rittmeisters Wüst kennengelernt hatte, zu einem Wattritt von Sahlenburg zur Insel Neuwerk „eingeladen". Einladung war der offizielle Titel. Inoffiziell war es, wie sich im Nachhinein herausstellte, die Herausforderung zu einem Duell. Ich hatte den Moment, als der Handschuh an meine Wange klatschte, dummerweise verpasst.

Albert blieb nicht verborgen, dass ich Monat um Monat lebensfroher und -hungriger wurde, seit Paul und René in mein Leben getreten waren. Meine Euphorie über diese beiden für mich so heilsamen und belebenden Geschöpfe ließ mich vielleicht ein wenig unaufmerksam gegenüber Menschen werden, denen ich nicht ganz unwichtig war und die ich mit einer von mir unbeabsichtigten, aber von ihnen so interpretierten Ignoranz und Arroganz derart brüskierte, dass ich die Konsequenzen eines auf diese Weise verletzten Egos nachhaltig zu spüren bekam.

Nachdem Albert bereits eine Woche mit Prinzess auf der Insel Neuwerk verbracht hatte, sollten René und ich ihn am letzten Tag seines Aufenthaltes bei einem Ritt vom Festland zur Insel und wieder zurück begleiten. Seine Schilderungen von der traumhaften, endlosen Wattlandschaft und der köstlichen Gasthofküche auf Neuwerk klangen verlockend. Wir mussten der Tide gemäß am Vormittag mit unseren Pferden in Sahlenburg eintreffen. Albert wollte uns dort abholen, um gemeinsam mit uns bei Ebbe den Weg zur Insel anzutreten.

Für René hatten wir uns ein Pferd von Thore, einem Bekannten aus der Westernreitszene, geliehen. Goldbär war ein klassisches Warmblut, das seine besten Tage bereits gesehen hatte. Der Wallach befand sich in einer Art Altersteilzeit. Immer wenn er als Begleitpferd bei Ausritten gebraucht wurde, griff man auf ihn zurück. Da diese Anlässe rar waren, wurde sein Rentnerdasein maximal drei- bis viermal im Jahr für wenige Stunden unterbrochen. Er war altersgemäß gemütlich, unkompliziert und konditionell auf dem Niveau eines unsportlichen Kettenrauchers. Albert meinte, wir könnten die ca. neun Kilometer pro Strecke mit ausgedehnter Pause dazwischen dennoch locker mit dem Pensionär absolvieren. Da mir dies bei der Distanz und dem gegeben Zeitfaktor zwischen Ebbe und Flut nicht schlüssig erschien, hakte ich erneut nach. Albert kommentierte daraufhin meine Sorge um das alte Pferd auffällig angriffslustig in Richtung René. Er ignorierte die Problematik und erfragte stattdessen provokant, ob René nicht in der Lage wäre, das Pferd entsprechend „anzuschieben".

Ich kannte Albert zur Genüge, um das Konkurrenzgebaren gegenüber René zu spüren, aber leider war ich auch instinktlos genug, das Ausmaß und die Gefahr, die von dieser Empfindung ausgingen, nicht zu vergegenwärtigen.

Flapsig und gedankenlos konterte ich genauso burschikos, wie es eigentlich immer zwischen uns üblich war:

„Pass mal auf, alter, dicker Mann, dass dein eigener vierbeiniger Rollator nicht im Watt steckenbleibt."

Mir blieb zwar nicht verborgen, dass nur ich diesen Scherz erheiternd fand, maß Alberts versteinerter Miene allerdings nicht die gebührende Bedeutung bei.

Als René und ich am Tage des Ausrittes mit unserem Pferdeanhänger auf den Touristenparkplatz in Sahlenburg fuhren, empfing uns eine unerwartet heftige Menschen- und Pferdeansammlung. Wanderer und Wanderreiter überfluteten gleichermaßen die Parkflächen, um so aufgeregt lärmend wie unkoordiniert das Watt zu bevölkern und ihre Pilgertour in Richtung Neuwerk anzutreten.

Ich war froh, dass wir den in sich ruhenden Goldbären bei uns hatten. Paul jedenfalls war ob des Tumultes um uns herum ebenso verängstigt wie ich. René, der auch ohne viel Reitpraxis schon einige waghalsige Ausritte überlebt hatte, bemühte sich mannhaft, beruhigend auf mich einzuwirken.

„Ich glaube, das hier ist ein Fehler", sinnierte ich sichtlich nervös, als wir unsere Pferde mühsam durch die flanierende und johlende Menschenmasse zu manövrieren versuchten.

Wir ritten auf Albert und seine Prinzessin zu, die in sicherer Entfernung von der größten Unruhe wie ein Reiterstandbild im Watt posierten und auf uns warteten. Einer erhabenen Skulptur gleich, begrüßte Albert uns unterkühlt, fast strafend, nur mit einem puristischen Lidschlag.Ob dieses eisigen Empfanges ergriff ein Gefühl Besitz von mir, das mir flüsterte, in der jüngeren bis mittelalten Vergangenheit etwas falsch gemacht oder übersehen zu haben. Nur war es zu leise, als dass ich verstand, was genau mir zum Vorwurf gemacht wurde. Ich warf René einen fragenden Blick zu, der keine Bestätigung fand. Er schien meine Bedenken nicht zu teilen. Ich wagte also den Versuch eines unverfänglichen Gespräches.

Ich fragte nach, wie denn Alberts Ritt nach Sahlenburg gelaufen wäre und was die besenartigen Ständer im Watt zu bedeuten hätten.

Albert antwortete mir emotionslos, dass alles gut gelaufen sei, er wäre schließlich schon eine Woche hier und kenne die Gegebenheiten. Die Reisigbüschel wären sogenannte Pricken, eine Art Wegmarkierung oder Orientierungshilfe bei auflaufendem Wasser. Man müsse direkt bei ihnen bleiben, um in kritischen Situationen nicht ins offene Meer gezogen zu werden.

„Wir warten aber bitte nicht so lange, bis die Flut so weit fortgeschritten ist, dass wir um die Besen Slalom reiten müssen, ja?" wand ich mich übertrieben flehend und mit dem Versuch einer komischen Note an Albert.

Albert überhörte meine Bemerkung demonstrativ, während René sich redlich, aber erfolglos bemühte, mit dem keuchenden Goldbärchen aufzuschließen.

Den letzten Kilometer waren wir aufgrund von Pauls Aufgeregtheit recht stramm getrabt, als wir den ersten größeren Priel erreichten. Prinzess und Goldbär gingen ohne bemerkenswerte Reaktion hindurch, doch Paul zierte sich. Er ging immer wieder rückwärts oder lief an der Wasserkante auf und ab. Der Herdentrieb war als Motivation zur Durchquerung des Wassers ebenso wirkungslos wie meine zunehmend forcierten Aufforderungen mit Sporen und Gerte.

Mir kam bei diesem zunehmend unangenehmen Einsatz der schmerzhaften „Hilfen" gegenüber meinem Pferd eine Geschichte in den Sinn, die mein damaliger Hufschmid Niklas Kutzke mir einige Tage vor der Abreise erzählt hatte:

Vor etwa fünfzehn Jahren trat er gemeinsam mit einem Freund genau diesen, unseren heutigen Ausritt von Sahlenburg nach Neuwerk an. Er selbst hatte ein älteres routiniertes Pferd unter dem Sattel, während sein Freund eine vierjährige Stute ritt, die von der Welt noch nicht viel gesehen hatte.

Auf dem Weg der kleinen Truppe vom Festland zur Insel waren die Priele fast leer. Die beiden Männer fanden es gleichermaßen erstaunlich, wie extrem verängstigt das junge Pferd auf jede noch so kleine Pfütze reagierte. Sie maßen der Abwehrhaltung des Tieres in Anbetracht seines noch kindlichen Gemütes aber keine allzu große Bedeutung bei.

Auf dem Rückweg von der Insel zum Festland, den die Reiter umgehend antraten, waren die Priele wegen des auflaufenden Wassers weitaus stärker gefüllt als auf dem Hinweg.

Es war längst nicht mehr möglich, sie zu umreiten. Das junge Pferd begann zur anfänglichen Belustigung der beiden Männer, die zunehmend anschwellenden Priele zu überspringen.

Als die Reiter auf ihren Tieren die Hälfte der Distanz zum Festland zurückgelegt hatten, erreichten sie den am stärksten gefüllten mittleren Priel.

Die junge Stute war außer sich. Sie galoppierte den Priel, den zu überspringen sie nicht mehr in der Lage war, panisch auf und ab. Ihr Reiter, der sie als Fohlen eigenhändig aus dem Leib der sterbenden Mutterstute gezogen hatte, sie mit der Flasche aufgepäppelt und sie auf jedem Schritt ihrer Entwicklung begleitet hatte, war durch keinen einfühlsamen Zuspruch und keinen noch so starken, ihr durch Peitsche und Sporen zugeführten, Schmerz in der Lage den Willen seiner ihm Anvertrauten an dieser grausamen Stelle des gemeinsamen Weges zu beeinflussen; weder ihn zu gewinnen, noch ihn zu brechen.

Nach einer halben Stunde unermüdlicher Versuche eines mittlerweile hemmungslos auf seinem Pferd weinenden erwachsenen Mannes, das Tier durch den Priel hindurch zu bewegen, wurde die auflaufende Flut für alle Beteiligten endgültig zu einem lebensbedrohlichen Moment. Als zumindest einer der beiden Reiter in Person meines Hufschmiedes dies realisierte, forderte er den verzweifelten Freund auf, seiner Stute zu ihrer Erleichterung für den bevorstehenden Überlebenskampf Sattel und Zaumzeug abzunehmen und mit auf sein Pferd aufzusteigen.

Es war nach Bekunden des Niklas Kutzke mehr als eine Ohrfeige vonnöten, den um seine Gefährtin weinenden Freund dazu zu bewegen, der Anweisung Folge zu leisten. Auf dem Pferd des Hufschmiedes erreichten die beiden Männer in letzter Minute unversehrt das rettende Festland, während die kleine Stute, ihrem Schicksal überlassen, auf nimmer Wiedersehen von den Fluten in das offene Meer gezogen wurde. Niklas Kutzkes Wallach, die Rettungsboje auf vier Beinen, starb noch vor Antritt der Rückreise kurz vor dem Verladen auf seinen Hänger mitten auf dem Touristenparkplatz von Sahlenburg an einem Kreislaufkollaps.

Vor Antritt unseres Ausrittes hatte ich die Geschichte als übertrieben abgetan und rasch in der Schublade „unglaubwürdige Männerphantasien" abgelegt. Als Paul sich vor dem ersten Priel seines Lebens verweigerte, flackerte diese gruselige Episode dann doch kurz, aber heftig an meinem Nervenkostüm nagend in mir auf, um wegen der aktuell anstehenden Gefahr in Verzug aus Selbstschutz aber schnellstmöglich in einer noch tieferen Schublade meines Gedächtnisses versenkt zu werden.

Mein Pferd, kaum älter als die Stute damals, ging schließlich doch durch den Priel. Er ging auch durch den nächsten und den übernächsten. Paul beruhigte sich zunehmend, schnaubte ab und schien die Situation in dieser ebenso schönen wie beängstigenden Landschaft langsam zu genießen.

Als wir auf Höhe zweier Männer ankamen, die Warnwesten trugen und sich als eine Art Wattwächter zu erkennen gaben, erteilten uns diese sehr bestimmt die Anweisung, nach Ankunft auf der Insel den Aufenthalt dort äußerst kurz zu gestalten und auf das Notwendigste zu beschränken. Wir sollten ihrer Anweisung gemäß den Weg zum Festland zügig wieder antreten, da der Wind so stünde, dass die Flut schneller als erwartet über das Watt hereinbrechen würde.

Albert frotzelte außerhalb ihrer Hörweite für seine heutige eher eigenbrötlerisch angelegte Tagesform erstaunlich eloquent und fast erschreckend gruppendynamisch:

„Ja, ja. Ich kenne diese Korinthenkacker schon. Die erzählen die ganze Woche nichts anderes, damit sie früher Feierabend machen können. Wir Hübschen gehen jetzt alle zusammen erst mal gemütlich was essen und trinken. Basta."

Die Warnung der Wattwächter im Ohr beeilte ich mich, unsere Pferde auf die Paddocks zu bringen, die man vor Ort im ansässigen Trabergestüt mieten konnte. Ich wollte das anstehende Essen so schnell wie möglich hinter uns bringen, um als bald den Rückweg wieder antreten zu können.

Albert hingegen ignorierte die Instruktionen in Gänze. Er ließ sich während des Essens alle Zeit der Welt und schien die Spagetti samt Bolognese einzeln auf seine Gabel zu drehen. Er wollte sich nicht drängen lassen und nutzte das gesamte Spektrum seiner Körpersprache, dieses asoziale Anliegen zum Ausdruck zu bringen und darauf zu bestehen.

Ein Gespräch zwischen uns dreien entwickelte sich zwangsläufig nicht einmal schleppend. Auf jede bemühte Bemerkung von mir oder René folgte eine abfällige Spitze Alberts.

Als wir schließlich entschlossen zum Aufbruch mahnten, bestellte Albert sich demonstrativ nach dem gerade geleerten zweiten übervollen Glas Rotwein ein drittes plus doppeltem Cognac.

Während er langsam und genussvoll an seiner Gläserkollektion nippte, starrte er mich herausfordernd und mit einer Eiseskälte an, dass die Gänsehaut auf meinen Unterarmen zu einem chronischen Zustand zu mutieren drohte.

Nach einer nicht nur gefühlten Ewigkeit, die aus selbstverachtender Höflichkeit und unterwürfigem Zögern verstrichen war, standen René und ich allein vom Tisch auf. Als wir endlich auf unseren Pferden saßen, stellten wir fest, dass Albert uns umgehend nach unserem Aufbruch – allerdings nicht, ohne seine Gläser zuvor vollständig geleert zu haben – gefolgt war.

Am Strand angekommen, sah ich zwar noch weite Strecken Watt, allerdings schien mir der mittlere Bereich unserer zu bewältigenden Strecke bereits komplett überflutet zu sein.

Ich wandte mich hilfesuchend an René.

„Was meinst du? Da können wir doch nicht mehr rüber. Da ist doch fast nur noch Wasser."

Ungefragt blökte Albert dazwischen:„Quatsch. Das sieht nur so aus. Ich bin schon seit einer Woche hier. Das war jeden Tag so."

René schien von der Situation zwar auch nicht begeistert, aber insgesamt zuversichtlicher als ich.

„Albert wird schon wissen, was er tut", bemerkte er versöhnlich.

Albert lachte schallend und rotweinschwanger unkontrolliert:

„Wenn du das mal weißt, mein Jüngelchen."

Paul wurde von mir als Zugpferd an die Spitze der Truppe gesetzt, da er das größte und ausdauerndste der drei Tiere war. Während ich versuchte, René mit seinem Rentner nicht aus den Augen zu verlieren, galoppierte und trabte ich wechselweise. Albert war mir vollkommen egal.

Die Angst vor dem bedrohlichen Element Wasser trieb mich immer schneller vorwärts. Bereits nach zwei von neun Kilometern reichte das Wasser den Pferden 15-20 cm an den Beinen herauf. Bis zur Hälfte des Weges sah ich wie die Pricken noch erhaben aus den windgepeitschten Fluten ragten und mir entweder noch hilfsbereit zuwinkten oder sich bereits von uns verabschiedeten.

Mitten im tiefsten Priel, der Scheidelinie zwischen dem Festland und der Insel, thronte augenscheinlich noch in voller Länge sichtbar der Rettungsturm mit der Rettungsboje an seiner Spitze, auf die sich in Seenot geratene Menschen oder grenzdebile Hasardeure mit mehr Glück als Verstand – also solche wie wir – retten konnten, wenn sie es denn noch schafften.

Wir näherten uns unendlich langsam der Mitte. Das Wasser reichte den Pferden bereits über das Vorderfußwurzelgelenk, während ich vergeblich nach einem verbleibenden Fleckchen Watt Ausschau hielt.

Ich keuchte wimmernd vor Angst und Verausgabung, während Paul unter mir trabte wie eine Dampflokomotive. Auch er hechelte vor Anstrengung, aber wurde nicht einen Deut langsamer. Ich hoffte dass wir gerade im tiefsten Punkt des mittleren Priel angekommen seien und das Wasser jeden Moment wieder nur bis über die Fesselgelenke ginge, als Paul plötzlich vollständig unter mir wegsackte.

Feine Nadelstiche unter meiner Schädeldecke signalisierten mir das Ausmaß meiner Panik. Wo war er? Wo war ich? Ich sah seinen Kopf über Wasser, während sein Körper zwischen meinen Beinen schwebte. Ich begriff, dass er unter mir schwamm und ich über ihm. Das also war er endlich, der ersehnte Halbzeitpriel. „Ein Badespaß für die ganze Familie", wie es im Werbeslogan für das heimische Freizeitbad hieß und in dessen vollgepisstem Nichtschwimmerbecken ich mich in diesem Moment für mein Leben gern befunden hätte.

Meine Hände hielten immer noch Pauls Zügel. Ich versuchte, mein Pferd zurück in Richtung René und Albert zu wenden, und schrie ihnen während meines Unterfangens zu, sie sollen zurück, sofort zurück. René hatte längst begriffen, stand aber dennoch wie angewurzelt mit dem todmüden Goldbärchen vor dem Priel, während Albert wundersamerweise weit abgeschlagen in sicheren Gefilden nur als winziges Playmobilmännchen erkennbar war.

Als Paul zu meiner großen Erleichterung wieder Boden unter den Hufen hatte, trabte er zielstrebig, ohne dass es einer Aufforderung meinerseits bedurfte, in mächtigen angestrengten Tritten Richtung Neuwerk zurück. Die Pricken ragten mittlerweile nur noch zur Hälfte aus dem Wasser heraus. Ich selbst schien durch die gefühlte Zentnerlast meiner durchnässten Kleidung unendlich schwer in Pauls Rücken zu fallen. Meine nicht abebbende Panik und mein augenscheinlich unerschöpfliches Adrenalin-Reservoir hatten neben dem Antriebsmoment auch den positiven Effekt der körperlichen Empfindungslosigkeit. Ich spürte die Eiseskälte, die der Herbstwind in meinen Körper trieb, nicht ansatzweise.

„Komm schnell. Komm ganz dicht an mich heran!", schrie ich René hysterisch entgegen. Sein Goldbär konnte nicht mehr. Der Altersteilzeiter war komplett entkräftet.

René versuchte, sich an meine Fersen zu heften.

„Hau ihn. Mehr, mehr!", feuerte ich René immer wieder an. Im Eifer des Gefechts machte ich mir keine Gedanken über die sonst beschämende Schinderei der bemitleidenswerten Kreatur, die Goldbär war.

Wir standen in den Bügeln oder trabten leicht, um den Pferden die Strapazen zu erleichtern. Denn mittlerweile reichte ihnen das Wasser bis zum Bauch.

Als ich mich nach René umsah, trabte Goldbär plötzlich reiterlos hinter mir. Ich sah, dass einer seiner Steigbügelriemen gerissen war. René musste also vom Pferd geglitten sein. Er wirkte unglaublich winzig, als ich ihn ungefähr 200 Meter von meinem Standort entfernt in den Fluten entdeckte. René stemmte sich mit der Kraft seines ganzen Körpers gegen die Strömung, die auf Brusthöhe an ihm zehrte und drohte, ihn in das offene Wasser zu ziehen. Ich griff nach Goldbärs Zügel und versuchte, mit beiden Pferden in seine Richtung umzukehren.

René war ein kräftiger junger Mann und ein sehr guter Schwimmer. Die Strömung war allerdings so stark, dass er nicht auf uns zu halten konnte. Er driftete immer weiter ab.

Ich trieb Paul auf ihn zu, um mit beiden Pferden eine Staumauer zu formieren. Dabei trieben wir immer weiter vom Prickenpfad ab. Als mir dies endlich gelang, hielt sich René an seinem Pferd fest und zog sich an dem noch vorhandenen Steigbügelriemen auf den Rücken seines Goldbären.

Ich musste zurück zu den Pricken, die ich nur noch erahnte. Paul ging von allein in die von mir gefühlt korrekte Richtung. Es war deutlich zu spüren, als er einen der Besen touchierte. Ich beugte mich seitlich an meinem Pferd herunter und strich erleichtert mit der Hand über ein Büschel Zweige. Als ich nun Richtung Insel blickte, konnte ich erkennen, dass die Strömung immer wieder für Bruchteile von Sekunden ein paar Spitzen der Pricken freilegte und diese kurz über der Wasseroberfläche auftauchten. Diese minimale Orientierung galt es für mich zu halten.

Paul atmete mittlerweile derart schwer, als würde er jeden Moment kollabieren, pflügte sich aber dennoch ohne Unterlass seinen Weg durch die zermürbend übermächtige Strömung.

René fiel zunehmend zurück. Goldbär war unfähig, sich weiter vorwärts zu bewegen , zumal René mit nur einem Steigbügel sein nicht unerhebliches Gewicht mitsamt seiner nun auch durchnässten Bekleidung in den Sattel brachte. Er blieb stehen und verweigerte seinen Dienst. René war nicht mehr in der Lage, aufzustehen und das Tier zu entlasten.

Ich hielt Paul an und wartete. Die Pricken entschwanden zunehmend aus meiner Wahrnehmung, während das Wasser mir über die Stiefelsohlen schwappte. Zu meiner eigenen Beruhigung redete ich mir ein, mir die Linie der Besen auf die Festplatte desselben gebrannt zu haben.

„Komm, steig auf Paul auf", raunte ich René zu. Er zögerte nicht, sondern stellte sich auf seinen Sattel und setzte sich von dort aus hinter meinen Sattel. Mein Pferd sackte zwar ein wenig in sich zusammen, trabte dann aber wieder an. Obwohl nicht so kraftvoll wie zuvor, war er doch bemüht. Langsam, aber sicher kamen wir voran. Ich war fassungslos, was dieses Pferd zu leisten in der Lage war. Ein zügiger Schritt war das Maximum, was ich mit uns beiden auf seinem Rücken zu erhoffen gewagt hatte. Doch obwohl ich ihn nicht dazu angetrieben hatte, kämpfte Paul auf eine Art und Weise, die mich aus einer Mischung von Angst und Rührung schon in diesem Moment in einen nicht enden wollenden Heulkrampf trieb. Dieser wurde erst unterbrochen, als wir den rettenden Strand erreichten und ich von Pauls Rücken herunter glitt, kraftlos auf den Boden plumpste und mich aus der angestauten Todesangst heraus übergab. Während ich neben dem Erbrochenen liegend, fast verliebt auf dieses erste Bild nach unserer gefühlten Wiedergeburt schaute, durchströmte mich die langsam in mir aufkeimende Erkenntnis, es geschafft zu haben.

Ich drehte mich zu René. Er saß mit versteinerter, bleicher Miene im Sand und hielt sich an Pauls Zügel fest, während der Wallach regungslos neben ihm stand. Mein Pferd hielt den Kopf so tief, dass seine Nüstern knapp über dem Erdboden bebten. Es schien, als würde er den Schlamm in seine Lungen saugen. Pauls weit aufgerissene, blutrot unterlaufene Augen zeugten immer noch von einer unermesslichen Schinderei und Todesangst.

„Mein Paulchen", flüsterte ich meinem Pferd ermattet zu. „Ich hoffe du kannst mir irgendwann vergeben."

Goldbär hatte es tatsächlich geschafft, reiterlos den Strand zu erreichen. Er gesellte sich mit einer Selbstverständlichkeit zu uns, als würden wir uns hier regelmäßig zum Chillen treffen.

„Wo ist eigentlich unser Kompetenzwunder in Sachen Wattritt abgeblieben?" fragte ich René eher beiläufig als von Sorge getrieben.

„Der kommt auch gleich. Kompetenter als ihr beiden ist er in jedem Fall. Der ist zumindest nicht wie ein Besengter in die Fluten gestürmt", sagte eine mir unbekannte männliche Stimme hinter mir.

Ich drehte mich wieder in Richtung meines noch körperwarm dampfenden Bolognese-Haufens. Dort standen drei Männer, die trotz oder gerade wegen ihres ruppigen Auftretens unübersehbar einem Beruf mit Lebensrettungsfunktion nachgingen, vor ihrem panzerartigen Dienstwagen.

„Wir hatten unser Amphibienfahrzeug schon mal startklar gemacht. Es hat nicht viel gefehlt bei euch Spaßvögeln und wir hätten eingreifen müssen", sagte einer von ihnen.

Ein anderer bemerkte vorwurfsvoll, dass er nicht begreife, wie man bei dem Stand der Flut überhaupt habe losreiten können.

„Wir dachten, ihr kommt sowieso nicht weit und dreht um. Als dein Pferd das Tempo Richtung Festland hielt, haben wir angefangen alles vorzubereiten. Es ist ein verdammtes Wunder, dass ihr da mit euren Pferden rausgekommen seid. Euch beide hätten wir vielleicht irgendwie raus fischen können, aber die Tiere wären hundertprozentig draufgegangen; was schade wäre bei diesen treuen Gesellen."

Er reichte Paul einen Apfel, den er aus einer Brotdose zog, die auf dem Fahrersitz des Amphibienfahrzeuges lag. Mein Pferd nahm den goldenen Köstlichen ins Maul, war aber zu schwach, ihn zu kauen. Nur mit ein paar Zahnabdrücken an der Schale fiel der Apfel fast unversehrt aus Pauls Maul zu Boden.

Bei dem Anblick des Häufchen Elends, das mein Pferd abgab, fing ich wieder zu flennen an.

Dessen ungeachtet sagte einer der Seenotretter: „Den Dritten von euch hätte auch ohne unser Eingreifen entweder seine Trägheit oder seine Cleverness gerettet. Der ist ja weit hinter euch geblieben. Ist im flachen Wasser noch ein bisschen gekreuzt, aber immer im grünen Bereich. Wolltet ihr euch allein umbringen oder gehört ihr gar nicht zusammen?"

Ich war zu schwach, das Gesagte sofort zu verarbeiten und die Frage zu beantworten, als nun auch Albert die Stelle am Strand erreichte, an der wir gerade im Begriff waren, unsere Kräfte zu reaktivieren und unseren Verstand zu sortieren.

„Was hattet ihr denn vor?" fragte er demonstrativ belustigt.

„Ich hab doch immer gerufen, ihr sollt umkehren. Warum habt ihr nicht auf mich gehört?"

Meine Widerstandsbereitschaft gegen dummdreiste Unwahrheiten erwachte zwar in mir spürbar zu neuem Leben, als ich den Unmenschen des Jahres frech daher quaken hörte, dennoch schwieg ich. Für die hier und jetzt lauernde Auseinandersetzung fehlte mir momentan die Kraft, um siegreich und für mich befriedigend aus ihr hervorzugehen.

Ich quälte mich in den aufrechten Gang und brachte unsere Pferde in ein Paddock weit ab von Alberts. René und ich versuchten die Tiere zu füttern und zu tränken. Beide Wallache wirkten, als hätten sie durch die vorangegangene Tortur ein Viertel ihrer Körper-Masse verloren. Die Knochen an der Hüfte drückten von innen gegen die Haut und formten eine Hungerrinne über die Fläche des Schenkels. Glücklicherweise begannen beide, langsam zu fressen und zu saufen.

Wir hatten nun zwangsläufig einige Stunden Zeit bis zum nächsten Niedrigwasser am Abend. Dann stand uns erneut der Rückweg zum Festland durch das Watt bevor.

Ich machte den Kutscher eines Wattgespanns ausfindig, bat ihn René auf seinem Wagen mitzunehmen und Goldbär daran festbinden zu dürfen. Der lahmende Wallach konnte nicht mehr geritten werden. Mit Paul wollte ich versuchen, die Strecke im Schritt neben der Kutsche so langsam und kräfteschonend wie möglich zu absolvieren.

Albert gingen wir aus dem Weg und er glücklicherweise auch uns. Der lauernde Argwohn und die unbändige Wut, die gegen ihn in mir gärten, durften nicht auf ihren Auslöser treffen. Jeder Funken Selbstbeherrschung wurde nur durch die Erschöpfung im Zaume gehalten, die meinen Körper und mein Hirn seit dem Ritt lähmten.

Mir war klar, dass es viel Zeit und Abstand bedurfte, bis ich mich ohne ausufernde, überbordende Emotionen halbwegs kontrolliert mit ihm auseinanderzusetzen in der Lage sein würde. Vorausgesetzt, ich würde dies überhaupt jemals wieder wollen.

Während der Stunden des Wartens auf der Insel grübelte ich, in welchen Stall ich nach unserer Rückkehr mit Paul gehen könnte. Bei Albert konnte ich unmöglich bleiben.

„War das Absicht?" fragte René neben mir im Gras liegend unvermittelt in die Stille hinein.

Müde, mühsam und mit einer gewissen Furcht vor den Gedanken Renés, versuchte ich meine eigenen zu formulieren:

„Wäre eine gruselige Vorstellung, das mit dem Vorsatz. Aber ein spontaner Kontrollverlust aus einer giftigen Mischung von Altersfrust und Jugendneid, Gichtknochenaua und viel zu viel Dornfelder wäre auch nicht viel harmloser, weil auch nicht wirklich weniger lebensbedrohlich."

Insofern plädierte ich – unabhängig von unserer theoretischen Auflösung der Sachlage – für einen vorübergehenden bis endgültigen Abstand zu meinem einstigen Förderer, Ziehvater und Weggefährten.

Paul kam daher auf die Schnelle in einem verhältnismäßig trostlosen Übergangsstall ohne Weidegang unter. Die einfache Anlage für anspruchslose Obdachlose gehörte einer mir von den ländlichen Turnieren bekannten Reiterin, die den Pensionsstall gemeinsam mit ihrem Mann in der Nähe von Bremen betrieb.

Da Paul sich bei dem selbstlosen Unterfangen, uns das Leben zu retten, eine Sehnenreizung zugezogen hatte, führte ich ihn die nächsten Wochen täglich eine Stunde lang spazieren. Während wir gemeinsam nebeneinander her gingen, versprach ich meinem Pferd, dass ich ihm ein richtiges zu Hause verschaffen würde. Ein eigenes Heim mit großer Box und saftiger Wiese.

Ich bat René damals mit Pipi in den Augen und Kloß im Hals sehr nachdrücklich, wir mögen das Projekt „Eigener Hof" bald in Angriff nehmen. Es gab kaum offenere Türen als Renés, die ich mit diesem Anliegen einzurennen im Begriff war.

Mein Liebster versuchte schon immer, alles in seiner Macht stehende zu tun, damit es Paul und mir in unserer Dreierbeziehung gut ging. Nun waren wir zudem an einem Punkt angelangt, da auch René seine Zuneigung zu einem weiteren Wesen entdeckte. Wir brauchten viel mehr Platz, was gut war, weil es unser gemeinsames Streben nach Stadtflucht befeuerte. Neben dem finanziellen Aufwand und der Suche nach dem geeigneten Objekt, war das größte Problem jene immense Herausforderung, an meinen bislang unterforderten Großmut, René zu teilen, der ebenso wie meine unterentwickelte Toleranz Konkurrentinnen gegenüber auf eine harte Probe gestellt werden sollte.

Das Ende der Monogamie oder:
„Willst du mit mir gehen, Merle? Dann bei Fuß, Schatzi."

Einer der wenigen Kontakte aus dem eher milden Wilden Westen in der Nähe von Garlstedt, den ich pflegte und auch nach dem Sahlenburg-Neuwerk Drama immer mal wieder belebt hatte, war der zu Thore und Christa. Thore war als Westerntrainer das Pendant zu „Clodia", nur eben nicht auf klassisch dressurreiterlich. Er war Alberts Reitlehrer und glücklicherweise auch das genaue Gegenteil des Niederrichters und Landesreitschulleiters Jochen Wüst. Thore war ein Genussmensch mit sanfter Stimme und Elvistolle. Ich hörte ihn zwischen meinen Ohren vermeintlich „love me tender" anstimmen, wenn ich beim Unterricht zusah. Tatsächlich sang er nicht, sondern streute nur Alltagsanekdoten in seine Referate über das Reiten und das Reiten lernen. Seine Schüler trainierten bespaßt und mit viel Leichtigkeit. Sie lernten, sich selbst und das Leben nicht so ernst zu nehmen, sehr wohl aber die Pferde, auf denen sie saßen.

Thore und Christa hatten ihren eigenen Reitstall mit stark frequentierter Reiterstube und Familienanschluss für jede einsame Seele, die ein bisschen Zugehörigkeit und Nestwärme brauchte.

Optisch verkörperte das Paar jenen folkloristischen Westernlook, der mir die bereits erwähnten körperlichen Schmerzen bereitete. Da mein mausgraues Sekretärinnen-Outfit jedoch auch ihre Ästhetik auf das Schändlichste beleidigte, waren wir in dieser Hinsicht irgendwie quitt.

An einem Nachmittag im Mai des Jahres 2006 rief Thore mich an und sagte in seiner ruhigen Art, in der immer ein wenig Ironie und Udo Lindenberg Slang beheimatet waren:

„Du Martha, wenn deine Leute am Wochenende den Luxuslatte mal ‚ne halbe Stunde allein aufschäumen könnten, dann kommt doch Sonntag auf einen ordinären Filterkaffee bei mir zuhause vorbei. Ich möchte euch beide wem vorstellen. Ihr werdet die mögen. Aber denkt dran, nicht zum Reitstall fahren, sondern direkt zu mir."

René war entgegen meiner Erwartung erfreut über die Einladung. Nicht, dass er die beiden nicht mochte. Er fand die sporadischen Besuche bei ihnen immer sehr unterhaltsam und angenehm unaufgeregt. Momentan jedoch hatte er sich in den Geschäften an einem technischen Projekt derart festgebissen, dass ich ihn, wenn ich Glück hatte, gerade mal unter der heimischen Dusche traf.

René hatte es innerhalb eines halben Jahres geschafft, unsere Energiekosten um ein Viertel zu senken. Was erst der Anfang sei, wie er verheißungsvoll prophezeite.

„Wir produzieren unglaublich viel Wärme in unseren Bistroküchen. In der gesamten lebensmittelverarbeitenden Industrie wird diese Wärme zurückgewonnen und verwertet. Warum nicht bei uns?", lautete die rhetorische Frage, auf die er sich nicht wirklich eine Antwort von mir erhoffte.

„Man muss sich mal vorstellen", schimpfte er, „da kann man ohne Probleme über das Medium Wasser die Wärme der Küchengeräte abtransportieren und daraus auch sein Warmwasser speisen. Und was passiert überall für teures Geld bei gleichzeitiger Verschwendung unserer begrenzten Ressourcen? Man baut laute, luftgekühlte Geräte in die Küchen ein, kühlt die über strombetriebene Ventilatoren runter, erzeugt dabei noch mehr Wärme, aber man hat ja für die Menschen in der Küche noch eine Klimaanlage und die arbeitet ja gratis für uns."

Seine Schimpftiraden veranschaulichten mir nach und nach das Ausmaß der energetischen Gedankenlosigkeit, die in den Kaffeehaus-Bistros stattfand. Meine anfängliche Skepsis gegenüber den mannshohen Wasserspeichern, die nach einem Gegenstromprinzip funktionierten und die René für sein anvisiertes Wärmerückgewinnungskonzept brauchte, wich mit jeder Stromrechnung, die ins Haus flatterte.

Wenn René stundenlang mit dem Kopf in Lüftungsschächten versank, um das Chaos zu entschlüsseln, das es effektiv umzugestalten galt, dann wirkte er wie in Trance.

Umso erfreuter war ich zu hören, dass mein hauseigener Kreativer Lust hatte, mich am Sonntag zu unserer Einladung zu begleiten.

Thore residierte in einem kanadischen Blockhaus am Waldesrand mit Pickup und weißer Corvette vor der Tür. An der Gartenpforte versuchten uns Bo, Thores Dobermannhündin, und Higgins, Christas Deutsch-Kurzhaarrüde, mit vielsagendem Knurren und ohrenbetäubendem Gebell das Fürchten zu lehren.

Thore schlurfte den beiden in schweren Westernstiefeln, einer Jeans mit überlangen abgewetzten Hosenbeinen und seinem unerschütterlichen Grinsen im Gesicht hinterher. Als er das Gebrüll der Hunde mit einem „Ja, ja" kommentierte und die Gartentür öffnete, verwandelten sich die Bestien in Schoßhunde, leckten uns die Handrücken und schlängelten um unsere Beine.

„Was für eine liebenswerte Alarmanlage", schwärmte René.

Wir folgten Thore durch eine massive Holztür, welche den Vorgarten vom privateren Bereich trennte. Christa empfing uns auf der Terrasse . Sie war dort bereits in Gesellschaft eines Pärchens namens Pinki (geborene Hannelore) und Roy (geborener Dieter). Ich war enttäuscht. Wir kannten beide aus dem Westernreitstall und brannten nicht gerade darauf, uns erneut vorgestellt zu werden. Ich hatte Sorge, an diesem Nachmittag in eine Art Tupper-Ware-Party für selbstgebastelten Kitsch der übelsten Sorte geraten zu sein.

Die pinke Hannelore hatte vor einigen Monaten schon einmal versucht, mir Bewunderung und Kaufgelüste für ihre in Heimarbeit aus Federn und Glasperlen gebastelten „Traumfänger" zu entlocken. Als ich statt Geld nur Belustigung für die „esoterischen Staubfänger" erübrigen konnte, mimte sie die zutiefst Gekränkte und unterstellte mir mangelnde Toleranz gegenüber Andersdenkenden Ich versuchte sie zu korrigieren, indem ich ihr erklärte, dass ich ihren Hang zum Kitsch, den ich als „Vorliebe für Verspieltes" verpackte, problemlos tolerieren könne. Nur kaufen wolle ich ihn eben nicht. Pinki und Roy mochten mich seitdem „nicht mehr so richtig", weshalb die Stimmung zwischen uns an diesem sonnigen Nachmittag auf der Blockhausterrasse eher frostig geriet.

Die Terrasse selbst konnte nichts dafür. Sie war in das gemütliche, gleißende Gelb gehüllt, welches das Sonnenlicht gemeinsam mit der safranfarbenen Markise für uns vorbereitet hatte. Die Temperaturen waren frühsommerlich. Der Duft des Jasmins, der üppig an der Hauswand rankte, betörte meine Sinne mehr, als es die harten und leichten Drogen, unter denen sich die Gartentischplatte ächzend verbog, jemals vermocht hätten.

Kaffee, Zigarillos, Cola, Fanta, Sprite, Zigaretten, Salzstangen, Chips, Flips, Prinzenrollen, Marshmallows, Hugos, Frizzantes, Butterkuchen und eine Flasche Jack Daniels empfingen uns wollüstig drapiert. Währenddessen beschallte der rund um die Uhr laufende Fernseher im Wohnzimmer den Außenbereich dezent mit den Geräuschen quietschender Reifen und heulender Motoren eines Formel 1 Events .

Christa kam mit einem Schälchen grüner Oliven aus dem Haus auf die Terrasse. Ich wusste doch, dass noch etwas fehlte. Sie begrüßte uns herzlich und fuhr fort, eine Geschichte aus dem Stall weiterzuerzählen, die sie anscheinend begonnen hatte, bevor ihr auffiel, dass auch die Oliven heute noch etwas Sonne vertragen könnten.

Thore ging ohne Anstalten sich zu setzen an uns vorbei in den hinteren Teil des weitläufigen Gartens und verschwand dort für einige Momente. Im Hintergrund hörte man das Quietschen einer Tür. Plötzlich und unvermittelt überschwemmte ein neunköpfiger Schwarm schwarzbrauner rattengroßer, kläffender Geschöpfe den Rasen, um dann invasionsartig die Terrasse einzunehmen.

Thore und Christa kommentierten unser erwartungsgemäßes Entzücken mit dem selbstsicheren Grinsen erfolgreicher Hobbyzüchter. Der Charme der Dobermannwelpen ließ uns Zeit und Raum derart vergessen, dass sich die sonnenverwöhnten Oliven in grüne Rosinen verwandelt hatten, als mein zweiter Blick auf sie fiel. plötzlich wiesen sie eine täuschende Ähnlichkeit mit der von zu viel künstlichem UV-Licht gegerbten Hannelore Pinkowski auf. Jene hatte unbemerkt schon längst gemeinsam mit ihrer royalen Begleitung die Szenerie verlassen. Wären die Winzlinge nach dem Abendbrot und dem Dessert an Mama Bos Milchbar nicht in einen komatösen Schlaf gefallen, dann hätten René und ich die Nacht spielend mit den Welpen auf der Terrasse verbracht.

Thore bemerkte beim wohlverdienten Abschied , ob meine Leute den Latte noch mal alleine aufschäumen könnten: „Also dann bis nächsten Sonntag zum Kaffee."

„Nächstes Wochenende geht glaube ich nicht", bemerkte ich zaghaft. "Da ist Turnier in Pennigbüttel. Paul ist zum Glück wieder fit."

Kaum hatte ich diese Worte auf der Rückfahrt im Auto über die Lippen gebracht, spürte ich, wie sich Renés Miene schlagartig verfinsterte.

Der ansonsten begeisterte Turnierbegleiter oder TT, also Turniertrottel, wie die Helfer der Reiter- und Reiterinnen – meist Ehemänner, Lebensgefährten oder Elternteile – mehr oder weniger liebevoll genannt werden, fragte daraufhin die ganze folgende Woche lang demonstrativ unmotiviert, ob wir denn wirklich auf dieses Turnier müssten. Ernsthafte Sorgen um unsere Beziehung begann ich mir zu machen, als René vorschlug, ich könne doch im Stall nachfragen, ob vielleicht von dort jemand vor Ort sei, um mir zur Hand zu gehen.

Bislang war es mir strengstens untersagt, Hilfe von „Fremden" in Anspruch zu nehmen. Schließlich konnte keiner außer René derart fürsorglich die Startfolge verträumen, weil die Rostbratwürstchen so verlockend dufteten, oder mich mit einer Gamasche vorn und einer hinten in die Prüfung schicken, weil er sich nebenbei am Abreiteplatz angeregt mit jemandem vom Fach über die neue Radiatoren-Generation im gewerblichen Bereich unterhalten hatte.

Nicht, dass ich nicht auch einen Grund suchte, statt auf Turnier lieber zu den Welpen zu fahren. So war es doch beängstigend für mich zu beobachten, wie zielstrebig es meinen Mann zu diesem kleinen zickigen Mädchen mit den O-Beinen zog, das ihn die ganze Zeit besonders betört hatte.

Seit wann wollten wir eigentlich einen Hund und warum sollte ich mir freiwillig eine Nebenbuhlerin ins Haus holen, die für mich schon einen realen Liebesentzug mit sich brachte, bevor sie überhaupt bei uns eingezogen war?

René hatte sich den Nachmittag bei Thore und Christa fast ausschließlich mit ihr beschäftigt. Als er auf dem Rasen saß – um sich herum die halbe Bagage – und anfing, mit seinen Gummigaloschen zu wackeln, rannte dieses kleine Wesen wie hypnotisiert zu seinen Füßen, kläffte sie an, rannte in einem fort um sie herum und wich René nicht mehr von der Seite. Ebenso wie er ihm.

Die Beziehung der Beiden hatte für meinen Geschmack etwas zu intensiv begonnen. Zuneigung ja, Hörigkeit nein. Da ich wusste, wie sehr René im Vorfeld seiner Begegnung mit der Hündin ebenso wie ich eher von Rüden beeindruckt war, hatte ich die Hoffnung es könnte mir gelingen, unsere ursprüngliche Präferenz bei ihm zu beleben. Zu diesem Zweck plante ich sogar, Renés Gummigaloschen zu verstecken. Ich hatte damals noch nicht begriffen, dass der Sog der durch nichts zu unterbindenden Leidenschaft dieser beiden Wesen füreinander bereits seinen unaufhaltsamen Lauf genommen hatte.

Am folgenden Sonntag – wir waren für Renés Empfinden etwas sehr spät dran, weil er seine Galoschen nicht gefunden hatte- fuhren wir ein zweites Mal zu Merle. René sprach schon ab Dienstagnachmittag nicht mehr von der Hündin, sondern von Merle.

„Wie findest du Merle?" fragte René ganz nebenbei, wenig gespannt auf meine Antwort. Er fragte allerdings nicht danach, wie ich die Hündin fand, sondern lediglich den Namen. Der Hund war also entschieden. Den Namen hätte ich vielleicht noch in Richtung Doppelnamen zu beeinflussen vermocht.

Thore hatte die Haustür nur einen Spalt breit geöffnet. Er empfing René unrasiert, verschlafen und dennoch nicht wirklich erstaunt mit den Worten: "Na ja, zum Kaffee ist ja auch relativ. Mein Fehler. Hast du Brötchen dabei?"

Ich stand derweil mit puterrotem Kopf im Sichtschatten von René und hatte vergeblich gehofft, Thore und Christa hätten Sonntagmorgen um sechs Uhr morgens die Haustürklingel noch auf Schlummermodus gestellt. Wenn ich jemals Welpen im Haus haben sollte und andere davon wüssten, würde ich eine derartige Vorsichtsmaßnahme ergreifen.

Anfang August holten wir Merle zu uns nach Hause.

René hatte bereits im Vorfeld anhand mehrerer Bände Fachliteratur zwei unterschiedliche theoretische Ansätze der Hundeerziehung zu differenzieren gelernt, ohne sich bis dato endgültig für eine Herangehensweise entschieden zu haben. Im Groben ging es um die Frage, ob wir auf chinesisches Internat oder auf Waldorfschule machen. Da er immer, wenn wir Merle besuchten, überzeugt war, sie würde seinen Namen hüpfen und bellen, schien mir die generelle Tendenz schon augenfällig.

Ich erfuhr von René, dass das erste Reiseerlebnis im Auto besonders wichtig für die zukünftige Mitfahrbereitschaft der kleinen Prinzessin sei. Gemeinsam mit ihr auf dem Schoß drapierte René sich vorsichtig auf dem Beifahrersitz.

Ich fuhr, allerdings nur an. Nach drei Metern wurde ich von René in strengem Tonfall zum Halten genötigt. Mein Fahrstil sei zu ruppig. So würden wir sie ja nie wieder in ein Auto bekommen. Also sollte ich sie auf den Schoß nehmen.

Er würde fahren. Das auf den Schoß nehmen wurde vor der erneuten Abfahrt minutiös von René vorbereitet und gestaltet: Er schnallte mich an, stellte mir die Rückenlehne so ein, dass Merle es bequem hatte, und bedeckte meinen Schoß bis zum Ansatz meines Ponys mit Kissen.

Merle kam oben auf die Matratzenkonstruktion. Meine Hände wurden von René genau an den Stellen auf ihren kleinen Körper gepresst, von denen er meinte, sie würden Merle die größtmögliche Stabilität verschaffen. „So, du darfst dich jetzt mal eben nicht bewegen", lautete seine Anweisung.

René fuhr die Strecke, die wir sonst in einer halben Stunde hinter uns brachten, in eineinhalb Stunden und ließ während der gesamten Zeit seine rechte Hand als „zusätzlichen

Stabilisator" nicht von der selig schnarchenden Merle. Dabei drückte er mir angeblich unvermeidlich die Kissen so fest und ausdauernd ins Gesicht, dass mir nichts anderes übrig blieb, als diese erste gemeinsame Fahrt mit seiner weiteren Lebensgefährtin nicht nur als Weg in die Polygamie, sondern auch als potentiellen Tötungsversuch zu werten.

Ich durfte weiterleben, hatte aber lange Zeit das Gefühl, dies sei nur dem Gedanken geschuldet, dass René ein Leben als Alleinerziehender zu kompliziert erschien. Er brauchte mich noch zum Einkaufen und Geldverdienen, um so genügend Zeit für die liebevolle, individuelle Sozialisation seines „Augäpfelchens" zu haben. In ein Internat, wenn auch nur kurz, hätte er Merle niemals gegeben. Welch ein Ausdruck von Versagen in seinen Augen. René meinte um die niederen Gründe solcher Kindheitsverläufe zu wissen. Er verband mit einem derartigen Werdegang verdorbene kleine Hundeseelen, die in den gekauften Lehranstalten wegen der Überforderung ihrer Erziehungsberechtigten mühsam und teuer korrigiert werden müssen. René und ich hatten dies am Beispiel von Wolferl erlebt, dem Hund meines pensionierten Onkels Uwe.

Wolferl war eine kniehohe, mausgrau-anthrazitfarben getigerte Promenadenmischung mit viel Hängebauchschwein- und wenig Hundeanteil, die den ganzen Tag mit Fressen und Schlafen verbrachte. Dora, Uwes Frau, vertrat den Standpunkt, Wolferl müsse von selbst zu sich finden, weshalb erzieherische Maßnahmen gänzlich unterblieben. Wolferl beugte sich diesem Anspruch und genoss die Selbstfindung in vollen Zügen. Als gleichberechtigter Mitbewohner der Hausgemeinschaft ging er ein und aus, wann und wie er wollte. Manchmal alle fünf Minuten. Raus ging von allein; für rein öffnete die Haushälterin Herta Polotkowski die Terrassentür. Ein Wolferl-Morgen begann mit dem eigenen Frühstück und fand seine Fortsetzung mit der sabbernden Schnauze auf dem Tisch liegend, „lieb" oder irgendwie guckend und daraufhin das halbe Frühstück von Papi Uwe und zwei Drittel von Mutti Dora verzehrend. Dann kam Wursti-Wursti-Phase im Garten oder auf der Terrasse, wenn es schnell gehen musste.

Kurz vor der Mittagszeit, wenn Herta die Betten frisch gemacht hatte, rannte Wolferl – nicht täglich, aber ab und an – in einem Anflug von unerklärlichem Aktionismus zum Gartenteich, wälzte sich im schlammigen Grund des Gewässerrandes, galoppierte zum Haus zurück, bellte an der Tür um Hilfe, wurde von Herta oder Dora besorgt hereingelassen, sauste die Treppe zum Schlafzimmer nach oben und schmiss sich ins Ehebett. Herta hatte dann meist Tränen in den Augen, während Dora sich eine Zigarette ansteckte und beiläufig kommentierte, so sei das eben, wenn man Tiere hätte.

Ihre oder besser Uwes entspannte Haltung zu Wolferls Selbstfindungsprogramm änderte sich, als Dora wegen einer notwendigen Reise Uwes zwei Abende allein mit dem mittlerweile dreijährigen Hund zu Hause verbringen durfte.

Dora war eine zierliche, kraftlose Person, die auf die Siebzig zuging. Am ersten Tag von Uwes Abwesenheit hatte sie nach dem Musikantenstadel geduscht und sich danach ins Bett begeben. Wie immer standen die Schlafzimmertür offen und ihre Nivea-Körperlotion auf dem Nachttisch bereit. Dora begann sich im Liegen einzucremen, als Wolferl das Schlafzimmer betrat. Er trottete langsam auf das Bett zu. Die verunsicherte Dora wusste nicht, wie sie das Tier ansprechen sollte. Sie wusste nur, wie man es fütterte. Dies fand seine Bestätigung, als Wolferl sich ohne Zögern mit einem schwungvollen Satz in das Bett wuchtete und Dora unter sich begrub, um sie ihrer Bestimmung zuzuführen. Dann begann er, ihr genüsslich und sehr langsam diese köstlich duftende Kuvertüre vom regungslosen

Körper zu schlecken. Welchem Gefühl die anfängliche Furcht Doras wich und welche totgeglaubten Zonen ihres Langzeitgedächtnisses erwachten, als der Hund auf ihr lag und ihre Haut mit seiner Zunge massierte, ging nur sie etwas an.

Uwe zumindest war – vermutlich weil Dora mit rosigen Wangen eine Nuance zu belustigt und angeregt von dem gemeinsamen Abend mit Wolferl berichtete – not amused.

Wolferl kam ins Internat St. Johannishügel.

Nach zwei Monaten beim „Hundepräparator", wie Dora das *Vierbeiner-Animateusenteam* sarkastisch nannte, wurde Wolferl abgeholt. Dora begleitete Uwe nur widerwillig, weshalb er mich bat, ebenfalls mit zu kommen. Sie fürchtete, ihren alten Wolferl verloren zu haben, und wollte nichts wissen von den Instruktionen, in die sie unterwiesen werden sollte, um die Erziehungsergebnisse des Hundes zu erhalten.

Im Internat angekommen bat man die beiden, vor einem Fernseher Platz zu nehmen. Dora krähte trotz Rauchverbotes demonstrativ nach einem Aschenbecher. Leider wurde sie entgegen ihrer Hoffnung nur ignoriert, nicht aber rausgeschmissen.

Die Familientherapie fand unaufhaltsam ihre Fortsetzung. Auf dem Bildschirm erschien ein erstaunlich schlanker, gut aussehender Wolferl. Er befand sich in einem kleinen Raum nebenan, in den kaum mehr als er und ein Tisch passten. Den Tisch hatte man mittig im Zimmer drapiert. Darauf stand eine große Platte mit Wurstaufschnitt. Wolferl starrte eher unbeteiligt auf die Mortadella, die sich auf Kopfhöhe zu ihm befand. Nach wenigen Momenten legte er sich neben den Tisch und fing an zu schnarchen.

Der Fernseher wurde ausgeschaltet. Die Internatsleiterin Frau Möbius schaute Uwe und Dora triumphierend und in Erwartung der dem Erfolg angemessenen Standing Ovations an.

Doch es blieb ruhig in dem Fernsehzimmer. Uwe, der mit einer SMS beschäftigt war, verpasste den richtigen Moment, auf seine Frau aufzupassen. Dora zog an ihrer nicht angezündeten Zigarette und fragte nach einer Weile gelangweilt, ob sie den weiten Weg gefahren sei, damit man ihr zeigt, dass Wolferl keine billige Mortadella mag. Zudem wäre es augenfällig, dass er als Spross eines Gourmethaushaltes sich im Hungerstreik befände. Dies als erzieherischen oder sogar therapeutischen Erfolg zu verkaufen, wäre eine Sache, die es mit dem Tierschutz zu klären gelte.

Frau Möbius, die vermutlich in ihrer gesamten Laufbahn keinen verwöhnteren Hund zur Korrektur hatte und sich nach diesem an ihm vollbrachten Wunder wie eine ganz große ihres Faches vorkam und es wohl auch war, rang um Fassung ob einer solchen Missachtung ihrer Leistung. Sie rief nach einer Vertretung und verließ den Raum grußlos.

Uwe zischte Dora zu, sie solle sich zusammenreißen; was diese nicht tat. Das junge Mädchen, welches für Frau Möbius einsprang, versuchte Dora und Uwe auf das erste direkte Zusammentreffen mit Wolferl vorzubereiten.

Sie sagte ihnen im Vorfeld, welche Kommandos man trainiert hatte und dass die beiden diese bitte genauso umsetzen mögen, wie sie es gleich vorführen würde.

Wolferl machte brav „Sitz" und „Platz", kam auf Zuruf und ging bei Fuß.

Als er Dora noch nicht mal von hinten ansprang, um sie wie gewohnt mit dem Gesicht vornüber bäuchlings auf den Boden mitten in den Schmutz zu katapultieren, da blieb Dora nichts anderes, als wutentbrannt ihr vernichtendes Urteil über die Resultate der Erziehungsarbeit in die Welt zu keifen.

„Das ist kein Hund mehr, das ist ein degenerierter Gassi-Automat", schrie sie hysterisch. Sie ergänzte etwas leiser: "Und Nivea-Creme mag er auch nicht mehr."

Auf dem Heimweg mit Wolferl im Auto maulte Uwe demonstrativ die ersten vierzig Kilometer, um seiner Missbilligung über Doras Verhalten Ausdruck zu verleihen. Seine Waffe war ein Rohrkrepierer. Dora genoss sein Schweigen und ließ Uwe dies spüren. Nach hundertachtzig Kilometern und einigen absichtlich gefahrenen Umwegen, sagte er vor dem Öffnen des automatischen Hoftores:

„Dora, bitte hilf mir, diesen Erziehungsstand bei Wolferl zu erhalten. Ich möchte irgendwann einmal wieder Gäste zu uns einladen können, ohne Angst zu haben, dass diese Leute wegen des Hundes nie wieder kommen. Wir haben keine Freunde, keine Bekannten mehr, seit Wolferl bei uns wütet, weil wir ihm alles durchgehen lassen."

„Wer sagt dir, dass ich nicht genau das gut finde?" erwiderte Dora trotzig.

„Bitte, Dora, mir liegt sehr viel daran."

Als Uwe und Dora sich gemeinsam ins Schlafzimmer begaben, hatten sie nach Uwes flehentlicher Ansprache an seine Frau noch kein weiteres Wort miteinander gewechselt. Dora lag bereits frisch einbalsamiert unter ihrer Bettdecke, während Uwe seine Kleidung für den nächsten Tag sortierte. Die Tür stand einen Spalt breit offen, als die Scharniere ein kaum hörbares Ächzen von sich gaben. Wolferl bahnte sich seinen Weg ins Ehegemach. Sein Gang wirkte verjüngt und elastischer als sonst. Doras Augen glänzten, als ihr Blick versehentlich Uwes streifte. Er bat sie erneut wortlos, seinem Wunsch nachzukommen. Doras eben noch entspannte Mimik verkrampfte und spiegelte ihren inneren Konflikt wider.

„Wolferl sitz, äääh nein, Platz mein ich. Oder geh mal besser raus hier", war das relativ eindeutige Kommando Doras an Wolferl.

Wolferl verstand, was er verstehen wollte: hier. Also ging er weiter auf das Bett zu. Dora wiederholte die eben formulierte semiprofessionelle Anweisung an das Tier in ähnlicher Form. Wolferl hatte das Bett erreicht, als Dora erneut zu einem „sitz", „Platz" ansetzte.

Wolferl gehorchte. Er schob sein Hinterteil mitsamt den Hinterläufen auf den Rand von Doras Bettseite und blieb dabei mit den Vorderläufen auf dem Fußboden stehen. Eine derart intelligente Umsetzung der Sitz-Platzanweisung – das musste auch Uwe eingestehen – hätte den deutschen Klein-kunstpreis verdient. Das Problem war nicht Wolferl; es war Dora. Uwe träumte einen kurzen Moment davon, allein mit Wolferl zu leben. Allerdings würde es schwierig werden, ein Internat für Dora zu finden.

René war geprägt durch eigenes Erleben der Geschichte und den Schilderungen aus meinem Munde. Er wollte die päda-gogischen Nachlässigkeiten und die Betreuungsdefizite Onkel Uwes gegenüber seinem Hund, seiner Frau oder wem auch immer nicht wiederholen. Also fuhr er, ganz der Rudelfüh-rer, mit Merle zur Welpen-Stunde oder zum Tierarzt. Ebenso gehörte es zur Tagesordnung, Stubenrein zu üben oder Hoch-springen zu unterbinden. Nicht zu vergessen sei auch der re-gelmäßige Schriftwechsel mit unserer Anwaltskanzlei, weil militante Tierschützer oder ein Schwachhauser Bildungsbür-ger oder eine Bildungsbürgerin die kupierte Rute, die Merle von einer zuklappenden Terrassentür angetan wurde, zum Anlass für eine Anzeige bei der ansässigen Tierschutzorga-nisation nahmen.

Merle selbst, ganz Renés Mädchen, war erziehungstech-nisch zwar keine schwer domestizierbare, aber durchaus auch keine schlichte, sondern höchst komplizierte Persönlichkeit. Hätte sie ihr Alphatier sonst in einem Paar grüner Gummiga-loschen ausgemacht?

Die Kleine bewegte sich mental zwischen scheuem Rehlein, ignoranter Diva und größenwahnsinnigem Brüllaffen. Um ihren „Sozialisierungsprozess" zu beschleunigen und in die richtigen Bahnen zu lenken, machte René Merle zu seiner ständigen Begleiterin und band sie in all seine alltäglichen Aktivitäten ein.

Die wenigen Stunden, die ich anfänglich gemeinsam mit ihnen verbringen durfte, gaben mir einen ungefähren Eindruck von der wachsenden Intimität ihrer Beziehung, in die einzudringen mir fast ungehörig erschien, die mich aber wegen ihres hohen Unterhaltungswertes nicht unerheblich anzog.

So war ich äußerst erfreut, als ich die beiden eines Samstagnachmittags zu Viohl, Renés damaligem Lieblingsbaumarkt, begleiten durfte.

Während René mit seiner Assistentin bei Fuß eine passende Doppelmuffe für das mittlere Herrenpissoir in einem unserer Bistros suchte, stand ich versonnen in der Sanitärabteilung und träumte von funktionierenden Systemen. Mein Blick fiel auf einen alten Mann am Ende des Ganges. Er stand dort auf einen Rollator gestützt und beugte sich zu den auf einem Podest ausgestellten Briefkästen herunter.

Sein Anblick rührte und erschütterte mich zugleich. Am Boden fast direkt unter ihm breitete sich eine Pfütze aus, die auf dem grauen Steinboden gelbgrünlich schimmerte.

Eine graugelockte Mittvierzigerin mit dem Logo einer Montessori-Schule auf ihrer Umhängetasche, die ebenfalls vor den Sanitärregalen neben mir stand und meinem Blick gefolgt war, sah mich betroffen an und bemerkte mit bedrückter Stimme, wie schwer es doch sei, in Würde zu altern, ohne in derart erniedrigende Situationen zu geraten. Langsam, bedächtig und bedeutungsschwanger wie ein Pastor zur Kanzel schreitend, ging sie auf den alten Mann zu, vermutlich um ihm mit penetranter, aufdringlicher Hilfsbereitschaft, durch die sich fast alle Gutmenschen auszeichnen, die Situation noch unangenehmer zu gestalten, als sie es für ihn sowieso schon war.

Als René in diesem Moment mit seiner ständigen Begleiterin zu mir trat, raunte ich ihm zu, er solle mal unauffällig zu dem alten Mann schauen. Er habe sich anscheinend in die Hose gepullert.

Renés grüblerische Miene hellte sich nach diesem Hinweis für mein Verständnis unangemessen erfreut auf. Er sagte mit einem Strahlen im Gesicht sehr bestimmt:

„Komm, wir gehen."

Ich fragte irritiert, ob er denn schon alles hätte. Für gewöhnlich brauchten Merle und er etwas länger, da es nur zweitrangig um die Muffe und vorrangig um Merles Unterhaltung mit Erziehungsanspruch ging.

René schob mich energisch und kommentarlos aus dem Baumarkt heraus.

Als wir die schreitende Mutter Theresa überholten und auf Höhe des alten Mannes ankamen, bemerkte ich dass seine Hose keine Spuren von Feuchtigkeit aufwies. Auch machte er einen sehr wachen und zufriedenen Eindruck. Der alte Herr blickte hoch, schaute mich an und lächelte mir zu.

Als wir den Ausgang erreichten, hörte ich im Hintergrund, wie der vermeintlich Inkontinente energisch der Hilfsbereiten, die sich auch noch vermehrt zu haben schien, widersprach und ständig wiederholte, sie und alle anderen sollen ihn in Ruhe lassen, er habe sich nicht in die Hose gemacht.

Auf dem Weg zum Auto, der mir eher wie eine Flucht erschien, hatte René die Sprache wiedergefunden.

„Ja, nun, du weißt ja, wie sie ist. Sie wollte draußen nicht pieseln. Als du mir den Mann gezeigt hast, war mir klar, wo sie ihre Pinkelecke gefunden hat. Ist doch schön, dass wir nicht aufgeflogen sind. Auf Viohl kann ich im Moment nicht so gut verzichten."

Merle sprang derweil fröhlich und im wahrsten Sinne des Wortes erleichtert um ihn herum.

Für unsere kleine, freie Radikale Merle wechselte René während der Dauer ihrer Flegeljahre dann doch noch mehr oder weniger freiwillig den Baumarkt, ebenso wie den Elektrofachmarkt, den Friseur, die Zweigstelle des Finanzamtes, den Physiotherapeuten und gedanklich auch schon den Wohnort. Zumindest waren das die wenigen Stationen, von denen ich offiziell Kenntnis hatte.

KAPITEL

06

Renés Freundin und ihr Lebensgefährte oder
4er WG mit Bettnässer.

Als Merle neun Monate alt war, stellten wir fest, dass das kleine tollpatschige Wesen sich zu einer Hochleistungsathletin entwickelt hatte. Wenn wir ihr beim Spielen mit anderen Hunden zusahen, merkten wir, von welch einem Bewegungsdrang die Hündin beseelt war.

Sie konnte stundenlang Sprints einlegen, die einen Geparden neidisch machen würden, und Haken schlagen wie ein Wildkaninchen, sofern sich ebenbürtige Artgenossen fanden. Wenn es nicht über die Qualität ging, dann über die Quantität: An einem Nachmittag am Uni-See belief ihr Verschleiß sich auf einen Pudel, einen Labrador, zwei Jack Russel, mehrere Rennradfahrer und einen Kater. Wir merkten, dass wir ihr in dieser Hinsicht nicht genug waren und auch nie sein konnten. Das war ein Aspekt, den zu akzeptieren ihrem ständigen und immer noch hochgradig verliebten Begleiter René weitaus schwerer fiel als mir.

Zu ihrem Glück fehlte Merle ein ebenbürtiger Spielkamerad. Damit dieser potentielle Lebensgefährte eine reelle Überlebenschance hatte, musste er einen gewissen physischen Vorsprung gegenüber der charakterstarken Merle aufweisen – also von Haus aus mindestens Dobermann oder Königstiger sein. Auch aus diesem Grund fiel zu meiner großen Freude unsere Präferenz auf ein männliches Tier.

Da uns Merles Wesen grundsätzlich sehr gefiel und wir dies ein Stück weit der Rasse zuschrieben, fuhren wir nicht in die Raubtierabteilung von Hagenbeck, sondern begaben uns direkt auf die Suche nach Dobermannzuchtstätten.

Wir sahen viele liebenswerte, familientaugliche Welpen, die Merle verzückt hinterher stiegen. Doch Merle ignorierte die schönen Prinzen. Einmal gab es bei dem Annäherungsversuch des einen Exemplars sogar empörte Schimpfe und einen Biss in den Hintern des Verehrers.

Bei meiner weiterhin unermüdlichen Partnersuche für Merle im Internet musste ich irgendwann das Bundesland wechseln. Wir fuhren knapp drei Stunden zu unserem nächsten Anlaufpunkt in Richtung Neustadt am Rübenberge.

Die Zuchtstätte, die uns dort erwartete, machte im Gegensatz zu der leicht schmuddeligen Dame, die uns hereinließ, einen sehr gepflegten, professionellen und vertrauenswürdigen Eindruck.

„Ich bin Jutta. Mein Mann ist nicht da. Was wollt ihr denn?"

Ohne ironisch wirken zu wollen – aber das wäre mir in dieser Gesellschaft wohl auch kaum gelungen – sagte ich:

„Wir möchten uns gern ihre Hunde ansehen, um eventuell einen zu kaufen. Ist das bei ihnen auch in Abwesenheit ihres Mannes möglich?"

Sie sah mich irritiert an.

„Ja, natürlich. Mein Mann fährt zur See. Der hat mit den Hunden gar nichts zu tun."

„Na umso besser, dann sind also sie unsere geschätzte Ansprechpartnerin. Wir würden gern unsere Hündin aus dem Auto holen. Schließlich soll sie sich ihren Lebensgefährten aussuchen. Ich hoffe sie haben nur Dobermänner und keine Seehunde, damit die Kleine nicht so oft allein ist wie sie." René gurgelte diese grenzdebilen Sätze in einem süffisant weltmännischen Gegluckse heraus, das bei mir eine dezente Übelkeit auslöste.

Jutta hingegen lachte sich schlapp. Warum auch immer. Ihr Nerv schien getroffen.

„Kommt doch rein mit der Kleinen."

In einer Mischung aus Empfangsraum und Wartezimmer bat sie uns, Platz zu nehmen, und fragte obligatorisch nach unseren Getränkewünschen.

Als wir mit unserem Wasser versorgt waren, setzte sie sich mit leicht besorgter Miene zu uns und begann zu erklären, dass sie es leider versäumt hätte, ihre Homepage auf den neuesten Stand zu bringen. Die dort angebotenen Welpen wären schon verkauft und sie hoffe, da sie eben nicht auf unser Kennzeichen geachtet hätte, dass der Aufwand unserer Anfahrt sich in Grenzen hielte.

Ob nun aus ehrlichen Beweggründen oder um uns durch ein paar Schmeicheleien gute Laune zu bereiten, begann sie von Merle zu schwärmen:

Was für eine Schönheit sie sei und dass sie bestimmt einmal wunderhübsche Welpen werfen würde.

Wir erzählten Jutta, dass daraus nichts würde, weil wir Merle hätten kastrieren lassen. Jutta war untröstlich und wirkte dabei erstaunlich authentisch. Sie konnte nicht fassen, dass man das Glück, eine solche Schönheit zu besitzen, nicht zu würdigen wusste und die Grausamkeit besaß, wenn auch unbewusst ihre Gene der Nachwelt vorzuenthalten.

„Also bei dem traumhaften Wesen hätte ich geschworen, ihr wärt Hobbyzüchter."

René platzte schier vor Stolz, ganz so, als würden seine Gene in Merle stecken. Aber gefühlt war es ja schließlich auch so. Ich war in diesem Moment froh, dass der Wunsch zur Kastration vor einigen Monaten nicht von mir, sondern von René ausgegangen war; einerseits wegen der Vorwürfe, die ich mir nun hätte anhören müssen, andererseits wegen der regen Hobbyzucht, die demnächst irgendwann unter Leitung von René und meiner Zwangsassistenz begonnen hätte.

„Tja, wenn ihr nicht züchten wollt, und ich hoffe ihr flunkert nicht, aber warum solltet ihr, dann hätte ich da noch eine Idee", bemerkte Jutta so zögerlich, dass die Güte ihrer Idee damit für meinen Geschmack schon ein wenig gefährdet schien.

„Ich hab da noch einen Rüden aus dem letzten Wurf, der den klassischen Zuchtzielen nicht so ganz gerecht wird."

Es folgte eine ziemlich lange Pause.

„Da wir keinen gekörten Hengst brauchen, wäre das ja vielleicht nicht so schlimm", sagte ich, um das Gespräch wieder in Gang zu bringen. Ich bat Jutta, das mit den nicht erreichten Zuchtzielen noch etwas zu präzisieren.

„Also er würde hauptsächlich vom Wesen her den Erwartungen nicht gerecht werden."

„So gefährlich und aggressiv?" fragte René

„Nee, eben nicht. Er schläft den ganzen Tag. Läuft vor den anderen davon und versteckt sich, weil er Angst hat, eins auf die Mütze zu kriegen. Außerdem ist er das, was man bei Kindern als adipös bezeichnen würde."

„Also wenn sie ihn aufgeweckt kriegen, dann holen sie ihn doch mal her. Oder sollen wir tragen helfen?"

„Nein, das geht schon. Danke. Ich befürchte nur, wenn er Merle sieht, bekommt er vor Schiss auf der Stelle Dünnpfiff und wird schreien wie am Spieß. Nur, dass ich sie vorgewarnt habe", gab uns Jutta zu bedenken und verließ das Zimmer.

Sie kam mit dem in sich zusammengerollten Ladenhüter auf dem Arm in den Raum zurück. Merle winselte maßlos aufgeregt, während René sie noch an der Leine hielt. Jutta gab die Anweisung, Merle loszumachen. Der Welpe in Juttas Armen hob den kleinen Kopf, schaute erst auf mich und dann auf Merle, die auf Jutta zulief. Jutta setzte den Kleinen ab, dessen eklatant schielenden Blick sie uns verschwiegen hatte. Sie war bereit einzugreifen, falls die auch noch junge Merle den Kleinen angreifen würde, was Juttas Ansicht nach passieren könnte.

Der Kleine lief nicht weg, als Merle über ihm stand und ihn von oben fixierte. Er schielte sie scheinbar ruhig und zufrieden an, wedelte mit dem Stummel an seinem Hintern, während Merle sich herunterbeugte und ihn abzulecken begann.

Schönheit liegt im Auge des Betrachters, dachte ich und freute mich über Merles ganz eigene Ästhetik.

Wir baten Jutta, noch einmal wiederkommen zu dürfen, um Merles Reaktion ein weiteres Mal zu überprüfen. Auf dem Weg zu unserem zweiten Zusammentreffen begann Merle schon eine halbe Stunde vor der Ankunft, herzzerreißend zu winseln. Während ich mir noch nicht mal sicher war, ob ich diesen Weg schon jemals gefahren sei, schien Merle die Witterung bereits erwartungsfroh in der Nase zu haben. Ihr Winseln wurde mit jedem Kilometer lauter. Sie konnte es kaum erwarten, den Kleinen wiederzusehen.

Als Jutta die Tür öffnete und wir uns begrüßt hatten, fragte sie uns, ob Merle auch schon seit einer halben Stunde schreien würde. Der Welpe hätte plötzlich angefangen, in seinem Zwinger herumzulaufen und zu quaken. Die Liebe der beiden zu einander schien also ungebrochen.

Jutta hatte ein überschaubares eingepferchtes Stück Rasen neben ihrem Haus. Dort ließen wir die beiden gemeinsam laufen. Entgegen Merles Gewohnheit, ihre Spielgefährten zu überrollen, versuchte sie, ihr Tempo dem übergewichtigen Knäuel anzupassen.

Wir hatten ihm in der Gewissheit, dass Merle sich für ihn entschieden hatte, bereits einen Namen gegeben. Aron rannte mit heraushängender Zunge keuchend und glücklich hinter seiner neuen
Freundin hinterher. Seine Pfunde schienen bereits dahin zu schmelzen, während wir den beiden beim Spiel zusahen.

Jutta hatte Tränen in den Augen, als wir sagten, wir würden ihn mitnehmen, da Merle sich augenscheinlich in ihn verguckt hätte.

„Ich hatte mir so Sorgen gemacht, was mit dem Kleinen wird. Mein Mann hatte schon geschimpft, dass ich die schielende Missgeburt so lange durchfüttere."

Nachdem wir die Formalitäten des Kaufes erledigt hatten und auch Herkules aus der Teufelsgrotte alias Aron im VW Bus auf meinem Schoss platziert war, fuhren wir Richtung Heimat.

„Ich glaube, wenn wir den kleinen Mann nicht gerettet hätten, würde ihm jetzt bald eine Seebestattung drohen." Das war einer meiner ersten Gedanken, die ich im Auto äußerte. „Bist eine Lebensretterin, Mäuschen", sagte ich an Merle gewandt, die am liebsten mit auf meinen Schoß wollte.

Zuhause in Bremen bekam Aron sein Körbchen direkt neben Merles im Souterrain unseres Hauses unter der Treppe. Anfangs schliefen sie gemeinsam in einem Korb und versäumten es nie, einen Gegenstand, der nach uns „duftete", als Traumbegleiter mit in die Nacht zu nehmen. Socken und Unterhosen aus der Wäschetonne waren zwar beliebt, aber unschlagbar begehrt waren Hühneraugenpflaster, Slip-Einlagen und Q-Tips, welche die beiden unter Aufwendung all ihres Einfallsreichtums und ihrer Athletik mühsam dem Hausmüll abrangen.

Aron war im Gegensatz zu Merle ein sehr ruhiger Zeitgenosse, der zwar nicht schnell, aber dafür nachhaltig lernte. Das einmal Begriffene hatte auf seiner Festplatte eine erstaunliche Langzeitwirkung.

Umso ratloser waren wir, als es uns nicht gelang, ihm das Pinkeln im Haus abzugewöhnen. Während es mit Leichtigkeit nach zwei bis drei Wochen zu bewerkstelligen war, Merle zur Stubenreinheit – ausgenommen in Bau- und anderen Fachmärkten – zu erziehen, hatten wir bei Aron nach zwei Monaten noch keine durchschlagenden Erfolge zu verzeichnen.

Wir fuhren unermüdlich fort, ihn immer wieder nachdrücklich auf sein Fehlverhalten hinzuweisen. Dass wir ständig mit ihm schimpften und ihn in den Garten

hinausschickten, war nicht nur für den Kleinen ein quälende Prozedur. Wir bemerkten zusehends, dass auch Merle darunter zu leiden schien.

Eines Abends verließen wir das Haus, um uns noch ein wenig die Füße zu vertreten und mit den beiden Hunden das Allein-zu-Hause-Bleiben zu trainieren. Zuvor hatten wir Aron und Merle zum obligatorischen Piesel-Prozedere in den nächtlichen Garten geschickt.

Bei unserer Rückkehr herrschte ungewohnte Ruhe im Souterrain. Die beiden Hunde lagen regungslos in ihren Körbchen. Normalerweise stürmten sie auf uns zu und bettelten um Aufmerksamkeit.

Als ich nach Merle tastete, leckte sie mir unterwürfig die Hand. Der Kleine lag wie ein Rollmops auf seiner Decke und bewegte sich nicht. Mir fiel auf, dass Merle statt ihrer zwei Decken nur noch eine in ihrem Körbchen hatte. Sie schien zu spüren, welche Frage ich mir gerade zu stellen im Begriff war, sprang auf, lief um mich herum und versuchte meine Aufmerksamkeit auf sich zu lenken. Die unvermittelte Hyperaktivität bestärkte mein Misstrauen.

Ich schaute mich in dem Raum um. Am Ende des Ganges in Richtung der Tür zum Garten lag Merles zweite Decke auf dem Kellerboden. Auf meinem Weg dorthin begann sie, herzzerreißend zu jaulen. Aron saß mittlerweile aufrecht in seinem Körbchen und setzte mit zarter Babystimme zu einem Duett an. Von oben auf die aufgestülpte Decke blickend, fand ich keinen Anhaltspunkt, warum sie dort lag und wieso die Hunde dieses Geschrei anstimmten. Ich hob die Decke vom Boden auf. Sie war ungewöhnlich schwer und klamm. Die Stelle, an der sie gelegen hatte, schien von Feuchtigkeit überzogen. Dann roch ich an der Decke und verstand endlich die Qualen der beiden.

Aron hatte in unserer Abwesenheit wieder in den Keller gepieselt. Um ihn und sich vor unseren Schimpftiraden zu bewahren, hatte Merle die obere Decke aus ihrem Körbchen gezehrt, zu seiner Pfütze geschleppt und darüber gezogen. Es beschämte mich ein wenig, dass Merle den kleinen Kerl vor uns verteidigen musste. Sie selbst erzog ihn konsequent und wenig zimperlich. Aber sie, die meine Slip-Einlagen und Renés Q-Tips mit ihm teilte, seinen Schlaf bewachte und sein Gewicht kontrollierte, schien längst vor uns begriffen zu haben, dass Härte und Nachdruck uns nicht weiterbrachten. Das Problem war keines des Nicht-Begreifens oder der Ignoranz, es war anders gelagert. Merle hatte uns rechtzeitig gemaßregelt.

Am nächsten Tag fuhr René mit Aron ein weiteres Mal zu Dr. vet. Tschenko, dem Tierarzt, der Merle und Aron liebte. Er schwärmte von den Dobermännern, die sein Großvater gezüchtet hatte, und davon, dass dieser ihn als kleinen Jungen in die Geheimnisse des Wesens dieser Rasse eingeweiht hätte.

Das klang vielversprechend und deutete an, dass der Doktor auch ein Meister der Psychosomatik zu sein schien, wobei wir hofften, dass die Diagnose im Falle von Aron weniger einen schwerwiegenden Wesens- denn einen leicht heilbaren Blasenbefund ergeben möge.

Zu meiner Erleichterung bekam Aron nach der Untersuchung ein Antibiotikum und keine Psychopharmaka in Form von Antidepressiva verschrieben. Zwei Wochen nach Verabreichung der ersten Dosis war Aron stubenrein. Allerdings, so gab uns Dr. Tschenko zu bedenken, könne immer wieder der Fall eintreten, dass wir Aron die Blase massieren müssten, wenn er augenscheinlich Schwierigkeiten beim Pinkeln hätte.

Diese Fälle traten ein; immer häufiger und in immer kürzeren Abständen. René massierte Aron liebevoll und aufopfernd minutenlang den Bauch oberhalb seines Miniaturschniedels. Anfangs nur morgens bei uns im Garten vor dem ersten Toilettengang der beiden Hunde, dann auch während der Spaziergänge in unserem Wohnviertel. Aron blieb meist mitten im Lauf so abrupt wie breitbeinig vor René stehen und schaute ihn erwartungsvoll an.

Die Reaktionen der Bremer Bourgeoisie ließen nicht lange auf sich warten. Was für ekelhafte Sodomie-Praktiken René da an seinem Hund exerzieren würde und dass man die Polizei riefe, wenn er das nicht umgehend ließe.

Dies war der Moment, an dem René erstmals die Bekanntschaft unseres Schwachhauser Kontaktbeamten, POM a.D. Jürgen Schulte-Strathus, machte. Der ausgemusterte ehemalige Leistungsträger der Hansestädtischen Exekutive redete salbungsvoll auf René ein, er glaube ihm durchaus, dass die Massage an dem Hund therapeutische Gründe hätte. René müsse aber bedenken, dass hier auch Kinder und ältere Herrschaften unterwegs seien und sein Verhalten schon als ein Fall von Erregung öffentlichen Ärgernisses gewertet werden könnte.

Während der Beamte in Altersteilzeit dies formal und wenig emotional herunterbetete, geriet die ehemalige Studienrätin für Kunsterziehung sowie Werte und Normen, die den Polizisten gerufen hatte und dem Schauspiel nach seinem Eintreffen weiterhin beiwohnen wollte, über die augenscheinliche Passivität und fehlende Betroffenheit der Staatsgewalt derart in Rage, dass sie begann, diese zu beschimpfen und René mit ihrem Nordic-Walking Stock zu attackieren.

„Warum nehmen sie diesen Perversen nicht fest, Sie Waschlappen? Dass das ein Pädophiler ist, können sie doch daran sehen, wie er seine Geilheit an wehrlosen Kreaturen auslebt.

Ich habe keine Angst mehr, mich gegen derart pervertierte Männerphantasien zur Wehr zu setzen. Warum konfiszieren sie nicht umgehend seinen Rechner? Unternehmen sie etwas! Morgen bin ich das Opfer oder ihre Enkelin", kreischte die 68er-Hyäne auf dem Bürgersteig herum, während sie aufgeregt mit ihrem Stock fuchtelte und hoffte, so bei den Anwohnern und Passanten Interesse an ihrer Performance zu wecken.

Merle, die die Szene unangenehm berührt verfolgte, begann erst zu winseln, dann zu knurren. René beendete auch aus diesem Grund den Budenzauber, indem er sich von dem Beamten verabschiedete und ihm zu verstehen gab, dass er keine Veranlassung sehe, dieser grotesken Ohnesorg-Inszenierung weiter beizuwohnen. Der Polizist war zu sehr damit beschäftigt, sich der verrückten Alten zu erwehren, als dass er hätte reagieren können. So joggte René mit den beiden Hunden davon und fiel erst wieder in ein angenehmeres Schritttempo, als die beiden eigentlichen Erreger öffentlichen Ärgernisses außer Sicht- und Hörweite waren.

Aron, der zwischenzeitlich auch ohne weitere Massage gepinkelt hatte, blieb dennoch plötzlich und unvermittelt wieder breitbeinig fordernd vor René stehen.

René konnte einmal mehr Arons Reaktion nicht nachvollziehen.

Zwar massierte er ihn auch nun wieder lange und ausgiebig, bis Aron maximal fünf Tropfen Pippi verlor, verstand aber nie, dass diese zwei Milliliter einen derartigen Leidensdruck zu verursachen in der Lage waren.

Als René auch dieses Mal wieder mitten auf der Straße dem Wunsch Arons nachzukommen im Begriff war, schritt Merle selbstsicher und weise ein. Sie packte Aron am Nacken und drückte ihn zu Boden, wie Mama Bo es zu tun pflegte, wenn ihre Kinder frech wurden. Aron musste fast zwei Minuten in dem Schwitzkasten aushalten, bevor Merle ihn laufen ließ.

René war nicht eingeschritten. Sein Vertrauen in Merle war mittlerweile unerschütterlich und dieses Zutrauen in ihre Reaktionen fand auch diesmal wieder seine Bestätigung. So wie sie bemerkte hatte, dass Aron nicht stubenrein werden konnte, so bemerkte sie ebenso, dass er keine Massage brauchte, um pinkeln zu können. Ein Umstand, den sie sicherlich so hingenommen hätte, wenn er störungsfrei verlaufen wäre. Aber so wie sie sich damals schützend vor Aron stellte, um auch ihre eigene Ruhe zu wahren, tat sie dies nun für René und wiederum auch ihren eigenen Frieden auf den gemeinsamen Spaziergängen.

Aron pinkelte fortan völlig unproblematisch und ohne vorhergehende Massage durch den „Pädophilen". Während er sich ebenso wie Merle zu einem stattlichen erwachsenen und wohlerzogenen Dobermann entwickelt hatte, wurden die Anfeindungen, denen wir als Besitzer der beiden aus unserem Umfeld ausgesetzt waren, nicht weniger. Man unterstellte insbesondere René schon im Vorbeigehen auf dem Bürgersteig gravierende kognitive Defizite, spätpubertäre Komplexe und sein Hirn zersetzende Potenzprobleme. Die Interpretationsfreudigkeit unserer Mitmenschen bezüglich des Krankhaften im Wesen eines Mannes mit zwei Dobermännern bei Fuß war so bemerkenswert unangenehm wie facettenreich.

Umso mehr bemühten wir uns um eine erstklassige Ausbildung der beiden Hunde. Wir als Zielscheibe der Pöbeleien konnten uns zur Wehr setzen oder sie ignorieren. Es galt allerdings vorrangig zu verhindern, dass das Ansinnen unserer Mitmenschen den Hunden eine unkalkulierbare Gefährlichkeit zu unterstellen, keinerlei Angriffspunkte fand.

Wie unendlich wichtig gerade Letzteres war, bestätigte mir ein Erlebnis an einem verregneten, herbstlich kühlen

Sonntagnachmittag im Jahr 2008: René und ich waren gemeinsam mit den Hunden auf dem Weg zur Sparkasse, um dort einige Überweisungen vom Automaten aus zu erledigen. Während wir uns auf die Daten konzentrierten, die es über die Tastatur einzugeben galt, lagen die Hunde zu unseren Füßen am Boden und dösten. Da ich die Eingabe am Rechner vornahm, hielt René die Leinen der beiden Hunde in seinen auf dem Rücken verschränkten Händen.

Wir nahmen unterschwellig wahr, dass die automatische Eingangstür schräg hinter uns sich geöffnet hatte. Die Stimmen verrieten uns, dass es sich mindestens um eine junge Frau mit einem kleinen Kind handelte.

Ich unterbrach die Eingabe der Daten und raunte René zu, indem ich mich zu den Eintretenden umdrehte, er solle wegen des Kindes auf die Hunde achten. Da Merle und Aron wenig Erfahrung mit kleinen Kindern hatten, wurden wir von unserer Hundetrainerin, die wir regelmäßig mit den beiden besucht hatten, darauf hingewiesen, dass kleine menschliche Wesen mit ihren unkontrollierten Bewegungsmustern für Hunde grundsätzlich etwas Beängstigendes hätten. Sie gab uns den Rat, in solchen Situationen immer ein Auge auf das Geschehen zu haben.

Ich hatte mich gerade umgedreht, als ich bemerkte, dass die Frau – mit dem Rücken zu uns gewandt, ihr Handy ans rechte Ohr haltend und telefonierend – am Kontoauszugsdrucker stand, während der circa drei Jahre alte Junge mit einer metallenen Spielzeugrakete in der rechten Hand auf den am Boden liegenden Aron zulief und ihm den Gegenstand mit der Spitze voran auf die Stirn zwischen seinen Augen schmetterte.

Aron jaulte auf und wand sich vor Schmerz, während Merle aufsprang und hysterisch zu bellen begann. Der Junge, der ein paar Schritte weggelaufen war, nahm freudig jauchzend erneut

Anlauf, um mit erhobenem rechtem Arm ein zweites Mal einen Angriff auf den nunmehr am Kopf blutenden Rüden zu starten.

René, der zu spät reagierte weil in Gedanken vertieft, wurde von der verängstigten Merle in die eine Richtung gezogen, während Aron im Angesicht der zweiten Attacke in die entgegengesetzte Richtung auf den Jungen zusprang.

Erst in diesem Moment interessierte es die junge Frau, was hinter ihrem Rücken geschah. Sie blickte in dem Augenblick auf das Geschehen, als Aron mit einem mächtigen Satz bedrohlich bellend auf das vor ihm stehende Kind zusprang und der erhobene zum Schlag bereite Arm des Winzlings vollständig in dem aufgerissenen Maul des Rüden verschwand.

Das metallene Spielzeug landete laut scheppernd auf dem Granitboden. Die Mutter begann zu schreien. Sie schrie nicht um Hilfe oder den Namen ihres Sohnes, sondern einfach einen hohen schmerzhaft in den Ohren fiependen Ton.

Aron verharrte wieder am Boden zu Renés Füßen, auch ohne das dazu notwendige Kommando von seinem unter Schockstarre stehenden Herrchen bekommen zu haben.

Der kleine Junge lag regungslos bäuchlings auf dem Steinboden neben sich die blutverschmierte Rakete. Mein Herz raste, als ich zu ihm sprang und vorsichtig am Hinterkopf berührte. Ich spürte ein leichtes Vibrieren in meiner Hand, das durch ein kaum zu vernehmendes Wimmern des Kleinen verursacht wurde.

„Lass ihn in Ruhe, du Schlampe!", schrie die Mutter mich an. „Kevin-Jason, was is'?"

Sie lief auf das Kind zu und hob es mit einem Ruck ungeachtet möglicher Verletzungen in die Luft, um es an ihre Brust zu drücken. In diesem Moment begann das Kind zu weinen und die Mutter zu schimpfen. Ihre pinkfarbenen Haare und die mannigfachen Piercings, die Nase, Ohren und Mundwinkel verunzierten, ließen ihre Schimpftiraden nicht weniger bedrohlich erscheinen, auch wenn das zerstörerisch schmückende Beiwerk im Gesicht der Frau ihr etwas Lächerliches gab.

„Das werd' ihr teuer bezahlen. Was sind das'n eigentlich für Arschloch-Bestien? Warum ha'm die kein Maulkorb? Die Viecher gehör'n doch abgeschlachtet und ihr auch. Ich ruf die Polizei. Ich zeig euch an, ihr Säcke! Ihr gehört doch in'n Knast."

Ich redete möglichst ruhig und flehentlich auf die Mutter ein, uns gemeinsam erst einmal nachschauen zu lassen, ob bei dem Jungen Verletzungen vorliegen könnten, die sofortiger Behandlung bedürfen. Auch bot ich ihr an, einen Krankenwagen zu rufen, also zumindest erst einmal alles zu tun, was sicherstellt, dass der Zustand des Kindes überprüft wird.

Die Mutter ignorierte mich demonstrativ, zog aber zumindest dem Kleinen seinen hellblauen Anorak aus. Das Kind hatte sich zwischenzeitlich beruhigt.

Auf dem Schoß der Mutter sitzend, griff es mit seinen Händen in ihren Mantelkragen, drehte seinen Kopf und begann zu brabbeln: „Will Cola."

Arons Stirn blutete noch immer. Die bedrohlichen Spuren der roten Flüssigkeit fanden sich überall auf dem Boden. Zu meiner Erleichterung konnte ich aber keine Flecken davon an dem Pullover des Jungen entdecken. Ich griff vorsichtig nach dem unbeschadet und unbefleckt wirkenden Anorak, den die Mutter auf eine Sitzbank in der Sparkasse neben sich gelegt hatte. Die junge Frau ließ mich gewähren. Auf dem Ärmel des rechten Armes, der in Arons Maul verschwunden war, fand sich nichts weiter als eine wässrige kreisrunde Spur, vermutlich ein winziger Speichelfleck.

Der Junge hampelte mittlerweile immer wilder auf dem Schoß der Mutter herum und quengelte, er wolle nach Hause. René und ich baten darum, gemeinsam mit beiden ins nahegelegene Krankenhaus gehen zu dürfen, um uns die Gewissheit zu verschaffen, dass mit dem Kind auch wirklich alles in Ordnung sei.

Die junge Frau, die mich auch jetzt immer noch nicht ansah, giftete mir entgegen, ich solle sie und ihr Kind endlich in Ruhe lassen. Nachdem sie dem Kleinen den Anorak wieder angezogen hatte, verließ sie ihr Handy am Ohr mit dem Jungen auf dem Arm eiligen Schrittes die Sparkasse.

„Ey Schatz. Hallo? Hallo! Halt doch mal die Schnauze, Schatz! Ich muss dir was erzähl'n. Das glaubst du jetzt nich'. Ich bin grad inner Sparkasse und da sind da so Asos mit Kampfhunden und…"

René hatte inzwischen begonnen, Aron ein Taschentuch auf die Stirn zu pressen, um die Blutung zu stillen. Mit den Taschentüchern, die ich in meiner Jacke fand, fing ich zitternd an, die Blutspuren auf dem Boden zu beseitigen. Wir sprachen lange kein Wort. Als wir zum Auto gingen, sagte René, dass er versuchen würde, Dr. Tschenko zu erreichen. Aron müsse behandelt werden. Ich war zu sehr mit dem eben Erlebten beschäftigt, als dass ich einen bewussten Blick auf Aron geworfen hätte. Es war mittlerweile kein Taschentuch mehr, das auf seiner Stirn lag, es war Renés hellgrauer Pullover, der fast vollständig dunkelrot verfärbt von René mit aller Kraft auf Arons Kopf gepresst wurde. Der Rüde machte einen kraftlosen, fast benommenen Eindruck.

Dr. Tschenko ging – auch ohne Notdienst zu haben – an sein Telefon und sagte uns, wir sollten umgehend in der Praxis vorbeikommen.

Während er Arons Wunde, die nur Millimeter von seinem linken Auge entfernt war, klammerte und uns zu verstehen gab, dass wir oder vielmehr Aron noch mal Glück gehabt hätten, erzählten René und ich von dem Schreckensszenario in der Sparkasse. Dr. Tschenko wirkte nicht sonderlich beeindruckt. Er streichelte Aron über den Leib und sagte mit einer gewissen Rührung in der Stimme, dass er von Aron nichts anderes erwartet hätte:

„Das Verhalten von Aron spricht für ein extrem ausgeprägtes Sozialempfinden und einen sehr friedliebenden, wohlwollenden Charakter. Für den Rüden ist das Kind ein Welpe. Es steht unter Welpenschutz. Würde also ein junger Hund dem Aron, ich sag mal, dumm kommen, dann würde er erst mal mit einer sehr nachdrücklichen Drohgebärde versuchen, ihn in seine Schranken zu weisen.

Er würde beispielsweise mit offenem Maul auf Extremitäten zielen und diese kurz im Maul einschließen, ohne zuzubeißen. Genau das hat er bei dem Jungen auch gemacht. Das heißt einfach: „Mach das nicht noch mal". Bei der Aggressivität des Vorganges und auch wegen der verursachten Schmerzen bei dem Tier ist es Aron allerdings sehr hoch anzurechnen, dass er in dem sensiblen, eher passiven Verhaltensmuster geblieben ist. Die meisten Hunde hätten sich ungeachtet des Welpenschutzes in so einem Moment ernsthaft zur Wehr gesetzt. Das hätte dann für alle Beteiligten sehr schlimm ausgehen können."

An diesem Abend im Frühjahr 2009 beschlossen wir aufs Neue, uns nunmehr ernsthaft nach einem Wohnstandort auf dem Lande mit mehr Platz für die Tiere umzuschauen. Dieser Entschluss war in uns gereift und fand in einem Ereignis wie dem in der Sparkasse nur mehr einen weiteren Katalysator.

In den vorangegangenen Monaten war auch das Verhältnis zu einem unserer Nachbarn zunehmend eskaliert. Walter Oralsisz, den ich wegen meines lauten Mundwerkes zur Verschleierung in häuslichen Schimpftiraden Waldi Mundstuhl getauft hatte, war vor vier Jahren in die Hochparterrewohnung des angrenzenden, im Besitz des Vaters befindlichen Reihenhauses gezogen.

Zunächst lebte der cholerische, zu Migräne-Anfällen neigende KFZ-Mechaniker mit abgebrochenem Maschinenbaustudium und einem aus dieser Tatsache erwachsenen Minderwertigkeitskomplex fast allein. Das „fast" resultierte aus meiner Einschätzung, dass man mit unzähligen Selbstzweifeln und fünf schrottreifen Autos nicht wirklich allein ist. Waldi frönte Lebensinhalten, wenn auch fragwürdigen, aber das zu beurteilen, verlockte mich nicht ernsthaft, solange ich noch einen Parkplatz in der Straße fand und mich seinen aufdringlichen Schilderungen der ihn angeblich traumatisierenden Kindheits- und Jugenderlebnisse entziehen konnte.

Waldi fand es wichtig, sich für Minderheiten zu engagieren, insbesondere für weibliche. Da nur eines seiner Autos temporär fahrbereit war, während den anderen wegen chronischer Krankheiten der TÜV fehlte, strampelte er dreimal pro Woche in den Abendstunden mit seinem Fahrrad ins Viertel. Montags war „Initiative gegen Genitalverstümmelung", mittwochs „Partnerschaftliche Schwangerschaftsgymnastik für alleinstehende, werdende Mütter" und freitags „Reiterstammtisch des RC St. Georg" – ein Verein, in den er eintrat, nachdem ich ihm auf Nachfrage erzählte, wie René und ich uns kennengelernt hatten. Da die Reiterinnen sich erwartungsgemäß über Pferde und nicht alternatives, umweltfreundliches Tuning oder durch Vaterkomplex induziertes Asthma unterhalten wollten – zumindest nicht mit ihm – wurde die Freitagsveranstaltung bald gegen ein Donnerstagsmeeting im Kippenberg-Gymnasium ausgetauscht.

Zum Event „Der weibliche Akt im Wandel der Zeit" aus Sicht junger Bremer Künstlerinnen schwang sich Waldi zusehends farbenfroh auf seinen Drahtesel. Die neongrüne Baskenmütze verweigerte die Korrespondenz mit dem pinklastigen Hawaii-Hemd vollständig, wurde dahingehend aber wohl auch nicht von ihm befragt.

Die Wangen des Enddreißigers glühten an den Donnerstagabenden wie fettig polierte Granatäpfel, wenn er noch hastiger und gehetzter als sonst aus dem Haus stürmte. Selbst bei Außentemperaturen, die sich dem Minusbereich näherten, überzogen großflächige Schweißflecken sein Hawaii-Hemd unter den Achseln. Er hatte weder eine Jacke dabei, noch trug er Socken zu seinen paddelgroßen Birkenstocksandalen. Niemals jedoch vergaß er es, seinen Fahrradhelm über die Baskenmütze zu ziehen, bevor er bedrohlich wackelnd auf seinen Drahtesel stieg.

Nach kaum mehr als vier Aktanalysen mit Kurvendiskussion saß das auserwählte Rubensmodell und augenscheinliche Objekt der Begierde Waldis eines Samstagabends im handtuchgroßen Garten unseres Nachbarhauses und füllte diesen fast vollständig aus. Melanie war künstlerinnenkonform vollständig in schwarz gehüllt, trug eine große dunkle Hornbrille und hatte die brünetten, glatten Haare zu einem strengen Zopf nach hinten gekämmt.

Die füllige, junge Frau gackerte lautstark und ohne Unterlass, während Waldi sie stundenlang fütterte und tränkte. Ab dem nächsten Tag ging sie täglich bei ihrem „neuen Partner" ein und aus. Ab dem übernächsten Tag wurde sie dabei von ihrem etwa achtjährigen, altklugen, Jagdhorn blasenden Sohn Johannes begleitet.

Neun Monate später brachte Melanie Waldis Thronfolger Rembert zur Welt. Man hatte ihr bis zum Tag der Geburt die Schwangerschaft nicht angemerkt, sofern man sie nur betrachtete und es vermied, sich mit ihr zu unterhalten.

Waldis Platzhirschallüren begannen unmittelbar am Tage des positiven Schwangerschaftstests. Die renovierungsbedürftige Muffbude, in der er von Vaters Gnaden unter Mietspiegelniveau wohnen durfte, war die klassische Zwei-Zimmerflucht eines Altbremer Hauses mit Küche im Wintergarten und verschimmelter Dunkelkammer mit Dusche und Klo im Zentrum der Wohnung.

Insider wissen aus ihrer Studentenzeit, was es heißt, in einem solchen Objekt mit mehr Personen als sich selbst zu leben – zumal, wenn man die zwei bis fünf anderen Mitbewohner nicht leidenschaftlich liebt. Liebt man dann noch nicht mal sich selbst, wie es bei Waldi der Fall war, dann konnte der ein oder andere Migräne-Anfall schon mal das Ausschlusskriterium für die anderen Mitbewohner bedeuten. So stand Melanie nicht selten ab dem fünften Monat mit ihrem Johannes und dem Fötus Rembert vor der abgestellten Klingel und raunte ihren Söhnen zu, sie sollen leise sein, dem Walter ginge es nicht so gut.

Melanie hatte wegen Waldis extremer Schwangerschaftsbeschwerden ein Zimmer im Nachbarhaus angemietet. Ehrenmann, wie der werdende Vater zu sein für sich in Anspruch nahm, sollte vor der Niederkunft seiner Lebensgefährtin diese Situation für „seine kleine Familie" vollständig bereinigt sein. Er plante, das Souterrainzimmer zum Garten zu renovieren und dort ein Kinderzimmer einzurichten.

Die Garage, der weitaus kinderfreundlichere weil hellere und größere Raum nach vorn zur Straße war leider schon an sein bislang vor der Welt verstecktes, sechstes Auto vergeben – einen lindgrünen Ford Fiesta ohne bemerkenswerte innere wie äußere Werte, aber einem unverrückbaren Platz in Waldis Herzen.

Der Blick aus dem Fenster des zukünftigen Kinderzimmers fiel, wenn man denn hinausschauen wollte, geradeaus auf Waldis 60m² großes Unkrautbeet und nach links auf ein mannshohes von ihm gesetztes Holzpaneel, welches sein Grundstück von unserem trennte. Unmittelbar hinter der altersschwachen, modrigen Flechtwand wiederum befand sich in unserem Garten das exklusivste und schönste Hundeklo Bremens. Die luxuriöse Notdurft-Immobilie war von René für seine kleine entzückende Merle und ihre noch entzückenderen Würstchen angelegt worden; lange bevor Waldi auch nur eine ungefähre Ahnung davon bekam, was Vatergefühle in einem ehemals vereinsamten „Mann" wie ihm auszulösen vermochten.

Ein hoch geschnittener Rhododendron überspannte das Refugium für sie und später auch für Aron, um die beiden beim Wursti-Wursti-Ritual vor Regen zu schützen. Der Boden war mit Hackspänen ausgekoffert, um Renés hauseigenen Hygienestandards gemäß jedwede Verunreinigung mit Geruchsbildung zu vermeiden. Neben dem Hundeklo stand das ganze Jahr über ein abgedeckter Edelstahleimer – mit Plastiksäckchen innen und angehängten Latexhandschuhen außen – sowie kleiner Schaufel.

Hätte Melanie zwischendurch den Wunsch verspürt, Waldis Suddelbude zu entfliehen, um ihrem Immunsystem im angrenzenden Naherholungsgebiet ein paar heilsame Momente ohne Hausstaubmilben und multiresistente Keime zu gönnen, hätte sie ihren Liegestuhl nur in unserem Hundeklo aufbauen müssen. Stattdessen entwickelten Waldi und seine Seelenverwandte in Reinlichkeitsfragen plötzliche eine äußerst aggressive Gegenwehr gegen eine bewährte Einrichtung, die es bereits gab, lange bevor Melanie und ihr Beschäler nach dem ersten gemeinsamen Grillabend einem folgenreichen Geschlechtsverkehr frönten.

Mir schien zur Mitte der Schwangerschaft hin, dass die beiden nicht mehr so taufrisch Verliebten bis zur bevorstehenden Geburt Remberts dringend ein verbindendes Feindbild zur Belebung ihrer tendenziell verödenden Beziehung benötigten. Sobald Melanie nun den Garten betrat, rief sie zu diesem Zweck in gequälter Tonlage nach Waldi:

„Walter. Bitte. Ich ertrage diesen Gestank nicht. Mir wird so übel."

Daraufhin würgte Melanie ein paar Mal hoch dramatisch, während sie sich den Bauch hielt.

Anfangs rannte ich noch in den Garten, um mich selbst den Anzeichen einer angeblichen Geruchsentwicklung zu überzeugen. Da die Hunde aber mitunter tagelang gar nicht im Garten gekackt hatten, weil wir morgens mit ihnen Gassi gingen, erschienen mir diese Anfälle zunehmend suspekt.

Dann schrieb Melanie mir einen Brief. Mit großen schwungvollen Buchstaben versuchte sie mir irgendwie frauensolidarisch zu versichern, dass sie Tiere im Allgemeinen und Hunde im Speziellen sehr sympathisch fände, aber der Gestank des Hundekots ihr den Schlaf und den Spaß am Leben rauben würden. Ob „wir beiden Mädels" nicht gemeinsam eine Lösung erarbeiten könnten.

Als ich am nächsten Abend, mit meinen Einkaufstüten aus der Nebenstraße kommend – in unserer Straße waren nebenbei bemerkt nun sechs Parkplätze ganzjährig durch Waldis

Fuhrpark blockiert – Melanie vor der Haustür traf, sprach ich sie an. Ich sagte ihr, dass ich ihre Wahrnehmung nicht teilen könne und wir alles Erdenkliche täten, dass kein unangenehmer Geruch entstünde. Falls wir, was durchaus vorkäme, die Würste mit einer kurzen Verzögerung entfernten, wären die dadurch freigesetzten „natürlichen Aromen" auf einem Nachbargrundstück mit Holzwand dazwischen wohl kaum wahrnehmbar. Ich gab ihr zu bedenken, dass sie bei jedem Spaziergang in unserem Stadtteil häufiger auf diese Duftnote stieße als im heimischen Garten.

Melanie bestand im Gegenzug auf eine ihr „angeborene extraordinäre Sensibilität", die sie als Frau und Künstlerin „zu dem außergewöhnlichen Wesen" machen würde, das sie sei. Dabei kam sie so dicht an mich heran, dass ich die Duftaromen ihrer ungewaschenen Haare, ihrer vor sich hinbrütenden Achselhöhlen und Maggi-geschwängerten Gewänder nur schwerlich verdrängen konnte, um weiterhin sauber zu argumentieren.

„Warum packt ihr das Klo nicht ans andere Ende des Gartens?" fragte Melanie.

„Weil die Hunde dann morgens beim Raus-Lassen zu weit weg sind von uns. Da ist kein Zaun, aber es laufen dort genügend Nachbarkatzen rum. Die Hunde sind schneller weg, als wir schauen können. René ist schon zweimal morgens in Unterhose bei Minusgraden über die Kreuzung geflitzt, um die beiden zurückzupfeifen. Bevor du nach dem Zaun fragst, den wollen die anderen Nachbarn nicht. Es gab bereits eine Unterschriftenaktion gegen einen Zaun", erklärte ich ihr.

„Also ich weiß nicht, was Walter zu deiner wenig konstruktiven Haltung sagt, aber ich könnte mir denken, dass er nicht sehr erfreut ist. Es geht schließlich um mein Wohlbefinden und das seines Sohnes. Du kannst das vielleicht alles nicht so nachempfinden. Ich bin auch nicht sauer auf dich oder so.

Aber sei mir auch nicht böse, du bist schon mega kopflastig. Isst du eigentlich auch mal was? Du wirkst irgendwie so wenig emotional. Ich mein, du kannst ja nix dafür, denk ich mal." Pause. „Du hast keine Kinder, oder? Man merkt das. Ich wünsch dir mehr innere Wärme." Sprach's, lächelte bitter-süß und stemmte – während mir der Behindertenstatus verliehen wurde- 120kg glühende Magma, also genügend innere Wärme für die ganze Straße, die Stufen zu ihrer Haustür empor.

Beim samstäglichen Grillabend mit befreundeten Inhabern und Inhaberinnen „kleiner, süßer Familien" auf „dem Grundstück, das Walter ja mal erben" würde, wurde lautstark Rechtsberatung bezüglich unzulässiger Platzierung von Hundeklos eingeholt.

Neben diesem hochspannenden Thema gab es einen zweiten Tagesordnungspunkt, der da lautete; wie frigide Unternehmerinnen ihren unerfüllten Kinderwunsch über die Haltung von „Kampfhunden" kompensieren. Man hielt die zu besprechende Zielgruppe grundsätzlich im Plural, um jeden persönlichen Bezug zu real existierenden und zwangsbeschallten Opfern ihrer Hetztiraden theoretisch auszuschließen.

Am Ende des feuchtfröhlichen Gelages gingen all die Gutmenschen und Begründer intakter, fruchtbarer Familienverbände mit dem erbaulichen Gefühl nach Hause, nicht von einem quälenden Sozialneid getrieben zu sein, sondern nur der wahren Berufung des weiblichen Menschen, dem Kinderkriegen, wieder ein wenig mehr Gehör verschafft zu haben und es darüber hinaus (tuschel, tuschel) „einer magersüchtigen Unternehmerschickse" mal richtig gezeigt zu haben.

Da Waldi das erste Mal in seinem Leben Anerkennung bei anderen Menschen fand, seit er Melanie kennengelernt und Rembert mit ihr gezeugt hatte, war er wild entschlossen, sich diese positive Aufmerksamkeit um jeden Preis zu erhalten. Zu diesem

Zweck meinte er, innerhalb seines neuen Bekanntenkreises zähnefletschende Entschlossenheit und raubtierhaften Aktionismus an den Tag legen zu müssen. Waldi sah sich gezwungen, seine Nachzucht so demonstrativ zu verteidigen und zu schützen, damit keiner der anderen Familienbesitzer und -besitzerinnen vorschnell das gerade gewonnene Interesse an ihm verlöre.

So stand am Dienstag nach dem konspirativen Grillwochenende ein riesiger, vielleicht fünfzehn Jahre alter Postbus vor unserem Haus. Der Koloss gehörte Waldi und war neben der weiteren Blockade von Parkplätzen dazu gedacht, uns die Aussicht zu verschönern. Die liebliche, rostig gelbe Augenweide hatte zwar eine gültige TÜV-Plakette, durfte aber wegen seiner extremen Abgaswerte nicht in der Innenstadt gefahren werden. Diese für uns verheißungsvollen Voraussetzungen ließen auf eine gewisse Verweildauer des Transporters schließen.

Entgegen der Erwartung unserer Nachbarn, der Bus würde uns zur Weißglut treiben, interessierte er uns so wenig, dass uns erst zu spät auffiel, wie wir über die richtige Dosis an zur Schau gestellter Empörung und demonstrativem Leidensdruck weitere Provokationen hätten unterbinden können.

Nach zweimonatigem Ignorieren der gelben Potenzbekundung, dem mehrfachen Abstellen unseres Autos vor seiner Garage zum Ausladen einiger Getränkekisten und der weiteren uneingeschränkten Benutzung des Hundeklos durch Merle und Aron brachte Waldi vor leidvoller Nichtbeachtung schäumend Kampfdrohnen ungeahnter Dimension in Anschlag.

So kamen wir eines Mittwochs im Frühjahr des Jahres 2009 erst spät am Abend nach Hause und ließen Merle und Aron nochmals in den Garten hinaus. Die Hunde zögerten und stürmten nicht wie gewöhnlich durch die Hintertür hinaus auf den Rasen. Als ein mehr oder weniger demokratisch gewähltes Alphatier des Rudels ging ich voran, um nach potentieller Bedrohung Ausschau zu halten. Meine erste Sinneswahrnehmung war ein extremer Gestank nach Hundekot, den ich in dieser Intensität noch nie irgendwo wahrgenommen hatte. Gleichzeitig spürte ich ein matschig-rutschiges Gefühl unter meinen Schuhsohlen. Ich rief René zu, er möge weiteres Licht im Haus anstellen, damit ich mehr erkennen könnte.

Im dann lichtdurchfluteten Garten offenbarten sich mir großflächige Schmierereien mit Unmengen von Hundekot. Die Sandsteinplatten der Terrasse waren ebenso verdreckt wie Bereiche der hinteren Hauswand und der Bodenfliesen am Ausgang. Selbstverständlich war ich in die zu diesem Zwecke passend positionierten Kothaufen getreten und hatte meine Jacke ausgiebig an den im Türrahmen drapierten Würsten geschubbert. Waldi wollte sich augenscheinlich ein Denkmal setzen.

Die am nächsten Tag geplante Anzeige gegen Unbekannt wegen Hausfriedensbruch, Sachbeschädigung, Nötigung und allem, was mir noch so einfiel und passend erschien, wurde von dem POM der ansässigen Polizeidienststelle mitfühlend, aber wenig aufmunternd mit der dahingehenden Vermutung kommentiert, dass die „Unbekannten" wahrscheinlich einen nicht strafmündigen Minderjährigen aus ihrem Dunstkreis über den Zaun geschickt hätten. Diese „kleine Neckerei" wäre im Moment eine der neuesten Moden im weltoffenen Schwachhausen, um in Ungnade gefallene Hundebesitzer zu malträtieren.

Zudem machte der Beamte mir kaum Hoffnung auf ernsthafte Ermittlungstätigkeit in dem von mir angezeigten Fall. Er riet mir aber – vorausgesetzt, dass ich mir bei den Verdächtigen wirklich sicher sei – ihnen vorsichtshalber Hausverbot zu erteilen.

Man spürte, dass er mich mit diesem Versuch eines Trostpflästerchens abspeisen musste, um sich den wichtigeren Dingen seines Tagwerkes zuwenden zu können. Ich wurde allerdings nochmals hellhörig, als er mir hinterherrief, wir sollten gut auf unsere Hunde aufpassen.

Als ich in unsere Straße einbog, um René von meinem Besuch auf der Polizeistation zu berichten, schallte mir das Löwengebrüll zweier Männer, die im Begriff waren, ihr Revier zu verteidigen, bereits durch die geschlossene Scheibe meines Wagens entgegen.

Dass sich Waldi und René bei der laufenden Klärung des Sachverhaltes nur noch mit Pseudonymen wie „grenzdebiles Arschloch" und „gehirnamputierter Versager" unter Aussparung ihrer bürgerlichen Namen ansprachen und dass ich gleichzog, mich dem Verhaltensmuster anpasste und noch viel bessere Schimpfworte kannte als die beiden zusammen, erwähne ich nur der Form halber. Eine Stunde später verließen wir drei Gladiatoren und das Publikum Melanie sowie fünfzig Nachbarn und Passanten ohne eine Auflösung der Streitfragen die Straßenarena.

René und ich waren auch ohne meinen unerschöpflichen Fundus an vernichtendem Vokabular inhaltlich und argumentativ weitaus stärker als Waldi. Wir waren rhetorisch Sieger nach Punkten. Dies hatten wir ihn spüren lassen und mit ihm spürte dies auch Melanie, die Begründerin und das Fundament seines aktuellen Selbstbewusstseins und schärfste Kritikerin seiner Schwächen.

Mit dieser ihm öffentlich zugefügten Niederlage stand uns ein weiterer katastrophaler Übergang seiner Selbstbehauptung ins Haus, den selbst wir Vorgewarnten in seiner Grausamkeit nicht zu erahnen vermocht hätten.

Ein todsicheres Bremer Rezept à la Gesche Gottfried:
Schokolade an Grillhähnchen.

Aufgrund des waldiinduzierten Parkplatzmangels in unserer Straße hatte ich mir Nischen für mein Auto eröffnet, die unkonventionell, aber funktional waren. Gegenüber unseres Hauses, also hinter dem Postbus auf der anderen Straßenseite, befand sich eine Reihe von fünf nebeneinander liegenden Garagen, die nicht bündig mit dem Fußweg abschlossen, sondern eine Wagenlänge davon entfernt positioniert waren. Man konnte sein Auto so bequem auch vor die Garage stellen. Zwei der mittigen Garagen gehörten einem Ehepaar, das die große Maisonette im angrenzenden Gebäudekomplex ihr eigen nannte.

Er, Otto, war ein ruhiger besonnener Versicherungsvertreter. Sie, Gisela, war seine zweite Frau und seinerzeit der größte Störfaktor seines während der ersten Ehe so ausgeglichenen Hormonhaushaltes.

Der nunmehr in der Altersmauser befindliche Paradiesvogel Gisela verströmte eine flächendeckende Wichtigkeit, die sich nach eigenem Bekunden aus dem permanenten ehrenamtlichen und wohltätigen Einsatz ableitete, in dem sie sich Tag und Nacht befand.

In der Straße nannte man sie Lady Gaga, weil sie in der Lage war, Probleme im gegenseitigen Miteinander zu erfinden, auf die sonst nicht einmal der Betroffenste zu kommen vermochte. Ich parkte in jenen Tagen mein Auto aus akuter Platznot vor der rechts außen befindlichen Garage. Marina, eine befreundete Anwohnerin aus unserer Straße und Mieterin der Garage, machte mir dieses großzügige Angebot. Die attraktive, lebenslustige Polin hatte ihren wohlhabenden Lebensgefährten wenige Wochen zuvor durch eine heimtückische, todbringende Erkrankung verloren.

Er hinterließ ihr ein Haus, zwei Porsche, eine Firma für Golfequipment und eine geschiedene Frau sowie deren erwachsenen Sohn aus erster Ehe, den der Tote zu Lebzeiten adoptiert und ihm pflichtbewusst das Jurastudium finanziert hatte. Das Erbschaftsgemetzel war bei diesem Sachstand für Marina ebenso vorprogrammiert wie die Notwendigkeit, in Anbetracht der schönen Autos endlich einmal den Führerschein in Angriff zu nehmen.

Bis zum Erreichen des letzteren Etappenzieles stand mir durch Marinas Gnade der Platz vor der Garage auf unbestimmte Zeit für mein Auto zur Verfügung.

Ich war selig: Kilometerlange Wanderungen mit Einkaufstaschen erübrigten sich ebenso wie die stundenlangen Diskussionen mit Waldi oder dem von ihm gerufenen Kontaktpolizisten, wenn ich mein Auto zum Ausladen vor seiner Garage abgestellt hatte. Ich musste außerdem keine halbstündigen Ausparkmanöver mehr einkalkulieren, weil Waldi mich wegen meiner zehn Zentimeter zu weit in seine unbenutzte Garagenausfahrt ragende Fahrzeugschnauze auf den Millimeter genau einparkte, um mir den 365. Denkzettel zu verpassen.

Mein Glück währte eine Woche. Dann kam Gaga von ihrer regelmäßigen „Betty-Ford"-Fortbildung aus gleichnamiger Klinik zurück und klingelte uns, „das asoziale rücksichtslose Pack", unter Geschrei und Faustschlägen gegen die Tür aus dem Schlaf. Wir waren nicht lebensmüde und vermieden es daher, uns in die Nähe der Tür zu begeben. Man konnte von drinnen verstehen, wie ihr Mann nachts versuchte, beruhigend auf sie einzuwirken.

„Komm doch mit, mein kleiner Mauseschwanz. Wir klären das morgen. Ich spreche mit Martha. Sie wird das verstehen."

„Was werde ich verstehen?" fragte ich René in die Dunkelheit hinein.

„Wahrscheinlich passen deine Felgen nicht zu Mause-schwanzens neuen Kreolen, " mutmaßte René.

„Neue Felgen gingen ja noch. Neues Auto wäre schlimmer."

„Würde ich auch nicht ausschließen" flüsterte René und schlief ein.

Am nächsten Morgen wartete der bemitleidenswerte Mäuserich Otto mit tiefen Augenringen vor der Tür auf mich, als ich gerade im Begriff war, das Haus zu verlassen.

„Martha, bitte entschuldige Gisis Ausbruch. Sie ist so empfindlich. Könntest du vielleicht dein Auto wieder woanders parken?" fragte er geradezu flehentlich.

„Welche Marke bevorzugt deine Gattin denn?" fragte ich herausfordernd zurück, obwohl der Mann mir leid tat.

„Wie? Ach, darum geht es doch nicht" antwortete er ernsthaft und fuhr beschwörend fort. „Gisi kommt morgens mit dem Wagen nicht aus ihrer Garage, wenn du da so stehst."

Gaga überraschte mich immer wieder. Die Geschichte mit den Felgen und den Ohrringen hätte mich weniger verblüfft.

„Wieso das denn? Dazwischen ist doch auch noch deine Garage. Sie muss nur geradeaus rückwärts aus dem Loch rausfahren. Nicht mehr und nicht weniger. Otto, mit Verlaub, aber deine Frau schikaniert doch nur. Gib der doch mal was zu tun", verfocht ich verzweifelt meinen wertvollen Stellplatz.

„Martha, bitte werde nicht gemein. Meine Frau leidet unter Klaustrophobie. Sie bekommt Platzangst, wenn sie aus der Garage fährt und dein Auto derart dicht an ihrem dran ist", faselte er das vorgekaute Märchen seiner verwöhnten Prinzessin herunter.

„Das glaube ich nicht. Sie müsste auf der Straße permanent Platzangst bekommen. Vor jeder Ampel, in jedem Tunnel und in jedem Stau sind die anderen Autos dichter und beengender an ihr dran. Ich habe noch nie so einen Blödsinn gehört. Und was grundsätzlich hinzukommt, wäre die Notwendigkeit, dass sie überhaupt mal wieder fährt. Das macht sie nämlich seit Ewigkeiten nicht mehr. Hört doch einfach auf mit diesem überflüssigen Budenzauber. Lasst mich in Ruhe vor der Garage parken", schimpfte ich lautstark mit dem grauen Männchen, das mir überhaupt nicht mehr leid tat.

„Das geht leider nicht, Martha. Ich habe die Eigentümervertretung informiert. Wir werden Marina die Garage kündigen, wenn du dich weiter davor stellst", konterte er plötzlich in einem erstaunlich harschen Ton. Ich ließ daraufhin den hörigen Lakaien einer alternden Diva in gebatikten Flattergewändern weitergehend unkommentiert und ging resigniert meiner Wege.

Am nächsten Tag parkte ich parallel zum Straßenverlauf nur mit der Nase meines Wagens in Marinas Ausfahrt ragend. Gaga war meiner Ansicht nach so der Wind aus den Segeln genommen.

Sie konnte beim besten Willen keine Beengtheit mehr behaupten, sollte sie jemals wieder eigenhändig aus ihrer Garage fahren.

Natürlich wäre Gaga nicht gaga, wenn sie dies einfach hingenommen hätte. Eventuell war dieser Streit auch die beste Variante für sie, der Öffentlichkeit eine Fahrtauglichkeit zu suggerieren, die schon lang nicht mehr bestand. Wie dem auch sei, ich sollte dort weg und sie sann nach Mitteln und Wegen, derer sie sich über ihren ehemals durch jugendliche Reize aufgebauten Vitamin-B-Komplex im Alter ausgiebig bedienen konnte.

Ein wesentlicher, treuer Verbündeter Gagas für die kleinen schmutzigen Handlangerdienste bei diesem Vertreibungswahn war Waldi. Er ließ faulige Eier auf meiner Motorhaube zerbersten oder schmierte Wachs unter meine Scheibenwischer.

Neben diesen relativ unspektakulären Erfolgserlebnissen, gab es ein mittel- bis langfristiges Etappenziel der beiden: das Projekt „Hinkelstein". Gisela hatte sich in ihrer Jugend als talentierte Verwaltungsassistentin mit Körbchengröße D ehrgeizig durch die Amtshierarchien gefeiert und dabei viele wichtige Obelixe kennengelernt. Man trank auf Empfängen, Weihnachtsfeiern und Geburtstagen den Zaubertrank – mal aus zwei Becherchen oder auch mal aus einem, mal im Parkhotel oder auch mal im Heuhotel. Von all diesen über Jahre sorgsam aufgebauten Kontakten blieben Gaga Erinnerungsstücke im Herzen und in der Schublade. Anrufe von ihr sowie unbedeutende vergilbte Notizen und Fotos, die sie am Rande erwähnte, vermochten Berge zu versetzen – seien sie auch noch so klein.

An dem Abend, an dem ich einen geschäftlichen Gerichtstermin wegen des Formfehlers meines Anwalts verloren hatte und mir klar wurde, dass meine Rechtsschutzversicherung ein Vorgehen gegen ihn nicht unterstützen würde, fuhr ich übermüdet in unsere mit parkenden Autos überfüllte und schlecht beleuchtete Straße. Ich steuerte auf den von mir für mich verfochtenen Parkplatz vor Marinas Garage zu, als mein Wagen mit einem fürchterlich krachenden Geräusch abrupt zum Stehen kam.

René rannte von dem Lärm aufgeschreckt aus dem Haus in meine Richtung. Ich saß wie versteinert in meinem Wagen und traute mich nicht auszusteigen. Er erfasste ohne wahrnehmbare Regung die Situation, öffnete die Fahrertür, gab mir einen Kuss, streichelte mir die Wange und sagte unaufgeregt: „Wir regeln das mit dem Auto. Alles gut. Hauptsache, du bist heil."

„Was ist passiert?"

„Sieht so aus, als wenn die hysterische Kuh von oben einen stattlichen Findling geordert hat und den von Stadtgrün heute hier auf deinen Parkplatz hat legen lassen. Ich hab grad im Raus-Rennen von Rainer gehört, die Aktion wäre mittags hier in der Straße abgelaufen. Warum er nicht auf die Idee kam, uns zu warnen, versteh ich auch nicht. Aber egal. Ich hab den Brocken im Dunkeln genauso wenig gesehen wie du. Ich bin vielleicht fünf Minuten vor dir nach Hause gekommen."

„Scheiße. Ich trau mich nicht, das Auto anzuschauen" stöhnte ich, während meine Hände derart zitterten, dass ich sie zwischen meinen Oberschenkeln festklemmen musste.

„Musst du auch nicht. Geh rein. Ich regle das."

Als ich dankbar und brav Renés Aufforderung folgen wollte, meinen Körper aus dem Auto quälte und mich auf meine Füße zu stellen im Begriff war, sackte ich zusammen, spürte noch einen dumpfen Schlag am Schädel und wachte irgendwann mit drei Stichen am Hinterkopf in der Ambulanz des St.-Josef-Stifts wieder auf. Während der nächsten Monate gab es einen mühsamen Rechtsstreit, um zu klären, ob der Stein dort hätte abgelegt werden dürfen, ob ich ihn hätte sehen müssen und so weiter. Die Städtischen Behörden waren auf Gagas Seite und verfochten, um den Schaden von sich abzuwenden, die These, dort dürften sowieso keine Autos parken, weil sich dahinter ein Bügel zum Anketten von Fahrrädern befand und diese Fläche also für einen anderen Zweck bestimmt sei. Außerdem hätte ich den Stein sehen können. Zwar war es dunkel und die Stelle unbeleuchtet, aber bei genauem Hinschauen hätte ich das Objekt erkennen müssen.

Letzteres stimmte sogar, leugnete aber die Tatsache, dass man nicht so genau schaut, wenn eine Stelle gewohnheitsmäßig frei ist und sich auf Augenhöhe keine Auffälligkeiten ergeben.

Während der Streit, der sich nie eindeutig zu unseren Gunsten auflöste, lief und immer mehr Nerven, Zeit und Geld kostete, verschlechterte sich die Stimmung zur Waldi- und Gagafraktion zunehmend. Zudem benutzten unsere Hunde weiter das Hundeklo, ich hatte schnell ein neues glänzendes Auto, René war attraktiver als Otto und Waldi und dann gewannen wir zu allem Überfluss auch noch den Titel des vom Weserboten propagierten Stadtteilwettbewerbes „Schönstes Altbremer Haus", ohne uns selbst nominiert zu haben.

Natürlich war das zu viel für die Nr. 57 unten und für die Nr. 2 ganz oben.

Als wir unseren Hunden an jenem schmuddeligen Sonntagabend im Jahr 2009 vor Tagesschau und Tatort „noch mal eben schnell" ihr Hühnchen mit Reis brachten, mussten wir feststellen, dass sie die fast vollen Näpfe nach zwei bis drei Bissen stehen ließen, um sich sofort wieder in ihre Körbchen zurückzuziehen.

Ihr Verhalten verunsicherte uns. Merle und Aron waren wie wohl die meisten Hunde gierige Fresser, deren Appetit eher zu maßlos als zu unterentwickelt war. Wir gewannen den permanenten Kampf gegen das drohende Übergewicht nur mit viel Bewegung und schlanker Nahrung.

An diesem Abend wirkten die Augen der Hunde müde und trüb. Ihre Nasen waren heiß und auf unsere Streicheleinheiten an ihren ungewöhnlich aufgeblähten Leibern reagierten sie ungehalten. Wir überlegten, wo und wann die beiden etwas Unverträgliches hätten fressen können. Sie waren fast den ganzen Tag über im Haus gewesen. René war mittags und nachmittags zu ihnen gefahren, um sie im mittlerweile doch komplett eingezäunten Garten laufen zu lassen. Dort waren sie jeweils eine halbe Stunde mehr oder weniger unbeobachtet, während René einige Telefonate von seinem Schreibtisch aus erledigte.

„Ich hab natürlich den Garten nicht inspiziert, bevor ich die beiden rausgeschickt habe", bemerkte René nachdenklich.

Ich griff nach unserer Taschenlampe und ging in den Garten hinaus. Als ich mit dem Lichtkegel vor meinen Füßen den Rasen abschritt, bemerkte ich, dass im Mundstuhlschen Hochparterre das Licht gelöscht wurde. Die Blicke der Nachbarn hinter dem Fenster klebten derart penetrant an mir, dass sie unüberspürbar waren. In der hintersten Ecke unserer garagengroßen Parkanlage wurde ich fündig. Am Boden lag ein Papierfetzen, der mir perlmuttfarben entgegen schimmerte. Ich hob ihn auf und nahm ihn mit hinein. Es war der Rest einer doppelwandigen Tüte. Während die eine Seite süßlich roch und neben Fettspuren auch braune Flecken aufwies, war die andere Seite trocken und bunt bedruckt.

Die Fragmente des abgebildeten Motives wirkten seltsam vertraut auf mich. Ich hatte etwas Derartiges nicht das erste Mal in den Händen.

„Schokolade", sagte René, als er sich den Fetzen an die Nase hielt.

„Aber nicht nur", sagte ich. „Und das ist auch kein Schokoladenpapier. Das ist eine Tüte vom Hühnerbaron, dem Grillhähnchen-Mann, der zweimal pro Woche beim Supermarkt vorne an der Kreuzung steht." Mir wurde in kürzesten Abständen heiß und kalt, als die Erkenntnis in mir wuchs, dass unsere Hunde augenscheinlich einen lebensgefährlichen Mix aus Hühnerknochen und Kakao gefressen hatten.

„Diese verdammten Arschlöcher um uns herum! Der POM, der mir die Anzeige verweigert hat, hatte mich noch gewarnt." Der Kloß in meinem Hals schwoll an.

René zog sich kurzentschlossen seine Jacke über und gab mir Anweisungen:

„Komm wir bringen sie schnell in die Tierklinik. Besorg Decken. Wir legen die beiden auf den Boden vom Bus. Ich hol eben den Wagen direkt vor die Tür und du rufst bei Dr. Tschenko an. Vielleicht brauchen wir aus Kapazitätsgründen eine zweite Klinik. Ich kenn' aber nur die eine hier bei uns um die Ecke."

Tschenko ging nicht ans Telefon. Auf seinem AB hinterließ ich flehentlich meine Rückrufbitte. Merle und Aron schienen nun derart starke Schmerzen zu haben, dass sie zu keinerlei Bewegung mehr bereit waren und entgegen ihrer sonst unerschütterlichen Friedfertigkeit aggressiv auf unsere Berührungen reagierten.

Wir trugen die beiden verschwitzten Hundekörper in ihren Körbchen zu Renés Kleinbus und stellten die ausladenden Kunststoffschalen auf die Ladefläche des Transporters. Zum ersten Mal, seit René dieses unhandliche Auto fuhr, war ich froh, dass wir den „Krankenwagen" hatten.

Auf dem Parkplatz der Klinik fand sich nur mehr eine einzige freie Stellfläche für uns. Ich hoffte inständig, dass die Ärzte nicht derart beschäftigt waren, wie die Anzahl der Autos vor dem Haus vermuten ließ.

„Ich gehe erst mal so hinein. Bleib du bei den Hunden im Auto", entschied René und verließ zügig den Wagen.

Fünf lange Minuten später kam er in Begleitung einer Frau in weißem Kittel zurück zum Bus. Renés Teint war von tiefroter Farbe. Dies konnte innerhalb des mir bekannten Farbspektrums seiner Gesichtshaut nur zwei mögliche Ursachen haben: einen Sonnenbrand oder einen extrem frischen Tobsuchtsanfall. Renés Augen waren stark gerötet und wässrig unterlaufen. Seine Zähne knirschten angestrengt aufeinander, während seine Kiefermuskulatur im Sekundentakt kontrahierte. Ein Gemüt, das sich baldiger Hilfe sicher fühlte, sähe anders aus und spräche eine andere Körpersprache. Mir schwante nichts Gutes.

„Guten Abend. Gieske mein Name. Ich bin Tierärztin hier vor Ort. Wo sind denn die Patienten?"

René hatte bereits schweigend die seitliche Schiebetür des Transporters geöffnet und ersparte sich weitere Kommentare.

Diesem Beispiel folgte zunächst auch die Ärztin und berührte vorsichtig die Leiber der nur noch matt knurrenden, kurzatmig hechelnden Kreaturen.

„Der Rüde muss sofort operiert werden. Lassen sie ihn uns schnell reinbringen", wies die Ärztin René an und ergänzte:

„Für die Hündin müssen sie eine andere Klinik finden. Wir geben ihnen gleich Telefonnummern. Sie haben noch gut eine halbe Stunde."

René sackte wortlos neben dem Körbchen von Merle zusammen. Ich sprang aus dem Auto und griff eine Seite von Arons Körbchen, um es mit Frau Gieske zum Gebäude zu tragen. Die Ärztin wies mich im Laufen an, umgehend die Verwaltungsmodalitäten zu klären, da sie sonst nicht behandeln könne. Mir war nicht auf Anhieb klar, was sie meinte. Wir stellten den winselnden Aron in seinem Körbchen vorsichtig auf den Boden eines Nebenraumes.

„Gehen sie schnell in den Verwaltungsraum, damit ich offiziell anfangen kann", sagte Frau Gieske und fing an Aron im Bauchbereich zu rasieren.

Ich lief wie verlangt zur Verwaltungsassistentin, die augenscheinlich schon einige Papiere auf einem Klemmbrett vorbereitet hatte. Frau Mehlbrodt stand auf dem Ansteckschild oberhalb ihrer linken Brust. Ohne mich anzuschauen reichte mir Frau Mehlbrodt die Papiere über den Tresen, hinter dem sie einer Schutzmauer gleich wie in einer Festung saß. Meine Assoziation hatte seine mir noch nicht bekannten Gründe.

„Lesen und unterschreiben sie die Einwilligung in unsere Geschäftsbedingungen. Zahlen müssen sie vor dem Eingriff. Wie ist es ihnen lieber, mit Karte oder in bar?" fragte Frau Mehlbrodt, schon auf andere Papiere starrend, in den Raum hinein. Ich ließ meinen Blick schweifen, um mich zu vergewissern, dass ich nicht an einem Schalter für Mietwagen gelandet war.

„Ich unterschreibe und verpfände ihnen gern alles, was sie wollen, aber zahlen kann ich im Moment nur mit meinen Goldkronen. Wir sind gerade aus dem Haus gestürzt, um unsere Hunde zu retten und wir sind noch dabei. Einer liegt noch sterbenskrank im Auto. Sie müssen solche Situationen doch kennen. Wie können wir uns arrangieren?" fragte ich gereizt, bereits ahnend, dass mir Schwierigkeiten bevorstünden.

Die formal korrekte Verwaltungsangestellte griff zum Telefon.

„Hallo Andrea. Fangt noch nicht an. Die Dame kann nicht zahlen."

Ich konnte nicht glauben, was sich gerade vor meinen Augen abspielte. Frau Mehlbrodt setzte an, mir einen Vortrag zu halten, warum sie sich so verhalten müsse und warum die Vorschriften, nach denen sie zu handeln hätte, auch durchaus sinnvoll wären, während unsere Hunde vor sich hin starben.

„Schauen sie bitte meine Uhr. Das ist eine echte Movado. Ich übergebe sie ihnen als Pfand." Ich hielt ihr mein bis dato wertvollstes Geburtstagsgeschenk, von meinem ehemals besten Freund, den ich sehr vermisste und jetzt gern um Rat gefragt hätte, über den Tresen entgegen.

Die Geste schien die Herrin über Leben und Tod nicht weiter zu verwundern. Sie nahm die Uhr, schaute sie an und sagte:

„Movado? Hab ich noch nie gehört."

Mein Handy summte. Ich fischte mit zittrigen Fingern nach dem Telefon in meiner Jackentasche und schaute auf das Display.

Ein klitzekleines Gefühl von Hoffnung durchströmte mich.

„Hallo Dr. Tschenko. Tausend Dank, dass sie zurückrufen. Kennen sie eine Frau Mehlbrodt in der Tierklinik in unserem Viertel?" Ich wandte mich ab vom Tresen und begann Tschenko so knapp wie möglich die Situation unserer Hunde im Allgemeinen und die akuten Probleme in der Klinik im Speziellen zu schildern. Zunächst bat er mich, persönlich mit der Vollstreckerin sprechen zu dürfen. Ich reichte mein Handy an die Mehlbrodt weiter. Wenige Momente später bekam ich mein Handy zurück. Bevor ich erneut mit Tschenko zu sprechen begann, hörte ich die Mehlbrodt in den Hausapparat bellen:

„Andrea, fangt an."

„Martha ganz ruhig jetzt. Ich gebe ihnen eine Adresse. Die ist nur fünf Minuten von ihrem derzeitigen Standort entfernt. Da fahren sie sofort hin. Aber vorsichtig. Nicht rasen. Das Türschild gehört zu einer Zahnarztpraxis. Nicht wundern. Einfach klingeln. Ich bin auch gleich da." Tschenko nannte mir die Adresse, ließ mich wiederholen und verabschiedete sich .

Als ich zum Wagen kam, sah ich René, sein Gesicht von mir abgewandt über Merle gebeugt. Mit dem Zeigefinger der rechten Hand strich er ihr stetig Wasser aus einer Volvic-Flasche ins Maul. Seine Gummigaloschen hatte er ausgezogen und dicht neben ihren Kopf gelegt.

„Sie stirbt gerade", sagte mein Mann, den in den Arm zu nehmen mir die Zeit fehlte, mit tränenerstickter Stimme.

„Das tun wir alle. Jeden Tag ein bisschen mehr. Aber wir leben grad noch und Merle auch. Halt ihr Körbchen gut fest."

Ich schloss die Seitentür des Transporters und fuhr mit quietschenden Reifen an. Drei Minuten später hatte ich die angegebene Adresse erreicht. Ein mir unbekannter Mann begrüßte mich mit Handschlag, als ich dem Bus entstieg.

„Guten Abend. Sie sind bestimmt Martha. Ich bin Waldemar Tschenko, der Bruder von Alexander Tschenko. Alex ist gleich da. Lassen sie uns die Hündin schnell rein bringen."

Wir fassten gemeinsam das Körbchen und trugen den leblosen Körper in den Behandlungsbereich einer Zahnarztpraxis. René folgte uns auf Socken. Hinter einer Glastür mit der aufgeklebten Nummer Zwei befand sich nicht nur ein herkömmlicher Behandlungsstuhl, sondern auch ein mobiler Operationstisch. Kurz nachdem die Tür hinter uns zufiel, wurde sie erneut geöffnet. Alexander Tschenko betrat den Raum.

„Hi Waldemar, habe grad schon mit der Gieske gesprochen. Diagnose gleich, wenn das Restrudel aus dem Raum entfernt ist." Mit einem sanften Lächeln deutete uns Tschenko den Weg aus dem OP.

„Da, wo Personal draufsteht, geht ihr rein. Macht euch Kaffee oder Tee oder holt euch Prosecco aus dem Kühler und lest Gala, aber kommt nicht raus, bevor ich euch hole. Tschüß."

Dann ging die Tür noch einmal hinter uns auf. Tschenko reichte René wortlos seine Gummigaloschen entgegen.

Der Personalraum war am anderen Ende der Praxis hinter einer Schallschutztür und daher bewusst als Aufenthaltsort für uns gewählt. René schwieg und ich tat es ihm gleich. Er wollte nichts hören; keinen Trost und keine Aufmunterung. Es wäre sowieso nichts so angekommen wie meine noch so guten Absichten es bezweckt hätten.

An der Wand des schlichten Raumes mit Kochzeile, einem Tisch, einer Liege und vier Stühlen tickte eine Uhr, die aufdringlich um Aufmerksamkeit buhlte. Es war gerade einmal zwanzig Uhr einundvierzig. Ich stellte dies mit einer gewissen Beruhigung fest, da die Gieske mir um viertel nach acht gesagt hatte, uns bliebe für Merle noch eine halbe Stunde Zeit.

Ich dachte an Aron. Vermutlich stand es um ihn noch schlechter als um Merle. Aron fraß wie ein Industriestaubsauger und konnte sich somit in derselben Zeit auch die doppelte Menge des Giftes wie Merle einverleibt haben.

Während Schokolade Gift für Hunde ist, können die Hühnerknochen ihre Gedärme verletzen.

Ich erinnerte mich an einen Vorfall, der sich vor einem Jahr in unserem Souterrain abspielte: Eine Putzhilfe namens Frau Struwel, die wir aus Verzweiflung über unseren Zeitmangel engagierten, an deren Fähigkeiten wir aber nicht endgültig glaubten, hatte unsere Vorgaben ignorierend, die Deckel der Mülltonnen nicht verschlossen, bevor sie das Haus verließ. Selbstverständlich recherchierten unsere beiden übergewichtigen Hungerleider minutiös in den Abfällen nach fressbaren Anteilen und wurden als professionell arbeitende Sachverständige in Fragen der Mülltrennung rasch fündig. In welchem Ausmaß konnte ich aus der noch mit Knochenresten angefüllten Broilertüte nicht in Gänze erschließen. Da jedoch nicht die Menge an Hühnerknochen für die potenziellen Verletzungen ausschlaggebend war, sondern die Qualität des einzelnen Knochens, rief mein Verstand nach schnellstmöglicher Prophylaxe, um möglicherweise perforierten Magen- und Darmwänden zuvorzukommen.

„René, haben wir Sauerkraut im Haus? Ich brauche Sauerkraut. Als ich mit vier Jahren den Nagel verschluckt hatte, haben sie mich mit Sauerkraut vollgestopft, damit es sich um den Nagel legt und den Fiesling dann so ummantelt aus dem Darm ins Klo befördert. Meine Mama hat jeden Tag in der Kinderkacke gerührt. Am zweiten Tag war er draußen."

Da René nie lange brauchte, um eine Situation zu erfassen, die das Wohlergehen der Hunde betraf, saß er bereits im

Auto, als ich meine Mutter noch in meinen Fäkalien rührend prosaisch aufleben ließ. Die Tatsache, dass sie nach zwei Tagen fündig wurde, wirkte schon gar nicht mehr belästigend auf Renés Vorstellungsvermögen ein, da er sich bereits auf dem Weg zur nächstgelegenen Tankstelle befand.

Eine Dreiviertelstunde und fünf Tankstellen später stand René mit zwei Beuteln Sauerkraut wieder im Haus.

„Die Tankstellen hatten nix, aber das Borgfelder Landhaus hatte noch auf. Ist sogar mit Speck. Ich hatte mich nämlich schon die ganze Zeit gefragt, wie wir das Zeug in die Hunde reinkriegen."

Leider reichte das Aroma des Specks nicht, um die Hunde zum Fressen des Krautes zu bewegen.

„Hefe. Genau. Wir haben doch noch Hefe im Kühlschrank." Mit diesen verheißungsvollen Worten auf den Lippen lief René in die Küche, um den benannten Lockstoff zu holen.

Mir war diese Wunderwaffe zum Einverleiben verschmähter Speisen bis dato nicht bekannt. Umso neugieriger war ich auf die behauptete Wirkung. René hatte die Hefe in warmem Wasser angerührt und gleichmäßig über beide Fressnäpfe verteilt. Die zuvor gelangweilt bis angewidert vor den Schüsseln mit Sauerkraut lungernden Hunde wurden ab dem Moment munter, da René mit der nichtssagend duftenden milchigen Flüssigkeit auf der Treppe erschien. Ich musste beide energisch zur antrainierten Zurückhaltung ermahnen, die wir vor Verabreichung der Mahlzeiten von ihnen verlangten, um den für uns lebenserleichternden Gehorsam abzufragen und aufzufrischen.

Der Speichel lief beiden Hunden bei Witterung der Hefe Wasserfällen gleich seitlich aus den Mäulern. Da sie im Sitz kaum zu halten waren, piaffierten sie aufgeregt und mehr oder weniger auf der Stelle vor den Näpfen herum.

Auf mein Kommando „Genug" stürzten sie sich auf das glacierte Kraut und ließen jeweils ein Pfund davon sekundenschnell in ihren Mägen verschwinden. Ihre Leiber schwollen daraufhin an, als hätte eine Boa Konstriktor einen Medizinball verschluckt.

„Hoffentlich drücken die Sauerkrautmassen die Knochen nicht so an die Magenwand, dass sie nach außen raus piksen. Ich sehe schon den Tierschutz vor der Tür", formulierte ich eine gewisse Besorgnis.

„Wir behaupten dann einfach, sie hätten ein Stachelschwein verschluckt", lautete Renés Vorschlag.

„Ja, du hast Recht, das wird denen von PETA einleuchten."

Unsere Hunde überlebten die Hühnerknochen. Ob wegen oder trotz des Krauts, mag ich nicht endgültig beurteilen. Frau Struwel zumindest überlebte nicht in ihrer Funktion. Sie musste sich eine neue Stelle suchen.

In der Praxis von Dr. Tschenko stand die Wanduhr mittlerweile auf kurz vor Mitternacht. Ich konnte René irgendwann überreden, sich auf der Liege auszustrecken. Er verharrte dort über zwei Stunden regungslos mit dem Gesicht zur Wand.

Nur einmal, um viertel nach elf, sagte er, ohne sich zu mir umzudrehen: „Ich halte es zwischen diesen kranken Gestalten um uns herum nicht mehr aus. Wenn auch nur einer der beiden Hunde überlebt, fange ich morgen an, einen Platz weiter draußen für uns zu suchen. Diese Städter sind so durch geknallt. Ich will mich ihrer Übergänge nicht mehr täglich erwehren müssen. Ich denke, da, wo es ein bisschen ländlicher ist, wo man mehr Platz hat, sind die Nachbarn nicht nur weiter weg; sie sind auch toleranter, wenn es um die Lebensäußerungen von Tieren geht. Du kommst doch mit, oder?"

„Ich spreche mal mit meinem Therapeuten. Aber der sucht ja auch schon lange eine neue Wohnung auf dem Lande. Und wenn du mit deiner Freundin und ihrem Lebensgefährten zusammenziehst, darf ich ja nichts von euren Machenschaften verpassen. Ich platze sonst vor Neugier und das soll bekanntlich kein schöner Tod sein."

Eine Art Stromschlag durchzuckte mich, als sich die Tür zum Personalraum unvermittelt öffnete und Alexander Tschenko eintrat.

„Nicht erschrecken. Alles wird gut. Merle hat Glück gehabt." Tschenko, der als mitfühlender Arzt bestrebt war, Schrecksekunden so kurz wie möglich zu gestalten, komprimierte alles Wissenswerte für uns in sehr knappen schmerzlindernden Aussagen.

René saß bereits – wie von einer inneren Feder in den aufrechten Sitz gestreckt – auf der Kante der Liege, als die Türklinke sich nach unten bewegte. Es wirkte fast, als sei der Stehaufmännchen-Mechanismus elektronisch durch das Herunterdrücken der Klinke ausgelöst. Tschenko schlug vor, ihm in das Wartezimmer der Praxis zu folgen. Vor einer Reihe von Stühlen stand Merles Körbchen auf dem Boden. Waldemar Tschenko saß auf dem Stuhl hinter Merle. Die Hündin wirkte schläfrig. Als René den Raum betrat, versuchte sie, den Kopf zu heben. René hockte sich neben das Körbchen und begann sie zu streicheln. Alexander Tschenko und ich nahmen auf den Stühlen neben Waldemar Platz.

„Vielen, vielen Dank", sagte René zu den Ärzten gewandt. „Dieses kleine Mädchen ist mir so ans Herz gewachsen. Ich kann mir überhaupt nicht vorstellen, dass sie nicht mehr da wäre."

„Haben sie etwas von Aron gehört?" fragte ich die beiden Tschenkos.

Ich hatte selbst mehrfach vergeblich versucht, eine Auskunft von der Klinik zu bekommen. Frau Dr. Gieske wäre in einer weiteren OP, hieß es, und sie hätte keine Informationen freigegeben. Was in meinen Ohren nicht wirklich beruhigend klang.

„Ja. Ich soll ihnen von Frau Gieske sagen, dass Aron noch Ruhe braucht. Er ist noch nicht endgültig über den Berg. Sein Herz-Kreislaufsystem ist stark angegriffen. Aron musste während des Eingriffs wiederbelebt werden. Die Vergiftung war wohl extrem. Außerdem hatte er von den Knochen Blutungen in der Magenwand. Sie sollen ihn bitte erst einmal nicht besuchen. Das wäre zu viel Aufregung für ihn. Frau Gieske sagte, sie würde sich morgen Mittag bei ihnen melden. Dann könnte man schon mehr sagen." Alexander Tschenko formulierte sachlich und ohne bedauernden Unterton. Diese Souveränität machte mir Mut.

Ich versuchte, Renés nur für mich spürbar anschwellende Wut nach Tschenkos Ausführungen im Keim zu untergraben, indem ich anfing, Unverfängliches zu formulieren:

„Darf ich fragen, womit wir dieses unverschämte Glück verdient haben, dass sie beiden hier und heute unsere Merle retten konnten?" Die Frage, weshalb in einer Zahnarztpraxis ein OP-Tisch mit zwei behandelnden Ärzten für eine Dobermannhündin bereit stand, beschäftigte mich tatsächlich schon den ganzen Abend.

Die zwei sehr unterschiedlichen Männer machten einen glücklichen Eindruck auf mich. Sie schienen den Erfolg, der ihnen von Zeit zu Zeit als Arzt vergönnt war, noch sehr genießen zu können.

Waldemar, der akkurat frisierte und tadellos in feinstem Zwirn gekleidete Zahnarzt mit hohem Privatpatientenanteil, ergriff das Wort:

„Wir arbeiten häufiger zusammen. In erster Linie machen wir natürlich Zahnbehandlungen bei Alexanders Patienten. Morgen Abend, pardon heute Abend besucht uns unser Rex wieder. Ein Schäferhund. Er ist der Starschnüffler der Bremer Polizeihundestaffel. Ihm wurden bei einem Einsatz im Viertel mutwillig beide Reißzähne mit einem Baseballschläger abgebrochen.

Ein Dealer hatte mit einem Schlag die Oberkieferzähne so beschädigt, dass der Hund für den Einsatz praktisch wertlos war. Alexander und ich haben ihm daraufhin Goldkronen implantiert. Jetzt kann Rex wieder zur Arbeit gehen und sieht nebenbei bemerkt unglaublich stylisch aus. Ich kann mich vor Anfragen aus dem Milieu, ob ich dem einen oder anderen Staffordshire Bullterrier Goldkronen mit eingelassenen Brillis setze, kaum retten. Woher die wissen, dass ich das gemacht habe, entzieht sich übrigens meiner Kenntnis."

Alexander, die etwas schmuddeligere Variante des Tschenko-Duos, lauschte seinem Bruder andächtig mit dem ihm eigenen zufriedenen und beruhigenden Lächeln auf den Lippen. Die ergrauten Locken und der ewige Dreitagebart korrespondierten perfekt mit seinem schäbig fleckigen T-Shirt und der beigefarbenen ausgebeulten Cordhose. Alexanders Erscheinung hatte etwas Filmreifes. Er wirkte wie ein intellektueller Clochard in einem französischen Film Noir.

„Ja und für den Rex hatten wir nun schon mal alles aufgebaut. Das war wohl das große Glück für das Merlchen. Wir mussten übrigens nicht schneiden. Nur auspumpen. Sie wird dann in etwa vier bis fünf Tagen wieder bei Kräften sein."

Wir hatten Merle noch nie „das Merlchen" genannt. Ich fand Alexanders Wortwahl unglaublich anrührend. Vermutlich hatte der Veterinär sich sein wenig appetitliches Äußeres zugelegt, um nicht ständig von überglücklichen Hundebesitzern beiderlei Geschlechts euphorisch geküsst und geherzt zu werden.

„Seien sie mir nicht böse, aber ich werfe sie jetzt hinaus. Ich habe morgen einen sehr langen Tag und brauche noch ein wenig Schlaf." Waldemar lächelte uns an und stand auf. Alexander tat es ihm gleich. Wir wurden noch zur Tür begleitet und dort freundlich, aber zügig, verabschiedet.

Auf der Treppe fiel mir auf, dass René wieder Bekleidungsstücke fehlten. Diesmal waren es die rechte Socke und die dazugehörige Schuhsohle der Galosche. Ich musste nicht fragen und nicht suchen. Merle lag schlafend, die Nase tief in Renés Duft vergraben, in ihrem Körbchen.

Drei Tage später durften wir Aron aus der Klinik abholen. Der Kampf, den er gewonnen hatte, hatte seine Spuren hinterlassen. Der Rüde war bis auf die Knochen abgemagert und es dauerte Wochen, bis er annähernd zu seiner alten Form zurückgefunden hatte.

KAPITEL 09

Thedinghausen, Resthof m. Nebengeb., renov.bed. m.
v. Mögl.k. z.B. Pferd&Arb., 200m²Wfl., 1haGrst., PreisVB
inkl. gewöhnungsbed., domin., besitzergr. Nachb.,
www.Ohlimmo.de

Dies war das ungefähr zweiunddreißigste Objekt, welches wir
uns auf der Suche nach einer halbwegs passenden Immobilie
ansahen. Für mich war es ein Déjà-vu: Ich hatte diese Hofstelle
südlich von Bremen vor einigen Jahren schon einmal flüchtig
wahrgenommen. Die freundlichen Rotklinkergebäude um-
armten uns sanft, als wir den sonnendurchfluteten Innenhof
nach einem Spätsommerregen betraten. Wann wurde ich das
erste Mal von diesen Mauern in den Arm genommen? Wann
empfand ich jenes wohlige Gefühl von modrigem Stallklima,
frischen Äpfeln und regennasser, dampfender Erde? Wann
hatte ich diese sich ewig schlängelnde Wegstrecke entlang des
Waldes, bei dessen Anblick mir immer wieder ein Straßenna-
me wie asiges oder ekliges Holz einfiel, erstmals befahren?

Es fiel mir mit einer altersgemäßen Verzögerung von drei
Stunden nach dem Besichtigungsbeginn wieder ein: Aus Anlass eines meiner ersten Turniere auf dem Gelände des RV
Thedinghausen hatte ich mein Gespann mit Paul an Bord am
Rande dieses Gehölzes geparkt. Da ich René noch nicht kannte, war die vakante Stelle des TT (Turniertrottel) noch unbe-
setzt. Zu dieser Zeit der personellen Unterbesetzung und der
zunehmenden Vereinsamung meiner Wenigkeit quälte ich
mich mehr schlecht als recht in „hochkarätigen" E- und A-
Dressurprüfungen allein durch das Turnier geschehen.

Die Straße entlang des „eklig asigen Holzes", die tatsächlich
„Zum untadeligen Holze" hieß, war mir deshalb unvergessen
geblieben, weil ich und viele andere Turnierteilnehmer während
eines nicht enden wollenden Starkregens bedrohlich nahe am

Straßengraben halten mussten. Der offizielle Parkplatz vor der Reithalle war entweder überfüllt oder überflutet. Meine Parklücke befand sich vor einem kleinen bescheidenen Rotklinkerhäuschen mit Garage und Miniaturstall. Das beschaulich niedliche Ensemble hatte etwas von der Höhle einer Hobbit-Familie. Davor gab es einen Vorgarten – der eigentlich keiner war, weil er ebenso wie das Gebäude selbst vollständig mit dem in dieser Region anscheinend im Überfluss vorhandenen Rotklinker gepflastert war.

Begrenzt wurde das Grundstück durch einen Zaun, der aus zwei übereinander angeordneten Stahlrohren bestand, die an ihren Enden selbstverständlich in Pfosten aus dem design-konformen Baumaterial der Region eingelassen waren. Das Bild dieses muckeligen Kleinods prägte sich mir nicht ohne Anlass in mein Langzeitgedächtnis.

Alle Reiter, die wie ich mit ihren Gespannen halb auf der Straße, halb im Straßengraben parkten, waren gezwungen, ihre Pferde im Zuge waghalsiger Manöver auf der Fahrbahn oder der Hänger-Rampe zu satteln und aufzuzäumen. Ich, die ich mit einer gesunderhaltenden bis lebensrettenden Feigheit ausgestattet war, sann nach einem weniger unfallträchtigen Lösungsansatz.

Da nach eingehender Observation des roten Zwergen-hauses kein Lebenszeichen eines Hobbits in ihm zu bemerken war, wagte ich es, meinen braunen Riesen in den gepflasterten Vorhof zu stellen und den Strick seines Halfters um das obere Eisenrohr des Designerzaunes zu schlingen. Zunächst schien alles geschmeidig zu verlaufen.

Zwar tänzelte Paul anfangs aufgeregt auf der Stelle, verursachte aber keine nennenswerten Kollateralschäden – bis auf einen Haufen Mist, der glücklicherweise (oder leider nicht?) auf dem kränkelnden Rhododendron landete.

Als ich gerade im Begriff war, letzte Hand anzulegen und ihm die Trense überzustreifen, flatterte ein Fasanenmännchen mit seinem dreiköpfigen Harem aus dem Straßengraben empor – direkt vor Pauls Nase. Der Wallach besann sich umgehend seiner genetischen Wurzeln als Fluchttier, stellte sich auf die Hinterläufe, dass ich den Luftzug der aufsteigenden Vorderbeine an meinen Wangen spürte, und lief in Richtung Straße davon.

Ich blieb verwundert zurück. Mit der Trense in der Hand stand ich zunächst wie angewurzelt im Vorgarten und fragte mich, wie der von mir so sorgfältig angebundene Paul denn nun eigentlich weg sein konnte. Ein Blick auf den Zaun verschaffte mir die nötige Aufklärung:

Ordentlich, wie ich selten war, hatte ich Pauls Strick an der oberen Stange des Zaunes verknotet. Ich hatte so fachmännisch und sorgfältig gearbeitet, dass dieser Umstand auch in Abwesenheit meines Pferdes immer noch zutreffend war. Die obere Stange des Zaunes fehlte zwar am Zaun, hing aber immer noch sauber vertäut an Paul. Akustisch konnte man dies im Übrigen auch an dem hellen Klang von Metall auf dem Asphalt der Straße vernehmen.

Nachdem mich die kurzzeitige Schockstarre verließ, rannte ich – jedwedem korrekten Verhaltensmuster gegenüber Fluchttieren zum Trotz „Paul, Paul" schreiend – hinter meinem Schutzbefohlenen her.

Das metallene Geräusch war nicht mehr zu hören. Allerdings wiesen andere Reiter mir die Richtung, in die Paul gelaufen war. Nach ungefähr fünfhundert Metern sah ich mein Pferd im Inneren eines kleinen Gehöftes vor einem Korb mit Äpfeln, an denen er sich wie selbstverständlich bediente. Die alte Dame, die ihn aus einem sicheren Abstand heraus beobachtete, ließ ihn gewähren. Der Regen hatte aufgehört und die Sonne kämpfte sich in ihrer spätsommerlich schwindenden Kraft durch die Wolken hindurch. Es war schlagartig wohlig warm.

Als ich den bezaubernden Innenhof dieses anheimelnden Rotklinkerhofes betrat, blickte sie auf. Ich näherte mich dem schwer beschäftigten Paul und löste als erstes den Strick von der Stange. Mein Pferd schien sich an dem Metallrohr nicht verletzt zu haben. Ich war erleichtert.

„Danke, dass sie ihn mit dem Lockstoff ruhig gestellt haben."

„Das hatte ich gar nicht beabsichtigt. Eigentlich sollte das Apfelmus werden."

„Das tut mir sehr leid. Was bekommen sie für die Äpfel?"

„Gar nichts. Ist ja schön, mal wieder so ein großes Tier von Nahem zu sehen. Welche Disziplin soll das eigentlich sein? Staffellauf?" Die alte Dame grinste mich an und gab mir den wohlgemeinten Rat, die Stange, die sie sofort zuzuordnen wusste, wieder an seinen Ursprungsort zu schaffen. Die Nachbarn wären gerade in Bremen, „zu diesen unappetitlichen Catch-Wettkämpfen in der Stadthalle."

„Als Teilnehmer oder als Zuschauer?" fragte ich besorgt.

„Mutti schaut zu. Papi und Sohn hauen sich die Köpfe ein. Also hurtig, junge Frau."

Ich bedankte mich nochmals, bevor ich mit Paul und Stange den Hof verließ. Einen sehnsüchtigen Blick zurück auf dieses entzückende Ensemble aus Haupthaus und Stallungen konnte ich mir nicht verwehren. So etwas erträumte ich mir für später, wenn ich den „hübschen, fröhlichen und halbnackten" Mann meiner Mädchenträume gefunden hätte. Aber bestimmt, so dachte ich traurig, gibt es schon mindestens dreißig Erben, die in den Startlöchern sitzen und hoffen, dass „Omma" bald das Zeitliche segnet.

„Auf Wiedersehen!" rief sie mir hinterher.

Ich zog Paul den Sattel vom Rücken und stellte ihn auf den Hänger zurück. Für den geplanten Start war es nun zu spät und das war sicherlich auch kein Verlust für die reitsportinteressierte Welt. Es schien mir sinnvoller, mich um die Wiederherstellung des defekten Zaunes zu kümmern. Glücklicherweise war das Metallrohr nur in Löcher innerhalb der Pfosten eingehängt. Die Reparatur gestaltete sich also einfacher, als ich dachte.

Ich entfernte mich einige Schritte, um mein Werk aus einer gewissen Entfernung zu betrachten. Die Stange hatte bei ihrem Ausflug unverkennbar einen leichten Knick abbekommen. Dieser Makel ließ sich auch durch mehrfaches Drehen der Stange um die eigene Achse in verschiedene Positionen nicht vollständig unkenntlich machen. Ich entschied mich, nicht mehr allzu lange an diesem Ort zu verweilen, verstaute meine Sachen und fuhr fort. Als ich an dem Hof der alten Dame vorbeikam, lehnte diese auf einem Zaunpfahl zur Straße und winkte mir lachend zu.

Nun, wenige Jahre später, bei meinem zweiten Besuch auf diesem Hof lebte die freundliche Seniorin nicht mehr und ihre „mindestens dreißigköpfige Erbengemeinschaft" bestand lediglich aus einem Enkel, der bei einer Telefongesellschaft arbeitete und den „Schrotthaufen" für „möglichst viel Geld an eine neureiche Pferdetante aus der Stadt" verkaufen wollte. Letztere Gedanken des Erben wurden mir Monate später von dem Makler, der das Objekt vertrieb, anvertraut. Unserem ersten Besichtigungstermin folgte ein weiterer. Das Objekt hatte unser Interesse geweckt. Als wir wieder nach Hause aufbrachen, bat ich René, die Straße in die andere Richtung hochzufahren. Ich hielt nach dem Haus der catchenden Hobbits Ausschau.

„Halt bitte kurz an. Was fällt dir an dem Zaun auf?" fragte ich René.

„Da ist ein Knick in der oberen Stange. Wieso, was ist damit?"

„Das ist ein Fall von hoffentlich verjährtem Vandalismus. Paul und ich haben hier gewütet, als du noch nicht auf uns aufgepasst hast."

„Können wir trotzdem hierher ziehen?"

„Ja. Ich bin rechtzeitig geflohen und die Kronzeugin lebt nicht mehr."

Es folgten noch weitere Besuche auf dem Hof und in den Gebäuden; mal mit Handwerkern, mal mit Bekannten und Verwandten. Das Haupthaus war in seinem Inneren verbaut und bis zur Unbrauchbarkeit zerstückelt. Die Räume waren oben wie unten klein und modrig. Die Fenster waren einfach verglast, die Rahmen zerstört, die Nachtspeicherheizung war ebenso Schrott wie der sichtbare Teil des Dachstuhls.

Von außen waren die Sünden der diffus versetzten Fenster und Türen ebenso eine Beleidigung für unsere Augen wie die Verjüngungsversuche aus den Siebzigern mit Glasbausteinen und stählernen Garagentoren.

Die beiden Stallgebäude waren eventuell zu retten. Dies ließ sich allerdings noch nicht endgültig beurteilen. Die mannigfachen mannshohen Stahlzäune, die sowohl an der Straße entlang, als auch mitten durch das Grundstück hindurch verliefen, wirkten, als ob sie einen Atomkrieg überstehen würden. Sie waren in kompakte, einen Meter tiefe Betonsohlen eingelassen und sollten anscheinend die vier hoch aggressiven Kampfschafe der alten Dame am Ausbruch hindern.

Trotz des insgesamt maroden Zustandes des Hofes übte er eine ausgesprochene Anziehungskraft auf uns aus. Wir standen in seinem Innenhof und fühlten uns wohl.

Das gut einen Hektar große Grundstück grenzte zu einer Seite an jene Straße, welche entlang Waldes verlief. An dieser Straße direkt neben uns wohnte Hilde in einem Einfamilienhaus aus den Achtzigern. Sie war eine der Töchter der verstorbenen alten Dame. Hilde hatte ihre Mutter bis zu ihrem Tode gepflegt und selbst ihr halbes Leben auf dem Hof verbracht. Geerbt hätte das Anwesen eigentlich ihre Schwester. Die allerdings wurde an der Kreuzung vor dem Hof in einen Autounfall verwickelt, der für sie tödlich endete . So ging auf Grund komplizierter Familienverhältnisse der Hof an einen von Hildes Neffen.

Da die Nachbarn für unsere zukünftige Lebensqualität als nicht gerade unbedeutend einzustufen waren, versuchten wir uns im Vorfeld ein Bild von ihnen machen.

Hilde, die Personifikation der Dorfzeitung und wohlwollenden Chefkolumnistin war eine aufgeschlossene Frau. Sie liebte den Ort, an dem sie lebte und das Elternhaus, in dem sie aufgewachsen war, augenscheinlich sehr. Sie erzählte uns viele interessante Details über die Historie des Anwesens und die Menschen und Tiere, mit denen sie dort die ersten Jahrzehnte ihres Lebens verbracht hatte. Ihre Freude darüber, dass ich Reiterin war und Pferde in die Stallungen ziehen sollten, schien nicht gespielt.

Sie selbst war mittlerweile gute fünfzig Jahre alt und hatte drei Kinder, von denen noch zwei pubertierende Söhne zu Hause lebten. Verheiratet war sie mit einem stark introvertierten leitenden Speditionsangestellten, der täglich mit einer auf Hochglanz polierten silbernen A-Klasse ins Büro fuhr.

Traf er bei seiner abendlichen Heimkehr auf uns, so tauschte er nach einigen linkischen Blicken in unsere Richtung und einem zögerlichen „Guten Abend" den Pkw gegen einen Sitzrasenmäher. Ebenso wurden die grauen Beinkleider mit akkurater Bügelfalte durch eine fliederfarbene Flanelljogginghose ersetzt. „Ballonhose", wie wir ihn fortan nannten, mochte uns ebenso wenig wie wir ihn. Wenn er zum Rauchen sein Haus verlassen musste, stand er, wie wir schnell bemerkten, am Zaun zu unserem Grundstück und schnippte seine Kippen herüber.

Ein guter Freund der Ballonhose war Matteo. Er war mit Olivia, genannt Olli, einer flippigen, demonstrativ toleranten und alternativ angehauchten Frauenvariante, verheiratet. Das von ihnen bewirtschaftete Riesenanwesen bestand aus zwei zusammengelegten großen Höfen. Es beherbergte ein von beiden betriebenes Seniorenwohnheim und grenzte zu den verbleibenden Seiten mit Gebäuden oder Land an den zum Verkauf stehenden Hof.

Soweit das Auge reichte, gehörte alles dem alten Overdiek, Ollis Vater und landwirtschaftlicher Oberhäuptling der Region. Zwar war Matteo nur eingeheiratet, aber gefühlt – so sagten einige, die ihn kannten – stünde dem Thronfolger schon jetzt die aktive Regentschaft über das Reich der Dementen zu. Es wurde viel gemunkelt, er sei besitzergreifend und dominant. Dennoch war er einer der Ansprechpartner, an den uns eine Bekannte verwies, die in der Gegend wohnte.

„Fragt doch mal den Matteo, was er von dem Anwesen hält. Der Typ ist nicht ganz einfach, sagt man, aber ich glaube er gibt euch ein ehrliches Urteil. Ich habe ihn immer als gerade heraus kennengelernt. Vielleicht ist es auch das, was einige nicht so mögen.“

Matteo riet uns ab, den Hof zu kaufen. Er läge im Schatten des Waldes, sei düster und kalt. Wenn die Gebäude mittiger auf dem Grundstück lägen, wäre das was ganz anderes. Außerdem sei ein Hektar ja viel zu wenig für die drei bis vier Pferde, auf die meine Herde irgendwann anwachsen sollte und „leider“ wäre drum herum schon alles Land verpachtet.

Wir dachten über seine Einwände nach und waren verunsichert. Matteo machte zwar einen etwas aufgeblasenen, aber durchaus kompetenten und authentischen Eindruck auf uns. Er war gelernter Zimmermann und umgeschulter Altenpfleger. Seine ungelenke wuchtige Gestalt, seine zotteligen halblangen Haare mit der unnatürlichen Krause einer selbstgemachten Miniplie, seine Akne-Narben und seine hängenden Brüste gaben ihm etwas ungewollt Weibliches.

Dennoch wirkte er grobschlächtig. Obwohl er in einer fast verletzenden Direktheit seine Urteile über Personen im Speziellen und die Welt im Allgemeinen heraus posaunte, war er uns nicht gänzlich unsympathisch. Als wir unseren Entschluss bekannt gaben, den Hof zu kaufen, stellten Olli und Matteo uns zu unserer großen Freude in Aussicht, dass Opa Overdiek das Weideland auf der anderen Straßenseite an uns verpachten würde, wenn der Vertrag mit dem aktuellen Nutzer in wenigen Monaten ausliefe.

Wir fühlten uns relativ gut aufgehoben in diesem Umfeld und unsere letztendliche Entscheidung, den Hof zu kaufen, fällten wir – trotz der baulichen Mängel und dem Wermutstropfen in Person von Ballonhose – mit innbrünstiger Begeisterung und Vorfreude auf das irgendwie ganz neue Leben für uns und unsere Tiere.

Nach unserem Termin beim ansässigen Notar und der Unterzeichnung des Kaufvertrages im August 2009 machten René und ich uns einen zeitlichen und finanziellen Ablaufplan. Den Kaufpreis in Höhe eines kleinen Einfamilienhauses hatte ich ohne Fremdfinanzierung aus meinen Ersparnissen bezahlt. Für die Renovierung wollte ich ein Darlehn aufnehmen, da eine Ausschüttung aus meiner Firma aktuell nicht möglich war. Ich hatte 2008 mein viertes Kaffeehaus-Bistro gekauft und wollte für etwaige Zwischenfälle ausreichend Geld im Geschäft halten.

Wir hatten grob ein Zeitfenster von neun Monaten angesetzt. Danach wollten wir in der Lage sein, einen Teil des Hauses und des Stalles zu beziehen. Für Paul hatte ich eine Fünf-Sterne-Unterkunft ganz in der Nähe mit Vollpension, Roomservice und Personal Trainer gefunden. Seine vorübergehende Box war sehr teuer, gab mir aber die Möglichkeit, mich entspannt um meine Geschäfte zu kümmern, ohne René weitergehend zu beanspruchen. Der plante nämlich, viele Arbeiten allein zu erledigen und sich vollends auf den Hof zu konzentrieren. Um unsere laufenden Kosten an allen Stellen so niedrig wie möglich zu halten und alle Einnahmen, die sich mir boten, mitzunehmen, vermietete ich einen Großteil meines Bremer Hauses Etagenweise an die Home Companies – ein Unternehmen, welches möblierte Wohnungen für Angestellte suchte, die sich für einige Monate in Bremen aufhielten, und deren Arbeitgeber aus Kostengründen diese Unterbringung der Einquartierung im Hotel vorzogen.

Wegen der Hunde verblieb als geeignete vollständige Wohneinheit für René und mich nur der feucht muffige Souterrainbereich des Bremer Hauses. Da wir den geplanten Zeitraum bis zu unserem Umzug überschaubar fanden, quälte uns die Aussicht, übergangsweise im Keller zu wohnen, zunächst nicht wirklich.

Auch unsere Nachbarn vor Ort waren plötzlich freundlich und weit weniger angriffslustig; schien es doch nach außen so, als könne ich mir mein Haus nicht mehr leisten. Die freudige Erregung, dem bevorstehenden Niedergang meines Wohlstandes hautnah beizuwohnen, ließ die Nachbarn Hundeklo und „angriffslustig" geparkte Autos völlig vergessen. Es bestätigte sich einmal mehr eine Weisheit, dass man Mitleid geschenkt bekommt, während man sich den Neid der Mitmenschen hart erarbeiten muss; allerdings nur, um sich dann vor der Missgunst der Neider zu hüten, war meine weitergehende Schlussfolgerung.

Und dann kamen glücklicherweise „die Jungs", um René „beim Entrümpeln der Hütte" zu helfen.

Die Jungs, dieser kleine heimatliche Gruß für René, das waren Jan, Renés Cousin, Jans Freund Felix, genannt Helix und Alberich eine „Clubbekanntschaft" von Jan und Helix. Diese jungen Männer aus Halle an der Saale, die alle um die dreißig Lenze zählten, waren noch in die Grundschule der „Ostzone" – wie meine Oma Starny, Gott hab sie selig, die ehemalige DDR nannte – gegangen.

Jan, Alberich und Helix waren also „systemisch" nicht so extrem ins kalte Wasser geworfen worden wie René, hatten aber anscheinend auch nicht mehr Orientierung als er damals. Jan beging mittlerweile den gleichen Fehler wie ich und studierte in dem Fachbereich, in dem sich fast jeder herumtreibt, der nicht weiß, was er machen soll: Betriebswirtschaft. Er schrieb damals an seiner Diplomarbeit, während Helix sein Grafikdesignstudium gerade abgeschlossen hatte. Alberich schaffte auf dem zweiten Bildungsweg so grade seinen Hauptschulabschluss und war seitdem auf der Suche nach einem Ausbildungsplatz. Nach was für einem, das wusste er noch nicht so genau, hatte aber schon über zweihundert Bewerbungen geschrieben.

Letzteres nahmen auch Jan und Helix für sich in Anspruch. Da aber weder der Hallensische noch der globale Arbeitsmarkt auf sie zu warten schien, war es eine willkommene Abwechslung für die drei Spätzünder, sechs Wochen bei uns im „Lager für Arbeit und Freizeit" auf dem Land zu verbringen und bei dieser Gelegenheit ihre Lautsprecherboxen in einem entkernten Gebäude bis an ihre und unsere Schmerzgrenze auszureizen. Zudem liebten sie es, auf Luftmatratzen in der Garage zu schlafen und morgens unter mörderischem Gequieke unter die Gartendusche zu hüpfen.

Die Jungs trugen in ihrer Freizeit eine Art selbst auferlegte Uniform aus Jeans und schwarzen Kapuzenblousons aus Sweatshirt-Stoff. Die riesigen Kapuzen waren fast immer über ihre Köpfe gestülpt und verdeckten die Gesichter nahezu vollständig. Bei ihrer Ankunft hissten sie an der Giebelseite des Stalles in Richtung Straße ein dunkles Textilspannband mit aufgeklebten weißen Hieroglyphen. Scheinbar identifizierten sich darüber die Anhänger des sehr schlichten, einförmigen Bass-Gewabbers, das zur von uns genehmigten „Club-Time" zwischen 21h00 und 22h30 am Wochenende freitags und samstags in bemerkenswerter Lautstärke über der südöstlichen Region Bremens lag.

Wenn man nun meinte, sie würden danach getanzt haben, dann irrte man sich gewaltig. Meist standen sie nur herum, die Gesichter unter den Kapuzen einander zugewandt, und fingen ausgerechnet zur ohrenbetäubenden Club-Time mit einer Konversation an, die unter normalen Bedingungen nicht stattfand. Wenn tagsüber die Vöglein zwitscherten und die Jungs gerade pausierten, was durchaus häufig vorkam, dann saßen sie mehrere Meter voneinander entfernt, jeder für sich komatös in ein Comicheft vertieft. Vor der Lesestunde wurde grundsätzlich das Kapuzenblouson übergezogen und bis zum Ende der Pause anbehalten.

Ich hatte den Verdacht, dass kleine Leselampen im Inneren der Kapuzen integriert seien.

Eines der liebsten Spielzeuge der Jungs war – abgesehen von unseren Hunden, mit denen sich jeder von ihnen auch wochentags ohne Musikbackground unterhielt – eine rostige Metalltonne: ihre „Assitonne", in der sie anfallende Holzreste verbrannten. Sie genossen eine Lagerfeuerromantik, die in der Plattenbausiedlung von Halle-Neustadt eher selten ausgelebt werden konnte. Aus anfänglichen Ungeschicklichkeiten im Umgang mit den ungewohnten Naturgewalten lernten sie zu meiner Beruhigung recht schnell.

So hatte sich Helix an einem der ersten Tage ihrer Anwesenheit etwas zu tief mit seiner Kapuze über die brennende Tonne gebeugt, woraufhin der Baumwollstoff Feuer fing. Glücklicherweise hatten die Jungs fast immer eine Flasche Bier in der Hand. So konnte Jan widerstrebend, aber aufopferungsvoll mit dem letzten Haake Beck der Kiste die Flämmchen um Helix' Antlitz löschen. Die Augenbrauen des Brandopfers hatten leichten, aber bleibenden Schaden genommen. Sie wirkten fortan dezent asymmetrisch, was Helix nach eigenem Bekunden als gelungene Ergänzung zu seinem Wanderscheitel empfand.

Um weiteren Schaden von ihren Gesichtern abzuwenden, bestand ich darauf, dass sie entweder die Kopfbedeckung auf die Schultern klappten, wenn die Tonne brannte, oder sie die Kapuzen mit von mir zugeteilten Wäscheklammern am Hinterkopf verkleinerten. Die Jungs entschieden sich für die Klammern.

Je nachdem, wie nun der Wind stand, wenn die Tonne entzündet wurde, lief unsere Nachbarin Hilde in den Garten und pflückte hektisch die Wäschestücke von ihrer Trockenspinne. Um Ärger mit ihr und ihrer Familie gar nicht erst aufkommen zu lassen, wies ich die Kapuzen an, die Tonne nur dann zu entzünden, wenn der Wind nicht auf Hildes Feinripp zielte.

Die drei gehorchten zwar, nur leider waren die Luftströme weniger kalkulierbar. Mitunter änderte sich die Windrichtung schlagartig, während die Tonne brannte und die Wäsche sich auf der Spinne sonnte. Am Abend eines solchen, turbulenten Tages näherte sich Ballonhose dreimal unserem Hoftor. Zweimal wandte er sich wieder ab und ging in Richtung seines Hauses zurück. Beim dritten Mal blieb er vor unserem geschlossenen Tor stehen und hauchte: „Hallo?"

Die Jungs blickten von ihren Comics auf. Als er nichts weiter sagte, fuhren sie fort, stoisch in ihre Lektüre zu schauen. René und ich kamen gerade in den Hof und fragten, was denn sei. Ohne aufzusehen, sagte Jan, dass da vorne der Nachbar stünde und irgendwas geflüstert hätte.

Tatsächlich stand dort sichtlich verschüchtert Hildes fliederfarbener Mann. Er hatte seine Hände tief in die Taschen seiner Flanellhose gestopft und ließ den Blick durch die dicke Hornbrille über alle Bäume des Waldrandes streifen nur nicht über uns und in unsere Richtung. Wir gingen trotzdem zu ihm und erkundigten uns nach seinem Anliegen.

Er sprach kaum hörbar die Sätze:

„Das Maß ist bald voll. Die Fronten verhärten sich immer mehr."

„Welches Maß, welche Fronten?" fragte ich irritiert. Ich ergänzte auf Verdacht, dass der Wind leider gedreht habe, wir aber die Tonne sowieso schon so platziert hätten, dass selbst unter diesen Umständen kaum Rauch zu ihrem Grundstück durchdringen könnte.

„Ich habe Sie gewarnt", murmelte Ballonhose, den Blick auf den Boden gesenkt und schlich davon.

„Was war das denn jetzt?" fragte René sichtlich konsterniert.

„Also rein optisch eine gruselige Mischung aus Honecker und Derrick, akustisch ein fast nur mit Echolot wahrnehmbares Stimmchen und inhaltlich eine diplomatische Note, die mich schon sehr beunruhigen würde, wenn Osama Bin Laden sie formuliert hätte; die mich aber komplett aus der Bahn werfen würde, wenn sie von der berüchtigten Ballonhose vom ekligen Holze käme", versuchte Jan unter Glucksen ein Resümee.

„Ich an eurer Stelle würde schnellstens meine Zelte hier abbrechen, mich in Sicherheit bringen und mir ganz weit weg eine neue Bleibe suchen. Wenn ihr mich fragt, das ist vorbei, das wird nix mehr. Ihr seid verloren, wenn ihr nicht geht", kicherte Helix in dasselbe Horn.

Die Männer lachten ausgelassen und wechselten das Thema. Ich grübelte verunsichert über das eben Erlebte. War die Verärgerung der Ballonhose begründet? Der Anlass war für mein Empfinden extrem lapidar. Ich nahm mir vor, Hilde bei passender Gelegenheit darauf anzusprechen.

Am nächsten Tag ging die Arbeit weiter.

René war erleichtert, dass die drei ihm halfen. Auch wenn anfängliche konstitutionelle Schwächen der jungen Männer uns hatten zweifeln lassen, ob sie überhaupt mehr als fünf Tage durchhalten würden. Die in ihrem bisherigen Leben körperlich wenig geforderten Spätpubertierenden mit haltungsbedingten konditionellen Defiziten wuchsen aber ab Tag fünf zunehmend in das „Anforderungsprofil des Jobs" hinein. An den ersten drei Tagen fielen sie abends nach einem Kurzwaschgang im noch existenten rosa-weiß melierten Bad des Hofes scheintot auf ihre Luftmatratzen.

Darauf folgte ein unumgänglicher Zwangsruhetag, weil die Muskulatur der Kapuzen komplett ihren Dienst versagte. Schwielen an den Händen, Blasen an den Füßen und ein Ganzkörpermuskelkater fesselten sie an ihr Lager. Die dabei verabreichte Selbstmedikation bestand aus Franzbranntwein und Wundsalbe von außen sowie diversen Obstbränden von innen. Nach der 24-stündigen Reha gingen sie wie neu geboren wieder an die Arbeit.

Das Ergebnis der fortlaufenden Entkernung des Haupthauses war meiner Gemütsverfassung nur bedingt zuträglich. Mit jeder Schicht – sprich jeder Wand, jeder Decke, jedem Balken, die oder der fiel – offenbarte sich, dass das Haus bis zum Dachstuhl komplett marode war. Lediglich die Außenhülle in Gestalt der Rotklinkerwände war erhaltenswert.

Ich sah René und mich bereits etwas länger im Keller wohnen, während die Belles Étages meines Bremer Domizils entweder von einem Department Head des Beate Uhse Konzerns oder einem Senior Vice President von Goldei belegt waren.

Neben der wenig komfortablen Wohnsituation mit immer endloserem Zeitfenster bereitete die Finanzierung des Hofprojektes mir Sorge. Die zunächst angenommenen und aufgenommenen hunderttausend Euro für die Instandsetzung kristallisierten sich als ein Tropfen auf den heißen Stein heraus. Ich rechnete nach den ersten sechs Wochen Entkernung mit dem zwei- bis dreifachen Kostenaufwand, um einen Zustand von Teilbewohnbarkeit des Haupthauses und des Stalles herzustellen.

Umso mehr hofften wir, dass die Jungs bald wieder kämen und René helfen würden. Am letzten Abend vor ihrer Abreise saßen René und ich mit Jan im Innenhof, während die anderen beiden schon schliefen. Jan machte uns wenig Hoffnung auf eine baldige Rückkehr. Er selbst müsse seine Diplomarbeit beenden und sich weiter bewerben. Gleiches gelte für Helix, der kein potentielles Vorstellungsgespräch verpassen wolle.

Der einzige, der Zeit und keine Verpflichtungen „bis auf seine übergewichtige Verlobte Jaqueline mit den grünen Haaren" hätte, wäre Alberich . Allerdings, so gab Jan zu bedenken, würden wir seinem Freund „viel zu viel quatschen". Alberich hätte ihm gesagt, wir würden ihn ganz wuschelig machen mit unserer Fragerei und Diskutiererei; z.B., wie er denn so die Haltung Angies zu den Amerikanern fände oder dass er auch für den Klimawandel verantwortlich sei usw.

„Was? Ich hab doch nur einmal beim Zeitung lesen vor mich hin gebrummelt, was denn die Merkel da schon wieder mit den Amis kungelt und ein anderes Mal hat er ausnahmsweise ein Deo benutzt. Vor lauter Glück hab ich ihm gesagt, dafür nehme ich das Ozonloch gern in Kauf", versuchte ich mich zu verteidigen.

„Ja, aber das reicht doch. Da kann ich den Alberich schon verstehen", gab Jan mir mit einem vielsagenden Grinsen zu bedenken.

„Wenn ihm das zu nervig war, hätte er es nur äußern müssen", sagte ich und gab ihm zu verstehen, dass dies auch für Helix und ihn gelte.

„Klar, weiß ich ja. Aber wir haben neben allen vorgeschobenen oder tatsächlichen Gründen auch immer schnell wieder ganz dolles Heimweh."

„Wonach denn?" fragte René fordernd und viel zu gereizt für die bis dahin entspannte Stimmung. Er fuhr, die Antwort nicht abwartend, fort: „Dein Vater hat dich rausgeschmissen, deine Eltern sind zerstritten, Oma liegt im Bett und tyrannisiert meine Mutter, die sich mit ihrem Helfersyndrom gern tyrannisieren lässt. Dein Vater als weiterer Pflegefall meiner Mutter, also seiner Schwester, lässt sich Leberwurstbrote von selbiger schmieren, während sie alle vor Eifersucht schäumend gemeinsam ein Feindbild pflegen, Tante Dorle, die unverdientermaßen meistgeliebte Tochter von Oma usw., usf. Monatlich verklagen sie sich gegenseitig wegen neuer gravierender Straftatbestände wie mutwillig zerstörter Zitronenpressen oder unterschlagener Säcke Mehlwürmer zum Angeln."

„Stimmt schon. Die sind ätzend geworden. Früher waren die wie Pech und Schwefel. Haben zusammengehalten und sich geholfen. Was wir früher für einen Spaß miteinander hatten. Du warst ja immer dabei. Aber gib es zu: So ganz haben die alten Bande für dich ihre Anziehungskraft auch nicht verloren."

„Die meisten schon. Du nicht. Also, wann kommst du wieder", sagte René knapp und wechselte gezielt das Thema.

„Wie soll ich dich nennen, Vater?"

Die besagten „alten Bande" beschäftigten und beeinflussten René mehr, als ihm lieb war. Wenn man mit einer alleinerziehenden Mutter als Einzelkind in der DDR aufgewachsen ist, dann mag dies komfortabler abgelaufen sein, als es jemals in Westdeutschland der Fall gewesen wäre. Alle Kinder wurden vorbildlich in Kitas versorgt und wechselten dann in Kindergärten – wie auch René in den Seinen mit dem Namen „Pittiplatsch". Danach erwartete die jungen Menschen eine erstaunlich gute Schulbildung, wenn sie denn lernen wollten. Die Mutter hatte als Ingenieurin ihr Auskommen. Materiell fehlte es ihnen an nichts. Dennoch entstand eine Sehnsucht in René, als er sieben Jahre alt wurde. Zu diesem Zeitpunkt verließ Renés Vater seine Familie.

Mutter Evelin behütete ihren Sohn wie ihren Augapfel und warnte ihn fortan, nachdem ihr Mann sie verlassen hatte, verschärft vor dem Bösen in der Welt. Das Allerböseste hatte neben dem Namen Papa, den René ihm gab, den Namen Wolfgang. „Das Schwein" Wolfgang hatte sich ein Pendant aus seiner Gattung namens Regina genommen. Evelin, die den Eber mehr als alles auf der Welt liebte oder ihn nur besitzen wollte – dies sei einmal dahingestellt – tat alles, um ihren Sohn in dem Urteil zu verfestigen, dass sein Vater der fieseste Fiesling von allen sei. Schweinchen Wolfgang seinerseits lieferte ausreichend Stoff für dieses Urteil.

Man stelle sich nur folgende Situation für den irgendwann dreizehnjährigen Jungen vor: Er fährt mit dem Zug zu seinen Großeltern, den Eltern seines Vaters, um dort den „Papa" zu treffen und ihm stolz sein Zeugnis zu zeigen. Der Junge sitzt auf dem Sofa im Wohnzimmer und wartet. Opa und Oma, zu denen er ein inniges Verhältnis hat, beschäftigen sich mit dem

Enkel bis zur bevorstehenden Ankunft des eigenen Sohnes. Dieser erscheint irgendwann und begibt sich nicht in das Wohnzimmer, sondern in die Nähstube des Großvaters. Oma und Opa gehen zur Begrüßung des Sohnes ebenfalls in die Werkstatt, lassen den Enkel aber im Wohnzimmer zurück. Dieser wartet, bis er ungeduldig wird, weil man ihn nicht holt. Vielleicht bereiten sie eine Überraschung für ihn vor, weil er so gute Noten hat? Er platzt vor Neugierde und Vorfreude auf seinen Vater und schleicht in die Nähstube hinterher.

Dort sieht er seinen Vater mit Regina und deren Sohn. Der Großvater hält den neuen Enkel im Arm, während auch Renés „Papa" nur Augen für seinen mitgebrachten Schützling zu haben scheint. So jedenfalls empfand es der Heranwachsende, als er weinend die Flucht ergriff und nach Hause rannte. Seine Mutter verwertete das geschilderte Erlebnis gern als willkommenes Kanonenfutter gegen den Vater. Sie machte keine Anstalten, den Sohn zu ermutigen, wenn schon nicht den Weg zurück zum Vater, dann zumindest zu den geliebten Großeltern zu gehen.

René war die vergangenen und kommenden Jahre ihr Wolfgang; ein Wolfgang, der nicht einfach weg konnte und den sie garantiert ganz für sich allein hatte.

Leider half auch der Vater nicht dabei, dass der Sohn den Weg zu ihm fand. Vielleicht hatte er Angst, seine neue Familie zu gefährden, oder er fürchtete die Auseinandersetzung mit seiner ersten Frau. Wie dem auch sei, René blieb ohne ein realistisches Bild von seinem Vater zurück – oder zumindest nur mit dem einerseits sehr verblassten seiner Erinnerung und dem andererseits schwarzgemalten Bild durch das Zutun der Mutter.

Als der erwachsene Sohn seinerseits knapp dreißig Jahre später nach einigen missglückten Annäherungsversuchen die Initiative nochmals ergriff und uns daraufhin kurz nach der

Unterzeichnung unseres Kaufvertrages für den Hof eine unerwartete Einladung des Vaters erreichte, nahmen wir diese an. Wir machten uns also extrem aufgeregt und erwartungsfroh auf den Weg gen Osten in eine gutbürgerliche Naumburger Reihenhaussiedlung.

Wir hatten keine Vorstellung, welche Art von Umfeld uns erwarten würde. Der Vater sah seinem Sohn in jungen Jahren sehr ähnlich. Als René ihn fünf Jahre zuvor aus Anlass einer Trauerfeier traf, bekam er einen Eindruck, wie er im Alter aussehen würde, wenn er keinen Sport treiben oder ungehemmt weiteressen würde. Sein Vater war ebenfalls Ingenieur. Welche Interessen er sonst hatte, wusste René nicht.

„Weißt du, was diese Regina für eine Frau ist?" fragte ich den mit jedem zurückgelegten Kilometer nervöseren René auf der Fahrt nach Naumburg.

„Kleiner als meine Mutter. So eine Kindfrau. Ich hab von anderen gehört, dass sie eine Partymaus und Lebefrau gewesen sein soll. Also viel Feiern, viel Spaß. Das genaue Gegenteil meiner ehrgeizigen Mutter. Diese Regina hatte damals kurze dunkle Haare, drahtiger Typ, sehr stutenbissig. Wenn ich bei ihnen geklingelt hab, weil ich meinen Vater sehen wollte, dann hat grundsätzlich sie geöffnet und mich weggejagt."

„Ist er nicht rausgekommen?"

„Nein, vielleicht war er nicht da. Aber er kann auch nicht immer weg gewesen sein."

Wie grausam, dachte ich und rubbelte mir die Hühnerpickel unter den Ärmeln weg.

Die grau verputzte Doppelhaushälfte, in der Renés Vater mit seiner zweiten Frau lebte, war ein gut gepflegter Bau aus den 30ern oder 40ern. Wir parkten unser Auto gegenüber dem Haus auf der anderen Straßenseite. Als wir ausstiegen, bemerkte ich, dass sich die Gardine im ersten Stock bewegte.

Auf unser Klingeln öffnete ein ziemlich aufgequollener René mit nur noch wenigen Haaren auf dem Kopf. Er trug Jeans, ein Poloshirt mit viel überladener Stickerei und langgezogene, fast spitze Straßenschuhe.

Mit einem maskenhaften Lächeln um die Lippen und einem „Hallo, seid gegrüßt" streckte er uns zum Empfang seine rechte Hand entgegen.

„Kommt doch herein", folgte die fast strenge Aufforderung aus seinem Munde.

Hinter ihm stand ausgelassen glucksend die Kindfrau. Sie war wirklich klein und musste anscheinend ständig laute Geräusche als Warnsignale von sich geben, damit man sie nicht übersah und aus Versehen überrannte.

„Hallo, hallo. Schön, dass ihr da seid. Hereinspaziert in unsere bescheidene Hütte." Regina, genannt Gina, hatte etwas von einem Funkenmariechen, das gerade im Begriff war, den Rosenmontagszug einzuläuten. Ihr gebatikter Overall, vermutlich aus einer alternativen Ü-50 Boutique, passte mit seinem Harlekin-Touch vortrefflich zur Eröffnung der Karnevalssaison. Es hatte bei ihrer kindlichen Größe und Statur aber auch durchaus etwas von einem Strampelanzug, mit dem sie ganzjährig zu jedem Anlass immer unpassend angezogen war.

Im Inneren des Hauses roch es nach kaltem Rauch. Die Treppe, auf der wir in den ersten Stock stiegen, wirkte düster. Es gab keine Fenster im Treppenhaus, was nicht unüblich für Reihenhäuser dieser Bauart war. Im Übergang vom ersten zum zweiten Stock war ein kleiner Flur. Von dort gingen vermutlich die Küche und ein weiterer Raum ab. In dieser Miniaturdiele standen zwei Korbstühle mit einem Tischchen. Richtung Straße war sogar eine Fensteröffnung, durch die man von der Treppe, die in den zweiten Stock hinauf führte, rausschauen konnte. Auf Höhe der Luke setzte Renés Vater sich auf eine Treppenstufe und deutete uns an, dass wir uns in die Korbstühle setzen könnten.

Mit „Nehmt Platz" bewahrheitete sich meine Befürchtung.

Regina öffnete hastig die Tür zum angrenzenden Raum und schloss sie derart schnell hinter sich, als sollten wir so wenig wie möglich vom Innenleben erheischen. Sie kam mit vier Sektgläsern und einer Flasche Asti Spumante zurück.

Während der laufenden Bewirtungsaktion redete Renés Vater mit monotoner Stimme vor sich hin. Er monologisierte über das Fenster, aus dem er von der Treppe aus gern hinaus schaute, über irgendwelche Verwandten um die Jahrhundertwende, deren Ahnentafeln er in der Garage aufgehängt hätte und die er uns später zeigen wollte, und dass er uns zum Essen einladen würde.

Als Regina worüber auch immer gackernd einzuschenken begann, fragte ich, ob wir auch etwas ohne Alkohol bekommen könnten. Ich hätte in dieser Situation zwar nichts lieber als einen Doppelbock auf ex getrunken, aber wir hatten gerade Fastenzeit. Nach unserem Verständnis war diese Zeit keine der inneren Reinigung von unseren Sünden über körperliche Askese, sondern einzig und allein die notwendige Zeit der physischen Regeneration. Wir waren als Bier- und Weinliebhaber sehr konsequent bei der Einhaltung dieser alljährlichen Sicherheitsvorkehrung für unsere Körper.

Bei Regina stieß dies auf blankes Unverständnis. Es brachte sie aber dazu, zu reden und nicht nur zu kichern. Es schien genau ihr Thema zu sein.

„Was?!" kreischte sie. "Zwei Monate? Also zwei Tage, ok. Aber zwei Monate? Was soll denn so eine Quälerei? Das ist ja furchtbar." Weil sie von der Grausamkeit unserer Selbstkasteiung so übermannt schien, griff sie zu unseren bereits gefüllten Gläsern und kippte beide nacheinander in einem Zug hinunter.

Das Schweinchen Wolfgang schien die Situation nicht weiter zu interessieren. Er schickte Gina „Lallobrigida", die passend zu ihrem Strampelanzug kleinkindhaft schwankte, Wasser holen und monologisierte weiter. Also wir würden jetzt da und da hin essen fahren und wenn wir wollten, könnten wir unser Auto auch vor seiner Garage parken.

René bemühte sich angestrengt, ohne den Vater bisher persönlich angesprochen zu haben, eine Konversation in Gang zu bringen, die auf Gegenseitigkeit beruhte. Ich versuchte, behilflich zu sein, aber es gelang auch mir nicht. Dann fragte René plötzlich und unvermittelt an seinen Erzeuger gewandt: „Wie möchtest du eigentlich, dass ich dich nenne? Vater oder Papa oder wie?"

Der Vater überlegte eine Weile und sagte dann bestimmt:

„Sag Wolfgang zu mir. Wir hatten ja nicht so lange miteinander zu tun."

„Genau", lallte Gina zustimmend.

René sagte gar nichts. Fortan erlebte ich es in Anwesenheit von Renés Vater nie, dass René ihn mit einem Namen ansprach; weder mit Vater, noch mit Wolfgang. In seiner Abwesenheit sprach er weiter von seinem Vater. Wie sollte auch ein Mensch, der die ersten sieben Jahre seines Lebens mit seinem Vater verbracht hatte, in der Lage sein, an ihn als den Wolfgang zu denken.

Er war und blieb schließlich doch der Papa, eines der ersten Worte seines Lebens. René hatte mit ihm sprechen und laufen gelernt, mit ihm geweint und gelacht, hatte gemeinsam mit ihm ein Bewusstsein von sich und den Dingen um sich herum entwickelt und bestimmt auch viele Stunden in seinen Armen liegend verbracht. Sieben Jahre sind eine Ewigkeit für einen kleinen Jungen und diesen Weg haben vorrangig zwei

Menschen begleitet, seine Mutter und sein Vater. Wie kann man vor diesem Hintergrund seinem Sohn sagen „Wir hatten ja nicht so lange miteinander zu tun." Ich bekam diesen Satz nicht mehr aus dem Kopf. Es war einer der grausamsten und gemeinsten Sätze gegenüber seinem Kind, die ich jemals in meinem Leben von einem Elternteil gehört hatte.

Natürlich konnte man kein vertrautes Gefühl in dieser Vater-Sohn-Beziehung erwarten. Beide waren sich zwangsläufig fremd geworden. Aber der Vater, so mein Gedanke, musste doch um die Tragweite der ersten Jahre im Leben seines Kindes wissen. René hatte ein Bild von seinem Vater im Kopf, im Bauch und im Herzen. Um das Bild mit Inhalt zu füllen, zu korrigieren und neu zu gestalten, trafen sie sich und ließen sich aufeinander ein. Dabei existierte etwas unauslöschlich Verbindendes im hier und jetzt zwischen beiden: Er war der Vater, der Papa, der René gefühlt ein halbes Leben begleitet hatte.

In Momenten wie diesem, da Renés Vater sich als Vater negierte und zu einem Wolfgang aus Naumburg machte, der von „seinem Jungen" nur sprach, wenn er Renates Sohn meinte, entflammte in René ein anderes Heimweh als das, von dem Jan sprach, wenn er wieder nach Hause wollte.

Renés Heimweh war eine besonders schmerzhafte Form. Ihm wurde seine Zugehörigkeit vorenthalten. Diese Form ist wohl deshalb so qualvoll, weil man sie nicht durch die Reise an einen Ort lindern kann. Man kann sie gar nicht lindern, weil einem etwas fehlt, was zu finden man selber nicht in der Lage ist. Es muss einem gegeben werden, aber Renés Vater schien dazu nicht bereit. So haderte René weiter mit seiner Wertigkeit und seiner Liebenswürdigkeit. Er frönte unaufhörlich einer für mich nachvollziehbaren, unermüdlichen Suche nach Anerkennung.

Während unseres Restaurantaufenthaltes in gutbürgerlicher Gastronomie erfuhren wir während eines nicht enden wollenden

Referates von Schweinchen Wolfgang, ungefragt und ohne, dass dieser sich des aktuellen Bezuges bewusst war, wie bescheuert er Leute fände, die sich heruntergekommene, alte Höfe kaufen würden, um sie ein Leben lang zu renovieren und ein Vermögen in ihnen zu versenken. Er hätte so einen „beknackten" ehemaligen Arbeitskollegen mit einer „halbgaren, überkandidelten" Frau, die unbedingt Pferde halten wolle. Wir kommentierten weder diese, noch andere Ausführungen Wolfgangs über gesellschaftspolitische Themen, wurden allerdings auch nicht aufgefordert, uns dazu oder zu dem, was wir so machten, zu äußern.

Nach Abschluss des Essens, etlichen weiteren Monologen Wolfgangs und einer zunehmend sedierten Renate wurde uns doch noch die Ehre zu Teil, weitere Räume des Reihenhauses kennenlernen zu dürfen. Sollten wir doch noch Aufnahme in die Familie finden? War man gewillt, uns Einblick in intimere Bereiche ihres Privatlebens zu geben? Die Führung begann im Garten und irgendwie mit Tusch, obwohl keiner zu hören war. Eine Tür zum Haus wurde geöffnet und wir standen in der Waschküche. Danach folgte Wolfgangs Kellerbüro, sein allabendlicher Rückzugsraum, während Renate sich die tägliche Vollnarkose verabreichte. Dann ging es zum krönenden Abschluss in die Garage zur Ahnengalerie.

Ich hatte längst in einen Standby-Modus gewechselt, bei dem gerade noch ein Kopfnicken im Rhythmus zu der Lippenbewegung meines Gegenübers funktionierte, als das Abschiedsgegacker Renates mich nötigte, meine Hirntätigkeit wieder aufzunehmen. Das lohnte sich durchaus, da die quirlige Schnapsdrossel uns noch eine Lebensweisheit mit auf den Weg gab: Wir sollten unbedingt die Qual der Askese meiden. Die wäre stressig und unnötig.

Ihre Mutter habe ihr, Renate gesagt, sie sei noch keine Alkoholikerin. Die hätten nämlich einen dicken Bauch und dünne

Beine. Sie, Renate, habe zwar einen dicken Bauch, aber keine dünnen Beine. Daran sollten wir uns fortan auch orientieren, bevor wir solche Dummheiten begingen wie regelmäßige Fastenzeit. Schade, dass ich nichts zum Mitschreiben hatte. Man ist ja doch geneigt, wertvolles Gedankengut, welches das Leben meistern hilft, viel zu schnell wieder zu vergessen.

Auf der Rückfahrt von Naumburg hatte ich einen sehr traurigen René neben mir. Auch wenn er bekundete, es würde ihm nichts ausmachen, dass seinem Vater nicht viel an ihm läge, war mir das sehr theoretische dieser Bemerkung wohl bewusst. René würde nie aufhören können, sich die Anerkennung und Zuneigung seines Vaters zu wünschen. Umso mehr hoffte ich, dass er nach den abfälligen Bemerkungen seines Vaters über alte Gehöfte nicht versuchen würde, die vorhandene Architektur durch einen übergestülpten Bauhausstil zu verfremden. Zumal sein Vater angekündigt hatte, ihn irgendwann einmal besuchen zu wollen.

Von all dem wusste Jan nichts, als er noch ein paar Äste in die schon glühende, rostige Tonne warf und uns sagte, er werde wiederkommen, wenn die Umstände es zuließen.

Ich hatte das Gefühl, dass Jan das, was er sagte, nicht wirklich meinte. Er schien etwas zurückzuhalten.

„Du hast doch noch irgendwas", sagte ich, während ich seinen Blick suchte.

„Was ich schon die ganze Zeit fragen wollte, warum habt ihr eigentlich Matteo immer zu uns rüber geschickt? Er meinte, ihr hättet ihm gesagt, er solle ein bisschen auf uns aufpassen, dass wir nicht zu viel pausieren und vernünftig arbeiten. Also wenn das stimmt, sollten wir vor unserem nächsten Einsatz, wenn es den gibt, noch mal ein klärendes Gespräch führen."

„Bitte was hat der Typ gesagt? Der war hier drüben? Wie oft?" René wirkte wie elektrisiert.

„Der war jeden Tag hier. Immer, wenn ihr weg wart. Hat sich alles angeschaut und versucht, uns über euch auszufragen. Wir wollten euch das schon früher sagen, waren aber auch sauer, weil er uns glaubwürdig vorkam und wir das Gefühl hatten, ihr schickt uns einen Blockwart an den Hals."

„Was ist denn das für eine Natter? Macht hier auf Abschnittsbevollmächtigten und vergrault uns die einzigen Helfer, die wir haben. Jan, bitte, wir haben diesen Typen nicht auf euch angesetzt und es gibt auch keine Veranlassung für uns, so was zu tun. Wir wissen, dass wir dir vertrauen können. Diesen Menschen kennen wir gar nicht. Ein Telefonat über diesen Hof und ein nachbarschaftlicher Einstandsbesuch mit Kaffeeklatsch. Das war bis jetzt alles an Kontakt und ich glaube, das war's auch für die Zukunft." Ich war nicht in der Lage, meiner empfundenen Empörung den angemessenen Ausdruck zu verleihen.

Nun waren wir endgültig vorgewarnt: Es gab auch hier keinen Raum für Gutgläubigkeit. Wir mussten auf der Hut sein und versuchen, im Umgang mit dem „Provinzpaten" schützende Distanz mit unverbindlicher Freundlichkeit zu paaren.

Am nächsten Tag verließen uns die Jungs. Doch ich hatte das zuversichtliche Gefühl, dass sie wiederkommen würden.

In den folgenden Monaten beauftragten wir verschiedene Gewerke mit den Innenarbeiten. Es wurden Mauern gezogen und verputzt. Der Dachstuhl mitsamt der Dachpfannen wurde erneuert und die Fenster ausgetauscht. René konnte nicht viel tun und war meinen Klagegesängen über die horrenden Kosten gegenüber hilflos.

Er half sparen, wo er nur konnte, und vollbrachte Übermenschliches. René machte die Energieersparnis in den Geschäften noch effektiver, reparierte dort eigenhändig, was ihm möglich war, und stieg wieder verstärkt in die Büroarbeit ein, um eine geringfügig beschäftigte Kraft zu ersetzen, die sowieso in Rente gehen wollte. Nachdem Christel Koman, die schon seit Jahren wegen ihres Arbeitstempos „Oma Koma" genannt wurde, den zum Abschied eigenhändig aus fünf Pfund Butter geschnitzten Frankfurter Kranz wegen mangelnden Zuspruchs wieder unberührt mit nach Hause nehmen musste, begann René, sich seinen Arbeitsplatz an ihrem Schreibtisch herzurichten. Noch erahnten wir beide nicht, welche Belastungsprobe uns bald ins Haus stand.

René teilte sich den Raum mit Birgitta Andratz, einer Endfünfzigerin, die zu Urzeiten noch von Albert eingestellt worden war. Anfangs war ich als Alberts Geschäftsführerin ihre unmittelbare Vorgesetzte. In den ersten Jahren hatten wir ein gutes Verhältnis zueinander. Birgitta war eine intelligente Frau mit Humor und ansteckendem Lachen. Sie vergötterte Albert, ohne meine Autorität in Frage zu stellen. Als die Kopfzahl unserer Beschäftigten vor 15 Jahren expansionsbedingt anstieg, musste eine weitere Bürokraft eingestellt werden.

Das Erscheinungsbild von Gerlinde Wellenbrock, der neuen Personalsachbearbeiterin, war das einer aufgebrezelten Fleischereifachverkäuferin. Auf den vollen Wangen ihrer hellen Haut leuchteten rosige Äderchen, die blonden Haare waren in einer üppigen Föhnwelle nach außen gedrillt und ihre kräftige Statur hätte in ein Dirndl gehüllt wunderbar aufs Oktoberfest gepasst. Eigentlich müsste sie gar nicht arbeiten, ließ Gerlinde mich damals wissen. Sie hätte nur keine Lust, den ganzen Tag zu Hause zu sitzen. Aber nötig, nein, nötig hätte sie es nicht. Schließlich war ihr Mann Bankdirektor.

Ich verstand nicht, wie Albert die kinderlose, gelangweilte Gattin eines Filialleiters der örtlichen Sparkasse einstellen konnte. Da Gerlinde folglich in erster Linie ein Unterhaltungsprogramm, aber kein Einkommen brauchte, war der Stress zwischen uns vorprogrammiert.

Die neue „Personalchefin" redete die vier Stunden ihrer täglichen Anwesenheit wie ein Wasserfall. Unangefochtenes Lieblingsthema war ihre Unfruchtbarkeit und der daraus begründete Adoptionsantrag, der nun schon seit fünf Jahren erfolglos gestellt war. Da ich Gerlinde bewusst nie persönlich auf dieses Thema ansprach, speiste ich meine Informationen aus dem, was ich vor Ort durch die Pergamentwände mithören konnte, oder aus dem, was Birgitta Albert erzählte.

So berichtete Albert mir, dass die „Frau Bankdirektorin" und ihr Mann schon viele Vermittlungsvorschläge bekommen hätten, aber keiner ihren Ansprüchen gerecht wurde. Was für Ansprüche das denn seinen, war meine Frage an Albert.

„So wie ich es verstanden habe, muss das Kind blonde bis hellbraune Haare haben und einen hellen Teint natürlich. Bis in die zweite vorangehende Generation muss die Mutter deutsch sein, es dürfen keine Kriminellen in der Familie gewesen sein und auch keine Drogenabhängigen. Und die Familie muss nachweislich frei sein von ungefähr fünfhundert Krankheitsbildern oder so", gab Albert sein Insiderwissen damals bereitwillig an mich weiter.

„Was sind das denn für Rassisten? Warum werden solche Faschos mit ausgeprägter Vorliebe für Arier überhaupt weiter in der Kartei gelistet?"

„Ich weiß nicht, ob die noch gelistet sind. Bis jetzt gab es ja angeblich kein passendes Kind. Ob das stimmt, ist eine andere Frage", gab Albert zu bedenken.

„Kann sein. Aber wusstest du überhaupt, dass die von ihrem Kinderwunsch zerfressen wird, als du sie eingestellt hast?"

„Nein, sonst hätte ich es nicht gemacht. Ich würde sie heute gar nicht mehr einstellen. Ich hoffe geradezu, dass die ihr ein Kind geben. Dann sind wir die Sabbeltante los." Albert formulierte denselben frommen Wunsch, den auch ich hegte.

Birgitta, ihrerseits leidenschaftliche Mutter von drei Kindern, dachte über die Thematik nicht ganz so pragmatisch wie Albert und ich. Gerlinde war ihre bemitleidenswerte Freundin geworden. In Birgittas Augen brauchte eine Frau Kinder, um ein erfülltes Leben voller Harmonie in Einklang mit sich und dem Gatten führen zu können. Gerlinde mit ihrer Sehnsucht und ihrer zur Schau gestellten Leidensgeschichte war ihr weitaus näher als ich, die ich sagte, ich könne den Erfolgsdruck nicht verstehen, denn es gäbe tausend andere Möglichkeiten, sein Leben interessant und sinnvoll zu gestalten.

Birgitta wurde nicht müde, Gerlinde zu trösten und zu bemitleiden. Zwölf von den gefühlt dreihundert Käthe-Kruse-Puppen, welche die Unfruchtbare – selbst bemalt, benäht und frisiert – mit ins Büro brachte, hatte Birgitta bereits käuflich erstanden. Meine Aversion gegen die ekelhaft niedlichen Puppen mit durchweg arischem Erscheinungsbild blieb den beiden nicht verborgen. Als ich eines Morgens verkündete, ich hätte auch gern eines von Gerlindes Unikaten, huschte ein versöhnliches Lächeln über die Gesichter der Frauen. Man spürte die Gedanken in ihren Köpfen: War ich doch nicht so anders wie sie? Hatte ich doch Spurenelemente von weiblichen Instinkten in mir? War ich auf dem Weg der Besserung? Bestand gar Aussicht auf vollständige Genesung?

„Was denn für eine? Vielleicht eine kleine Heidi aus den Bergen oder, was ich jetzt im Katalog gesehen habe, auch ganz süß und originell, ein kleiner Bub im Tarnanzug." Gerlinde überschlug sich, mir Begeisterung zu entlocken. Das Adergeflecht auf ihren Wangen schwoll durch ihre Euphorie bedrohlich an und färbte ihr Gesicht feuerrot.

„Also ich hätte gern einen kleinen Nelson Mandela oder ein Burka-Mädchen. Geht das?" fragte ich mit unschuldigem Grinsen.

Zwei fassungslose Gesichter starrten mich an. Wie konnte ich es wagen, die arme Gerlinde derart provokativ zu umgarnen? Unausgesprochen lag der Vorwurf im Raum. Mit versteinerten Mienen begannen die Frauen, demonstrativ in ihren Unterlagen zu wühlen.

Als ich mit Birgitta allein war, versuchte ich ihr zu erklären, dass ich Gerlindes Kriterien, die sie an ein Adoptivkind anlegt, sehr fragwürdig fände. Birgitta, die immer unnahbarer für mich wurde, sagte, das ginge uns nichts an und das hätte auch nichts mit unserer Arbeit zu tun. Ich bedankte mich für den Hinweis und beschritt fortan wie Birgitta den Weg der formalen Höflichkeit im Umgang miteinander.

Dann kam irgendwann an einem wunderschönen Frühsommertag der Anruf, der Gerlindes Leben endlich zum Guten wenden sollte. Ich war gerade im Raum der beiden Sekretärinnen, als das Telefon klingelte. Gerlinde nahm ab.

„Ja, die bin ich", sagte sie und hörte gefühlte zehn Minuten lang zu atmen auf. Es folgte noch fünfmal „Ja", die immer krampfhafter aus ihr herausquollen, während unaufhörlich Tränen über ihre Wangen liefen.

„Ich hab schon nicht mehr daran geglaubt. Aber ich bin Mutter", sagte Gerlinde mit innbrünstiger Erleichterung zu Birgitta, nachdem sie aufgelegt hatte.

„Ich freu mich so für dich!", jubilierte Birgitta, nachdem ihr unter Quietschen ein „Jawoll" entfleuchte. Mit gen Himmel gestreckten Fäusten lief Birgitta zu Gerlinde, nahm sie in den Arm und fing ebenfalls zu schluchzen an. Ich ließ die beiden hemmungslos heulenden Frauen allein und verließ das Büro.

Gerlinde war nach ein paar Jahren Schwangerschaft und Geburtsvorbereitung in unseren Büroräumlichkeiten nun endlich in der Erziehungszeit. Natürlich kam sie noch einmal vorbei, um ihren Arbeitsplatz ordentlich zu übergeben.

Während das Kind in seinem Körbchen auf dem Boden lag und schlief, besprach ich mit Gerlinde letzte Arbeitsinhalte. Das Kind beachtete ich nicht weiter. Es fehlte ihm an nichts, weder an Essen und Trinken, noch an Zuwendung. Ich sah keine Notwendigkeit, Interesse zu heucheln. Bei den Frauen löste ich mit meinem Verhalten eine ungeahnte Entrüstung aus, von der Albert mir am nächsten Tag berichtete. Er machte mir keine Vorwürfe, sondern fand meine Position sympathischer als die moralischen Daumenschrauben der Sekretärinnen. Dennoch gab er mir zu bedenken, dass sich der Umgang mit Birgitta einfacher gestalte, wenn man ihr gegenüber den Habitus des durchschnittlichen Gutmenschen pflegte.

„Eins steht fest: Es geht ihr blendend bei uns. Sie hat viele Freiheiten, was ihre Arbeitszeit angeht, Dienstwagen, sehr gute Bezahlung, Anerkennung. Vielleicht sollte sie bei so vielen Vorzügen auch mal akzeptieren, dass andere Menschen anders denken", erläuterte ich Albert meine Gedanken zu dem Thema.

„Stimmt. Sollte sie, macht sie aber nicht. Im Ergebnis tut sie mir tausende Gefallen, dir aber nicht", sagte Albert.

„In mich ist sie auch nicht verschossen", konterte ich trotzig.

„Du kannst gerne versuchen, dir das immer schlechtere Verhältnis zu Birgitta als von deinem Zutun unabhängig zu erklären. Aber ich finde, es liegt auch an dir. Du bist nicht souverän genug, was diverse Unzulänglichkeiten deiner Mitarbeiter angeht. Dein Leben könnte leichter sein, weil du locker mehr Unterstützer als Gegner haben könntest. Lass nicht immer raushängen, dass du zu jedem Scheiß einen exorbitant geschliffenen Standpunkt hast. Meine Meinung." Albert sah mich trotz der „Kopfwäsche", die er mir verpasst hatte, wohlwollend an.

Einige Jahre später bestätigte sich, dass wir beide nicht ganz falsch lagen mit unseren Thesen. Als ich Albert sein letztes Geschäft abgekauft hatte und Birgittas alleiniger Chef wurde, verlor sie zunehmend ihr Interesse an der Arbeit.

Ihr Traummann war nicht mehr greifbar. Auch hielt er ihr nicht mehr die Hand vor den Hintern, wenn ich dafür plädierte, die Zettelwirtschaft zu beenden und endlich den Rechenschieber durch einen Computer zu ersetzen.

Als wir im Winter 2009 beschlossen, René anstelle von Oma Koma wieder stärker in die Verwaltungsarbeit einzubeziehen, eskalierte die Situation. Birgitta war nicht bereit, Renés längst überfälliges Modernisierungsprogramm der Büroabläufe mitzutragen. Vielleicht hätte sie es für Albert getan; für René und mich war sie allerdings nicht bereit, sich umzustellen. Es kam vor, dass sie sich im Zuge privater Telefonate, die wir ihr innerhalb der Arbeitszeit nie untersagt hatten, abfällig über uns beide ausließ.

Während dieser Umstand mich nicht interessierte, brachte sie René damit in einer Art und Weise gegen sich auf, die in ihrer Eigendynamik nicht mehr zu bremsen war. René war nicht bereit, Unfähigkeit und Unwillen zu dulden, wenn ihn nicht nur die Mehrbelastung dieser Arbeitseinstellung traf, sondern

Menschen, die sich derart an seinen Kräften vergingen, auch noch abfällig über ihn sprachen. Er wurde dann zu der schon erwähnten zerstörerischen Kampfdrohne gegen eine solche Person. Noch nicht einmal ich vermochte ihn dann aufzuhalten. René ließ nicht locker, bis ein solcher Mensch aus seinem Umfeld verschwunden war.

Nach zweimonatigem Kampf im Büro beendeten wir im Frühjahr 2010 Birgittas Arbeitsverhältnis auf beiderseitigen Wunsch mit einem Aufhebungsvertrag. Sie war damals einundsechzig und erleichtert über den so gestalteten Ausstieg aus der Berufstätigkeit. Zum Abschied bedankte ich mich sehr für ihre Mitarbeit und meinte dies genauso aufrichtig, wie ich es sagte.

Sie erwiderte nur: „Ja. Danke auch. Tschüß dann."

Ich versuchte Birgitta noch ein paar Momente aufzuhalten, um ihr die Frage zu stellen, warum und seit wann, unabhängig von der jüngsten Entwicklung, unser Verhältnis gekippt war.

Als sie nur den Kopf schüttelte und die Lippen aufeinander presste, bohrte ich weiter und erkundigte mich, wie der Sohn von Gerlinde sich denn entwickelt hätte.

Sie schaute mich erstaunt und mit zusammengekniffenen Augen kritisch an.

„Warum fragst du das jetzt? Damals hattest du doch auch kein Interesse", schoss es heftig aus ihr heraus.

„Ich wollte an deiner Reaktion sehen, ob es das war."

„Ja, das war es auch. Und um deine Schadenfreude endgültig zu bedienen: Er stiehlt und prügelt. Gerlinde musste ihn in ein Erziehungsheim geben. Bist du jetzt zufrieden?" schimpfte sie.

„Birgitta bitte. Nur weil ich Gerlindes Einstellung nicht korrekt fand, hab ich ihr nichts Schlechtes gewünscht." Ich spürte, dass es keinen Zweck hatte, weiter zu sprechen. Es war schon lange vorbei.

Nachdem Birgitta fort war, lastete die gesamte Büroarbeit auf René, was in der jetzigen Situation einem organisatorischen Super-GAU gleich kam. Um Zeit und Wege zu sparen, kündigten wir die alten Büroräumlichkeiten. Sie befanden sich jahrelang in einem Haus von Albert im nördlichen Bremer Umland. René erledigte die Verwaltungsarbeiten nun von unserem Stadthaus aus oder nahm sie mit auf die Baustelle. Unter diesen Umständen war es noch schwieriger, eine neue Sekretärin zu finden und einzuarbeiten. Dennoch begannen wir umgehend mit der Suche.

Der Frühsommer 2010 nahte und mit ihm kamen – einem Befreiungsschlag gleich – die Jungs für ganze vier Wochen. Sie halfen beim Streichen der Wände und dem Verlegen von Laminat im oberen Teil des Wohnhauses. Das „kalte" Duschbad dort war bereits fertig, weshalb wir hofften, demnächst ein oder zwei Tage in der Woche – vorausgesetzt es war warm genug und wir brauchten keine Heizung – auf dem Hof übernachten zu können.

Da meine Geschäfte die letzten Monate gut liefen, ließ die finanzielle Anspannung ein wenig nach. Dennoch war es illusorisch, alle Arbeiten von Fachfirmen erledigen zu lassen. Wir suchten über das Arbeitsamt nach Bauhelfern, die wir privat anzustellen gedachten. Leider wurden wir weder im Bereich der Bauhelfer, noch bei den Bürokräften fündig. Um uns nicht an den Rand der Belastbarkeit zu treiben, hatten wir längst von dem Plan Abstand genommen, im Jahr 2010 auch nur annähernd fertig zu werden. „Es dauert so lang, wie es dauert" war die Parole, die uns vor dem physischen und psychischen Kollaps und den Selbstzweifeln, ob wir wirklich das Richtige taten, schützen sollte.

Paul, den ich kaum noch sah, war weiterhin kostspielig in einem Pensionsstall untergebracht und hatte es dort entsprechend gut; ein Umstand, der mich beruhigte und den ich mir deshalb auch zukünftig zu leisten gedachte. Merle und Aron waren viel auf der Baustelle und konnten dort toben, während ich Geld verdienen ging, ohne noch mehr von dem schnöden Mammon teuer leihen zu müssen. Von unseren Nachbarn auf dem Lande sahen und hörten wir nicht viel. Sie schienen zufrieden über die Entwicklung, da keine Fortschritte nach außen erkennbar waren und somit ihre mittlerweile spürbare Hoffnung, wir könnten die Lust verlieren, weiteren Nährboden fand.

Polnische Wertarbeit: Rettung oder Verderben?

Katrin und Alfred Kratofil saßen mir und René in einem meiner Geschäfte gegenüber. Wir hatten uns auf Wunsch der beiden Branchenkollegen verabredet, nachdem Katrin mir vier Wochen zuvor am Telefon mitgeteilt hatte, sie und „Alfi" würden die Tschibuxi-Kette verlassen. Man habe ihnen einen derart guten Preis für ihre drei Kaffeehaus-Bistros geboten, dass sie ja „plemplem" wären, wenn sie blieben und sich die „Schinderei gepaart mit Intrigen" weiter antäten.

Ich kannte die Gründe nicht, weshalb die beiden unternehmensintern in Ungnade gefallen waren. Es hatte schon lange zwischen ihnen und der Firmenleitung geknirscht. Da ich wenig Motivation hatte, die Geschichte zu hören und zu kommentieren, erkundigte ich mich betont interessiert nach ihrem Schnauzer Roosevelt und ihrer Tochter Rosamunde, die doch gerade im Begriff wäre, die Prüfung zur Friseurmeisterin in Paderborn zu machen.

Der Bernhardiner Dino war seit drei Jahren tot und ihre Tochter Raffaela hatte ein Hochbegabtenstipendium für Jura an der Sorbonne.

Als Ex-Animateure eines großen deutschen Reiseunternehmens begleiteten Katrin und „Alfi" mich souverän, wohlwollend und mit unerschütterlicher Fröhlichkeit bei meiner Kneippkur durch knietiefe Fettnäpfe. Scheinbar unberührt von jedwedem Fauxpas meinerseits gingen sie zielstrebig zum eigentlichen „Tagopu" (Tagesordnungspunkt) über. Katrin liebte ihre patentwürdigen Wortkreationen. Und auch ich hielt es nicht für unwahrscheinlich, dass eines Tages ein Unwort des Jahres dabei sein könnte.

„Also ihr hattet ja mal erwähnt, dass ihr bei der Renovierung eures wunderhübschen Resthofes Unterstützung braucht. Da haben wir uns an euch erinnert und würden euch gern ein Abschiedsgeschenk machen. Alfi hatte eine, wie ich finde, wirklich ganz charmante, ganz entzückende Idee."

Mit Zitronenmimik wehrte Alfred die Lobhudelei Katrins verschämt ab.

„Oh doch, doch mein Liebster. Ich finde Martha und René kann in der jetzigen Situation nichts Genialeres widerfahren. Und du mein Schatz hast es angeregt. Du hast gesagt die beiden sollen ihn bekommen." Und während Katrin predigte, tätschelte sie ihrem Mann liebevoll anerkennend den Unterarm.

Ihn? Ihn – den Sechser im Lotto? Oder ihn, den Zug zurück in die Vergangenheit vor den Notar-Termin in Thedinghausen? Oder ihn, den bezahlbaren Allroundhandwerker, der fähig ist und wirklich arbeiten möchte, anstatt nur rauchend herumzustehen?

Mit der letzten gedanklichen Spekulation war ich relativ dicht an der Wahrheit gelandet.

Alfred begann salbungsvoll und zutiefst berührt von seiner eigenen Güte, das Wort zu ergreifen.

„Ich hatte euch ja mal von unserem Haus berichtet. Über die Jahre haben wir es in liebevoller und aufwändiger Eigeninitiative nach unserem Geschmack umgestaltet. Katrins Kochinsel mit den Fächern für die Weinflaschen, unser Bad mit dem Whirlpool, die Hundehütte, die Dusche mit der eingearbeiteten Seifenablage usw. Nun, langer Rede kurzer Sinn. Der, der das alles gemacht hat, während ich ihm das Werkzeug gereicht habe, arbeitete treu und fleißig 15 Jahre für uns. Er heißt Spynef, kommt aus Polen und ist der genialste Handwerker, der mir je begegnet ist. Und da so einer nicht bei irgendwem landen soll, habe ich mir gedacht, euch den Prachtkerl zu vererben. So ihr euch denn mögt und miteinander auskommt."

Ein kleiner Hoffnungsschimmer keimte in mir auf, während Alfred nach kurzer Pause weitersprach.

„Am besten ihr schaut die Tage bei uns zu Hause vorbei und guckt euch seine Werke an. Wenn euch die Arbeiten überzeugen, dann mach ich euch bekannt und ihr könnt entscheiden, ob es passt. Ich muss erwähnen, er sieht ein wenig gewöhnungsbedürftig aus. Spynef hat mal geboxt und anscheinend mehr eingesteckt als ausgeteilt. Ist aber ein wahnsinnig lieber Kerl."

Ich konnte nicht glauben, was ich da hörte und verweilte einige Sekunden stumm in einer Schockstarre der langsam in mir aufsteigenden Glückseligkeit. René schien es genauso zu gehen, ohne dass wir beide vergaßen, das im Umgang mit Kollegen verinnerlichte Pokerface aufrecht zu erhalten.

„Na, was meint Ihr", fragte Alfred uns erwartungsvoll zugewandt.

René setzte zu einer Antwort an.

„Erst mal vielen Dank, dass ihr an uns gedacht habt. Ich würde mir die Arbeiten sehr gern anschauen. Wir wären für einen erschwinglichen, qualitativ gut arbeitenden Handwerker extrem dankbar. Ich suche, wie du weißt, schon lange nach einem Menschen, der nicht nur reden, sondern auch arbeiten kann." Nachdem Renés fragender Blick mich traf und ich ihm zustimmend zuzwinkerte, fuhr er fort und fragte Alfred, ob wir nächstes Wochenende bei ihnen vorbeischauen dürften. Katrin und Alfred schlugen uns bereitwillig den kommenden Sonntagnachmittag vor.

Unser Navi benannte die Ankunftszeit mit 16h07. Nach Katrins und Alfreds Schwelgen und Schwärmen von ihrem eigenen Domizil hatte sich vor meinem inneren Auge das Bild eines Anwesens entworfen, das unter Berücksichtigung ihrer

Persönlichkeit, ihres Kleidungsstils und der knappen Bauzeit von 15 Jahren in Richtung mondäner Ami-Look tendierte. Eine Prise Neuenglandsäule gepaart mit weißem Southfork Ranch-Zaun erschien mir intuitiv die zutreffende Bebilderung des Wohnambientes á la Spynef-Kratofil zu sein.

Wir bogen schließlich von einer vielbefahrenen Bundesstraße ab in eine Wohnsiedlung, deren Gründung dem architektonischen Stil nach zu urteilen in den 70er Jahren stattgefunden haben musste. Weiß verklinkerte Walmdachbungalows bildeten mit Rotziegelhäuschen und gelblich verfliesten Satteldachträumen ein abstoßendes, Kindheitserinnerungen aufwühlendes Ensemble an gradlinigen, rechtwinkelig zueinander angelegten Straßen mit flotten Frauennamen.

Von der Hedwigstraße ging der Gertrudenweg ab und von diesem die Elisenstraße, unsere Zielstraße. Nach dem bisher Gesehenen war meine Erwartungshaltung in Richtung einer J. R. Ewing Immobilie zurückgestutzt auf den mir vertrauten beigefarbenen Schuhkarton meiner Jugend. Und tatsächlich verbarg sich hinter der Nummer 17 von Katrin und Alfred ein Haus in der Machart meiner Kindheit, nur überdimensionierter und abwaschbar weiß verfliest.

Auf unser Klingeln öffnete sich die Eingangstür. Zwei strahlende Gesichter nahmen uns überschwänglich mit allen populären Standardfloskeln zum Austausch der Befindlichkeiten in Empfang. Nach dem üblichen Bussi-Bussi Ritual zum Ausdruck formal korrekter Herzlichkeit erfolgte ein ausgiebiger Rundgang durch das Palais. Es war mir sehr recht, dass wir nicht erst zum Kaffeesieren, sondern gleich zum „Hatagopu" (Haupttagesordnungspunkt, laut Katrin) übergingen.

Die zurückliegende, 15 Jahre währende gestalterische Selbstverwirklichung des Hausherren „Alfi" in Zusammenarbeit mit dem begnadeten Spynef hatte ein Bauwerk mit erstaunlich vielen Eigenheiten hervorgebracht. So gab es ein ca. 60qm großes Badezimmer mit Whirlpool und Saunabereich. Von dem Badezimmer abgehend führte eine Treppe in das Schlafzimmer im ersten Stock. In die Wände waren beleuchtete Vitrinen eingelassen, in die das Ehepaar Erinnerungsstücke seiner früheren Reisetätigkeit drapiert hatte.

Die meisten in ihrem Heim von mir so empfundenen Geschmacklosigkeiten waren mit sehr viel anrührendem Herzblut und Liebe zum Detail gestaltet. Alfred versäumte es nicht, bei jedem Beispiel der individuellen Kratofilschen Baukunst auf den außerordentlichen gestalterischen Einfluss des Altmeisters der Handwerkskunst Spynef Przbylski hinzuweisen. Die schöpferischen Pinkelspuren des polnischen Maestros zogen sich vom Dachstuhl bis in die Kellerräume. Dort befand sich Katrins Büro, die Waschküche, ein Fahrradraum, Alfreds Werkstatt, sowie ein weiteres aufwändig gefliestes großes Bad mit Wanne und separatem Duschbereich. Im Übergang zum Bad erstreckte sich ein geräumiges Apartment mit getrenntem Schlaf- und Wohnbereich, der aktuell benutzt wirkte.

Ich fragte die stolze Katrin, die in meinen erstaunten Blick die blanke Bewunderung hineininterpretierte, ob dies der Wohnbereich ihrer Tochter sei.

„Nein, Raffaela studiert doch derzeit an der Sorbonne. Ihren Wohnbereich oben haben wir euch nicht gezeigt, weil der komplett in ihre Intimsphäre fällt und wir sie vorher nicht gefragt haben. Ich bin eine Mutter, die auf derartige Wünsche ihres Kindes absolute Rücksicht nimmt. Das verstehst du doch, oder?"

„Ja, natürlich. Ich hatte mit der Frage auch nicht andeuten wollen, dass ich Raffaelas Räume besichtigen möchte. Ich finde nur, dass dieser komfortable Wohnbereich hier sehr bewohnt wirkt und da fiel mir spontan nur eure Tochter ein. Entschuldige bitte."

„Nein, du musst dich nicht entschuldigen. Alles gut. Du hast ja Recht. Der Bereich ist bewohnt. Hier lebt Spynef."

Na klar. Der Art Director der Kratofilschen Wohnkultur hatte sich seine Suite vermutlich selbst entworfen, und wo sollte er auch sonst wohnen. Sicher nicht in der Hundehütte des verstorbenen Dino.

„Weißt du, Martha", setzte Katrin salbungsvoll an", das ist ja auch ein Grund, weshalb wir Spynef gern euch anvertrauen würden. Du hast dein Haus in Bremen und könntest ihn dort ohne Probleme adäquat unterbringen. Er ist einen gewissen Standard gewohnt und die paar Monate am Stück, die Spynef hier als Selbstständiger seiner Handwerksfirma arbeitet, müssen sich ja nicht nur lohnen, sie müssen auch angenehm sein für eine solche Perle. Kost und Logis waren bei uns immer frei, und das kann er, unserer Ansicht nach, bei der Leistung auch erwarten."

Katrin blinkerte mich mit großen, Einverständnis fordernden Augen an, während mir die Sache mit Spynef langsam etwas unheimlich wurde. Kost und Logis frei hatte sie gesagt. Sicher, er musste irgendwo wohnen, und klar, das ginge auch in einem unserer Räume. Aber gleich eine ganze Wohnung? Ich würde einen jetzt gerade freien, aber zu vermieten geplanten Wohnbereich in meinem Bremer Haus für ihn reservieren müssen und damit nicht nur selbst schlechter im Keller hausen, sondern auch auf die Mieteinnahmen verzichten. Und wie war das mit der Logis zu verstehen?

„Katrin, wie genau habt ihr das mit der Verköstigung geregelt? Spynef ist doch sicher auch mal einen Teil seiner Lebensmittel selbst einkaufen gegangen, oder nicht?"

Katrin streichelte mich wohlwollend an der Wange.

„Na, du weißt doch, wie das mit den Männern ist. Die brauchen ihre warme Mahlzeit, die man ihnen vorsetzt. Und einkaufen, na ja. Alfi würde das im äußersten Notfall eventuell hinbekommen, aber Spynef würde verhungern."

Ich frohlockte innerlich, da sich mir ein Weg auftat, wie ich ihn notfalls wieder loswerden könnte.

Als Alfred und René zu uns stießen, griff ich vor allen Anwesenden nochmals die Spynefsche Fütterungsproblematik auf.

„Alfred, Katrin. Ihr beiden wisst aber schon, dass ich nicht wie du, Katrin, tagsüber zu Hause bin, sondern in den Geschäften. Ich kann unmöglich für Spynef kochen und René schon gar nicht."

Das Ehepaar schaute mich mit einer Mischung aus Vorwurf und Bedauern an.

„Ja, das wissen wir", sagte Alfred. "Aber vielleicht gibt es ja eine Lösung. Ihr bringt ihm etwas aus dem Bistro mit oder macht eine Dose auf. Es gibt schon so hochwertiges Convenience Food mit kurzer Zubereitungsdauer. Seid doch ein wenig kreativ."

René und ich waren irritiert.

Klar, dachte ich, was uns schon oft genug bei unseren Dobermännern Kopfzerbrechen bereitet, muss doch auch bei Spynef noch hinzukriegen sein. Nur dass Spynef im Gegensatz zu unseren Hunden eine solche Banalität wie die eigene Ernährung auch allein regeln könnte.

Meine Skepsis über den sich abzeichnenden Forderungskatalog bezüglich der Haltungsbedingungen des polnischen Handwerkergurus wuchs bedenklich. Katrin und Alfred schienen dies zu spüren und versuchten, meine Bedenken zu mildern.

„Also ich denke, man kann alles mit Spynef besprechen. Er ist halt hier auch sehr verwöhnt worden", sprach Alfred eine für uns bittere Wahrheit freimütig und unbedarft aus.

„Ja, das kannst du wohl laut sagen", bestätigte Katrin und lachte gekünstelt fröhlich.

„Lasst uns mit den Hunden doch noch einen schönen Spaziergang machen", schlug sie daraufhin mit ebenso fragwürdig überschwänglicher Lebensfreude vor.

Die folgende Stunde überhäuften Katrin und Alfred uns, angestrengt den „Hatagopu" aussparend, mit Fragen zum Geschäft, zu meinem „wundervollen" Pferd und unseren „entzückenden" Hunden. Und ob denn die arme Merle sich schon gelöst habe. Sie wirke so angespannt.

Vor unserer Abfahrt kündigte Alfred an, er würde uns nächste Woche anrufen. Spynef wäre einige Tage bei ihnen. Wir könnten dann ja spontan einen Termin vereinbaren. Er, Alfred, käme dann gern mit Spynef bei uns vorbei, damit wir uns kennenlernen.

Im Auto wälzte ich vor René eine Frage, die mich in der Causa Spynef zunehmend beschäftigte. Warum will Alfred Spynef überhaupt vermitteln? Gut, Alfred hatte keine Kaffeehaus-Bistros mehr und damit allein mit seinem Haus nicht mehr genügend Arbeit für ihn. Warum aber fühlt er sich ihm so verpflichtet? Ist es ein reines Fürsorgemoment, von dem Alfred und Katrin getrieben sind, oder hat Spynef irgendetwas in der Hand gegen sie? Wurde er eventuell teilweise schwarz bezahlt?

„Also die Arbeiten, die er gemacht hat, sind sehr gut", lautete Renés Beitrag zu meinen Grübeleien.

„Ich brauche unbedingt jemanden, der mir hilft, Martha. Lass ihn uns ansehen. Ich schaffe die Arbeit nicht allein."

Am darauffolgenden Sonntag stand Alfreds prall mit Menschen gefülltes Auto auf unserer Hofbaustelle. Die scheuen Blicke mindestens dreier unbekannter Frauen trafen uns aus dem Auto heraus, während Alfred mit einem schlanken, drahtigen Mann wild gestikulierend um unser Haus lief.

Wir gingen auf Alfred und seinen Begleiter, offensichtlich der Maestro, zu. Beide trugen einheitliche Jogginghosen. Vermutlich Mitbringsel von Katrins Shoppingtouren. Die Gute kümmerte sich anscheinend nicht nur um das innere leibliche Wohl ihrer Jungs, sondern auch das äußere. Zu orientieren schien sie sich dabei aber eher an der Konfektionsgröße Spynefs, als an der ihres Gatten.

Spynefs Hose saß passend und wirkte an dem durchtrainierten Körper wie maßgeschneidert, sofern man das von einer Jogginghose behaupten kann. Der untersetzte, zwei Köpfe kleinere Alfred hatte seine an den Füßen aufgekrempelte Hose bis kurz unterhalb der Brustwarzen hochgezogen und dort stramm mit einem Pahlstek fixiert.

Alfred ergriff das Wort.

„Darf ich euch bekannt machen. Spynef, das sind Martha und René."

„Hallo Spynef, herzlich willkommen auf unserem Hof", sagte René und gab beiden Männern die Hand. Ich schloss mich nach René wortlos, aber lächelnd dem Begrüßungsritual an.

Spynef hatte ein sonnengegerbtes, markantes Gesicht mit einer undefinierbaren Asymmetrie, die sich weder an der Stellung der Augen zueinander noch der Linie des Nasenrückens noch den Mundwinkeln festmachen ließ. Er wirkte ähnlich überdreht wie sein Arbeitsvermittler.

René begann umgehend, sich mit Spynef über die anstehenden Arbeiten am Haus zu unterhalten. Da die Miene meines Mannes die folgende halbe Stunde entspannt blieb, schien er nach dem Fachverhör mit Spynefs Sachverstand zufrieden.

Ich war mir nicht sicher, ob ich darüber lachen oder weinen sollte. Alfred jedenfalls wandte sich mir strahlend wie ein Honigkuchenpferd zu.

„Martha, was meinst du, könnten wir noch zu euch nach Bremen in eurer Haus fahren? Spynefs Frau Maria würde gern sehen, wie ihr Mann untergebracht ist.

Sie ist halt etwas übertrieben fürsorglich, aber eine ganze Liebe, glaub mir."

Meine Verstörung wuchs zusehends. Ein wenig hatte ich das Gefühl eines nahenden Asthmaanfalles.

„Wer sind denn eigentlich die ganzen anderen in deinem Auto?"

Alfred grölte in seinem gewohnt gestelzten Frohsinn.

„Na, du kennst doch die polnischen Landsleute aus unseren Geschäften. Sie treten mit Vorliebe im Rudel auf. Marias Schwester Anna und ihre Cousine Patricia waren nicht zu Hause zu halten. Sind aber alles ganz Liebe, glaub mir."

„Und kommen die Spynef dann häufiger Mal besuchen oder ziehen die gleich mit bei uns ein? Nur damit ich weiß, für wie viele Leute ich kochen muss."

Alfred schien für Zwischentöne kein Gehör haben zu wollen und überging beflissentlich meine Ironie. Ernst und sachlich antwortete er mir, sie kämen nur einmal im Monat übers Wochenende und brächten sich bis auf die Getränke alles selber mit. Dann zog er mit dem Mittelfinger seiner rechten Hand das rechte Augenlid herunter, sah mich an und bemerkte bemüht verschmitzt.

„Spynef braucht das für sein Herz, sagt er. Du verstehst schon. Die kleinen Eier platzen sonst." Alfred kicherte.

Ich war unentschlossen, vor wem oder was ich mich grad am meisten ekelte. Die Vorstellung eines im Deckeinsatz befindlichen Spynef in einem unserer Räume schien mir so absurd wie bedrohlich nahe. Ich musste das Polenprojekt stoppen.

„René, kann ich dich kurz sprechen?"

„Sofort. Du der ist übrigens richtig gut, glaub ich. Endlich hab ich mal einen, mit dem ich was anfangen kann. Ich bin so glücklich. Was gibt es denn?"

„Ach nichts. Ist jetzt nicht so wichtig."

„Dann lass uns doch mal eben mit ihnen nach Bremen fahren, damit sie sehen, wo er wohnt", sprach René und strahlte mich an.

Wir fuhren voraus, während Alfred uns mit einer bislang nur grob geschätzten Anzahl von Polen in seinem silbergrauen Opel Kadett folgte.

Erst vor unserem Haus offenbarte sich uns die tatsächliche Kopfzahl des Spynefschen Anhanges. Es waren ein weiterer, spindeldürrer Mann und drei sauerstoffblondierte, jeweils zwei Zentner schwere Frauen auf dem Rücksitz des Opels verräumt. Die Personen schälten sich ungefähr so kunstvoll aus der Blechbüchse wie die 15 Japanerinnen aus dem Joghurtbecher beim Zirkusfestival in Monte Carlo.

Dem Habitus der Frauen untereinander und gegenüber Spynef konnte ich nicht entnehmen, bei welcher der Matronen es sich um seine Ehefrau, deren Schwester und Cousine handelte. Es schienen drei gleichberechtigte Herrscherinnen zu sein, die als ununterbrochen schnatternder Hofstaat grußlos an mir vorbei in Spynefs neue Residenz stürmten. Den dürren, Kette rauchenden Mann, der sich wieder allein ins Auto zurücksetzte, kannte auch Alfred nicht.

Die drei Frauen, um deren dralle Mondgesichter ein dauergewellter, blonder Einheitshelm prangte, waren allesamt in eigentümliche zu groß gemusterte wie zu klein geschnittene Polyesterpellen verwurstet. Ihre Handtaschen hielten sie diebstahlsicher fest an den Körper gepresst, während sie hechelnd und schwer atmend in Erwartung von Wegelagerern und Räubern die Stufen in den ersten Stock zu erklimmen suchten. Dabei rieben ihre feisten, in fleischfarbene Nylons gezwängten Oberschenkel mit einem zu ihrem Keuchen korrespondierenden Schubber-Geräusch laut vernehmbar aneinander.

Während das Spähkommando wie selbstverständlich hinter jede Tür der Belle Etage mit Marmorbad blickte und unverständliche Kommentare mit herablassender Mimik daherplapperte, flüsterte Alfred mir zu, dass die Maria eben sehr besorgt um ihren Spynef sei, aber eine ganze Liebe.

Die mittlerweile von mir identifizierte „ganze Liebe" und ihr Gefolge würdigten mich während der gesamten erniedrigenden Prozedur mit feindlichem Übernahmecharakter keines Blickes. Die Haltung der Königin Mutter mir gegenüber bekam ihre symbolische Krönung kurz zuvor im Treppenhaus. Als Maria die Stufen vor mir bezwang, als wäre es die Eiger Nordwand flatulenzierte sie mir, ohne dass dies ihren Redefluss beeinträchtigte, mit einem zischelnden Geräusch mitten ins Gesicht. Ich tippte auf Weißkohlsuppe mit Krakauer.

Alfred übersetzte die Ignoranz der Kolossinnen übrigens mit „einer Akzeptanz der Hütte".

„Na da bin ich ja beruhigt", kommentierte ich, ohne ernsthaft zu meinen, dass mein Sarkasmus auf fruchtbaren Boden fiel.

Spynef sei glücklicherweise auch nicht so anspruchsvoll, musste ich mir dann von dem stolzen Besitzer eines abwaschbaren, weiß verfliesten 70er Jahre Walmdachbungalow mit Südtiroler Holzapplikationen am Dachüberstand nach der Besichtigung erzählen lassen.

Die Etage meines Altbremer Hauses, die ich Spynef zur Verfügung stellte, während René und ich mit den Hunden im Souterrainbereich lebten, hatte nicht nur ein Marmorbad und einen lichtdurchfluteten Wintergarten mit Parkblick, sondern zudem einen Kaminofen und eine fest an der Wand installierte B&O Anlage. Von daher konnte ich wohl wirklich erleichtert sein, dass Spynef sich in Wohnfragen auch mit weniger zufrieden gab.

Als ich so vor mir hin brodelte und von Blondinengulasch für die Hunde auf einem Scheiterhaufen aus Alfi träumte, trat René neben mich und flüsterte mir zu, er würde mal eben den Vertrag mit Alfred und Spynef machen.

„Pass auf, dass du alles verstehst, was da steht, sonst gehört das Haus uns morgen nicht mehr", zischte ich René eher ernsthaft besorgt denn zum Scherzen aufgelegt zu.

„Mach dir keine Sorgen, die eine Dicke sagte gerade, sie versteht nicht, warum so reiche Leute, wie wir in einem so alten Haus wohnen und sich dann ein noch älteres, noch hässlicheres Haus dazukaufen, anstatt dir armem Hungerhaken mal mehr zum Essen zu geben. Wir müssten ja total bescheuert sein", raunte René, der in seiner Kindheit Polnisch gelernt hatte und diesen Umstand zumindest vor Polen immer unerwähnt ließ, mir zu.

Es war tröstlich für mich zu hören, dass die Frauen sich nicht wohl fühlten. Die Wahrscheinlichkeit regelmäßiger Besuche bei Spynef in Bremen reduzierte sich mit dieser negativen Grundeinstellung hoffentlich erheblich.

Als die Vertragsformalitäten der „Adoption" erledigt waren, zog Spynef sich nach einem wortlosen Handschlag gemeinsam mit seinem Harem in den Kadett zurück. Sputnik ist übrigens Spynefs Tarnname. Ich verleihe allen Menschen, über die ich rede, ohne, dass sie dies bemerken sollen, sicherheitshalber Synonyme. So wurde aus Spynef Sputnik.

Da auch wir im Begriff waren, nach Spynef das Haus zu verlassen, irritierte uns, dass der erfolgreiche Menschenhändler Alfred Kratofil räuspernd und zögernd im Hausflur verharrte und noch an einem Schlusswort zu feilen schien.

„Also, ich wollte, bevor wir uns gleich verabschieden, noch so ein bis zwei Aspekte im Umgang mit Spynef erwähnen", druckste er, lüftete den Hintern, zog die Jogginghose dichter unter die Brustwarzen und verknotete die Beinkleider noch einmal aufs Neue.

„Nämlich?" Fragte ich gereizt die bevorstehende Hiobsbotschaft erahnend.

„Ähm, also Spynef fährt nicht so gern mit seinem eigenen Auto", quoll es behäbig aus der Jogginghose hervor.

Ich sah Alfred fordernd an: „Und weiter?"

„Na ja, und vergesst nicht, so sechs warme Mahlzeiten in der Woche sind das Minimum für sein körperliches Wohlbefinden und seine uneingeschränkte Leistungsfähigkeit. Aber das hatte ich ja schon erwähnt." Stotterte es aus ihm heraus.

„Nee, Alfred stopp. Noch mal zurück auf Los. Also, wo und wann fährt dein Schützling nicht so gern mit seinem eigenen Auto?"

Mein Ton wurde schon seit Stunden zunehmend härter und verlor die gespielt höfliche Tüllfassade, die ich mir Umgang mit diesem unerträglichen schleimigen Gutmenschen Alfred auferlegt hatte, um einen anscheinend noch unerträglicheren Spynef unter Vertrag zu bekommen.

„Bitte Martha, nicht so gereizt. Diese Art schmerzt mich. Es kränkt mich. Ich habe euch fast ein Familienmitglied in Obhut gegeben."

Nach einer kurzen Pause fuhr er fort: „Also, Spynef kommt mit seinem Wagen aus Polen und stellt ihn hier an einen sicheren Ort. Das wäre in diesem Fall euer Hof. Ab dann müsstet ihr ihn fahren."

„Bitte was? Wie kommt er denn dann täglich von Bremen nach Thedinghausen?" Ich war noch immer hart und gereizt und hatte auch vor es zu bleiben, ungeachtet oder gerade wegen der Schmerzen, die ich Alfred damit bereitete.

„Ich dachte, ihr nehmt ihn mit. Ihr fahrt doch täglich raus", zischte Alfred erstmals pikiert die Contenance verlierend.

„Ob wir wohl zu sehr unterschiedlichen Zeiten rausfahren, je nach dem was es gerade in den Geschäften zu erledigen gilt?"

„Ich werde sehen, dass ich das hinbekomme", lenkte René beschwichtigend ein und zwinkerte mir aufmunternd zu.

„Fahrt doch am besten immer ganz früh raus", bemerkte Alfred wieder bemüht hilfsbereit wie immer.

„Na, wenn der Hinweis nicht das Prädikat besonders wertvoll verdient, dann weiß ich auch nicht", maulte ich Alfred an und fuhr fort: „Mensch Alfred, meine Geschäfte liegen teilweise 40 km auseinander. Ich brauche einen halben Tag, um sie abzufahren. Und da es naturgemäß vor Ort nicht nur ein Problem, sondern ein paar mehr gibt, sind wir und das weißt du doch selbst, oft auch bis spät in der Nacht in den Bistros. Oder war das bei dir anders?"

„Och, ich hatte das alles ganz gut im Griff. Es ist doch nur eine Frage des guten oder schlechten Zeitmanagements", konterte der dreiste Ex-Kollege, an dem mir das Ex mittlerweile als die beste und vornehmste Eigenschaft erschien.

„Nichts für ungut, ihr Lieben, aber ein paar Zugeständnisse muss man für einen so guten Mann eben auch machen. Er fängt morgens um 07h00 an und macht zwischen 16h00 und 16h30 Feierabend. Das ist doch ein ordentliches Zeitfenster, mit dem man gut arbeiten kann. Ihr seid doch auch noch zu zweit. Das ist locker hinzukriegen", frohlockte Alfred.

Ich starrte die Fäuste in den Hosentaschen geballt auf den Boden und überließ aus Sicherheitsgründen René das Terrain.

René schwieg ebenfalls in Erwartung der weitergehenden Auswüchse eines Forderungskataloges, den wir noch nicht in Gänze kannten.

Alfred fuhr anscheinend positiv angeregt durch unsere wachsende Verzweiflung in seinen Ausführungen fort.

„Spynef braucht eines ganz besonders: regelmäßige Sozialkontakte. Er ist ein unglaublich geselliger Mensch. Er trinkt gern einen in Gesellschaft und hat wahnsinnig Spaß daran, ulkige Geschichten zu erzählen. Lasst euch einfach mal ein auf diese neue Erfahrung eine andere Kultur kennen- und liebenzulernen. Ich hab mich immer drauf gefreut, abends ein paar Absacker mit Spynef zu trinken und gemeinsam noch ein wenig zu scherzen."

Mir wurde übel. Ich konnte mich trotz guter Vorsätze nicht zurückhalten.

„Und diese Ganztagsbetreuung sollen wir auch noch bezahlen? Ich wollte einen Handwerker, Alfi, und keinen Psycho, der Angst vorm allein sein hat, regelmäßig gefüttert werden muss und für den wir auch noch Taxe spielen dürfen."

„Aber Martha, bitte sei doch nicht so garstig. So kenne ich dich ja gar nicht. Lasst uns aufbrechen. Ihr werdet mir bald dankbar sein für Spynef."

„Wir kriegen das schon hin", raunte René mir zu. „Hauptsache ich habe jetzt erst mal einen Bauhelfer, damit es vorwärts geht. Es muss ja nicht für ewig sein."

Mit meinem Stoßseufzer in seinem Ohr gingen wir zum Auto.

Der Tag von Spynefs Ankunft nahte. Gegen Mittag des besagten Datums summte Renés Handy.

„Hallo Spynef. Hier René. Was ? Zwischen vier Uhr und sechs Uhr in Achim?

Noch mal. Zwischen vier und sechs? Das sind zwei Stunden. Sag bitte genauer. Wie, das geht nicht? Ruf doch an, wenn du in Achim auf dem großen Parkplatz bist. Ich bin dann in fünfzehn Minuten da. Wie, du willst nicht warten? Ist zu kalt? Ist doch nicht kalt. 15°C. Und wenn dir kalt ist, du hast doch Heizung im Auto. Ist was? Zu teuer wegen Benzin?

Also, Spynef, bitte, ruf an, wenn du bei Verden bist. Ich mach mich dann auf den Weg. Wie? Jetzt ? Nein, Schluss, Spynef. Mach so, wie ich gesagt hab. Tschüß."

Renés Telefon meldete sich erneut. Diesmal gefühlt aufdringlicher.

„Spynef. Was willst du noch? Nein ich lasse dich nicht lange warten. Was soll ich? Dich zurückrufen? Warum? Wegen Kosten? Ich hab dir jetzt nichts mehr zu sagen. Ich ruf dich nicht noch mal an. Bis später."

René drückte Spynef weg. Spynef rief wieder an. Woraufhin René unseren polnischen Betreuungsfall wieder abwürgte und sein Telefon komplett ausstellte.

„Ich glaube, wir haben da einen richtigen Glücksgriff getätigt", sagte ich, während mein Handy erwartungsgemäß anschlug. Nach einem Blick auf die Nummer stellte ich mein Telefon lautlos. Wenige Minuten später erschien auf dem Display Alfreds Nummer. Das persönliche Hilfskommando des Herrn Przbylski stand also Gewehr bei Fuß. Da ich nicht ranging, folgte die zu erwartende SMS:

Liebe Martha. Lasst S. nicht so hängen. Er ist verängstigt und verzweifelt. Ruft ihn bitte an. Tausend Dank A&K

René rollte mit den Augen, stellte sein Handy wieder an und wählte Spynefs Nummer, während er flüsterte, dass das ganz sicher ein Fehler sei.

„Was willst du Spynef? Wie, du wolltest mir sagen, dass du bei Hannover bist? Ist ja schön für dich, aber dann ruf doch einfach in einer Stunde noch mal an, wenn du bei Verden bist. Nein, ich ruf nicht in zehn Minuten noch mal an. Wozu denn? Was? Damit du weißt, dass ich dich nicht vergesse? Ich glaube es nicht! Bis später."

René stellte erneut sein Telefon aus, während ich eine weitere SMS bekam:

Ruft ihn doch zwischendurch an. Gebt ihm die Sicherheit.
Er braucht sie. LG auch an Merle und Aron. A&K

„Ich kotze gleich, René. Können wir den Sputnik nicht lieber ins All schießen? *Misery* ist ja ein Scheiß dagegen."

Gegen 23h00 traf René mit Spynef im Schlepptau zu Hause in Bremen ein. Nachdem René gegen 17h00 einen weiteren Anruf von Spynef erhalten hatte, in dessen Zuge dieser behauptete, bei Walsrode, also eine halbe Stunde von Achim entfernt zu sein, machte René sich zum vereinbarten Treffpunkt auf. Wie René mir im Nachhinein berichtete, tauchte Spynef erst eine gute Stunde später, also gegen 18h00 auf dem Parkplatz auf. Als er Spynef aufforderte, ihm zu unserem Hof in Thedinghausen zu folgen, begriff er, warum Spynef so lange gebraucht hatte. Die Spitzengeschwindigkeit des Polen überschritt innerorts nicht die 30 km/h-Grenze, während er sich außerhalb der Ortschaft nicht über 60 km/h hinausbewegte.

Auf unserem Hof angekommen, bestand der Maestro auf ummauerten Schutzraum für seinen hellblauen Opel Kadett mit Heckspoiler, umhäkelter Klopapierrolle auf der Hutablage und Jägermeisteraufkleber auf der Tankklappe. Da René nur eine Parkfläche im Freien, aber keine Garage vorgesehen hatte, musste, auf Spynefs Klagelieder hin, ein Bereich in der kleinen Scheune freigeräumt werden. Für René hieß dies, mit dem Schlepper mehrere Paletten Ziegelsteine umzupositionieren. Spynef lehnte derweil an seinem Wagen, schaute interessiert zu und schnitt sich mit einem Taschenmesser mundgerechte Stücke von einer „von der Frau selber gemachten" Wildschweinsalami. Nachdem die Wurst vertilgt war, wurden die erklecklichen Portionen, die sich noch zwischen den Zähnen befanden, bedächtig mit dem Messer ausgelöst und ebenso genüsslich schmatzend verspeist, wie die großen Stücke zuvor.

Während René sich als Dienstleister für seinen Bauhelfer betätigte, fragte dieser nach, ob er noch eine zweite Wurst essen solle oder ob es bald Abendessen geben würde.

Da René wusste, dass ich keine Zeit zum Kochen und Einkaufen gehabt hatte, empfahl er Spynef nicht nur eine zweite, sondern besser noch eine dritte Wurst zu essen. Spynef begann daraufhin, zu Renés Erleichterung, beleidigt vor sich hin zu maulen.

Nach vollbrachter Freiräumaktion fuhr Spynef seine gummibereifte Kasperbude hoheitsvoll in die Scheune.

Er zog etwas, das wie ein beiges Bettlaken mit Gummizug anmutete, aus dem Kofferraum und trug seinem Adjutanten und persönlichen Betreuer René an, ihm zu helfen.

„Du hier halten", bestimmte Spynef und drückte René ein Ende des Leinenknäuels in die Hand. „Über Auto", lautete die unmissverständliche Anweisung.

„Wozu? Das Auto ist doch geschützt", lautete Renés Einwand.

„Wegen schmutzig", war die erschöpfende Erklärung.

René ließ nicht locker und stichelte.

„Aber wenn du fahren willst, musst du das doch immer runter machen."

„Häh? Fahrn? Nur eine Mal. Für zu Hause."

Womit die Transportfrage während des Aufenthaltes nochmals endgültig geklärt war.

In Bremen wurde ich, die angekündigter Weise nicht ihren Hausfrauenpflichten nachgekommen war, mit einem spröden, sparsamen „Hallo" seitens Spynef begrüßt. Ich vernahm noch einige Hinweise Renés an Spynef, seinen Wohntrakt betreffend, dann kam René zu mir nach unten und wir genossen fünf Minuten absoluter Ruhe. In der sechsten Minute hämmerte Spynef mit der Faust an unsere Küchentür, öffnete sie fast zeitgleich, ohne ein „Herein" abzuwarten und keifte erbost.

„Wo ist Fernsehn?"

„Gibt's nicht."

„Scheißedreck." Die Tür wurde daraufhin von Spynef krachend hinter sich zugeschlagen. Während er die Treppe nach oben polterte, hörten wir ihn schimpfen. Auch seine Zimmertür oben fiel lautstark ins Schloss, als mich eine Minute später der erste Anruf von Bewährungshelfer „Alfi" erreichte.

„Hallo Martha, ich hatte nicht darauf geachtet, ob ihr einen Fernseher in seinen Räumen habt. Hatte gedacht das ist selbstverständlich. Habt ihr nicht noch einen? Sonst kauft doch einen günstigen Apparat. Könnt ihr doch übers Geschäft machen, für den Trainingsraum oder so. Wisst ihr nicht, wie das geht? So ein bisschen Zerstreuung braucht der Mann doch, so ganz ohne seine Leute. Hörst du, Martha?"

„Wir klären das, Alfred. Tschüß." Ich legte auf und stellte das Telefon aus.

„Wahrscheinlich ist der Sputnik eh gleich wieder unten. Mit seinem Handy und Alfred am anderen Ende. Wetten?"

Kaum hatte ich meinen Verdacht ausgesprochen, als mir das Klopfen nach dem Ruckeln an der Tür ins Wort fiel. Ich hatte die Tür nach Spynefs Tobsuchtsanfall hinter ihm verschlossen. Wir brauchten nach einem harten Tag etwas Ruhe vor ihm und seinem Paten, und zogen uns in den hinteren Bereich unseres Kellers zurück.

Sechs Stunden später setzte die Penetration erneut ein. Spynef hämmerte ausgeschlafen und mit neuem Schwung und Elan gegen unsere Tür.

„Rena. Will los. Rabotti."

Mein maßlos übermüdeter Mann sprang in seine Klamotten.

„Schlaf weiter. Lass dich nicht von dem Typen nerven. Ich verwerte ihn für das Gröbste und dann beenden wir diesen Albtraum so schnell wie möglich. Aber ein paar Sachen kann ich einfach nicht allein umsetzen. Das verstehst du doch, oder?"

„Ja. Nutz ihn so lange, wie es dir eine Erleichterung bedeutet. Ich halte den Nervbolzen schon noch aus."

René streichelte mir mit der Oberseite seiner Finger über die Wange. Ich versuchte mir das unangenehme Gefühl, das die raue, trockene Hornhaut seiner ehemals filigranen Gelehrtenhände, die immer mehr zu porösen, schmiergelpapierähnlichen Polierpranken mutierten, nicht anmerken zu lassen.

Wir brauchten Spynefs Hilfe, also schloss ich meinen Widerwillen fort und unseren Fernseher oben an. Ich kaufte Konserven und gab Obacht, dass die Kiste Halbliter Becks nie leer lief. Unseren kleinen Campingkühlschrank positionierten wir im Wintergarten und bestückten ihn regelmäßig mit ausreichend Wurst, Käse, Butter und Altem Senator.

Die folgenden zwei Wochen schwankte Renés Einschätzung seines quängeligen, mimosigen Helfers zwischen einer erstaunlichen Zufriedenheit mit den hervorragenden Arbeitsergebnissen und extremer Abgenervtheit über den fiesen Charakter Spynefs.

Für gewöhnlich wies René den Maestro während einiger Stunden der gemeinsamen Arbeit ein, ließ ihn dann allein werkeln und fuhr währenddessen in die Geschäfte oder erledigte Büroarbeiten. Gegen 16h00 musste dann einer von uns beiden wieder auf dem Hof erscheinen, um Spynef abzuholen und nach Hause zu fahren. Kamen wir zu spät, lief Spynef bereits abfahrtbereit vor dem Tor an der Straße auf und ab und hielt nach seiner Taxe Ausschau. Im Auto sprach er dann kein Wort mit uns.

Da wir kein Problem hatten immer ein wenig zu spät zu kommen, hielt sich unsere Konversation mit Spynef, zugegebenermaßen nicht gerade zu unserem Leidwesen, sehr in Grenzen.

In Bremen angekommen, bereiteten wir Spynef sein Abendbrot. Das Tablett mit einer warmen Fertigmahlzeit und vollem Bierkrug wurde auf dem Esstisch in seinem Wohnbereich drapiert. Nach dem Essen stellte Spynef das Tablett mit dem schmutzigen Geschirr vor seine Etagentür. Der Roomservice in Gestalt meiner Wenigkeit konnte so sein Gedeck entfernen, ohne ihn über Gebühr in seinen Gemächern zu belästigten. Da ich wenig erpicht darauf war, die nach Schweiß, Alkohol und Nikotin stinkende Muffbude mehr als nötig zu betreten, war mir diese Entsorgungsvariante nicht unrecht. Nur vernachlässigen durfte ich meine Pflichten als Gastgeberin nicht. Als ich eines Nachts spät aus den Geschäften kam und das Tablett vergaß, trat er morgens in es hinein und schimpfte auf Polnisch über die alte, faule Schlampe, die ich doch wäre. Mein Simultanübersetzter René stand in dem Moment neben mir, da unser Gast polternd unser Porzellan zertrat und dabei meine Person in benannt blumig schmeichelnde Worte fasste.

Grundsätzlich beeilten wir uns nach dem Abstellen der Mahlzeiten in seinen Räumen, das Haus fluchtartig in Richtung unserer Geschäfte wieder zu verlassen. Einerseits, weil unser Arbeitstag noch lang nicht vorbei war, andererseits, weil wir die Schimpftiraden Spynefs über das Essen und sein Leben in unseren Räumen nicht mehr ertrugen.

In der Regel machten wir vier bis fünf Stunden später ebenfalls Feierabend. Unser Schätzchen schlief dann zu unserer Erleichterung komatös und laut schnarchend vor dem laufenden Fernseher. In Letzteren hatte ich zur Rettung der Nachtruhe im Haus einen Lautstärkestopp mit Zeitschaltuhr einbauen lassen. Ab 22h00 war der Fernseher vollständig stumm. Ein Umstand, den Spynef in den Monaten seiner Anwesenheit nie bemerkt hatte, da er ab 20h00 regelmäßig ins Brandweindelirium fiel.

Die von Alfred beschworenen, für Spynef so lebenserhaltenden Sozialkontaktpflegemaßnahmen in Form geselliger Saufgelage mit „wunderschönen Geschichten aus liebenswerten Kulturkreisen" fielen also in unserem Hause wegen einvernehmlicher Unlust von Gast und Gastgeber aufeinander aus.

Bei Spynef verursachte dieser Umstand, nach nunmehr vier Monaten Aufenthalt bei uns, trotz zweier zweiwöchiger Heimaturlaube, wie von Alfred prognostiziert, erhebliche Entzugserscheinungen. Der egozentrische, wütende Pole versuchte zu kompensieren, indem er nach seelenverwandten Spielgefährten Ausschau hielt. Fündig wurde er in der unmittelbaren Nachbarschaft unseres Hofes. Matteo Obermuffti hielt sich zeitgleich zu unseren Renovierungsmaßnahmen für seine eigenen baulichen Konkurrenzveranstaltungen, welche in irgendeiner Form immer stattfanden und stattfinden würden, so lange auch die unseren liefen, zwei polnische Saisonarbeiter namens Marek und Vacek. Zu ihnen begann Spynef zarte, schüchterne Bande zu knüpfen. Nach dem ersten Gespräch über den Gartenzaun wollte er zwei Stunden später als üblich von uns abgeholt werden. Am darauffolgenden Tag sollten wir ihn erst um 20h00 und danach erst um 21h00 aus dem Wodkaparadies mit Gesprächstherapie auslösen. Am Wochenende dann schlief er bei seinen Landsleuten im Wohnwagen.

Wir betrachteten den Sachstand mit gemischten Gefühlen. Einerseits war Spynef weniger nölig, andererseits aber auch ausgelaugter und unkonzentrierter. Wir hofften, dass nach der ersten Euphorie über die neuen Freunde eine gewisse Beruhigung eintreten würde. Zu unserer Erleichterung geschah dies auch, weshalb wir mit dem Gedanken spielten, auch in Anbetracht des milden Winters zeitnah einen Wohnwagen für Spynef anzuschaffen, der es ihm und uns erlaubte, den Tag unabhängiger voneinander zu gestalten.

So verlockend die Idee erschien, hatten wir auch Sorge vor einem fortschreitenden Kontrollverlust über ihn. Spynef war nicht loyal uns gegenüber. Unser Nachbar mit seinen Helfern stand ihm weitaus näher. Er, Durchlaucht Prinz der Dementen, ging mit den dreien zum Freimarkt oder zum Schützenfest. Und wenn ich oder René tagsüber unangekündigt auf der Baustelle erschienen, war Spynef nicht selten bei unserem Nachbarn Matteo.

René gab zu bedenken, dass es uns egal sein könnte, wenn er auch dort noch arbeiten würde, solange Leistung und Pensum bei uns stimmten. Letzteres war nach wie vor der Fall. Unser Wohnhaus hatte mittlerweile, wenn auch unabhängig von Spynefs Zutun, neue Fenster, ein neues Dach und eine moderne Heizung. Ein Viertel des Gebäudes war bewohnbar. Wir hatten einen Schlafraum, ein Arbeitszimmer und ein Bad. Mit Gaskocher und Kühlschrank waren wir aktuell in der Lage, hin und wieder in den Räumen zu übernachten. Dies vorausgesetzt hätten wir Spynef im Blick. Allerdings nicht jeden Tag, da unser komplettes Büro sich in Bremen befand und die Arbeit dort uns immer noch an dieses Haus band.

Trotz des Nachteils, dass Spynef mit einem Schlafplatz im Wohnwagen länger unbeaufsichtigt auf dem Hof sein würde, hatte seine Anwesenheit bis ca. 21h00, also bevor er in seine abendliche Vollnarkose fiel, aber auch etwas Beruhigendes. Wir lagerten zunehmend teure und wertvolle Gegenstände auf dem Gelände, die noch nicht verbaut und damit gesichert waren. So hatte René für unsere Ortgangspfannen zwei originalgetreue Tonschnecken, die irgendwann vor unserer Zeit vom Dach abmontiert und gestohlen wurden, nachbrennen lassen.

Ebenso hatte er das fehlende der drei gusseisernen Giebelfenster in einer kleinen Werkstatt in der Nähe von Norden nachgießen lassen. Diese und andere Schätze lagen nun in unserer zwar verschlossenen, aber leicht zu knackenden Garage. Auch aus diesem Grund gefiel uns der Gedanke von Spynefs „permanenter körperlicher Anwesenheit" auf dem Hof immer mehr.

Da ich nach wie vor an chronischer Geldnot litt und sehr genau zu rechnen gezwungen war, überlegten wir, wie und wo wir an einen günstigen Wohnwagen für Spynef kommen könnten. Einen für die kalten Tage unabdingbaren Elektroradiator hatte ich bereits, und die Sanitäranlagen im Haupthaus standen ihm sowieso zur Verfügung.

Aus der Reiterszene kannte ich den Betreiber eines nahegelegenen, circa vier Kilometer entfernten Campingplatzes an der Weser. Peer Meerkamp hatte schon häufiger erwähnt, dass Besitzer von Wohnwagen plötzlich vom Erdboden verschwinden und er dann die Last mit der Entsorgung ihrer meist alten und schrabbeligen Caravans hätte.

Es war gegen 20h00 abends, als ich begann, die Telefonnummer von Peer zu suchen. Ich hatte sie irgendwo handschriftlich notiert, fand sie aber nicht mehr. Als mir auch die Auskunft nicht weiter helfen konnte, schlug René vor Matteo anzurufen.

„Der kennt jeden in der Umgebung, auch die zwei anderen Campingplatzbetreiber. Und bei der Gelegenheit reden wir einfach mal wieder miteinander. Er fühlt sich eventuell geschmeichelt, dass wir ihn fragen, wen man ansprechen könnte und wir nehmen ihm das Gefühl, dass wir ihn wegen unseres Polen argwöhnisch beäugen. Ich weiß nicht, ob er das Gefühl überhaupt hat, aber so ein bisschen nachbarschaftliche Kontaktpflege wäre vielleicht gerade jetzt gar nicht so schlecht. Zumal seine neidischen Blicke mit fortschreitender Renovierung unübersehbar sind. Wenn er zu uns rüber schaut, wirkt er richtig von Schmerz zerfressen. Hilde erzählte kürzlich, dass es ihn schier zerreißt bei dem Gedanken, es könne bei uns schöner werden, als bei ihm."

Ich befand den Vorschlag für gut. Woraufhin René begann, Matteos Nummer zu wählen.

„Hallo Matteo. Hier René. Entschuldige die späte Störung. Wir kennen hier ja irgendwie keinen und haben da ein Anliegen, bei dem du als Ureinwohner der Gegend uns bestimmt helfen kannst." Im weiteren Verlauf des Gespräches bat René unseren Nachbarn um Namen und Telefonnummern von möglichen Ansprechpartnern in Sachen Wohnwagenkauf. Immer wieder versuchte René Matteo freundschaftlich zu necken und dem Telefonat eine allzu ernste Note zu nehmen. Als René aufgelegt hatte, wirkte er nicht unzufrieden. Matteo sei sehr hilfsbereit gewesen, hätte ihm aber keine Nummern gegeben, sondern gesagt er würde die Leute lieber direkt ansprechen und uns dann bescheid sagen.

Ich fand das Verfahren etwas umständlich, sah aber eine mögliche Erklärung in dem potenziellen Vorbehalt Matteos, die Nummern seiner Bekannten nicht einfach herausgeben zu wollen.

Am Nachmittag des folgenden Tages rief Matteo bei René an und sagte ihm, er habe einen Wohnwagen für uns. Das alte Ding sei zwar etwas heruntergekommen, aber der Besitzer wolle auch nur 250€ dafür. René akzeptierte erfreut und erkundigte sich, wo er den Wagen abholen könne und wer das Geld bekäme.

„Lass mal", sagte Matteo. „Ich bin morgen früh sowieso mit dem Schlepper unterwegs. Dann bring ich das Teil bei dir vorbei. Ist null Aufwand. Du kannst mir dann auch das Geld geben und ich geb das an den Besitzer weiter. Ich seh den oft genug."

René bedankte sich und stellte keine weiteren Fragen.

Später, als wir gemeinsam vor einem Bier in der Küche saßen, sinnierte er:

„Ist vielleicht doch nicht so verkehrt, unser Matteo. Er hat mir aber irgendwie nicht sagen wollen, woher das Teil ist."

Am nächsten Tag stand ein wirklich bemerkenswert schäbiges und verdrecktes Modell von Wohnwagen in unserer Scheune. Das Wrack ließ keinen kleinsten Hauch von Wohnkomfort erahnen. Den verwöhnten Spynef schien das nicht im Geringsten zu stören. Marmorbad und Wintergarten gehörten einer Vergangenheit an, der er keine Träne nachzuweinen schien. Sogar einen kleinen Fernseher mit Satellitenschüssel hatte er sich von seinem eigenen Geld gekauft. Wir konnten nur vermuten, dass Matteo ihn zum MediaMarkt gefahren hatte.

Als René bei der Übergabe der 250 € an Matteo noch mal nachfragen wollte, wem der Wagen gehörte, hatte unser Nachbar keine Zeit für ein Gespräch und war, kaum dass René zur Frage ansetzen konnte, auch schon wieder verschwunden.

Die nun folgende Woche ließ Spynefs Arbeitsleistung rapide nach. Fast immer, wenn wir auf dem Hof erschienen, war er „zufällig" gerade drüben und am Ende des Tages kaum eine der von René aufgetragenen Aufgaben erledigt. Im Gegensatz zu seinem schrumpfenden Einsatz, lief seine gute Laune, sogar uns gegenüber, zur Höchstform auf. Sein Dosenfutter mitsamt Gaskocher und Geschirr bediente er ohne Murren selbst und hielt eigenständig seine Freiluftküche sauber. Als wir am Wochenende ebenfalls auf dem Hof übernachteten, hörten wir, wie er gegen 19h00 zu Matteo und den beiden Polen in den Wagen stieg. Ich sah durch das Fenster, dass sie Richtung Bremen fuhren.

Mitten in der Nacht erwachten wir, weil der sturzbetrunkene Spynef singend und grölend in seinen Wohnwagen polterte.

Wir beschlossen in der folgenden Woche ein Gespräch mit Spynef und Matteo zu führen.

Den nächsten Tag, es war ein Samstag, verschlief der verkaterte Spynef bis zum Abend, obwohl eine gemeinsame Arbeit mit René geplant war. Da René allein nichts tun konnte, begleitete er mich tagsüber in die Geschäfte und abends in den Stall auf einen Abstecher zu Paul.

In der Stallgasse stand Regina, eine alte Horstedterin. Horstedt war jenes Nachbardorf, in dem auch besagter Campingplatzbetreiber Peer Meerkamp lebte, dessen Telefonnummer ich nicht fand, als wir einen Wohnwagen suchten. Regina, eine agile Hausfrau und Mutter von zwei halbwüchsigen Töchtern half Peer ab und zu auf dem Campingplatz. Ich kannte sie schon viele Jahre von den Turnieren in der Umgebung, zu denen sie ihre reitende Tochter regelmäßig begleitete.

Nachdem wir uns eine Weile über unsere Pferde unterhalten hatten, fiel mir ein, dass ich Regina noch um die Telefonnummer von Peer bitten wollte.

„Willst du ihm den Sondermüll zurückgeben, den er euch überlassen hat", fragte sie mich belustigt.

„Welcher Sondermüll?"

„Na, dieser rostige Sarkophag, der schon seit drei Jahren bei uns rumsteht und den ihr uns kostenlos abgenommen habt. Die Entsorgung war Peer immer zu teuer. Aber dann sagte Matteo, er bräuchte unbedingt einen alten Wohnwagen. Zustand fast egal. Ich war grad auf dem Weg zum Edeka, als ich gesehen hab, dass Matteo das Teil bei euch auf den Hof gezogen hat."

„Richtig. Und Matteo hat uns 250 Ocken dafür abgeknöpft und gesagt, der Besitzer verlange diesen Preis", erzählte ich Regina die Geschichte mit wachsendem Interesse an den Hintergründen.

„Nein, das ist nicht wahr oder?" Regina rang um Fassung.

„Peer war es fast schon peinlich, das Ding überhaupt jemandem zu geben, geschweige denn Geld dafür zu verlangen. Boah, ist das frech von dem Typen. Erzählt Peer das doch bitte mal bei Gelegenheit. Ich sehe ihn die nächsten drei Wochen nicht, weil ich im Urlaub bin. Muss jetzt auch los und packen. Tschüß."

Mit einer Flasche Prosecco im Arm klingelten wir am nächsten Tag gegen elf Uhr vormittags an Peer Meermanns Haustür.

„Hallo ihr beiden. Was führt euch denn zu mir. Kommt rein." Peer, ein drahtiger Mittvierziger begrüßte uns freundlich, aber erstaunt, da wir bisher nur wenige Berührungspunkte miteinander hatten und schon gar keine, die ein gemeinsames Prosecco-Frühstück begründen würden.

Als wir an Peers großem runden Küchentisch in der Diele saßen, sagte René ihm, dass wir uns nochmals für den Wohnwagen bedanken wollten und sicher gehen möchten, obwohl man Matteo bestimmt vertrauen könne, dass die 250 €, die er, Peer verlangt hatte, auch bei ihm angekommen sind.

Peer starrte uns fassungslos an.

„Also der Wagen ist bei euch. Das wusste ich bisher noch nicht. Was ich weiß, ist, dass ich froh war, das olle Ding nicht selber entsorgen zu müssen. Das kostet ja auch Geld. Das werdet ihr dann merken, wenn ihr das Teil nicht mehr bei euch stehen haben wollt und zur Verschrottung bringen müsst. Ich hätte nie und nimmer Geld für den Müllhaufen verlangt. Hat Matteo das wirklich behauptet?"

„Er hat 250 € von uns bekommen, weil der Besitzer das angeblich so haben will. Er hat aber nicht gesagt, wer der Besitzer ist", konkretisierte René nochmals die Sachlage.

„Dann hat der Kerl das Geld eingesteckt. Das ist ja eine Sauerei", schimpfte Peer.

„Auch wenn der Wagen Schrott ist, nimm unseren Prosecco bitte trotzdem an. Kleiner Einstand als Neusiedler in einer der einladendsten und friedliebendsten Regionen Deutschlands." Ich schob Peer die Flasche entgegen.

„Danke. Gern. Wisst ihr denn schon, wie ihr mit der Sache umgehen wollt? Das ist ja schon eine Frechheit euch gegenüber, und das vom unmittelbaren Nachbarn. Vorsichtig sein müsst ihr aber auch noch. Der alte Overdiek, sein Schwiegervater, ist ja der Häuptling vons Ganze hier. Dem gehört fast alles an Land im Umkreis von Thedinghausen. Die haben Macht. Das weiß Matteo, und das genießt er bei seinen Spielchen auch. Ihr seid nicht die ersten, bei denen er schaut, wie weit er gehen kann. Seid auf der Hut im Umgang mit ihm." Man merkte Peer an, dass diese Bemerkungen schon das Äußerste waren, was er über Matteos Praktiken zu sagen bereit war, weil auch er ganz offensichtlich dieser Macht nicht furchtlos gegenüberstand.

Als René und ich zu Hause ankamen, war Spynef wieder bei seinen Freunden und mit ihm die halbe Kiste Bier, die heute Morgen noch in der Scheune stand.

„Ich kann seinen Vertrag in zwei Wochen beenden. Ich muss keinen Folgevertrag mit ihm machen. Mir wird die Situation mit ihm und seiner Nähe zu drüben etwas arg kritisch", sagte René, und sprach mir damit aus der Seele.

„Und die nächsten zwei Wochen? Wie wollen wir uns ihm gegenüber verhalten? Schaffen wir das, so zu tun, als wenn nix wäre, damit er uns die Hütte nicht abfackelt? Wir können ihn im Prinzip nicht mehr allein lassen. Wenn der ansatzweise merkt, dass wir ihn nicht mehr wollen, dreht der doch ab. Und Matteo will ihn nur kostengünstig für zwischendurch. Der wird ihn nicht dauerhaft engagieren." Ich hatte mehr Angst, als ich mir eingestehen mochte.

Ich schlug René folgenden Plan vor.

„Wir könnten sagen, dass du auf eine Fortbildung von der Firma musst und ihn nicht alleine arbeiten lassen willst. Außerdem könnte ich mich nicht um seine Belange kümmern, mit Einkaufen und Wäsche waschen und so, solange du weg bist. Man könnte ihm deshalb einen Urlaub zu Hause vorschlagen. Außerdem ist in drei Wochen sowieso Weihnachten."

Wir unterbreiteten Spynef am nächsten Tag unser Angebot. Er wirkte eher misstrauisch, denn erfreut.

„Wann wieder arbeiten?" War seine erste Frage an uns.

„Ich bin zwei bis drei Wochen weg. Dann ist Weihnachten.", sagte René. „Danach dann wieder. Im neuen Jahr."

Spynef konsultierte daraufhin umgehend seine Rechtsberatung hinter dem Nachbarzaun.

Eine Stunde später stand er wieder vor uns.

„Will alles Geld vor wegfahrn. Und neues Vertrag."

René sagte ihm, er könnte das Geld selbstverständlich morgen früh bekommen. Den Vertrag würde er aber gern nach dem Urlaub mit ihm machen, weil er keine Vorlage mehr hätte und so etwas nie zwischen Tür und Angel erledigen möchte. Mich bräuchte er gar nicht zu fragen, ich hätte jetzt sowieso keine Zeit, weil ich durch die bevorstehende Abwesenheit meines Mannes zu sehr im Stress wäre.

Natürlich rief Alfred uns umgehend an, um sich zu erkundigen, was es mit Spynefs Urlaub und Renés angeblicher Fortbildung auf sich hätte.

Ich konnte Alfred glaubhaft versichern, dass René einen Angestellten von uns bei diesem Kurs betreuen müsste, weil dieser es sonst nicht schaffen würde. Ich aber unbedingt diesen Absolventen bräuchte, um meinen internen Ausbildungsstandards gerecht zu werden.

Am nächsten Tag packte Spynef seine Sachen zusammen. Die eigentlich ständig vorm Platzen stehenden kleinen, polnischen Eier waren ein in diesem Moment brauchbarer Katalysator seiner unfreiwilligen Reisetätigkeit.

Als er Anfang Dezember mit seinem Auto den Hof verließ, atmete ich erleichtert auf.

Allerdings währte meine Entspannung nicht allzu lang. Beim Öffnen des über Nacht verschlossenen Garagentores am Morgen nach Spynefs Abreise strahlten uns nur mehr zwei, statt der ursprünglich drei frisch lackierten und überarbeiteten gusseisernen Giebelfenster an. Ich schrie nach René. Mit dem Handy am Ohr kam er auf mich zugelaufen. Einigen Wortfetzen des Telefonates konnte ich entnehmen, dass er sich in einem unlustigen Zwiegespräch mit Alfred befand, dessen Inhalt sich mir ohne weitere Erklärungen allein aus den Gesprächsfragmenten erschloss. Als René mit einem kurzen Blick in die Garage realisierte, was Spynef hatte mitgehen lassen, schrie er derart laut und hasserfüllt auf Alfred ein, dass ich zusammenzuckte.

„Steck dir deinen Sputnik in den Arsch und verschwindet beide zum Mond. Ich will von euch nichts mehr hören. Weder von dir, du Schleimbeutel, noch von diesem hinterfotzigen Kleinkriminellen mit Starallüren."

Die Kunde von Renés eindeutiger Beendigung der diplomatischen und geschäftlichen Beziehung zu Alfred und seinem Vermittlungsobjekt hatte sich schnell bis in das Feindesland hinter dem Gartenzaun verbreitet. Die dort um ihn trauernden und auf Rache sinnenden ehemaligen Saufkumpane kamen unter Leitung des Königs der Dementen schnell auf putzige Ideen der effektiven Vergeltung.

So lagen die von uns nachgebrannten Tonschnecken als Abschluss für die Ortgangspfannen am wiederum folgenden Tag in viele kleine Scherben zerstoßen auf dem Fußboden der Garage. Da das Schloss nicht aufgebrochen war und stattdessen ein Schlüssel benutzt wurde, Spynef den Seinen vom Haus und der Garage aber bei uns abgegeben hatte, sahen wir uns genötigt, umgehend alle Schlösser austauschen zu lassen.

Die folgenden Tage und Wochen kamen wir nicht umhin, beobachten zu müssen, wie Matteo und Ballonhose keine Gelegenheit zu konspirativen Treffen ausließen und ihre Köpfe siamesischen Zwillingen gleich kaum mehr auseinander bekamen. Meist redete dabei Matteo mit kreisenden Armbewegungen, scharrenden, Löcher in den Matsch tretenden, unruhigen Füßen und wippenden Brüsten, während sein Knappe Ballonhose die Hetztiraden abnickend auf den Boden starrte und seine Kippen über den Zaun auf unsere Weide schnippte.

Weihnachten und Sylvester 2010 verbrachten wir gemeinsam mit den Hunden und einem klitzekleinen Weihnachtsbaum in dem ersten fertigen Viertel unseres Hauses. Entspannt und auch ein wenig glücklich über unsere bescheidenen Etappenerfolge im und am Gebäude schauten wir mit roten Glühweinwangen zum mindestens hundertundelften Mal in unserem Leben „Drei Nüsse für Aschenbrödel", „Die Feuerzangenbowle", unser Fotoalbum von der Entwicklung des Hofes und irgendwelche Harry Potter Staffeln an. Während mein Unterbewusstsein sich von der Filmmusik und den hübschen Gesichtern der Akteure einlullen ließ, arbeitete der wache und nicht sedierbare Teil meines Hirnes ohne Unterlass an der weitergehenden Planung unseres Bauvorhabens.

Die Stallungen und das weitere Nebengebäude waren in einem zunehmend baufälligen Zustand. Da wir die Hoffnung einen fähigen, für uns ungefährlichen und erträglichen Bauhelfer zu finden ad acta gelegt hatten, blieb mir nur eins und zwar durchzukalkulieren inwieweit ich die Restauration durch eine Fachfirma finanzieren konnte.

Mein Bremer Haus war bis auf die Kellerwohnung vermietet. Der Verschuldungsgrad meiner Geschäfte schrumpfte zunehmend, war aber durch den Kauf meines letzten Kaffeehaus-Bistros in 2008 noch lange nicht zu vernachlässigen. Der Hof hatte uns so unendlich viel mehr gekostet als wir erwartet hatten, dass jede private Einsparung von ein paar Hundert Euro im Monat eine enorme Erleichterung für uns bedeutete.

Ich überlegte Paul, in einem günstigeren Stall unterzubringen. Den Luxus einer Reithalle, einer Führanlage und einer

Waschbox brauchte ich im Moment sowieso nicht, da ich seit Beginn des Hofprojektes kaum mehr Zeit zum Reiten fand. Zudem hatten die Stallbesitzer sich neuerdings eine Einkommensstrategie zugelegt, bei der ich mich bedenklich rasant in eine weitere Schuldenfalle treiben sah.

Als ich mein Pferd die letzten Male eigenhändig auf die Weide brachte und auch wieder selbst herunterholte, weil das Raus- und Reinbringen durch die Hofbetreiber mir mit 3,00 € pro Gang zu teuer war, bat ich die Dame des Hauses, sie möge mir beim Abnehmen und Überwerfen von Pauls Winterdecke behilflich sein.

Ich hatte mir eine hartnäckige Sehnenscheidenentzündung im rechten Arm zugezogen und konnte daher die Bewegung nur schwerlich allein ausführen. Die fatale Bitte wiederholte ich leichtfertig und naiv ohne einen Gedanken an die finanziellen Konsequenzen zu verschwenden an fünf aufeinanderfolgenden Tagen bis zum Abklingen der schlimmsten Schmerzen in meinem Arm. Am Ende des Monats überreichte mir Cordula Dingstedt, die Frau des Stallbesitzers, freudestrahlend und fröhlich wie immer eine Rechnung über 35 € für die „Mithilfe beim Auflegen und Abnehmen der Stalldecke". Seither durchzuckte mich beim Betreten des Stalles und einer Begrüßung von Seiten der Besitzerfamilie, die nicht unbedingt täglich von jedem der fünf Familienmitglieder gleichermaßen bereitwillig erfolgte, die unbestimmte Sorge vor einer möglicherweise dafür eingehenden Rechnung am Monatsende über geschätzte 500 € wegen „außerordentlicher Bekundung von Freundlichkeit gegenüber dem Einsteller". Ich hielt den Betrag für realistisch, weil man bei dem hier ortsüblichen Preisniveau pro „Hallo" und „Tschüß" durchaus von jeweils zwei Euro ausgehen konnte. Dies pro Tag multipliziert mit den fünf Personen, also Ehepaar Dingstedt und ihre drei Söhne plus Sonntagszulage war der geschätzte Betrag von mir eher zu niedrig als zu hoch angesetzt.

Ich sann erfolglos auf weiteres Einsparpotenzial. Eine Putz- und Bügelhilfe hatten wir schon lang nicht mehr. Und neue Garderobe oder Urlaub waren seit der Komplettrenovierung des Dachstuhls sowieso auf unbestimmte Zeit gecancelt. Es blieb mir zur Beschaffung von monetären Mitteln für den Stalltrakt nur meine innigen Bande zur Deutschen Bank weitergehend zu vertiefen. So zuwider mir eine erneute Konsultation dieser „selbstlosen Freundin" war, so unausweichlich und alternativlos war eine Auffrischung der bisher längsten und unabdingbarsten Beziehung meines Lebens.

Nach einem Gespräch mit meiner treuen Sachbearbeiterin Frau Thode, die ich heimlich Frau tausend Tode nannte, gab ich René grünes Licht. Er durfte die Firma Malente zu Rate ziehen und sich ein Angebot unterbreiten lassen. Welchen Umfang die Renovierungsarbeiten am Stall annehmen könnten, war weder mir noch René wirklich klar. Ich plädierte dafür, die Außenwände nicht anzutasten, um uns möglichen Ärger mit dem Bauamt zu ersparen. René versprach mir, diesen Bedenken bei der Besprechung mit der Firma Malente „oberste Priorität" einzuräumen. Da dies im Regelfall auch heißen konnte, dass fast gänzlich auf mein „Gejammer geschissen" wurde, bestand ich darauf, bei dem Begehungstermin anwesend zu sein. Dabei war es weniger René, dem ich misstraute, als vielmehr den Firmen, die erfahrungsgemäß ihrem kurzfristigen, schnellen Verdienst Vorrang vor einer langfristigen, von gegenseitiger Zufriedenheit getragenen Geschäftsbeziehung einräumten.

Bei der Begutachtung des maroden Stalltraktes gemeinsam mit Gustl Malente und seinem Bauleiter Kurt Probst in der zweiten KW des jungen Jahres 2011 wurde uns klar, dass einerseits viel gemacht werden musste und andererseits genau dies zügig zu erfolgen hätte. Der Dachstuhl des sechsundzwanzig Meter langen und acht Meter breiten Gebäudes war komplett durchgefault. Und auch die Wände waren flächendeckend feucht und bröselig.

„Kannste nur abreißen und neu aufbauen. Denkmalsgeschützt ist der Hof ja nicht. Also würde ich euch empfehlen, das Gebäude stückchenweise abzutragen und sofort das entsprechende Teil wieder aufzubauen", konstatierte Gustl emotionslos.

„Was heißt stückchenweise und wie lang oder kurz ist sofort?" Fragte ich die Vertreter unserer Fachfirma.

Für die Beantwortung derart kritischer Fragen erklärte der Bauunternehmer auch aus Haftungsgründen immer seinen Angestellten zuständig, während er selbst sich alle zwei Minuten einem erlösenden Handyanruf widmete.

„Also nicht mehr als ein Drittel abreißen und am besten über Nacht wieder aufbauen", gab Kurt Probst uns eine ehrliche Antwort. Gustl mischte sich umgehend nach Beendigung seines Telefonats ein und sagte, Kurt solle nicht übertreiben. Wo kein Kläger, da sei auch kein Richter. Die Bauämter hätten kein Interesse, sich mehr Arbeit als nötig an den Hals zu holen und die Nachbarn würden sich schließlich auch freuen, wenn es hübsch würde.

„Solange es nicht hübscher ist, als bei ihnen, ist das zutreffend. Aber ich wäre bei unserer spezifischen Nachbarschaftsgattung sehr vorsichtig. Einige von ihnen sind überdurchschnittlich abgünstig, intrigant und damit besonders gefährlich. Nach der Stadtflucht kann hier schnell vor der Landflucht sein. Denn bei denen folgt auf mangelnde Unterwürfigkeit, schnell mal der Versuch der Zwangsenteignung", relativierte ich Gustls Sorglosigkeit realitätsnäher, als es mir in diesem Moment selbst bewusst war.

„OK. Aber wenn wir dritteln und zügig, also in den Wochen danach alles wieder aufbauen, ist das ungefährlich für euch. Ein

Großteil des Gebäudes bleibt ja stehen und kann daher nicht in Gänze in Frage gestellt werden. Also da haben wir das Baurecht auf unserer Seite. Da kann keiner kommen und sagen, das müsst ihr jetzt abreißen und einen neuen Bauantrag stellen. Schlimmstenfalls stellt man den dann nachträglich, aber dazu wird es gar nicht kommen", referierte Gustl Kompetenz verströmend und keinen Widerspruch duldend.

Gustl Malente zerstreute meine Sorge, wir würden uns in einer rechtlichen Grauzone bewegen. Ich war beruhigt und zwinkerte René zufrieden zu. Auch ihn schienen die Ausführungen des Bauunternehmers zu überzeugen. Vergeblich allerdings suchte ich den Blick von Kurt Probst. Der ging grußlos zum Auto, während er auf sein Handy starrte. Ich war irritiert. Kurt war einer der höflichsten und freundlichsten Menschen, die ich kannte. Es musste sich wohl um ein sehr wichtiges Telefonat gehandelt haben.

Am nächsten Tag begann René mit Hilfe meines Vaters ein Drittel des Stalltraktes zurückzubauen. Wir hatten mit Gustl Malente vereinbart, dass seine Leute, sofern Väterchen Frost uns verschonte, Anfang März das Teilfundament setzen würden.

Sorgfältig reinigten die beiden Männer jeden einzelnen der alten Ziegel und befreiten ihn von Mörtelresten. Obwohl sich für den Wiederaufbau nicht alle retten ließen, belief sich die Ausbeute doch auf geschätzte achtzig Prozent. Wegen der milden Temperaturen im Februar des Jahres 2011 konnte mit dem Wiederaufbau des ersten Teilstücks des Gebäudes bereits in der zweiten Monatshälfte nicht nur begonnen, sondern dieser vor Monatsende sogar beendet werden. Und schon während die Mauern von den Mitarbeitern der Firma Malente Meter um Meter hochgezogen wurden, setzten René und mein Vater ihre Arbeit mit dem Rückbau des zweiten Drittels des Stalltraktes fort.

Anfang März konnten daher die Maurer, ohne die Baustelle verlassen zu müssen, mit dem Wiederaufbau des zweiten Drittels nahtlos anknüpfen. Nachdem Mitte des Monats auch diese Bauarbeiten vollendet waren, wurden die Zimmerleute der Firma Stuhr involviert und begannen den Dachstuhl für die nun rekonstruierten zwei Drittel des Gebäudes zu setzen. Während Ende März das neue Dach eingedeckt wurde, vollendeten René und mein Vater den Rückbau des letzten Drittels des Stalles.

Fuhr oder lief man nun direkt vor unserem Hof an der Straße entlang, so wirkte es, da das Haupthaus aus dieser Perspektive einen Teil des Stalles abdeckte, optisch dergestalt, als sei das halbe Stallgebäude und nicht nur ein Drittel abgerissen worden. Vor dem Hintergrund dessen nun, was uns das Baurecht laut der Firma Malente zubilligte, beängstigte mich diese mögliche visuelle Assoziation im Auge des außenstehenden, vorbeifahrenden oder flanierenden Betrachters nicht unerheblich.

Ich beruhigte mich damit, dass das fehlende Stück Stall nach Gustl Malentes Bekunden im Kalender der Firma für April „hundert pro, quasi auf Ehre und Gewissen sein fest eingeplantes Zeitfenster" hatte. Anfang April erfuhren wir vom Leiter der Abteilung für undankbare Aufgaben, also von Kurt Probst, dem Chefübermittler der hinhaltenden, aufschiebenden und verhängnisvollen Firmenmitteilungen, dass der Baubeginn des letzten Abschnittes sich „geringfügig um ein klitzekleines Wöchlein verschieben würde". Es folgten zwei weitere „Aufschübchen", mittlerweile per Mail oder SMS, getreu dem Malenteschen Firmenversprechen „persönlich und zuverlässig", welcher als Leitspruch auf jedem der fünfzehn Dienstfahrzeuge, in jeder Werbeanzeige im Kreisblatt und auf jeder Arbeitsjacke der Angestellten prangte.

Die dritte abschlägige SMS der Firma Malente erreichte mich, als ich gerade versonnen träumend an einem der letzten Apriltage im fertigen Stalltrakt stand und mir vorzustellen versuchte, wie Paul und ein junges Pferd, das ich mir irgendwann, wenn ich wieder Geld und Zeit haben würde, anzuschaffen gedachte, zufrieden schnaubend im raschelnden Stroh standen. Meine Phantasie, wie es vielleicht einmal sein würde, ließ mich seit dem Beginn der Hof-Odyssee immer wieder den Mut fassen, weiterzumachen. Wobei die Infragestellung des Projektes nicht wirklich eine Existenzberechtigung in meinem Denken finden konnte. Ich hatte bereits so viel Geld auf diesen Lebenstraum verwendet, dass ich es mir nicht leisten konnte, ihn im halbfertigen Zustand aus Gründen der Entmutigung, Verzweiflung und Entkräftung zu verkaufen und so ein Vermögen zu verlieren.

Die erneute Absage der Firma Malente ließ die rosaroten Gedanken, mit denen ich eben noch die Stallgasse geflutet hatte, schlagartig ergrauen. Mich fröstelte. Die chronisch schleichende und oft abstrakte Furcht, die mir zum ständigen Begleiter geworden war, stieg nach der Info der Firma Malente auf sein bisheriges Jahreshoch.

René nahm die Nachricht pragmatisch.

„O.K. Dann muss ich ja nicht mithelfen. Ich könnte stattdessen zur Hannover-Messe fahren und nach Ölbrennern fürs Geschäft schauen. Was meinst Du?"

Mein hauseigener und enorm multitaskfähiger Facility-Manager, wenn es um Großprojekte ging, plante derzeit unser benutztes und zu entsorgendes Fritteusen Fett zum Beheizen unserer Geschäftsräume zu verwerten. Den geeigneten Brenner für diesen Zweck hatte er noch nicht gefunden.

„Fahr doch mit nach Hannover. Dann kommst du auf andere Gedanken."

René meinte es lieb. Er konnte sich nicht vorstellen, dass die Hannover Messe mein Denken weniger aufzuhellen, denn zu verdunkeln in der Lage war. Es waren so im Resultat vielleicht andere, aber keineswegs revitalisierende Gedanken, die die Veranstaltung in mir hervorzurufen in der Lage war. Ich fühlte mich in dieser technischen Welt, wie ein Analphabet auf der Frankfurter Buchmesse.

„Ich wollte schon immer etwas ohne Menschen machen."

Mein Telefon klingelte erneut.

„Frau Schönbach, Rosenau hier. Regionalverwaltung. Sekretariat des Marktkoordinators. Der Herr Koock möchte sich um 11h00 in einem ihrer Standorte mit ihnen treffen. Es wäre sehr wichtig."

Mein Blutdruck erklomm in Bruchteilen von Sekunden die persönliche Bestmarke von gefühlt 200 zu 120. Was war jetzt schon wieder? Hatte turnusgemäß einer meiner weiblichen Beschäftigten eine anonyme Beschwerde an die Hauptverwaltung adressiert und behauptet, ich würde sie mobben, indem ich die Konfektionsgrößenschilder in den Kaffeehausblusen auslöse und größere wieder einnähe oder hatte sich eine allergiegeplagte „Gästin" mit Gluten-, Lactose- und Fructose-Intoleranz darüber beschwert, dass sie nach dem Genuss circa fünf unserer Erdbeerwindbeutel fast erstickt wäre, weil wir nicht unserer Sorgfaltspflicht nachgekommen wären und im Vorfeld der Verkaufstransaktion eine detaillierte Anamnese ihres Gesundheitszustandes durchgeführt hatten?

Die letzte Audienz bei dem derzeit regierenden Regionalfürsten hatte ich auf eigene Initiative vor einem Jahr im Anschluss an Koocks Amtseinführung. Als kleiner und gefühlt unwichtiger, tatsächlich sogar komplett überflüssiger, weil unbedeutender „Geschäftspartner" mit „popeligen" vier Standorten, drängte mich mein Selbsterhaltungstrieb „Seiner Durchlaucht" Koock meine Aufwartung zu machen, um auf meine, wenn auch nur von mir so empfundene Bedeutung für das System hinzuweisen und darauf zu setzten, dass die Euphorie meiner inneren Überzeugung ihn mitreißen würde.

Koocks Vorgänger, ein irgendwie aus dem Nichts dahergebeamter, blutjunger mazedonischer Gastarbeiter, der dem Europachef zufällig wie aus dem Gesicht geschnitten schien und eigentlich Golfprofi geworden wäre, wenn die Konkurrenz schlechter gespielt und häufiger verletzt gewesen wäre, hatte seine Unternehmensstrategie auf die großen Geschäftspartner ausgerichtet und akribisch das hohe Lied des Multis gesungen. Vermutlich tat er dies letztendlich nur aus der bequemen Überlegung heraus, die Anzahl seiner Gesprächs- und Verhandlungspartner auf diesem Wege massiv zu reduzieren. Doch so anerkennenswert man sein rationales Zeitmanagement auch finden mochte, so war man mittelfristig dennoch ein Todgeweihter, wenn die Anzahl der eigenen Geschäfte unter dem Durchschnitt des Fürstentums lag.

Also fuhr ich zu dem Zwecke der präventiven Existenzsicherung zum aktuellen Regenten Koock, um die aus meiner Sicht „immense Bedeutung der kleineren Familienunternehmen mit bis zu fünf Standorten für unser Gesamtsystem" verstärkt in das Bewusstsein des momentan mächtigsten Mannes im Markt Nord zu rücken.

Das von mir drehbuchartig ausgearbeitete Plädoyer für die systemstabilisierende Wirkung der „Kleinen" hatte Koock anscheinend, so flüsterte es mir zumindest meine Intuition, nach meinem fast zweistündigen Referat erreicht. Ich fuhr damals mit einem Gefühl der Erleichterung gen Heimat. Seit diesem Besuch vor einem Jahr in seinem Büro hatte ich nichts mehr von Koock gehört.

Aus Kollegenkreisen verlautete, es gäbe zwischen Koock und drei Multis in meiner Region, die ich privat entzückend fand, die sich geschäftlich aber schon seit Jahren wie bedrohliche Gletscher auf mich zubewegten, eher negative atmosphärische Schwingungen denn gemeinsame rauschende Partys im Golfclub, wie seinerzeit mit dem mazedonischen Tiger Woods. Man munkelte sogar, seine Durchlaucht sei ganz und gar nicht angetan von „dem Hochmut" einiger „schwerge-wichtiger" Partner.

Diese behauptete Stimmungslage stimmte mich, was meine eigene Zukunft im Tschibuxi Konzern anging, zuversichtlich.

Mir fiel erst jetzt wieder ein, dass in der Woche vor dem von Frau Rosenau nun bei mir eingehenden Anruf, mit der „Bitte" des Marktkoordinators um einen sofortigen Gesprächstermin, Selbiger in Begleitung des neuen Leiters der Expansionsabteilung unangemeldet in zwei meiner vier Geschäfte erschienen war und diese inspizierte, ohne mein Eintreffen abzuwarten. Eine Angestellte informierte mich umgehend über die Eindringlinge, die ohne Erlaubnis und ohne sich auszuweisen die Lagerräume und die Küche des Bistros stürmten. Den zwangsläufigen Anruf meiner Mitarbeiterin bei der Polizei konnte ich gerade noch verhindern. Die detaillierte Personenbeschreibung ihrerseits von einem „dieser unverschämten Vandalen" ließ das Gesicht von Koock vor meinem inneren Auge Gestalt annehmen.

Obwohl ich mir keinen Reim auf den Sinn und Zweck dieses Überfallkommandos machen konnte, war ich nicht weiter beunruhigt. Meine Angestellte hatte bestätigt, es sei alles in Ordnung gewesen. Und ich selbst verließ das Kaffeehaus-Bistro eine Stunde zuvor in einem einwandfreien Zustand. Vielleicht also wollte sich Herr Koock heute Reinigungstipps von mir einholen oder mir die silberne Milchschaumdeko-medaille mit Eichenlaub des Marktes Nord verleihen.

Eine Stunde später saß er in dem Geschäft meiner Wahl vor mir. Koock war ein durchtrainierter, quirliger Endvierziger mit dem Charme eines überdrehten Karnevalsprinzen. Den neuen Lebensabschnittsinhalt, den er für mich vorgesehen hatte, zog er Arglosigkeit vortäuschend, in eine geblümte Leitz Plastikmappe gehüllt aus seiner braunen kunstledernen Aktentasche.

Bevor er jedoch auf die in seinem Gepäck befindliche frohe Botschaft an mich, also jenen gut getarnten Schicksalsschlag zu sprechen kam, machte er zunächst seine eigene Zukunft zum „Hatagopo", wie Katrin Kratofill es formuliert hätte.

„Liebe Frau Schönbach, sie sind eine der ersten, die es erfährt. Wir sind bald Unternehmer-Kollegen. Ich darf zwei Standorte im Markt West kaufen und bald mein eigen nennen. Damit ist also der Besuch bei ihnen einer meiner letzten Amtshandlungen als Angestellter von Tschibuxi. Aber ich will sie nicht länger auf die Folter spannen. Weshalb ich hier bin: Sie bekommen ein neues Kaffeehaus-Bistro an der B47/11 oder 08/15 oder wie die hier Richtung Süden heißt. Sie wissen schon, welche ich meine. Die Eröffnung soll am 31.05. sein. Ihre Leistungen in den letzten Jahren waren derart überzeugend, dass sie als Betreiber einem ihrer beiden großen Nachbarn vorgezogen wurden. Ich denke, es ist nur eine rhetorische Frage, ob sie wollen."

Koock zwinkerte mir, aufmunternd und Widerspruch weder duldend noch für annähernd realistisch haltend, zu. Ich wusste nicht recht, wie ich diese Ankündigung einschätzen sollte und formulierte einen ersten meiner in mir aufkeimenden Gedanken.

„Das ist natürlich eine sehr schmeichelhafte Anerkennung, für die ich mich bedanken möchte, aber bis zum 31.05.2012 ist es ja noch etwas hin. Meinen sie denn wirklich Herr Koock, es bleibt auch im nächsten Jahr, wenn sie nicht mehr in Amt und Würden sind, noch bei dieser Entscheidung der Geschäftsleitung zu meinen Gunsten?"

„Hallo, meine liebe Frau Kollegin, sie haben nicht richtig verstanden. Es geht um den 31.05.2011. Wir sprechen wegen der Termindichte am besten einige Eckdaten sofort durch. Es zählt ja quasi jede Stunde."

Nach einem dreißigminütigen Referat über „Eckdaten" und „Essentials" in stark aufmunterndem Tonfall verließ Koock mich so euphorisiert, wie er gekommen war.

Ich blieb regungslos, fast traumatisiert zurück. Natürlich war dieses Geschäft eine wahnsinnige Belobigung meiner Arbeit, aber was wird das Projekt kosten? Wahrscheinlich würde ich nun doch mein Bremer Haus verkaufen müssen. Meine Gedanken kreisten panisch um meine Kontostände und die zweite wesentliche Frage, woher eigentlich sollte ich in der Kürze der Zeit das notwendige Personal bekommen. Dann zwang ich mich zum Auto, um Merle und Aron zu befreien. Die Armen waren überfällig. Ich hatte sie schlichtweg im Auto vergessen. Rücksichtsvoll wie sie waren, hatten sie die fünf Kilo Köddel, die irgendwann aus ihnen heraus ans Licht der Welt drängten, in die frisch gereinigten „Stoffservietten" gewickelt, die vorn auf dem Beifahrersitz lagen. Bei dem ersten Textilstück handelte es sich um eine sündhaft teure, champagnerfarbene Seidenbluse meiner minimalistischen Business-Kollektion. Das zweite „Blatt Toilettenpapier" war ein Satinkopfkissen mit Webkante aus der Bettwäschekollektion „schneeweiße Winterträume". Jetzt allerdings mit schlammiger Gerölllawine auf schwarzer Piste.

Da ich den Gedanken eine ehemals mit Hundekot verschmierte Bluse, die nur bis 30°C waschbar war, auf der blanken Haut zu tragen und mein Gesicht in ein ebenso missbrauchtes Nachtkissen zu wühlen, wenig verlockend fand, warf ich schweren Herzens beide textilen Kostbarkeiten in die Mülltonne. Danach ging ich in das benachbarte Einkaufszentrum.

Ich brauchte nach dem kleinen Malheur im Auto neue Unterlegdecken für Merle und Aron. In Anbetracht meiner immer prekäreren finanziellen Situation entschied ich mich für zwei pink-lindgrün gestreifte Badematten à 3 € das Einzelstück. Dann rief ich René an, um ihm die neueste Hiobsbotschaft zu überbringen.

Gar nicht so große Sorge machte mir das Gespräch mit meiner Schlachtbank, pardon; Freud'sche Fehlleistung – Hausbank natürlich. Ich wusste, dass meine liebe Freundin Frau tausend Tode einen Weg finden würde, meine zunehmend schwächere geschäftliche Bindung an sie zu revitalisieren und für die nächsten drei Jahrzehnte als unauflöslich zu manifestieren. Ich würde das Geld bekommen. Erfahrungsgemäß befand mein mich betreuendes Geldinstitut meine Situation sowieso immer für weitaus besser als ich selbst.

Schier unlösbar dagegen erschien mir das Problem der Personalbeschaffung.

Aus meinen bestehenden Standorten konnte ich nicht eine einzige der gut ausgebildeten Personen rekrutieren, da ich ausnahmslos in allen vier Geschäften mit Mindestbesetzung lief. Wie und wo also sollte ich innerhalb von acht Wochen 40 freundliche, kundenorientierte und fleißige Voll- und Teilzeitmitarbeiter für unseren Service- und Bistrobereich sowie den Waschsalon finden? Mir wurde einmal mehr übel bei diesem Gedanken.

An jenem Tag der „frohen Botschaft" im April 2011 kam ich also auch ohne Hannover Messe auf andere Gedanken. Und nicht nur an diesem Tag, auch an den circa hundert folgenden Tagen ließ uns der bunte Potpourri aus kleinen und großen Katastrophen völlig vergessen, dass die Firma Malente sich nicht meldete, um ihre Arbeiten an unserem Stall fortzusetzen.

René stand mir, wie immer, bedingungslos zur Seite und erklärte das neueste Projekt ohne Einschränkungen auch zu seiner höchstpersönlichen Angelegenheit. Unser beider Gedanken waren fortan vierundzwanzig Stunden am Tag nur noch bei den Vorbereitungen für die Eröffnung. Wir waren Getriebene, deren Überleben mit dem Gelingen des „Opening" stand oder fiel. Was dagegen war plötzlich unser altes Baby, an dem nur mein gesamtes Privatvermögen und damit lediglich unsere halbe, nicht aber unsere gesamte Existenz hingen?

Von besagten vielen Stunden Beschäftigung pro Tag mit der Neueröffnung verfielen mindestens achtzig Prozent davon auf meine Funktion als Headhunter. Ich gab tausende von Euro für Stellenanzeigen aus und hielt auf Einladung des Arbeitsamtes Vorträge vor einer erlesenen Auswahl von schwer vermittelbaren Arbeitssuchenden, die es, wenn sie mit mir allein im Raum waren, als „bodenlose Frechheit", „entwürdigend" und „zutiefst erniedrigend" empfanden, dass ich ihnen, als gelernter Fleischerei- oder Bäckereifachkraft oder was auch immer, eine Arbeit in meinem Kaffeehaus-Bistro anzubieten wagte.

Die überqualifizierten Langzeitarbeitslosen mit den „erfolgreich bewältigten Drogenproblemen", vor denen ich ebenfalls referieren durfte, waren demgegenüber in der Bekundung ihres Abscheus bezüglich meines Anliegens weniger moralisch. Als die Fallbetreuerin Frau Seliger-Bartnick kurz die Toilette aufsuchen musste, flogen mir bei dieser Gelegenheit äußerst pragmatisch, begleitet von grölenden Gesängen, drogenfreie Gegenstände wie Eier und Tomaten an den Kopf, die sich angeregt durch die einzig wirklich zuverlässige Kraft, die ich kannte, die Schwerkraft nämlich, über mein Gesicht, die Haare und den schwarzen Blazer verteilten.

Ich setzte große Hoffnung in einen Bewerbersammeltermin, zu dem ich über mehrere Stellenanzeigen in den Kreisblättern und über die städtischen Internetportale eingeladen hatte. Stattfinden sollte dieser an einem Sonntagvormittag um acht Uhr im Gastraum eines meiner Geschäfte in der Nähe Bremens.

Um die Bewerber in zwei bis drei Gruppen betreuen zu können, standen mir die beiden wichtigsten, weil zuverlässigsten Menschen in meinem Leben, nämlich René und meine langjährige Restaurantleiterin Nadeschda zur Seite.

Wir warteten zwei Stunden vergebens. Um zehn Uhr dann endlich saßen uns neben einem rastagelockten Kenianer, der den rechten Arm einer übergewichtigen Mittvierzigerin mit schweinchenrosaner Haut und kariösem Gebiss auf seinen Schultern trug, noch ein weißblonder Jüngling à la Michel aus Lönneberga mit zartem, durchsichtigen Oberlippenflaum gegenüber. Während der apathische Bubi seinen zerbrechlichen Körper rhythmisch zu der Musik zucken ließ, die ihm über seine bratpfannengroßen Kopfhörer wie durch Bolzenschussgeräte in den Schädel getrieben wirkte, fixierte uns die augenscheinliche Besitzerin des afrikanischen Urlaubsmitbringsels argwöhnisch und vorwurfsvoll mit zusammengekniffenen Augen.

Die käsige Elfe vermittelte mir mit ihrer Ausstrahlung, die von Skepsis und einer demonstrativen, abstrakten Abscheu getragen war, schon vor dem Zustandekommen eines Arbeitsverhältnisses das Gefühl, dass ich mit an Sicherheit grenzender Wahrscheinlichkeit an irgendeiner Stelle gegen geltendes Arbeits- oder Menschenrecht verstoßen würde. Ich konnte nur erahnen, dass es vermutlich den Gleichbehandlungsgrundsatz treffen könnte.

Rassismusschwanger, wie mein verborgenstes Gedankengut nun mal nach außen strahlte und sich nicht wirklich verleugnen ließ, war ich augenscheinlich enttarnt. Ja, es ist so, ich schließe von Äußerlichkeiten auf die Eigenschaften eines Menschen. Sie hatte mich ertappt und hinter meine Stirn geschaut. Das monströse Tatoo, das über den Bund ihrer Jogginghose quoll und der marode Zustand ihrer ungepflegten, mokkafarbenen Kauleisten bewegten mich zu dem, für Gutmenschen nicht zulässigen Schluss, dass diese Traumfrau bräzblöd sein musste und ich andere Menschen, an der einen oder anderen Stelle, ungeprüft ihr vorziehen würde.

Wie sich wenig später – trotz meiner personellen Notsituation – zu meiner großen Erleichterung herausstellte, trat sie nur als Arbeitsvermittlerin ihres Mannes, nicht aber selbst als Bewerberin an. Mein Rassismus gegenüber käsigen, weiblichen Sklavenhalterinnen mit Arschgeweih hatte also eine Chance, sich noch ein Weilchen unentdeckt im Untergrund zu verschanzen.

Es war mittlerweile zehn Uhr zwanzig. Ich gab dem immer noch epileptisch krampfenden Knirps Zeichen, er solle die Teflonpfannen von den Ohren nehmen.

„Ich denke wir sollten nun trotz der wenigen Anwesenden beginnen. Wenn ich mich ihnen kurz vorstellen dürfte."

Der Zappelphillipp fiel mir ins gerade ergriffene Wort:

„Kann ich hier am Tisch bestellen oder muss ich da nach vorne?"

Auf diese Frage folgte ein betretenes, vielsagendes Schweigen der Runde am Tisch, welches die kommenden fünf Sekunden das Drama dominierte.

„Wir haben hier am Tisch einen Vorstellungstermin. Sie sind nicht aus diesem Grund hier?" Fragte ich, um Haltung ringend, aber meine aufsteigende Gereiztheit zu verbergen, nicht in der Lage.

„Häh? Arbeiten, ich? Das wird nix. Darf ich nich. Geht alles bei meine Mudder ab. Hat die Frau Ack gesagt, nee, die heißt Frau, äh, Wonnack, nee Quatsch, is ne Gräfin oder so, ähm Frau von Arge. Also, die sagt das. So und wie is jetzt mit futtern?"

„Da müssen sie nach vorn an den Tresen zu unserem Barista oder der Bistromitarbeiterin bitte", antwortete lächelnd meine hochprofessionell agierende und vom Servicegedanken bis ins Mark durchdrungene rechte Hand Nadeschda, während ich mein vor Schmerz verzehrtes Antlitz in meinen Handflächen zu verbergen suchte.

„Wie jetze? Von hier geht nix zu ordern? Was sitzen dann alle hier so scheiße rum?" Fragte Bubi übellaunig, seine Geldbörse auf den Tisch knallend und nicht willens zu glauben, dass einem so charmanten, zahlungskräftigen jungen Mann, wie ihm, die Erfüllung eines Wunsches in dieser Welt verwehrt wurde. Zumal so viele Menschen untätig um ihn herumsaßen und ihm daher doch eigentlich zu Diensten sein könnten. Er legte sein mauligstes Gesicht auf, erhob sich mühsam und ging an uns vorbei in Richtung Tresen. Auf dem Weg dorthin trat er zur Bebilderung seines Gemützustandes mit dem rechten Fuß gegen einen arglos am Wegesrand stehenden Bistrostuhl.

„Is doch ein scheiß Pissladen hier, " erfuhr der Stuhl im Vorbeigehen von dem Jüngling. Am Bistrotresen angekommen bestellte er sich das vegetarische Business Menü mit stillem Wasser. Dann setzte er sich in eine Ecke, stülpte sich die lärmenden Ohrpuschen wieder über und verspeiste friedlich sein Mahl, als sei nichts geschehen.

Da keine weiteren Bewerber eintrafen, ließen René und Nadeschda mich mit der nun noch am Tisch wartenden Elfe und ihrem, später so definierten, „schwarzen Hengst" allein. Ich wandte mich den beiden zu:

„Soweit ich das richtig verstanden habe, gehören sie zusammen. Möchten sie sich denn auch gemeinsam bei uns bewerben?"

Das nach chronischer Bronchitis klingende, plötzliche Lachen der Frau ging in zwei bis drei knallende Huster über, bevor sie ansetzte mir mit nunmehr unterdrücktem Gekicher und nicht enden wollendem Kopfschütteln zu erklären, dass sie zum Glück nicht arbeiten müsse. Sie würde lediglich ihren

Mann „das arme Schwein" begleiten, damit er nicht „dumm angekuckt und über den Tisch gezogen wird".

Man habe sich im Urlaub kennengelernt und es hätte ihr gereicht zu sehen, wie die Deutschen mit den Afrikanern umgingen. Sie würde schon dafür sorgen, dass ihr Mann sich so etwas nie wieder müsse bieten lassen.

„O.K., Frau? Wie war ihr Name resp. der ihres Gatten?"

Die zwei Zentner Frau rammte, bevor sie zu einer Antwort ansetzte, ihrem Ehemann den rechten Ellenbogen so stark in die Rippen, dass diesem ein schmerzhaftes Stöhnen entfleuchte.

„Gatte, hast du das gehört, Sarotti? Gatte! Geil. Geil vornehm. Also ich heiße Kerstin Wellmann-Bangera und mein Gatte (Hust-Lacher) heißt Black Beauty, nee Scherz, Obi Bangera. So wie der Baumarkt. So und bevor sie mich jetzt hier vollquatschen, stell ich mal ein paar Fragen. Was verdient mein Mann hier und welche Zeiten muss er arbeiten? Er kann nämlich nicht immer. Wir fahren morgens meistens einkaufen und abends ab 18h00 sollte er wieder zu Hause bei seiner Familie, also bei mir sein."

„Also Frau Wellmann-Bangera, wenn sie gestatten, möchte ich mit dem Thema Arbeitszeiten beginnen. Wir arbeiten, wie fast überall in der Gastronomie im Wechselschichtdienst, das heißt, unsere Mitarbeiter und Mitarbeiterinnen im Gäste- und Küchenbereich werden wechselweise ein paar Tage im Frühdienst, dann danach in der Mittel- und Spätschicht eingeteilt. Immer abwechselnd auf jeder dieser Schichten. Selbstverständlich auch am Wochenende, wenn auch nicht an jedem." Bevor ich das Thema Bezahlung auch nur ansatzweise streifen konnte, erhob sich Frau Wellmann-Bangera mitten in meinem Vortrag ächzend von ihrem Stuhl und keifte, sie habe genug gehört, ich könne „meine Spucke sparen". Obi, der die Zeichen der Zeit zu spät erkannte und es verpasste sich rechtzeitig mit seiner Gattin im Handeln solidarisch zu erklären, fing sich daraufhin einen Klatscher mit dem Handrücken gegen seine rechte Wange ein.

„Komm jetzt Sarotti. Aber mal zackig."

Unwirsch und schimpfend zog die käsige Kerstin ihr Souvenir aus dem afrikanischen Baumarkt am Ärmel seiner Jacke in Richtung Ausgang.

„Ey, am Wochenende. Mir platzt gleich der Popo. Samstags putzt du bei Mutti und Sonntag trägst du den Anzeiger aus. Und kuscheln wollen wir ja schließlich auch noch. Was stellt die sich eigentlich vor die Alte."

Obi Bangera stand am nächsten Tag verlegen lächelnd vor mir, drückte mir nochmals seine Bewerbungsunterlagen in die Hand und bat mich in fast akzentfreiem, grammatikalisch einwandfreiem Deutsch um Entschuldigung für die Entgleisungen seiner Frau, „die immer sehr emotional reagieren würde".

Am Tag zuvor, dem Sonntag selbst, trudelten am Nachmittag noch ein Vater mit seinem tendenziell eher unmotivierten 18-jährigen „Schulabbrechersohn" und ein ehemaliger Filialleiter einer Supermarktkette zwecks Bewerbung im Kaffeehaus-Bistro ein.

Der verzweifelte Vater pries seinen Sohn, wie „sauer Bier" an, während er ihn mit Tritten und Stößen ober- und unterhalb des Tisches dazu bewegen wollte, doch auch mal was zu sagen. Aber „Jan-Pirre" (eigentlich Jean-Pierre) wollte nichts sagen. Er bevorzugte es zu schweigen, Kaugummi zu kauen, seine Tatoos und Piercings in Szene zu setzen und mich grinsend anzustarren.

Als ich „Jan-Pirre" auf Drängen seines Vaters einen Probearbeitstag zuwies, wurde es dem Sprössling unbehaglich und er fand zu einer seiner Muttersprache ähnlichen Artikulationsform zurück.

„Boa ey, Vatta. Wie soll ich hier denn herkomm? Datt is am Arsch hier. Hier is kein Bus und gar nix. Sach an, mim Rad oder wie?"

„Zum Beispiel oder ich fahr dich, wenn es passt."

„Na super ey. Und wenn nich?"

„Wenn du dein Geld verdienst, kannst du dir ja bald ein Moped leisten oder machst den Führerschein. Du musst uns ja nichts abgeben."

„Ey, das dauert Monate. Und wat is im Winter?"

„Du hättest auch deinen Schulabschluss machen können. Dann wärst du jetzt in einer anderen Situation."

„Klar, jetzt kommt die gequirlte Scheiße schon wieder."

Ich beendete die zwar familiäre, aber deshalb nicht anheimelnde Gesprächsrunde mit der Zuweisung des Termins zum Probearbeiten. Meine Verabschiedung von diesen vorbildlichen Repräsentanten des Generationenvertrages erfolgte formal höflich, aber konsequent und keinen Widerspruch duldend, um einen weiteren Missbrauch meiner Person als kostenlosen Mediator zu unterbinden.

Der folgende Kandidat in braunem Nadelstreifenblazer über dunklem Flanellhemd und mit Goldkettchen um die grau bepelzte Kehle stellte sich mir als Robin Gaihls vor.

„Wissen Sie, ich muss nicht wirklich arbeiten, aber mir fällt als Hausmann und Vater mittlerweile die Decke ein wenig auf den Kopf. Ich möchte unter Menschen. Meine Frau ist bei der Bundeswehr, verdient sehr gut und überlässt gern mir die Erziehung unseres vierjährigen Knirpses. Sie hat's nicht so mit Kindern. Leon war ihr Schutzprogramm vor einem drohenden Afghanistaneinsatz. Wenn sie verstehen, was ich meine. Aber mir macht das Spaß mit dem Lütten, obwohl ich ja aus erster und zweiter Ehe insgesamt schon vier Kinder hab. Fast alle erwachsen. So jetzt kommt auch der Kleine in die

Kita und ich sitz dumm rum. Da bin ich auf Sie, also auf Ihr zukünftiges Geschäft gekommen. Ich kann gut mit Kunden, bin eine gepflegte, nicht unattraktive Erscheinung, also was wollen sie mehr?"

Während der Ausführungen seine vermeintliche Attraktivität betreffend, fixierte Gaihls mich, um keine Reaktion meinerseits zu verpassen.

Mit versteinerter Miene knüpfte ich an die von ihm formulierte, abschließende Frage an.

„Na z.B. passende Verfügungszeiten, Herr Gaihls."

Meine Antwort implizierte schon den Verdacht, dass der fast allein erziehende Vater nur während der Kita-Zeiten zur Verfügung zu stehen gedachte. Ich stellte ihm also gezielt die Frage, ob dem so sei? Zu meinem Erstaunen verneinte er und gab an, auch in den Abendstunden und am Wochenende einsetzbar zu sein. Gaihls schien ein Stück weit vom Spaßfaktor getrieben, respektive von einer gewissen Abgenervtheit vor der häuslichen Idylle. Ob meine hobbypsychologische Deutung der Sachlage zutreffend war oder nicht, war unwesentlich. Ich hatte weder Zeit noch Lust, wählerisch zu sein oder einfach nur zu lange nachzudenken. Gaihls bekam einen Probetag in der Folgewoche zugewiesen. Während wir uns mit Handschlag voneinander verabschiedeten, starrte er an mir vorbei in Richtung Tresen, hinter dem eines unserer hübschesten Serviceexemplare mit goldblondem Haar und Barbie-Statur verträumt seinen Blick erwiderte. Meine Spaßfaktor-Theorie schien schneller eine Bestätigung zu finden, als ich gedacht hätte.

Eine weitere Initiativbewerberin, die ihre Bewerbung, wenn auch nicht auf eigene Initiative, per E-Mail an unser Büro geschickt hatte, wurde von mir umgehend zum Folgetag eingeladen.

Am Telefon klang Elke Wieck dezent bekifft. In Persona erinnerte die flippige, Alt-68erin an eine Jannis Joplin Persiflage im geliehenen Nadelstreifensakko von Monsieur Gaihls. Sie war ihres Zeichens Konditormeisterin und hatte vor einigen Jahren die ererbte, elterliche Bäckerei in den Sand gesetzt oder, wie sie es auszudrücken geruhte, „in die Insolvenz begleitet". Ich vermutete, sie hatte massive Sterbehilfe geleistet.

Und als wäre sie in einem Cannabisnest aus dem Ei geschlüpft, wie einst der kleine Obelix, fast im Zaubertrank ersoff, so gackerte sie unablässig und unerschütterlich gut gelaunt, während sie mir die Tragödie ihres fast Buddenbrock'schen Niederganges schilderte. Zwischen dem 37. und dem 38. Kapitel der Familiensaga hielt sie plötzlich inne und starrte stumm und regungslos einige Sekunden auf die Tischplatte.

Ich war zu verunsichert, um die Pause gradlinig zu nutzen und unser Gespräch auf das profane, wenn auch eigentliche Thema „Bewerbung um einen Arbeitsplatz" zurückzuführen. Handelte es sich gerade um eine schöpferische Phase, die sie einlegte oder hatte sie den Faden verloren oder würde ihr Kopf gleich krachend auf der Tischplatte landen?

Elke Wieck schien wieder zu Bewusstsein zu kommen und auf unsere Erde zurückzukehren. Ihr nunmehr ängstlicher Blick durchbohrte mich.

„Warum haben sie mich angerufen?" Fragte sie.

Ich meinte nicht richtig zu verstehen und formulierte die Antwort gezielt als Frage: „Weil sie sich über das Internet auf die ausgeschriebene Stelle beworben haben?"

„Ach ja richtig", lachte sie schallend in gewohnter Überdrehtheit. Und fuhr fort: „Na dann wollen wir mal loslegen, was?"

Ich nickte betont aufmunternd und gab auch ihr, wie jedem anderen, der halbwegs gerade gewachsen war und ungefähr wusste wie er hieß, einen Termin zum Probearbeiten.

Bei dem Versuch das Unmögliche bis zur Eröffnung des Standortes möglich zu machen, rasten die folgenden Wochen mit solchen und ähnlichen Gesprächen nur so dahin.

Hatte ich mich in meinem früheren Leben je mit etwas anderem beschäftigt als der Personalsuche für ein neues Geschäft ohne Anbindung an öffentliche Verkehrsmittel in einem „strukturschwachen" Gebiet, in dem Hartz-IV über zwei bis drei Generationen zu einem anerkannten und äußerst beliebten Lebensmodell geworden war? Ich konnte mich nicht mehr erinnern. Ich meinte, irgendwann mit meinen Hunden gespielt zu haben und im Besitz eines halbfertigen Resthofes zu sein, auf dem ich täglich übernachtete, von dem ich aber kein Bild mehr vor dem inneren Auge hatte, da ich im Dunkeln nach Hause kam und vor Sonnenaufgang das Haus wieder verließ.

Da es mir gelang, in den an Bremen angrenzenden Kleinstädten mehr und leichter Personal zu rekrutieren als am Standort selbst, sah ich als einzige Möglichkeit der Personalbestückung des neuen Kaffeehaus-Bistros ein ausgeklügeltes Transfer- und Shuttlesystem mit drei bis vier Leasingfahrzeugen für die leitenden Angestellten.

Am Tag der Eröffnung nun war der Dienstplan wider Erwarten tatsächlich voll. Das Geschäft selber jedoch gähnend leer. Schon vor diesem ersten Tag hatte ich Zweifel an der Ausgereiftheit des Standortes gehegt. Die Ausfahrtsituation war kompliziert, das Werbeschild in Richtung Hauptverkehrsader nicht in der Sichtachse der Autofahrer und die Zufahrt zum Kaffeehaus-Bistro selber noch unfertig und damit auch unfallträchtig.

Während ich mir am späten Abend entkräftet und vor Verzweiflung heulend in den heimischen vier Wänden die Kante gab, schmiedete René das unerschütterliche Stehaufmännchen an meiner Seite, Pläne, wie und wo wir weitere Schilder platzieren könnten, um auf unser Geschäft aufmerksam zu machen.

Er verhandelte bereits am nächsten Tag mit zwei bis drei Landwirten über Stellflächen auf ihren Äckern und Weiden.

Für ein kleines Vermögen durften wir mit einem Piktogramm auf das Hinweisschild einer benachbarten Raststätte, und dem nicht genug, fuhr René unermüdlich mit unserem Piaggio-Dreirad durch Bremen. Auf dem Dach des kleinen Gefährts hatte er einen Topper befestigen lassen, der auf die Neueröffnung hinwies. Zum Schichtwechsel im Daimlerwerk parkten wir das Dreirad vor dem Haupttor und stellten es so, dass die Aufschrift „neue Essklasse" auf der Heckklappe als Eyecatcher die Blicke erst auf das Auto und dann auf den Topper lenkte.

Nach ein bis zwei Monaten fruchteten all die Anstrengungen unseren Standort bekannt zu machen und in ein attraktives Licht zu rücken. Die Umsätze stiegen auf ein Niveau, dass sich die Verluste im Rahmen hielten. Mein existenzieller Niedergang schien vorerst abgewendet.

An unserem prallvollen Arbeitstag sieben Tage die Woche allerdings änderte sich zunächst nichts. Ich fuhr meine Mitarbeiter nach Bremen, holte sie wieder ab, fuhr dazwischen, danach und davor in meine anderen Geschäfte, tat dies aber mit einer zunehmenden Erleichterung in meinem Herzen, da das Gefühl bald finanziell am Ende zu sein, sich ein Stückchen weit verflüchtigte.

Die zermürbenden Abläufe waren zur Normalität geworden. Aus Selbstschutz vermied ich es, sie zu hinterfragen. Ich war fast glücklich in diesem Elend, allein aus der wachsenden Überzeugung heraus, es irgendwann schaffen zu können. Die Gästezahlen stiegen langsam und die Fluktuation in der Belegschaft reduzierte sich zunehmend, auch wenn die Katastrophendichte pro Tag noch immer erheblich war.

Ebenso wie an jenem sonnigen Montag Ende September. Genaugenommen war es der 26.09.2011. Wieder einmal waren zwei Mitarbeiter nicht zur Mittelschicht in dem neuen Bistro erschienen. Einer von ihnen kam aus Bremen, der andere aus dem Vorort, in welchem sich eines meiner anderen Geschäfte befand. Die Schichtverantwortliche, die ihn von dort aus mitnehmen sollte, hatte noch eine Viertelstunde länger als möglich auf ihn gewartet, bevor sie sich mit den anderen beiden Servicekräften auf den Weg machte, um noch rechtzeitig vor Beginn der Mittagszeit in Bremen einzutreffen. Als meine Angestellte auf den Parkplatz des Zielstandortes einbog, erreichte uns ein erneuter Anruf aus dem Vorortbistro. Herr Brühl, der fehlende Mitarbeiter, wäre jetzt doch da. Er hätte gedacht, er müsse später anfangen. Dass er dies nur vorgestern und in der letzten Woche lediglich zwei Mal gedacht hatte und sich deshalb auch an diesen Tagen verspätete, grenzte bei der Arbeitsmoral der übrigen Mitarbeiter in dem neuen Geschäft an eine fast überwältigende Zuverlässigkeit.

Da wir keine zwei Mitarbeiter über die Mittagszeit entbehren konnten, eilte ich zu meinem Auto, um Marco Brühl ein weiteres Mal mehr in diesem Monat abzuholen und nach Bremen zu chauffieren.

Freundlich lächelnd, fast strahlend, als sei etwas Wunderbares geschehen, stand er transportbereit vor mir.

„Hallo Fräulein Schönbach. Sie sehen umwerfend aus, wenn ich das so offen sagen darf. Es tut mir leid, dass ich ihnen Umstände mache, aber ich habe gestern noch angerufen und…"

Ich unterbrach die übliche, so schmerzlich vertraute Schwindellitanei der Verhinderten und Verspäteten, nach der man bei seinen Anrufen falsche Informationen bekommen hatte oder der Anrufer uns nicht erreichen konnte, weil die Leitung angeblich tot war oder keiner ans Telefon ging. Oft auch begann frühzeitig ein massenhaftes Verwandtensterben, je näher der Arbeitsbeginn an einem sonnigen Tag rückte. Bei

denen, die zu diesem beliebten Mittel griffen, jedoch vergaßen, sich den verbleibenden Stammbaum zu notieren, starben Oma, Opa und die Patentante nicht selten zwei bis drei
Mal während eines Sommers.

„Herr Brühl, ersparen sie mir ihre Märchen. Kommen sie
bitte einfach mit. Man wartet auf sie„ Raunzte ich den unver-
mindert strahlenden, unrasierten Mann mit abgestandener
Knoblauchfahne unwirsch an. Folgsam tippelte der Endzwan-
ziger mir in seiner grauen an den Knien und dem Po ausgebeulten Jogginghose in Richtung meines Autos hinterher, während er sich mit einer Pommes-Gabel die Mohnkrümel seiner
Frühstückssemmel aus den Zahnzwischenräumen kratzte.

„Ja gern doch Fräulein Schönbach. Super, dass sie mich
abholen. Wirklich äußerst liebenswert von ihnen".

Mit großer Selbstverständlichkeit, wie es sich für einen re-
servierten Stammplatz gehört, setzte sich der massige Mann
mit seiner ebenfalls übergewichtigen Begleitung in Gestalt
eines floral gemusterten Rucksackes neben mich auf den Beifahrersitz.

Obwohl ich es während der Fahrt vermied, mein noch
bettwarmes, dezent vor sich hin miefendes menschliches
Transportgut genauer in Augenschein zu nehmen, hatte sich
ein kurzer Blick auf Marcos Profil beim rückwärtigen Aus-
parken nicht vermeiden lassen. Neben den Abdrücken der
Knöpfe seines Kopfkissens auf der linken Wange vervollstän-
digte ein Nest in seinen Haaren oberhalb des Ohres, welches
die rotfleckige Kopfhaut großflächig freilegte, das Bild eines
breitgrinsenden Clochard-Verschnitts mit einem gestörten
Verhältnis zu Arbeitseinsätzen vor 12 Uhr mittags.

Da Marco meine kostenlosen Taxidienste im laufenden
Quartal überzustrapazieren drohte und nicht unerheblich mit
Schuld war an meiner wachsenden Entkräftung, begann ich,

um keine Zeit zu verlieren, mit der fälligen Standpauke im Moment unserer Abfahrt.

Ich versuchte meinem unzuverlässigen Mitarbeiter, vor Wut außer mir, zu veranschaulichen, dass er unsere Geduld im Allgemeinen und die meine im Speziellen über Gebühr mit Füßen trete, gegen das Interesse seiner Kollegen verstoße und damit letztendlich riskiere, seinen Arbeitsplatz zu verlieren.

Was, so fragte ich Marco, ein wenig zu pathetisch für meinen Verstand, aber viel zu sachlich für mein Gefühl, würde seine enttäuschte Familie dazu sagen, besonders seine alte Mutter, die ihn humpelnd zum Bewerbungsgespräch begleitet hatte und vor Freude weinte, als ihr Sohn eine Chance bei uns bekam.

Mein messerscharfer Ton sezierte die Luft in schwer zu atmende bitterböse Tranchen aus Zorn und Missbilligung nicht nur über ihn, sondern über die vielen Menschen, die mir besonders in den letzten Wochen mit einer an Brutalität nicht zu überbietenden Ignoranz meine Lebenskraft zu rauben drohten. Meine Gesichtshaut glühte vor Zornesröte, als ich nach einigen Minuten bebend vor Wut verstummte. Das Innere des Autos war erfüllt von einer beängstigenden Stille. Ich wäre nicht verwundert gewesen, wenn Brühl neben mir schluchzend, von Weinkrämpfen geschüttelt, zusammengebrochen wäre und noch vom Auto aus seinen Gewerkschaftsanwalt oder seine Mutti konsultiert, wenigstens aber mit seinem Zeigefinger „Hilfe" auf die beschlagende Scheibe geschrieben hätte.

Ich spürte, wie er mir sein Gesicht zuwandte und mich fixierte. Mein Blick blieb starr auf die Fahrbahn gerichtet, während meine Kiefermuskulatur in Bruchteilen von Sekunden auf und nieder bebte. Ich konnte eine in mir aufkeimende Angst nicht vollständig verleugnen.

Brühl, so sagte man, wäre ein Choleriker, der gegenüber häuslicher Gewalt recht aufgeschlossen sei und zur Züchtigung seiner fünfundsiebzig jährigen „extrem aufmüpfigen Mutti" gern mal auf diese Spielart des interaktiven Miteinanders zurückgriff. So war die alte Dame im Verlauf des letzten halben Jahres entweder aus „Unachtsamkeit" oder wegen angeblich zu viel Eierlikör oder wahlweise auch eines durchgehenden Rollators drei Mal die Treppe hinuntergefallen, obwohl Mutter und Sohn einen ebenerdigen Bungalow bewohnten. Der verstärkte Einsatz Brühls auf anstrengenden Schichten schien für Mutti mit einer geringfügigen Verbesserung des häuslichen Friedens einherzugehen.

Meine Furcht vor Brühl ließ mich kürzer atmen, als er ansetzte etwas zu sagen.

„Was ich schon immer mal fragen wollte, …" (Pause)

Na, was wolltest du wohl schon immer fragen? Wohin du mich jetzt schlagen darfst oder gar, ob ich schon einmal getötet habe? Mit Worten vielleicht? So oder so ähnlich schoss es mir durch den Kopf, als er fortfuhr:

„Ist das eigentlich ein 3er oder ein 5er?"

Mein Kopf schnellte zu ihm herum. Ich sah in ein zufrieden grinsendes Gesicht mit milchigen Speichelbläschen im linken Mundwinkel. Was für eine vollkommen deplatzierte, weichgespülte, irrelevante Frage war das denn? War ich so wenig furchteinflößend? War meine Wirkung auch in all meiner heftigsten Empörung, derart blass und nichtssagend? Es wäre mir, um eines Fünkchen Selbstachtung willen, fast lieber gewesen, er hätte mir ein blaues Auge gehauen.

Ziemlich beleidigt brachte ich meinen Wagen mit quietschenden Reifen vor dem Bremer Geschäft zum Stehen.

„Aussteigen Brühl. Aber ganz schnell." Wenn du nicht verletzt genug bist, dass du mir eine verplätten willst, dann kann ich auch anders, dachte ich, ohne dass mir irgendetwas Passendes für „auch anders können" einfiel.

Ich hoffte fast, durch eine der üblichen Katastrophen im Kaffeehaus-Bistro, Ablenkung von meinem demoralisierenden Erlebnis mit Brühl zu finden. Mein Flehen nach Zerstreuung wurde beim Betreten des Abrechnungsbüros zunächst tatsächlich erhört, allerdings auf eine vermeintlich höchst erfreuliche und ganz und gar nicht unangenehme Art und Weise.

René stand vor mir, nahm mich in den Arm und gab mir einen Kuss. Ich atmete durch. Obwohl ich mich freute, war ich zugleich ein wenig irritiert. Seit zwei Wochen waren zu meiner großen Erleichterung die Bauarbeiten auf unserem Hof wieder angelaufen und heute Mittag hatte René ein Termin mit den Zimmerleuten geplant. Etwas, was mich zudem verunsicherte, war ein für meinen Mann äußerst unübliches grenzdebiles Dauergrinsen, das dem von Marco Brühl erschreckend ähnelte.

Für einen kurzen Moment hatte ich die Sorge, es könne sich bei beiden Männern um ein identisches, hochinfektiöses Krankheitsbild handeln. Verwarf den Gedanken allerdings wieder, als René mir mit normaler Stimme und alltagstauglicher Mimik berichtete, dass die Firma Stuhr abgesagt hätte und er deshalb schauen wollte, ob er mir bei irgendetwas behilflich sein könnte.

Ich war verunsichert. Die Tatsache nun wiederum, dass René auf Grund der Absage der Handwerker keinen Tobsuchtsanfall bekam, ließ den Verdacht auf einen krankhaften Befund bei ihm erneut in mir aufkeimen. Traurige Gewissheit, dass eine schwerwiegende psychische Störung, vermutlich ein Trauma bei René vorliegen musste, erlangte ich, als mein Mann mir vorschlug, doch gemeinsam im nahegelegenen Einkaufszentrum ein Eis essen zu gehen. Etwas Derartiges hatten wir gefühlt eigentlich verlernt, weil es schon lange als Zeitverschwendung galt und somit aus dem Repertoire unserer Freizeitaktivitäten gestrichen wurde, kurz bevor das benannte Repertoire in Gänze aus unserem Leben verschwand.

Meine Bedenken spürend, plauderte René gut gelaunt über dies und jenes. Er versuchte mich zum Lachen zu bringen. Was ihm gelang. Für eine halbe Stunde vergaß ich die zentnerschwere Sorgenlast der letzten Monate. Ich belächelte sogar mein Misstrauen, es müsse immer irgendetwas passiert sein, wenn einer von uns beiden versuchte, den anderen in die Leichtigkeit der Normalität zu entführen. Genussvoll in meinem Spagetti-Eis schaufelnd, begann ich schon nach wenigen Minuten ausgelassen über Marco Brühl zu lachen. Ich erzählte René die Geschichte, spürte aber während meines Redeflusses eine wachsende gedankliche Abwesenheit meines Mannes.

Als ich bewusst eine unnötige längere Pause zwischen zwei Sätzen einlegte und danach einen sinnfreien Übergang zur relativen und absoluten Aufrichtung in der klassischen Dressurausbildung machte, ohne das René dies bemerkte, verstummte ich. René blickte geistesabwesend auf die Tischplatte. Dann nahm er meine Hand in die Seine und begann leise zu sprechen.

„Martha, was ich dir jetzt erzähle, ist ziemlich scheiße, aber wir werden es schaffen. Ich verspreche es dir."

Ich war nicht gerade voller Vorfreude auf das, was René mir zu offenbaren gedachte. Mir war schon nach diesen wenigen Worten ohne konkreten Inhalt klar, dass ich alles, was jetzt kommen würde, nicht auch noch gebrauchen konnte.

„Heute war eine Frau Stillmann vom Landkreis Verden bei uns auf dem Hof. Sie sagte, „man wäre auf uns aufmerksam geworden" und wir hätten gewisse Baumaßnahmen ohne Baugenehmigung nicht ausführen dürfen. Sie hat einen sofortigen Baustopp verhängt."

„Ich wusste es. War ja klar, dass sowas kommen musste. Ich hab dieser Dritteltheorie von Gustl Malente nie ganz getraut. Es war zu seinen Gunsten sowas von geschmuckmogelt. Aber Hauptsache, er hatte erst mal sein Geld verdient. Erzähl mal weiter", sagte ich relativ gefasst und mittlerweile viel zu müde, um mich dem Anlass gemäß aufzuregen. Mein Gefühl passte einfach noch nicht zur Tragweite der Geschehnisse und das war für den Moment auch gut so.

„Diese Frau Stillmann behauptet auch, unser Haupthaus wäre ein Neubau, weil wir auf beiden Seiten des Daches Gauben über zwei Drittel der Dachflächen haben. Die sind so in diesem Maße untypisch für die Architektur der Region. Damit sind die Gauben und nicht nur die Gauben, sondern das ganze Haus in Frage gestellt."

Ich war immer noch erstaunlich ruhig. „Wir haben nichts an dem äußerlichen Erscheinungsbild verändert. Das muss sich doch beweisen lassen. Als ein Beleg fallen mir zum Beispiel die ganzen Fotos ein, die wir kurz nach dem Kauf gemacht haben."

„Richtig. Ich sehe auch kein ernsthaftes Problem der Beweislast gerecht zu werden und zu belegen, dass das Haus schon früher so ausgesehen hat."

„Mal angenommen, nur rein hypothetisch, wir könnten den Beweis nicht erbringen, was…"

„Können wir", unterbrach mich René.

„Was, wenn nicht?" Ich blieb hartnäckig.

„Dann müssten wir theoretisch, also wirklich rein theoretisch, abreißen. Aber davor gibt es noch den Weg der Baugenehmigung." Beeilte sich René zu ergänzen. Dann sprach er weiter.

„Eine Baugenehmigung müssen wir jetzt übrigens für den Stall sowieso beantragen. Aber das hast du dir wahrscheinlich schon denken können. Im ersten Schritt werde ich mich zunächst nur auf das Haupthaus konzentrieren. Mehr schaff ich auf einmal nicht. Der Stall muss wieder warten und bleibt erst mal in seinem Dornröschenschlaf."

Ich starrte stoisch und nicht sichtbar aufgewühlt auf meine ineinander verschränkten Hände. Vielleicht ist es manchmal wirklich besser, die Dinge erst nach und nach zu begreifen. Offenbarte sich einem Menschen ein großes Problem in seiner gesamten Komplexität vollumfänglich von einer Sekunde auf die nächste, so könnte dies für den einen oder anderen sicherlich krankmachend bis tödlich verlaufen. Mein kognitives Selbstschutzprogramm arbeitete glücklicherweise auf Hochtouren und zudem noch im bequemen Autopilotenmodus.

Ich musste wieder ins Restaurant zurück. Wir trennten uns vor der Eisdiele, während René immer noch in seinem gut gemeinten „wir schaffen das schon" Tenor auf mich einredete. Ja vielleicht, dachte ich. Wir haben schon so viel geschafft und so viele Berge gemeinsam versetzt, aber nach noch mehr Gebirgsumsiedlungen stand mir kaum mehr der Sinn. Ich wollte diese überflüssigen lebensverkürzenden und Lebensqualität mindernden Ereignisse nicht mehr meistern müssen, nur weil wahrscheinlich irgendwelche von Gier oder Neid zerfressenen Mitbewerber um Anerkennung, Geld und Lebensraum in meinem unmittelbaren Umfeld mir diese Katastrophen über Anzeigen, üble Nachrede oder Intrigen antrugen. Und auch der Lieblingsspruch meiner Oma Maria, nach welchem Neid die höchste Form der Anerkennung sei, tröstete mich nicht, sondern ließ mich nur beten, dass ich in Zukunft vor jeder Anerkennung, egal von wem, verschont bleiben möge.

Als ich zu Hause eintraf, kam ich ohne Umschweife auf einige Fragen zurück, die mich schon den ganzen Abend verfolgten.

„Noch mal zum Stall, René. Ich hatte es, nachdem was Gustl Malente uns als erfahrener Bauunternehmer gesagt hat, so verstanden, dass uns nichts passieren kann, wenn wir immer so und so viel vom alten Gebäude stehen lassen. Ich hab dabei zwar immer ein mulmiges Gefühl gehabt, aber nichts desto trotz steht diese Vorgabe von ihm an uns doch immer noch im Raum. Du hattest auch gesagt, dass sei o.k. Wie viel war dieser Rat denn nun wert? Können wir uns darauf berufen oder war das Bullshit?"

„Riesenbullshit, würde ich nach meinem heutigen Gespräch mit Frau Stillmann sagen. Sie erzählte mir auch, wir hätten uns einen Haufen Stress ersparen können, wenn wir eine Bauvoranfrage gestellt hätten. Das wissen übrigens beide beteiligten Firmen mit Ingenieur oder Architekt im Hause. Auch die Zimmerei Stuhr. Die und Gustl Malente haben jetzt ihr Geld verdient und wir dürfen zurück auf los. Festnageln können wir sie leider nicht auf Unterlassung oder mündlich falsch erteilte Auskünfte über baurechtliche Zusammenhänge. Ich hab mich schon erkundigt."

„Das habe ich mir eigentlich schon vor Monaten gedacht, aber ich wollte es noch mal von dir hören."

Wir schwiegen uns einen Moment lang an. Es war etwas unüberhörbar Vorwurfsvolles gegenüber René in meiner Stimme. Sicher, Gustl Malente war von seiner Gier auf den schnellen Verdienst getrieben, aber ebenso war auch René ein Getriebener kleinkarierter Motive. Zwar wollte er mir, was löblich ist, den schönsten Stall der Gegend bauen, und das schnell, aber auch er frönte damit seiner Eitelkeit und seinem Imponiergehabe. Allein deshalb war er nur zu empfänglich für Malentes Märchen, und Malente hatte genau das für sich genutzt. Ich trug es René nach, dass er einem Ehrgeiz anhing, den ich nie befördert hatte und der letztendlich verführbar machte. Aber eines war auch nicht zu leugnen. Mein Mann hatte diesen Ehrgeiz nicht zuletzt für mich. In erster Linie wollte er mir eine Freude machen. Er hatte keinen ernsthaften Vorwurf verdient. Ich war ein wenig beschämt. Hatte aber dennoch nicht das Bedürfnis, mich dafür zu entschuldigen.

„Sag, was ist jetzt mit dem Haupthaus? Also was genau müssen wir belegen? Dass die Gauben keine Erfindung von uns sind, sondern schon immer da waren?"

„Richtig. Das ist ein Punkt. Außerdem müssen wir zusätzliche Brandschutzauflagen erfüllen, weil die die gammelige Schleuse zwischen Wohnhaus und Stall weggebrochen ist. Letzteres ist relativ einfach. Schwerer wiegt die Beweislast bei den Gauben."

„Warum?"

„Weil aktuelle Fotos nicht als Beweis reichen. Die Gauben müssen schon vor vierzig Jahren auf dem Dach gewesen sein. Das gilt es zu belegen."

René referierte über seine bisherigen Erkenntnisse zu dem Thema, das uns die nächsten Wochen beschäftigen sollte. Aber so aufdringlich diese Problematik auch von meinem Denken Besitz zu ergreifen suchte, so nachdrücklich unterlag sie im Wettstreit zu einer seit Stunden in mir bohrenden Frage. Ich bemühte mich, aber es war mir unmöglich, Renés Gedanken zu den Gauben weiter zu folgen. Ich fiel ihm ins Wort:

„Wie kommt der Landkreis eigentlich plötzlich, aus heiterem Himmel darauf, uns mit diesen Forderungen zu drangsalieren? Wir sind schon so lange am Abreißen und originalgetreu wieder aufbauen. Es wird schöner und schöner. Keiner kann sich beklagen über das, was wir hier zum Wohlgefallen aller nach altem Vorbild wieder herbeizaubern. Ewigkeiten hat es auch keinen Amtsschimmel interessiert, aber plötzlich stehen sie auf der Matte. Fahren die auf blauen Dunst rum und suchen nach Arbeit oder wie läuft das bei denen?"

René zögerte.

„Das habe ich die Stillmann auch gefragt. Sie sagte Ausgangspunkt ihrer Initiative sei eine Anzeige. Sie dürfe aber nicht sagen von wem."

Ich drohte zu implodieren. Sprechen ging nicht mehr. Ich konnte nur noch schreien.

„Genau das habe ich mir gedacht. Diese miesen, abgünstigen, kleingeistigen Kreaturen um uns herum. Anstatt sich zu freuen, dass es hübsch wird, rasen diese Neidhammel los und schwärzen jeden an, der ihnen ihren Konkurrenzkriterien gemäß den Rang ablaufen könnte und ihnen nicht in den Arsch kriecht. Ich verachte dieses intrigante Pack. Diese hinterlistigen Säcke."

„Es kann auch die Gemeinde gewesen sein, sagte die Stillmann."

„Ja, klar. Die, die kein persönliches Interesse an uns haben, haben ja auch nichts Besseres zu tun, als sich ihren Ort zu verschandeln, indem sie Bauherren in die Privatinsolvenz treiben. Sehr glaubwürdig dieser Theorieansatz. Und abgesehen davon, wer ist denn eigentlich „die Gemeinde" in diesem speziellen Inzuchtverein um uns herum?"

„Wir können ja, wenn alles ausgestanden ist, Akteneinsicht erwirken. Aber im Moment sollten wir uns auf die Sache und weniger auf die Säcke konzentrieren."´

Renés durchaus vernünftigen Hinweis ignorierend, sinnierte ich lautstark weiter über die netzwerkelnde und korrupte Kolonie der Säcke um uns herum.

„Hilde war das nicht. Aber ihr Alter und Matteo stecken bestimmt unter einer Decke. Ich habe mich vorhin schon gewundert, wie fröhlich Matteo mit einer Flasche Prosecco im Arm in das Wohnzimmer von Ballonhose spaziert ist. Die letzten Wochen haben die beiden ihre Köpfe gar nicht mehr auseinander bekommen. Und jeden Abend latschte einer von beiden zum anderen rüber, um die nächste konspirative Sitzung abzuhalten."

„Martha, hör auf zu spekulieren und zu grübeln. Wir müssen uns jetzt mit Bauplänen, Baurecht und ähnlich beglückenden Themen auseinandersetzen. Z.B. mit der Frage, wie wir beweisen, dass die Gauben, so wie jetzt, schon vor einer halben Ewigkeit existierten. Ich befürchte, dass unsere Fotos vom Haus kurz nach dem Kauf nicht reichen. Kann sein, dass sie beim Bauamt sagen, die Fenster seien so zwar nicht von uns erfunden worden, sondern von den Vorbesitzern, dann aber eben auch ohne Baugenehmigung und somit nicht entsprechend dem alten Originalzustand von anno dazumal. Dann müssten wir trotzdem abreißen. Ob nur das Dach oder das ganze Haus frag mich bitte nicht. Ich will es vorerst gar nicht so genau wissen. Zu den Gauben steht nach Stillmann fest; wir brauchen ältere Beweisstücke. Ich gehe morgen in das Verdener Archiv. Eigentlich liegen dort alle uralt Pläne von den Gebäuden aus dem Landkreis."

René streichelte mir die Wange und wirkte befremdlich glücklich als er fortfuhr:

„Ich hab da glaub ich noch eine wirklich gute Nachricht. Und zwar hat sich vor zwei Wochen eine Sekretärin auf unsere Anzeige fürs Büro gemeldet. Ich hab dir nichts gesagt, weil ich sie erst mal ausprobieren wollte, bevor du dich zu früh freust. Ich hatte schon Sorge, du würdest nach Bremen fahren. Hast du aber zum Glück nicht getan. Sie heißt Stefanie Schlump und ist bis jetzt, das heißt, seit zehn Tagen Erprobungsphase, einfach klasse. Die ist zuverlässig, freundlich, genau und hat einen genialen Humor."

Das war tatsächlich eine gute Nachricht. Ich griente René an.

„Wenn die Zauberschlumpine noch gut aussieht, hab ich, glaub ich, das nächste Problem. Ich kann mich nicht erinnern, dass du jemals so begeistert von einer Neueinstellung gesprochen hast."

„Stimmt. Und sie sieht gut aus. Außerdem ist sie zwei Köpfe größer als ich, genau wie ich es mag. Sie liebt Florian Silbereisen und boßelt seit dreißig Jahren jedes Wochenende begeistert in der Bezirksliga. Die Frau fällt also komplett in mein Beuteschema. Aber zu meinem großen Bedauern ist sie seit fünfundzwanzig Jahren in festen Händen und immer noch verliebt, wie sie sagt. Leider."

„Na da bin ich beruhigt. Ich hoffe das bleibt so. Wie heißt ihr Mann?"

„Gisela."

„Echt?"

„Nein. Ernst."

Am nächsten Morgen schlug ich René vor, ihn in das Archiv des Landkreises zu begleiten.

„Geht das denn? Schaffen unsere Leute es heute allein zur Arbeit?" Erkundigte sich René ungläubig.

„Ich hab Sevgi Eslami, das ist die junge Muslime, die gerade ihre Ausbildung bei uns bestanden hat, den Dienstwagen von Müller überlassen. Er ist zwei Wochen auf Fortbildung. In der Zeit kann sie die Leute mit seinem Auto zur Mittelschicht mitnehmen. Heute soll sie Herrn Lampe mit rüber nehmen."

„Ich wusste gar nicht, dass sie einen Führerschein hat."

„Schon lange. Das ist nach der Ausbildung ihr ganzer Stolz. Selbst bezahlt. Sie sagte mir, sie wolle selbstständig sein und nicht die Marionette ihrer Eltern und Brüder. Ihren Mann hätte sie sich auch selbst ausgesucht und sie versteht überhaupt nicht, warum die Mädels in ihrer Altersklasse sich ihr Leben so mittelalterlich von der Familie diktieren lassen."

„Das klingt ja ganz taff, fällt aber schon sehr aus dem Rahmen dessen, was wir sonst so erlebt haben." Bemerkte René anerkennend.

Mein Handy summte.

„Hallo Herr Lampe. Was ist? ... Sevgi will, dass sie hinten sitzen? Warum das denn? ... Sie will nicht, dass ein Mann neben ihr sitzt? Das ist respektlos ihr gegenüber? Hab ich das richtig verstanden? ... Und was noch? ... Sevgis Mann hat ihnen am Telefon Schläge angedroht, wenn sie vorn sitzen bleiben? ... Das wäre was? Nicht mit dem Selbstverständnis seiner Frau vereinbar? Sagen sie ihr, nach meinem Verständnis ist das mein Auto und ich will, dass ihr sitzt, wo ihr wollt. Und wenn vier Männer transferiert werden müssten, könnten auch nicht drei auf die Rückbank und einer in den Kofferraum. Wie stellt die sich das vor? Ich komme sofort."

„Also wenn schon Mittelalter, dann selbst inszeniert?" Fragte René halb besorgt und halb belustigt.

„Wahrscheinlich. War wohl nix mit taff und wird wohl nix mit Archiv für mich. Ich fahr dann mal ins Geschäft und übe mich im Gelingen von Integration und kultureller Vielfalt."

„Schade. Mir wäre wohler, du wärst in Verden dabei. Warum kann denn nicht unser Trainee Herr Yildiz eben mit Sevgi und Karl rüberfahren? Sevgi könnte ja zusammen mit ihrem Selbstverständnis ganz allein auf die Rückbank. Da wären beide ungestört und kein männliches Wesen würde sie belästigen."

„Tja, also Yildiz fährt zwar Ossis, also Karl, aber keine Kurden. Sevgi ist Kurdin. Sevgi gegen Kilici austauschen geht auch nicht, weil Yildiz auch keine Rumänen fährt. Die klauen angeblich, obwohl ich davon in diesem Fall seit vier Jahren noch nichts bemerkt habe und auf der Fahrt könnte eigentlich nichts in der Richtung passieren. Ich hätte noch weitere Muslime auf der Schicht, aber die akzeptiert er im Auto nur dann, wenn es keine „oben-Kopftuch-unten-Porno"-Mädchen sind. Und das kann ich gerade nicht beurteilen. Also halte ich mich an der Front besser mit Vorschlägen zurück."

„Schick doch Herrn Petkow mit Frau Wang rüber."

„Petkow ist Russe. Dem geben weder Sevgi, noch Yildiz den Autoschlüssel, weil er als Russe doch angeblich immer besoffen ist. Merkt man nur nicht, weil er Pegeltrinker ist, behaupten sie. Kennst du die Theorie einiger Kollegen nicht? Und als ich persönlich Petkow mal den Schlüssel in die Hand gedrückt habe und wollte, dass er Frau Wang mit rüber nimmt, hat er sich geweigert, weil Chinesen Hunde essen. Das meinen auch alle anderen Nationalitäten. Daher ist Frau Wang null kompatibel zu irgendeinem Kollegen. Ich versuche zwar alle ständig von diesem Märchen abzubringen, aber als es mir vor zwei Wochen einmal gelungen ist, Wang in ein Auto mit Frau Kronhardt zu setzen, hat Wang während der Fahrt Kronhardt eine kleine Tüte hingehalten und ihr etwas angeboten. Kronhardt dachte es seien Fisherman's Friends und hat rein gegriffen. Tatsächlich waren es aber Seidenraupen in Aspik. Jetzt ist es wieder vorbei mit ostasiatischer Völkerverständigung."

„Wir hatten doch noch Frau Stedefreund, die Philippinin mit Führerschein. Könnte sie nicht fahren. Die Frau scheint doch selber weder von Vorurteilen zerfressen, noch haben die anderen ihr gegenüber irgendwelche, die den Betriebsablauf lähmen. Oder täusch ich mich?"

„Grundsätzlich täuscht du dich nicht, aber Frau Stedefreund gehört den Männern des Kegelclubs Grün-Weiß-Wörpedorf. Fahrten außer direkt zur Arbeit oder zurück müssen von ihrem Mann Gerd Stedefreund oder, falls nicht erreichbar, vom Kassenwart des Clubs, Martin Kalbfleisch, genehmigt werden."

„Hat ihr Ehemann dir das gesagt?"

„Ja. Höchstpersönlich. Er hat mir bei der Erläuterung des Auflagenkataloges im Umgang mit seiner Frau und den sechs anderen, die nach der Reise auf die Philippinen von den Kegelbrüdern vor acht Jahren mitgebracht wurden, seine Handynummer und die vom Kassenwart in die Hand gedrückt. Außerdem will er nicht, dass wir zu viel Deutsch mit seiner Frau sprechen. Sie soll nach Piktogrammen lernen."

„Hör auf. Du übertreibst jetzt."

„Ja, aber nur ein bisschen. Wir dürfen mit ihr reden so viel wir wollen. Spanisch und Französisch."

„Toll. Sie beherrscht die beiden Sprachen?"

„Nein. Eben nicht. Aber den langweiligen Scherz hab nicht ich mir ausgedacht. Der kommt auch von Gerd Stedefreund. Wobei er so viel mauern kann, wie er will. Seine Frau macht, wie alle ihre aus einem Dorf importierten Freundinnen, ihr eigenes Ding. Sie behält ihr Geld für sich und spricht mittlerweile besser Deutsch als ihr Mann. Weshalb der es auch nicht merkt. Der hält einen erweiterten Infinitiv für Ausländerkauderwelsch."

„Der Multikultirassismus ist ja ganz schön kompliziert. Vielleicht sollten wir den Dienstplan demnächst vom Schachleistungskurs des Albert-Schweitzer-Gymnasiums schreiben lassen."

„Bloß den menschlichen Faktor minimieren. Schachcomputer wäre, glaub ich, neutraler. Wobei man auch da erst mal nach dem „made in where" schauen muss. Nicht, dass ich ungewollt einen heiligen oder kalten Krieg oder beides im Geschäft entfache."

„Na gut. Dann fahr mal besser selbst los und mach den Transfer. Achso. Ich wollte nachher noch mit unserer neuen Perle im Büro eine Schwangerschaftsmeldung besprechen. Frau Schlump muss wissen, wie das funktioniert. Was ist eigentlich mit der vierten Schwangeren, die wir jetzt in Bremen haben? Elke Drossel. Die war doch fünfte Woche. Wie sind da jetzt die Umstände? Arbeitet die noch oder ist das auch schon eine Risikoschwangerschaft, wie bei den anderen?"

„Die kann laut Arzt noch arbeiten. Kommt aber nicht. Wenn man sie anruft, sagt sie, sie hat so Angst, dass ihr Vertrag nicht verlängert wird. Das würde sie so blockieren, dass sie vor lauter Beklemmung nicht zur Arbeit kommen kann. Wenn sie dann doch mal kommt, will sie aber nur in den Service des Kaffeehausbereiches. Andere Arbeiten verweigert sie. Sie wäre „keine Putze und keine Küchenschabe". An die Kasse kann ich sie aber nicht lassen. Sie macht zu viele Fehler. Also nicht wegen der Schwangerschaft. Schon von Anfang an. Ihre Kollegen haben ihr das auch gesagt. Nicht nur ich. Daraufhin hat sie sich bei mir beschwert, man würde sie mobben. Wie schrecklich das wäre, müsste ich doch wissen. Ich hätte doch schließlich früher auch mal gearbeitet."

Renés ungläubiger Blick traf mich.

„Was hat sie gesagt? Du hättest doch früher auch mal gearbeitet? Ich glaub das alles nicht mehr."

„Ich irgendwie auch nicht. Aber hilft ja nichts. Bis später."

„Ja. Bis dann." Ich hetzte davon.

Am Abend in der heimischen Küche lauschten Merle und ich gespannt Renés Schilderungen des Tages. Arons Schnarchen suggerierte uns unterschwellig, dass es Wesen gab, die es bravourös beherrschten, sich den schnöden Problemen des Alltags zu entziehen. Wohl wissend, dass ich zu den eher Uncoolen gehörte und meinen Mann Stunde um Stunde mit meiner Neugierde nerven würde, hatte René vorausschauend sein Handy ausgeschaltet, um im Archiv seine Ruhe zu haben.

„Also in den historischen Katakomben des Landkreis Verden hat mir eine nette Archivarin sehr geholfen. Fräulein Gesine Mommsen. Eine wandelnde Enzyklopädie und nicht mehr das jüngste Semester. Sie geht in zwei Monaten das dritte Mal in Pension und sie ist gebürtige Morsumerin, also hier aus der Gegend. Ich hatte Frau Mommsen gebeten, mir Material zur Chronologie der landwirtschaftlichen Hofstellen in Thedinghausen herauszusuchen. Ich hab dann bestimmt fünf Stunden nach dem Hof der Familie Ronstedt in der Süderwischerstraße 136 gesucht und auch unter dem Namen Funke nichts, aber auch gar nichts gefunden. Dann kam Frau Mommsen mit einem Kaffee herein, setzte sich zu mir und fragte mich. Na Jungchen, wie kann ich dir denn helfen? Was suchst du denn genau? Ich erzählte ihr vom Schicksal unseres noch existenten, aber totgeweihten Hofes. Dass Hilde Funke die Tochter von Oma Ronstedt, Gott hab sie selig, ist und nur alte Pläne uns und unseren Hof retten können. Daraufhin griff Frau Mommsen ohne zu suchen in den meterhohen Stapel von Unterlagen vor meiner Nase und zog den Teil 61-82 des Heimatkalenders für den Landkreis Verden 1990 und 1992 heraus. Darin schlug sie die Seite 99 mit der Überschrift „Höfe des Amtes Thedinghausen" auf. Und während ihr Finger so über die Seite glitt, erzählte sie mir, dass sie die kleine Hilde wohl kennen würde, weil sie mit ihrer Mutter zur Schule gegangen sei. Und diese Mutter von Hilde hätte nicht Ronstedt geheißen, sondern Lackmann. Der Erbe unseres Hofes wäre Hildes Neffe, der Sohn ihrer Schwester, welche verheiratet war mit einem Ronstedt. Sie verunglückte tödlich an der Kreuzung vor unserem Haus. Dann plauderte Frau Mommsen weiter und stellte mal eben nebenbei fest, dass es die Süderwischerstraße 136 früher gar nicht gegeben hätte. Sie las selber ein wenig nach und benannte die frühere Adresse mit Am Holze 187. Erste Eintragungen zu unserem Hof, damals „Handkotten" im Heimatkalender gab es ab 1724. Der erste Besitzer hieß Claus Bultmann. Es folgte Albert Meyer, der die holde Metje Lüders ehelichte und sich mit ihr auf dem Anwesen, hoffentlich mit Gauben niederließ. Frau Mommsen hätte, glaube ich, gern noch weiter in der Vergangenheit gestöbert, musste unsere Geschichtsstunde aber vorerst beenden und das Archiv für diesen Tag schließen. Sie schlug mir vor, dass wir uns am Montag wieder treffen und schauen, ob wir mit den Informationen, die sie mir geben konnte, alte Zeichnungen, Pläne oder Genehmigungsvorgänge finden. Auf ein Problem hat sie mich gleich hingewiesen. Thedinghausen gehörte früher zum Regierungs- oder Verwaltungsbezirk Braunschweig, das heißt, wir werden vermutlich Unterlagen über Braunschweig anfordern müssen."

„Na gut. Dann geht es am Montag weiter." Trotz der Teilerfolge bei Renés Recherche verflüchtigten sich meine Schlafstörungen vorerst nicht merklich.

In der folgenden Woche stellte René mit Frau Mommsens Unterstützung diverse Anfragen unseren Hof betreffend im Braunschweiger Behördendschungel. Angeblich gab es dort keinerlei Angaben zu unserem Objekt. Sie seien eventuell im Krieg vernichtet worden, beim Umzug nach Verden verloren gegangen oder einfach unauffindbar, lauteten die Mutmaßungen bezüglich des Verbleibes alter Baugenehmigungen und Zeichnungen. Unsere Hoffnung, dass dieser Umstand beim Landkreis Verden zu unseren Gunsten Auslegung finden könnte, wurde auf Nachfrage beim Bauamt von Frau Stillmann kategorisch verneint und damit zerstört.

Die Beweislast lag weiterhin zentnerschwer auf unseren Schultern. Erschwerend hinzu kam eine zwar vorerst nur mündlich, aber damit dennoch existente behördliche Frist von zwei Monaten, die uns zugestanden wurde, bevor erster Zwangsvollzug von Seiten des Bauamtes drohte.

Vier Wochen verstrichen, ohne dass uns trotz „allergrößter Anstrengungen von Amtsseite", wie ein Sachbearbeiter bekundete, verwertbares Material zugesandt wurde.

Eines Abends starrte ich angefüllt mit fünf Renni, die mittlerweile in Teamarbeit täglich meinen Magen aufräumten, entkräftet von Verlustängsten um Haus und Hof und nach fünfzig weiteren Marco Brühls in meinem Auto auf die Grundrisse unseres Hauses, in die ich vor einer gefühlten Ewigkeit liebevoll, maßstabsgetreu und voller Vorfreude mit Buntstiften Möbel, Yucca Palmen und Hundekörbchen gemalt hatte. Es gab eine dicke Sammlung von Karoblättern mit verschiedensten Einrichtungsvarianten und unterschiedlichster Platzierung der Zimmerwände, die ihrer tragenden Funktion je nach kreativen Anwandlungen meinerseits mal nachkamen und mal nicht.

Während meiner Betrachtungen und dem Schwelgen in Erinnerungen an meine Wohnträume stellte ich mir die Frage, woher ich die Außenmaße unseres Hauses genommen hatte.

Es war immer exakt dieselbe Anzahl von Vierecken an der kurzen und an der langen Seite. Immer waren es zwanzig mal vierzig Karos, zehn Meter mal zwanzig Meter. Woher hatte ich diese Abmessungen?

Ich war mir sicher das Gebäude nicht abgeschritten oder vermessen zu haben, also öffnete ich einen unserer Aktenschränke. In dem ersten der mittlerweile fünf Hausordner befand sich das Exposé des Maklers, der damals im Auftrag des Erben das Haus über seine Homepage angeboten hatte. Auf einem weißen Blatt waren die Grundrisse der Gebäude mitsamt ihrer Außenmaße, sowie das Dach mit den beidseitigen Gauben aufgezeichnet. In Sütterlin stand mal Garten, Ortsstrasse oder Hof auf dem Papier. Die Überschrift am oberen Rand des Blattes war unleserlich, da beim Kopieren der Originalseite die Buchstaben und Ziffern geköpft bis halbiert wurden. Ich konnte mir trotz aller phantasievollen Assoziationen keinen Reim auf einen halbwegs einleuchtenden Ursprung der Zeichnung machen und beschloss daher den Makler zu kontaktieren und um Hilfe zu bitten.

Am nächsten Morgen wählte ich mit zittrigen Fingern die Telefonnummer des Immobilienbüros und bat eine Mitarbeiterin, mich zu ihrem Chef durchzustellen. Der Herr Ohlrogge sei, wie ich erfuhr, leider auf Geschäftsreise. Sie würde ihm aber ausrichten, dass er sich bei mir melden möge. Was er leider nicht tat, wahrscheinlich weil ich auf die Frage der Mitarbeiterin, an welchem Objekt genau ich denn Interesse hätte, geantwortet hatte, an keinem neuen, bräuchte aber eine Auskunft zu den Unterlagen meines Hofes, den ich 2009 erstanden hätte.

„Ach so", sagte die Dame am anderen Ende der Leitung derart resigniert, dass ich mir schon in diesem Moment sicher war, keine Hilfe zu bekommen. Denn letztendlich war es jene personifizierte Enttäuschung, die die Unterlagen ohne Hoffnung auf Provision hätte raussuchen müssen.

Eine Woche später rief Ohlrogges rechte Hand doch bei mir an.

„Mein Chef sagt, sie sollten am besten den Erben Herrn Ronstedt fragen. Alle Unterlagen im Exposé sind von ihm geliefert worden."

Ich versuchte daraufhin die ganze Woche lang Ronstedt zu erreichen. Nach siebentägiger Misserfolgsbilanz bat ich seine entnervte Frau, ein letztes Mal ihm auszurichten, dass ich ihn sprechen wolle. Wie zu erwarten, hoffte ich vergebens. Er hatte keinerlei Motivation, sich mit mir in Verbindung zu setzen.

Zu unserer großen Freude aber meldete sich Gesine Mommsen bei uns, um sich nach möglichen Fortschritten unserer Recherchen zu erkundigen. Ich hörte wie René mit ihr telefonierte und schon für den nächsten Tag zu einem gemeinsamen Treffen bei ihr zu Hause eingeladen wurde. Sie sei nur noch zur Einarbeitung ihrer Nachfolgerin im Archiv und wolle daher unsere Angelegenheit privat betreuen.

Am Abend des Folgetages brannte ich auf Renés Rückkehr. Er berichtete, dass zu Beginn seiner Verabredung ein kurzer Blick des Fräuleins auf die Zeichnung mit den Grundrissen und der Sütterlin-Beschriftung gereicht hatte, um die Herkunft und Zugehörigkeit der Unterlage zu identifizieren.

Nach Mommsens postwendender Feststellung, dass dies ein Dokument der Landesbrandversicherungsanstalt mitsamt der Gebäudeversicherungsnummer sei, wäre sie ihrem eigentlichen Vergnügen des Nachmittags nachgegangen und hatte René mit selbstgemachten Ingwerpralinen gefüttert.

Der derart mit gesättigten und ungesättigten Fettsäuren Verfüllte lieh sich drei Magendrops von mir und schüttete sie hastig mit zwei Schlucken Wasser hinunter. Ich erfuhr von René, dass es jene Landesbrandversicherungsanstalt, die mir die Grundrisse für meine Puppenstubenzeichnungen geliefert hatte, erwartungsgemäß nicht mehr gab. Es gab aber etwas möglicherweise Gleichwertiges, wie wir nach einigem Nachdenken zu erinnern begannen.

In Renés Dunst- und Freundeskreis existierte seit fast zwei Jahrzehnten ein kauziger Bekannter, den er liebevoll als seinen Patenonkel bezeichnete. Ullrich Zimmermann, genannt Ulli lebte am Tegernsee und war in den ersten Jahren nach dem Mauerfall, während Renés Lehrzeit in der Hotellerie und Gastronomie, Hotel Mutti und Vaterfigur in einem. Der offizielle „Patenonkel" war er, weil Ulli den Taufpaten mimte, als René vom Sozialismus zum Katholizismus konvertierte. Unter meinem Einfluss entwickelte René sich dann noch ein wenig weiter und wechselte dem Diktat des sich entwickelnden Verstandes folgend nochmals die Weltanschauung, diesmal vom Katholizismus zum Atheismus. Ein Umstand, den der freigeistige Ulli seinem Patensohn in keinster Weise übel nahm, solange dieser bei den gemeinsamen Zusammenkünften seiner Fürsorgepflicht ihm gegenüber nachkam und dem Onkelchen am frühen Abend in filigraner Handarbeit seine Tüten drehte und ihm zu fortgeschrittener Stunde den „Lifti" machte, was bedeutete, dass René ihn die Treppe nach oben ins Dachgeschoss trug, um Ullis verbleibende fünfundvierzig Kilo Lebendgewicht ins Bett zu bringen.

Dies konnte die sterbenskranke Frohnatur in den letzten Lebensjahren nach seiner Krebsdiagnose ab dem zweiten Weizenbier nicht mehr eigenhändig, weshalb René seinen geliebten Wahlverwandten und einzigen Freund gern und aufopferungsvoll paleativmedizinisch umhegte und pflegte. Das Ausmaß an Vergnügen, das Ulli René bereitet hatte, als er ihn in die erheiternden Abgründe und die kurzweilige Oberflächlichkeit der Tegernseer Gesellschaft mitsamt seiner Doppelmoral und den spießigen Bordellen entführte, war selbstverständlich ungleich größer und unerreichbarer, als es René über seine Tütenproduktion zurück zu schenken vermochte. Aber das war nicht wichtig. Wichtig war das gemeinsam Erlebte, das unauslöschlich in beider Herzen frohlockte. Jene Erinnerungen an die nächtens auf der Alm gegrölten Partygesänge und die stundenlangen Gespräche in den schweren und federleichten Momenten des Daseins über unser kurzes, schmerzhaftes, wie beglückendes Intermezzo auf Erden.

Die achthundert Kilometer, die seit einigen Jahren zwischen beiden Männern lagen, reduzierten zwangsläufig die Anzahl der Treffen zwischen René und seinem alten Freund Ulli. Auch hatte es eine vierjährige vollständige Funkstille in ihrer Beziehung gegeben, welche meiner Einschätzung nach eher von René denn von Ulli eingeläutet wurde. Zwar war es der Freund, jener ausgebuffte Versicherungsfuzzi, der er sein halbes Leben war und als der er erfolgreich und komfortabel sein Leben bestritt, der „das Patenkind" beim Verkauf eines Minis geringfügig über den Tisch gezogen hatte, aber an Renés Stelle hätte ich diesen Umstand vermutlich als Berufskrankheit des „Schmutzbuckels" abgetan. Ohne diese grenzwertige Seite des Ullrich Zimmermann wäre auch der Spaßfaktor im Zusammensein mit ihm kaum erwähnenswert spürbar gewesen. „No risk, no fun" war sein Motto, und ein wenig musste man wohl zahlen für das Vergnügen, das man mit einem netten Hallodri wie ihm haben konnte.

René nun konnte Ullis kleine Schweinereien leider nicht als solche abhaken und weiterhin mit dem Onkel um die Häuser ziehen. Er negierte stattdessen seinen Freund für einige Jahre grundsätzlich aus seinem Leben. Als ich René kennenlernte, sah ich noch keine Veranlassung, diese radikalen Schnitte im Verhältnis zu Menschen in Frage zu stellen. Je häufiger ich jedoch diese Übergänge erlebte, umso fragwürdiger erschienen mir Renés abrupte Brüche mit diversen Personen in unserem Umfeld.

Oft reichten eine kleine Unzuverlässigkeit oder Anflüge von Inkompetenz, die René veranlassten, Handwerkern, Tanten, Cousins oder alten Schulfreundinnen den Rücken zu kehren und sie zu Unpersonen zu erklären.

Die Funkstille konnte ewig währen, wenn nicht die Unperson es schaffte, einen überzeugenden Schritt auf ihn zu zugehen. Da viele der Abgelegten dies nicht wollten oder es schlichtweg nicht schafften, Renés Anforderungsprofil gerecht zu werden, wuchs unsere eigene Ausgrenzung zusehends. Renés Maßstab, Intelligenz, Fachwissen, Zuverlässigkeit und Loyalität sein Gegenüber betreffend, lag unermesslich hoch.

Meine Kritik dahingehend an ihm führte lange zu keiner Veränderung in seinem Verhalten. Es wirkte wie eine Zwangshandlung auf mich, wenn ich beobachtete, wie er augenscheinlich einem Befreiungsschlag gleich, Eigenschaften, die er nicht ertrug, in Form der Menschen, die sie an den Tag legten, aus seinem Leben eliminierte. Auf Menschen einwirken, sie verändern, war lange keine Option, die in Renés Denken vorkam.

Die Bewertung meiner Person im Verhältnis zu seinem nach außen eingeforderten Menschenbild stand ich lange vor einem beunruhigenden Rätsel. Ich selbst war unordentlich, handelte oft intuitiv, war gern mal undiszipliniert, schob Probleme vor mir her, stellte Bilder vor feuchte Stellen in der Wand, verschob gern auf morgen, was ich heute könnt besorgen, war oft unbeherrscht, konnte keine Reifen wechseln oder war einfach zu bequem, mein Wischwasser zu kontrollieren, müllte mein Auto zu und nannte es lakonisch „Nehlsen", war nur dahingehend multitaskingfähig, als ich mehr Fehler als der Durchschnittsmensch auf einmal machen konnte usw. Alles Attribute, die andere Menschen in Renés Nähe längst mehrfach die Existenzberechtigung hätte kosten können.

Ich war die einzige, mit der er trotz meiner prallen Unvollkommenheit, mit Lernschwächen in Physik und Chemie sowie keinerlei Kenntnissen im Bierbrauen, leben konnte und wollte. Was hatte ich, das die anderen nicht hatten?

Solange der Grund mir unerschlossen blieb, währte auch die Sorge, dass der vergessene Silberlöffel im Kochtopf oder nicht aufgefülltes Klopapier eines Tages die plötzliche Verbannung aus der Lebensgemeinschaft für mich hätten bedeuten können. Aber nichts dergleichen geschah. Ich durfte nach einigen putztechnischen Nachhilfestunden und Bügelseminaren sowie einem bestandenen Multiple Choice Test über die Funktionsweise des Trabbimotors bleiben wie ich war und ihm darüber hinaus mit meiner unerschöpflichen Lust auf Kritik an allem und fast jedem die Abende versauen oder je nach Perspektive bereichern und so seine Lebensfähigkeit steigern.

Irgendwann hatte ich die Ahnung eines Erklärungsansatzes von Renés Verbannungswut anderen Menschen gegenüber, ein Ansatz, der seine Auflösung nicht nur in Renés Streben nach Perfektion fand. Ich hegte die Vermutung, dass mein ambivalentes „Scheißerchen" es sich gerade bei privaten Kontakten angewöhnt hatte, offensiv davonzulaufen. Er floh befeuert durch Verlustängste vor menschlichen Enttäuschungen, indem er vielen Wesen allzu schnell den Rücken kehrte. Diese Flucht hatte irgendwann einmal mit sieben Jahren im Wohnzimmer seiner Eltern begonnen und in dem der Großeltern im Alter von 13 Jahren seinen vorläufigen Höhepunkt gefunden. Es dauerte Jahre, ihn zu stoppen oder besser die Flucht zu verlangsamen. Ulli und ich konnten ihm wohl ein wenig helfen und ihn, wenn auch nur sehr langsam, so doch behutsam ein klein wenig einbremsen.

Wir, Ulli und ich, waren beide Facetten menschlicher Erscheinung für ihn. Irgendwie besonders gut in Dingen, die

René nicht konnte, aber natürlich auch verabscheuenswert im Hinblick auf vieles, was für René als „no go" galt. Leider oder glücklicherweise für ihn und uns mochte er uns einen Hauch mehr als andere Menschen. Zudem gelang es uns, ihm das Urvertrauen zu geben, dass unsere Zuneigung zu ihm unerschütterlich war, weshalb es keine Veranlassung gab, uns als Ersteren den Laufpass aus seinem Leben zu geben. Es gab diese Reihenfolge nicht, denn wir hätten ihn nie verlassen.

Dass es ihm auch bei Ulli nicht gelungen war, sich von ihm loszusagen, sollte jetzt nochmals unser Glück sein.

Der eingefleischte Versicherungsmakler mit den genetisch konservierten Erfahrungswerten seiner Familiendynastie und Kontakten innerhalb eines Netzwerks über den halben Globus versprach René als letzte Tat seines erfüllten Sünderlebens, die Daten der Landesbrandversicherungsanstalt für uns zu besorgen.

„Ich fahre hin", stellte René nach dem Telefonat mit Ulli fest und begann seine Tasche zu packen. „Ich glaube er lebt nicht mehr lang."

Dieser Satz erübrigte weitere Nachfragen und Kommentare von meiner Seite.

Nach einer Woche kehrte René wieder Heim.

„Es war gut, dass ich da war. Ich konnte mich von ihm verabschieden."

„Was? Er lebte doch gestern Abend noch, als ich dich anrief."

„Ja. Er lebt auch noch. Aber ich schätze maximal noch einige Tage. Er schaffte keinen seiner geliebten Joints mehr ganz und schlief ständig während unserer Gespräche ein. Ich soll dich ganz herzlich von ihm grüßen. Er sagt, du musst jetzt allein auf mich aufpassen, aber er hätte dir ja ein paar gute Betreuungstipps geben können. Ruf ihn besser nicht mehr an, ich habe ihm ein Bussi von dir gegeben. Er bekommt nicht mehr viel mit."

René zog die gerahmte Radierung eines Pferdekopfes aus seiner Tasche.

„Ein kleines Geschenk von ihm für dich. Ich hab den Namen des Künstlers vergessen. Hab ihn mir aber aufgeschrieben."

Ich hielt das Portrait des Kaltblüters in den Händen und streichelte es vorsichtig.

Es machte mich traurig, dass der liebe Kerl uns bald verlassen würde.

René holte noch etwas aus seinem Reisegepäck. Er legte eine DIN-A4 Mappe auf den Tisch.

„Da sind unsere Gauben drin. Ulli hat mit einem unglaublichen, zwischendurch noch auflodernden Ehrgeiz den armen Marco, seinen ehemaligen Angestellten, also den jungen Mann, der seine Agentur übernommen hat, dermaßen in unserer Angelegenheit eingespannt und gescheucht, dass das Ergebnis gestern auf dem Tisch lag.

Die Landesbrandversicherungsanstalt gibt es natürlich nicht mehr, aber Marco hat die Nachfolgeinstitutionen recherchiert und dann den Kontakt aufgenommen. Für was der sich alles ausgegeben hat und wie der lügen konnte, ohne rot zu werden, um an die Unterlagen zu kommen, chapeau. Ein Vollprofi aus Ullis alter Schule. Ich bin schwer beeindruckt und unglaublich erleichtert."

„Also wir haben den Beleg, dass die Gauben bereits vor dreißig Jahren existiert haben?"

„Ja, haben wir. Die Folgeversicherung hat die Dachkonstruktion gemäß ihren Unterlagen mit 1928 datiert. Ein Umstand, der uns den Bestandsschutz sichern müsste. Marco hat uns das Material schon so schön aufgearbeitet und kommentiert, dass wir es am Montag mitsamt unserem vorbereiteten Bauantrag fürs Haupthaus nur noch in Verden abgeben müssen."

Es war Anfang Dezember im Jahr 2011 als wir gegen 11h30 das Gebäude des Landkreises Verden betraten und unseren ersten Bauantrag persönlich beim Leiter des Bauamtes Herrn König im ersten Stock Zimmer 2100 abzugeben versuchten.

„Der Herr Amtsleiter hat einen Termin außer Haus und wird sich danach zu Tisch begeben, aber ich nehme den Antrag gern entgegen", erfuhren wir von des Königs Vorzimmerzofe Frau Knapp-Langhans. Wir baten die Getreue, die die Geräusche aus dem Zimmer ihres Chefs beflissentlich mit ihrer Stimme zu übertönen suchte, um eine Empfangsbestätigung unserer Unterlagen. Frau Knapp-Langhans beeilte sich, unserem Anliegen nachzukommen.

Dreißig Sekunden später verließen wir das Büro. Noch während René die Quittung zusammenfaltete, um sie in seiner Tasche zu verstauen, murmelte ich wenig euphorisch:

„So froh ich bin, dass wir im ersten Akt dieses Dramas sehr wahrscheinlich das Wohnhaus gerettet haben, so sehr graut mir davor, dass der zweite Akt in die Hose gehen könnte. Ein Wohnhaus am Arsch der Welt ohne Stallungen für Pferde und Hunde ist nicht das, wovon ich immer geträumt habe, ganz im Gegenteil. Da hätten wir uns auch in Bremen weiter von den Nachbarn dort terrorisieren lassen können. Das wäre zwar nervlich genauso bedenklich, aber finanziell nicht auch noch derart ruinös für mich verlaufen, wie unser Ausflug aufs Land."

„Ja, weiß ich doch auch alles. Finanziell noch nachteiliger allerdings, und das solltest du nicht vergessen, wäre eine Auflösung der Misere mit einer ein Hektar großen Weide am Arsch der Welt und als einzigem Gebäude darauf unsere 70er Jahre Doppelgarage. Also Arschbacken zusammenkneifen, dann kommt jetzt eben die Kür. Starten wir die Aktion „Sweet Home for Paul" mit einem kleinen Glühwein auf dem Weihnachtsmarkt?"

„Das ist eine sehr gute Idee."

Als die ersten Schlucke aus den warmen Bechern uns den Magen wohlig wärmten und ein dezentes Entspannungsgefühl meinen Körper durchströmte, sagte René leise:

„Kleines Adieu von Ulli. Ich habe gestern Morgen mit ihm gesprochen. Er sagte, er schafft es nicht mehr lange und möchte einschlafen. Das hat er abends getan. Er war noch sehr glücklich, dass er uns helfen konnte."

Die von René benannte „Kür" bezeichnete nichts Geringeres als die Rettung der Nebengebäude, deren Existenzberechtigung, unter Aussparung der schon erwähnten, potthässlichen 70er Jahre Garage mit Alu-Kipptoren von behördlicher Seite in Frage gestellt wurde. Ob es bei der Kür mit ein paar Drehungen auf dem brüchigen Eis getan sein sollte oder wir um den doppelten Rittberger nicht herumkommen würden, wussten wir zum damaligen Zeitpunkt noch nicht. Wir hofften auf erhellende Informationen im Zuge einer Amts-Audienz beim allmächtigen Herrn König am Dienstag der Folgewoche.

„Obwohl der Herr König so kurz vor Weihnachten ja eigentlich gar keine Termine mehr einzuräumen in der Lage ist", betonte Frau Knapp-Langhans mit Inbrunst, vermutlich um die Wertschätzung eines jeden Bittstellenden auf einem hohen Niveau vorzuglühen.

Das Gespräch, zu dem auch Frau Stillmann anwesend war, verlief in beunruhigend unterkühlter Atmosphäre von Seiten der Amtsträger.

Der Hauptredner Bauamtsleiter König referierte in ernstem Ton über den anscheinend nicht unbedeutenden § 35 des deutschen Baugesetzbuches, nach welchem Bauvorhaben wie das unsere, also im Außenbereich, nur dann eine reelle Chance auf Genehmigung haben, wenn sie einer Privilegierung zuzuordnen wären.

René wagte, ohne genau zu wissen, ob dies dienlich sein könnte, den Einwand, dass unser Grundstück sich hinter dem Ortseingangsschild befände und damit doch Innerorts, also Innen- und nicht Außenbereich sein müsste.

„Da irren sie, guter Mann", war die knappe Königliche Antwort.

Der Innenbereich, so viel wussten wir bereits, war für private Bauvorhaben weitaus geschmeidiger zu händeln als der schwer antastbare, von potenziellen Bauherren und -damen gefürchtete Außenbereich. Nur sehr wenige Menschen im Lande erfüllten die Kriterien für die zwei Arten von Außenbereichsvorhaben, wie sie in unserem Baugesetz festgeschrieben waren. Das eine waren die sogenannten „sonstige Vorhaben", welche wir nach der Vorlesung Königs, die eher wie eine einzige, groß angelegte Beschimpfung klang, „sowieso vergessen" konnten. Wir glaubten dies vorerst mal ungeprüft und konzentrierten uns auf die andere und anscheinend einzige Möglichkeit, nämlich die der sogenannten Privilegierung, die wir „vielleicht, aber wahrscheinlich eher nicht" nach Einschätzung des Amtsleiters hatten.

Wer oder was waren diese Privilegierten, die im „vor Zersiedelung zu schützenden Außenbereich" bauen durften und die nur eine Feindgruppierung hatten, die sie stoppen konnte, nämlich die der „öffentlichen Belange"?

Wie zu erwarten, hielt die Überraschung der Auflösung sich in Grenzen. Die Privilegierten unseres geltenden Baurechts sind unter anderem unsere Land- und Forstwirte. Außerdem haben Betreiber von Gartenbaubetrieben ebenso eine Chance, wie Inhaber von Atomkraftwerken, also jene besonders Engagierten im Bereich der öffentlichen Versorgung, zu denen selbstverständlich auch Erdölförderer, Biogasproduzenten und innovative Vorreiter des Frackings zählen. Nicht chancenlos auch sind motivierte Investoren, die sich der Verklappung von Atommüll verschreiben und dem öffentlichen Belang dienend quasi den Friedhofswärter der Nation mimen.

Keiner der vom Amtsleiter aufgezählten Gruppierungen, die die zum Bauen im Außenbereich notwendige Privilegierung ihr Eigen nennen, konnte ich uns zu meinem Leidwesen weder spontan, noch nach längerem Grübeln zuordnen. Und sah auch weder über unsere Vorbildung, Gesinnung oder unser Bankguthaben die notwendige Eintrittskarte in eine der Kasten gegeben.

Ein wahrscheinlich bewusst dahingenuschelter Satz des Amtsleiters ließ mich hoffnungsschwanger aufhorchen und verfolgte mich auch nach unserem Besuch in der Kammer des Schreckens mit der Nummer 2300 an der Tür. König hatte etwas davon gesagt, dass die Gemeinde weitere Erleichterungen für die besonders schwer zu realisierenden „sonstigen Vorhaben" bestimmen könne. Ich nahm mir vor, dieser Aussage weiter auf den Grund zu gehen und mich selbst kundig zu machen, respektive uns dabei helfen zu lassen.

Gedankenversunken, wie ich in diesem Moment war, öffnete ich die Tür meiner metallic dunkelanthrazitfarbenen Limousine ein wenig zu weit in Richtung Fahrradweg. Ein herannahender, in Neoprenanzug aufgetunter Rennradfahrer mit Bierbäuchlein, den ich zu einem leichten Ausweichmanöver nötigte, beschimpfte mich daraufhin auf das Heftigste:

„Verdammt nochmal. Pass doch auf, du privilegierte Schnöseltante."

Von wegen privilegiert, schön wär's, dachte ich nur und stieg in den Wagen.

Auf der Heimfahrt kam mir eine weitere Frage in den Sinn. Ich wollte von René wissen, ob ich es richtig verstanden hätte, dass Tiere irgendwie als Option zum Bauen gingen, vorausgesetzt die Landwirtschaftskammer würde einem professionellen, auf Gewinnerwirtschaftung ausgerichteten Betriebskonzept mit qualifiziertem Betriebsleiter zustimmen.

„Ja, ich weiß worauf du hinaus willst. Pferdezucht müsste funktionieren, wenn wir einen Pferdewirt mit der fachlichen Eignung an der Hand hätten."

Ich wälzte den Gedanken wenige Momente.

„Ja, vielleicht. So ein kleiner Zuchtbetrieb mit ein oder zwei Stuten. Wir bräuchten allerdings mehr Land für die Tiere. Ich weiß nicht, ob wir das in diesem Feindesland bekommen und in einer totalen Minivariante ginge das über den Hobbystatus nicht hinaus. Das reicht dann nicht für eine Baugenehmigung."

„Wahrscheinlich hast du Recht. Aber vielleicht gibt es eine Möglichkeit, dass die Gemeinde uns hilft. Wir sollten schnellstens einen Termin beim Bürgermeister machen. Wenn ich den König richtig verstanden habe, gibt es auch sowas wie Umwidmungen von Gebieten und besonderes Interesse der Gemeinde an diesen sogenannten „sonstigen Vorhaben". Das bezeichnet man glaube ich als „begünstigte Vorhaben" oder so. Aber das alles für uns zu sortieren, brauchen wir professionelle Hilfe."

„Das sehe ich auch so. Mir geht genau dieser Punkt auch nicht aus dem Kopf und deshalb rufe ich vor dem Bürgermeister in unserer Anwaltskanzlei an und frage mal nach, ob die einen Juristen mit Schwerpunkt Baurecht haben. Einen Termin bei der Landwirtschaftskammer sollten wir aber außerdem auch noch machen." Ich fingerte mein Handy aus der Jackentasche.

In unserer Großkanzlei mit den fünfundzwanzig Fachanwälten waren, wie ich in der Zentrale erfuhr, seit zwei Minuten leider fast alle zu Tisch. Auf die Mediatorin für Familienangelegenheiten, also Beziehungs- und Rudelstreitereien, die man mir anbieten konnte, verzichtete ich dankend und zog es vor, zu einem späteren Zeitpunkt erneut anzurufen. Um 12h03 ging mein nächster Anruf im Thedinghauser Rathaus ein. Wie zu erwarten war die Sprechzeit dort seit drei Minuten abgelaufen. Bei der Landwirtschaftskammer erging es mir ebenso.

Da ich zwei Stunden zum „zu Tisch sein" für mehr als ausreichend befand, rief ich Punkt 14h00 erneut in der Anwaltskanzlei an. Ich wurde bei Nennung meines Namens automatisch und ohne Gelegenheit zum Einspruch mit dem Vorzimmer meines Arbeitsrechtlers verbunden. Von dort vernahm ich die mir vertraute Stimme der mal wieder „hochschwangeren" Fräulein Prünte, welche mir mitteilte, dass Herr Dr. Schultzig zu Tisch sei. Das Telefonat wurde durch ein Würgen, das nicht mir entfleuchte, vorübergehend unterbrochen.

Fräulein Prünte, geborene Löffler, die nach der Scheidung den Namen ihres Ex behalten wollte, bestand trotz umfangreicher beziehungstechnischer Vorgeschichte auf ihren Titel als Fräulein. Vermutlich weil sie das Gefühl hatte, dieser Umstand würde sie stärker verjüngen, als jede teure Faltencreme von Vischyvaschy, Doov oder, wie sie alle heißen. Die pseudo junggebliebene Enddreißigerin entschuldigte sich formal für die unangenehme Beschallung, die mir aus den Tiefen ihres Körpers zuteil wurde und schob unaufgefordert hinterher, dass sie sich ganz gut über die dritte Woche geschleppt habe, aber die vierte sich als Hölle entpuppen würde.

Da Schwangere nach meinem Ermessen nicht unter Naturschutz standen und ich keinerlei Interesse am Austausch über die Befindlichkeiten speziell dieser werdenden Mutter hatte, unterbrach ich Frau Prünte mit einem energischen „Schon gut, ich wollte eigentlich sowieso nichts von Dr. Schultzig". Von meinem Vorhaben mich von ihr weiter verbinden zu lassen, nahm ich Abstand und beendete das Gespräch schnellstmöglich.

„René, kannst du nochmal in der Kanzlei anrufen. Ich ertrage diese Prünte nicht mehr, werde aber immer sofort an sie weitergeleitet, wenn ich meinen Namen nenne. Sie ist schon wieder schwanger. Ich glaube das vierte Mal in diesem Jahr."

„Bitte? Die Arme. So viele Fehlgeburten?"

„Nein. Scheinschwangerschaften. Aber sehr überzeugende. Und auch immer Risikoschwangerschaften. Hat sie mir selbst erzählt."

Vierundzwanzig Stunden später hatten wir für die folgenden zwei Wochen drei Termine mehr. Der erste Termin fand bei einem Fachanwalt für Baurecht im Hause unserer Stammkanzlei statt.

In uns bekannter Advokaten-Manier leierte auch Dr. Drieling beim ersten Zusammentreffen zunächst einmal seine Preisliste herunter. Ein Ritual, das uns im geübten Umgang mit Anwälten nicht fremd, aber immer wieder befremdlich war. In meiner derzeitigen finanziellen Situation gemäß meinem subjektiven Empfinden sogar bedrohlich und extrem beängstigend.

Die Tarife ab 200 € pro Stunde aufwärts lösten unter besagten Umständen bei mir eine ähnliche körperliche Reaktion aus wie bei der Prünte, jene von ihrem verlogenen Körper vorgetäuschten „anderen Umstände".

Dr. Drieling schien an den Anblick eines sich gelbgrünlila verfärbenden Antlitzes gewöhnt zu sein. Unbeeindruckt und ohne teure Schweigepause fuhr er fort von seiner Preistabelle auf die eigentliche Thematik zu schwenken.

So beglückt ich gerade noch über den kostensparenden, ununterbrochenen Redefluss des Advokaten war, so sehr entsetzte es mich, als Dr. Drieling sich nach fünf Minuten routinierter, fast gesungener Einleitung und meiner Unterschrift unter dem Beratungsvertrag plötzlich als nahezu berufsunfähiger Stotterer entlarvte.

„Nnnnnnnnnnnnun, wwwwwwwol wwwwwwwol wol wol wollen wwwwwww wwwwwwww wwwwir uuuuuuuuns dddddd dddddd dddddd dem BBBBBBBBBBBBBBB BBBBB Ba Ba Ba Ba BaugesBauges Bauges ges ges ges gesetz zzzzzzzz zzzzzzz zu zu zu zu zuwwww en en en en den."

Ich kam mir irgendwie betrogen vor. Bis Drieling, der ja eigentlich promovierter Redenschwinger war, im nun improvisierten Teil seines Vortrages über das Baugesetzbuch einen vollständigen, einfach strukturierten Satz herausgequetscht hatte, verging eine kleine Ewigkeit. Während der Stotterer den uns zur Verfügung stehenden Sauerstoff minutenlang in Schwingung brachte, ohne nennenswerte Inhalte zu produzieren, hätten René und ich theoretisch das für und wider des Schulsystems in der DDR oder die Kubakrise debattieren können. So verließen wir denn auch nach zwei zermürbenden Stunden tartarmäßigen Zerhackstückelns der Luft das Anwaltsbüro ohne wesentlichen Erkenntnisgewinn, aber um einen halben Tausender ärmer. Uns war nun zumindest eines bewusst, nämlich die traurige Tatsache, dass wir uns das notwendige Wissen für den Kampf um unser Haus selbsttätig aneignen mussten. Es war insofern ein wenig beruhigend für uns, das Lernen gelernt zu haben und in Zeiten des Internet zu leben.

Als wir gegen zwanzig Uhr zu Hause eintrafen und René sich zunächst beeilte, unsere ausgehungerten Hunde im Hof zu füttern, spürte ich im Hineingehen, wie Hilde aus ihrer Terrassentür huschte und das Gespräch mit René unaufgefordert einzuläuten begann. Ich bemühte mich vergebens das Gesagte zu verstehen.

„Was wollte sie jetzt wieder? Sie lauert dir ja mittlerweile jeden Abend auf."

René, der gerade die Küche betrat, schaute mich ratlos an.

„Ich bin mir nicht schlüssig. Sie fragt immer nach, ob wir schon eine Ahnung hätten, wer uns angezeigt haben könnte und tut so, als würde sie uns helfen wollen."

„Hallo? Wer, außer dieser zwei Nachbarn um uns herum sollte uns denn angezeigt haben? Immer diese platte Heuchelei. Sie stand doch im Juli mit offenem Mund neben ihrer Wäschespinne und fragte ganz irritiert, wozu wir denn die neue Mistplatte brauchen. Als Landwirtstochter schickt man seine

Viecher schließlich aufs Gäste-Klo. Nur rücksichtslose Proleten wie wir bauen einen Misthaufen fürs Pferd. Jenes Pferd oder das eine oder andere mehr, auf das sie sich ja mal so gefreut hatte. Die „entzückenden Geschöpfe", weißt du noch? Aber da ging sie auch noch davon aus, dass die das Wasserklosett im Haus benutzen würden. Kurz nachdem sie das mit den Pferdeäpfeln in der Nähe ihrer Feinrippdessous realisiert hatte, ließ doch die Anzeige nicht mehr lange auf sich warten. So ganz ohne Motiv ist sie selber auch nicht. Und nicht zu merken, wenn der eigene Mann so etwas macht oder es gemeinsam mit dem anderen Nachbarn plant, das glaube ich nicht. "

„Sie tut zumindest so, als wären ihr Mann und sie sich nicht ganz grün, was uns angeht."

„So guter Bulle, böser Bulle mäßig, oder wie?

„Ja genau."

„Also nach Amithriller-Manier aufgepimpte Stasi-Methodik. Auf den Alten und seinen Nachbarfreund schimpfen und darüber rausfinden, wie der Stand der Dinge bei uns ist und was wir vorhaben. Lass mich mal raten. Wahrscheinlich schickt sie uns zum Bürgermeister und sagt, sie legt großmütig, wie sie ist, vorher bei ihrem alten Sandkastenfreund ein gutes Wort für uns ein."

„Bingo. Hast du das jetzt geraten?"

„Kombiniert."

„Stimmt bis auf den Sandkasten. Sie sind zusammen zur Schule gegangen."

„Na super. Dann wissen wir ja vor dem Gespräch schon, dass wir es uns eigentlich sparen könnten."

„Ich hoffe, dass die nicht alle unter einer Decke stecken. Wir werden es merken."

„Der Tag, an dem das alles überstanden ist, wird kommen und dann möchte ich Akteneinsicht."

„Ja, ich auch, aber erst, wenn alles vorbei ist, Schnegge. Bitte."

„Jaha. Aber wenn wir das hier gewuppt haben, dann wird das mein erster Gang."

„Unser."

„Unser. Und Merle und Aron kommen mit. Das macht mehr her. Und weißt du, was ich zwischenzeitlich noch mache? Ich hänge die türkische Nationalflagge in unser größtes Fenster Richtung Straße und schreibe drunter: Hier entsteht ein türkisch-muslimisches Begegnungszentrum."

Zwei Tage später betraten wir am frühen Nachmittag das Thedinghauser Rathaus. Der muffige 70er Jahre Charme des Interieurs war in diesem Fall wenig anheimelnd, obwohl der Geruch von Bohnerwachs und Linoleum in mir normalerweise ein Gefühl von Urvertrauen zu wecken in der Lage waren.

Wir wurden Punkt vierzehn Uhr in das Büro des Bürgermeisters Schrader gebeten. Selbiger, seines Zeichens hager, spitzbärtig und ergraut erwartete uns bereits. Die Begrüßung mit schmerzhaftem Händedruck und ohne Frage nach Getränkewünschen verlief erwartungsgemäß unterkühlt. Schrader stellte uns seinen Mitarbeiter Striesow, den Bauamtsleiter der Samtgemeinde Thedinghausen vor. Der androgyne, unscheinbare Amtsleiter saß bereits an einem Tisch mit vier Stühlen, an dem auch wir mit einer spröden Geste angewiesen wurden, Platz zu nehmen.

Schrader schaute einige Sekunden regungslos auf eine unbeschriftete Mappe vor sich auf dem Tisch. Blickte dann abrupt auf, allerdings ins Leere und nicht in unsere Augen und begann tonlos zu referieren.

„Tja, was meinen sie denn nun, das wir für sie tun könnten? Sie waren ja bereits bei Herrn König vom Landkreis Verden und wurden, wie ich vermute, ausgiebig über den Sachstand ihrer

Situation informiert. Sie wissen, was es heißt, im Außenbereich bauen zu wollen und dass das ohne Privilegierung fast unmöglich ist. Herr Striesow könnte ihnen die Rechtslage diesbezüglich gern noch mal im Detail darstellen, falls erwünscht."

Ich ergriff zaghaft das Wort.

„Herr Schrader, erst einmal möchten wir uns bedanken, dass sie und Herr Striesow sich Zeit für uns nehmen. Wir haben schon einiges bezüglich der Problematik unserer Situation erfahren und vieles davon denke ich auch begriffen. Von daher hoffen wir gemeinsam mit ihnen Lösungsansätze alternativ zur Privilegierung besprechen zu können?"

„Und was für Ansätze sollten das sein?"

„Wir hatten da auf ihr Wissen und ihre Erfahrung als langjähriger Bürgermeister gesetzt. Kann man vielleicht Nutzungsvorgaben für Bereiche verändern? Kann man umwidmen? Und wenn ja, wie? Aber vorab eine noch ganz andere Frage, können wir unser noch stehendes altes Stallgebäude und die Garage zumindest von innen für Pferdehaltung umbauen und so ohne Veränderung der Hülle Boxen einbauen?"

Ich hatte mir vorgenommen, diese Frage zu meiner persönlichen Beruhigung zu stellen. Einer positiven Antwort stand nach meinem Ermessen nichts im Wege. Ich brauchte diese tröstliche Bestätigung lediglich für meine Seele und meinen temporären Frieden mit dem Projekt.

„Ich merke an den Begrifflichkeiten, dass sie sich schon erkundigt haben. Zunächst zur letzten Frage. Boxen können sie in das vorhandene Gebäude setzen. Nur dürfen sie keine Pferde hineinstellen. Private Pferdehaltung im Außenbereich ist nicht möglich. Es ist Privatpersonen im Außenbereich grundsätzlich untersagt, Pferde zu halten. Ich kenne den klassischen Einwand, das machen doch so viele. Diese Vielen machen es ungestört, weil sich keiner daran stört. In ihrem Fall müssen sie selbst entscheiden, ob es realistisch ist, dass sich keiner daran stört. Ich an ihrer Stelle würde es lassen."

Die Unmöglichkeit der Pferdehaltung im Außenbereich war mir so neu, wie sie mich in diesem Moment der Erkenntnis eines gänzlich neuen Zusammenhanges erschütterte. Ich hatte mich lange an dem Gedanken festgehalten, dass ich die Unterbringung von Pferden immer noch über die bislang unangetasteten Gebäude würde realisieren können. Dass dem nicht so war, ließ meinen Teint, wie üblich, mehrfach die Farbe wechseln. Dies blieb auch den nunmehr Anwesenden im Raum nicht verborgen.

Ich hatte das dezente Gefühl, dass Schrader ein leichtes Aufwärtszucken seiner Mundwinkel nicht unterdrücken konnte. Dann fuhr er regungslos fort.

„Der einzige Ansatz, der mir und Herrn Striesow in ihrem Fall überlegenswert scheint, wäre eine Umwidmung ihres Grundstückes auf die Zweckbestimmung „Wohnen und Pferd". Das geht natürlich nicht allein nur für ihren Grund. Es müssen um sie herum die zwei unmittelbaren und zwei weitere Nachbarn dahinter zustimmen. Ich halte dies für unwahrscheinlich, weil die Kosten für die Änderung des Bebauungsplanes von ihnen gemeinsam getragen werden müssten. Dies würde zwar eine Aufwertung der einzelnen Flurstücke bedeuten, schlägt im Vorfeld aber auch mit zwanzig- bis dreißigtausend Euro zu Buche. Hier bei uns in der Gemeinde müsste das Anliegen dann durch den Gemeinderat genehmigt werden. Wenn das durchginge, gäbe es eine Chance auf Realisierung ihres Vorhabens. Aber wie gesagt, ich glaube kaum, dass die Nachbarn bereit sind Geld auszugeben."

Es platzte aus mir heraus.

„Das müssen sie auch nicht, ich würde die Kosten durchaus allein tragen."

Ich spürte Renés berechtigt irritierten Blick. Wie ich das hinkriegen sollte, war mir noch nicht klar, aber ich würde Himmel und Hölle in Bewegung setzen und eine Lösung finden. Dem Bürgermeister schien die frohe Botschaft bezüglich meiner Freigiebigkeit, die letztendlich auch eine Attraktivitätssteigerung für den Ort bedeutete, keine allzu große Freude zu bereiten. Sein Blick wurde noch widerwilliger und abweisender.

„Wie sie meinen. Ich würde es so zunächst an den Hauptentscheidungsträger, Matteos Schwiegervater, den alten Overdiek, weitergeben. Er besitzt den größten Teil des betroffenen Terrains und ist damit anteilig auch der wesentliche Ansprechpartner."

Dann stand Schrader unvermittelt auf, streckte uns die Hand zum Rausschmiss entgegen und öffnete mit den entsprechend fürsorglichen Abschiedsworten die Tür.

„Sie hören von mir, wenn Herr Overdiek sich in der Sache geäußert hat. Bis dahin bitte ich sie, sich zu gedulden. Wie gesagt, wir melden uns bei ihnen. Auf Wiedersehen."

Unser Vorhaben, auch Striesow zu verabschieden, wurde von ihm selbst vereitelt, indem er während der letzten Sätze des Bürgermeisters begann, über sein Handy ein Dienstgespräch zu führen. Der gelangweilte Amtsleiter hob lediglich für Bruchteile von Sekunden die Hand zum Gruß. Dann wandte sich der kahlköpfige Mittvierziger, der ein wenig an einen quengeligen Säugling erinnerte, demonstrativ von uns ab.

Schweigend verließen wir das Gebäude.

„Also helfen wollen die uns nicht", stellte ich ernüchtert fest, während René den Wagen vom Parkplatz des Rathauses lenkte.

„Ich könnte mir aber durchaus vorstellen, dass die Nachbarn es interessant fänden, mein Angebot aufzugreifen. Für umsonst eine Wertsteigerung ihres Grund und Bodens geschenkt zu bekommen und das abzulehnen, wäre für mein Empfinden absolut irrational. Oder, was meinst du?"

„Sehe ich genauso. Für den gesunden Menschenverstand wäre das eine Offerte, die man eigentlich nicht abschlägig beantworten kann. Es geht ja auch mit keinerlei Risiko für die anderen einher. Und was ich auch noch aussichtsreich für uns finde, ist, dass nicht Matteo das betroffene Land gehört, sondern seinem Schwiegervater. Für den wäre es ein Riesenschnäppchen. Und das letzte, ausschlaggebendste Argument, nachdem Blut durchaus dicker ist als Wasser, bleibt immer noch der schnöde Mammon. Für die beiden kleinen Höfe hinter Hilde wäre der geänderte Bebauungsplan auch das Himmelreich. Nur für Hilde und Ballonhose ist die Umwidmung ziemlich egal. Die haben nur ein 800 m² großes Grundstück. Da ist nicht viel zum Verkaufen an Pferdeliebhaber. Aber wenn der Pate, also Opa Overdieck, den Plan für sein Land würde umsetzen wollen, dann müssten die mitziehen. Da bin ich mir ziemlich sicher."

„Na dann lassen wir uns mal überraschen über welchen Radius und wie viele Verwandtschaftsgrade wir die nachbarschaftliche Feindbildpflege bedienen. Eigentlich bin ich aber ganz guter Dinge, dass wir es mit unserer Baugenehmigung so hinkriegen könnten."

„Wäre zu schön. Nichts desto trotz ist morgen der Termin bei der Landwirtschaftskammer in Bremervörde. Vielleicht können wir noch einen Plan B entwerfen. Du müsstest dich morgen übrigens nicht ums Büro kümmern. Frau Schlump kommt schon hervorragend allein klar. Ich sag das, weil es sehr von Vorteil wäre, wenn du mitkommen könntest."

„Würde ich auch gern, aber ich schaffe es nicht. Die Arbeit in den Geschäften wächst mir über den Kopf. Fahr allein. Beim übernächsten Termin bin ich wieder dabei. Versprochen."

Wie Elizabeth Taylor es schaffte,
unser beider Phantasie zu beflügeln

„Erzähl. Was hat die Frau von der Landwirtschaftskammer gesagt? Wie hieß sie nochmal?"

„Frau Granitz. Sie war brutal ehrlich, aber auch sehr hilfsbereit. Eigenschaften, die ich mittlerweile für ausgestorben hielt. Sie sagte, wenn wir Glück haben kriegen wir es über Plan A „Wohnen und Pferd" hin, wenn nicht wird es anstrengend."

„Ach? Mal was ganz Neues?"

„Ja. Frau Granitz hat nämlich auch gesagt wie es gehen könnte. Das ist schon neu. Laut Landwirtschaftskammer geht es nur mit Landwirtschaft. Aber nicht zu Hobbyzwecken, sondern nachweislich zur Gewinnerwirtschaftung. Das wird von denen genau überprüft und nachdem ich eine aus der Zunft kennengelernt habe, bin ich mir sicher, dass die das sehr genau hinterfragen. Sie ist dann mit mir alle Nutztierrassen durchgegangen und wir haben systematisch abgehakt, was möglich ist und was nicht. Schweine habe ich, wohl auch in deinem Sinne, nicht angedacht. Rinder und Pferde sind sehr arbeitsintensiv und brauchen viel Land. Das haben wir nicht. Dazupachten wird bei unserem Beliebtheitsgrad in der unmittelbaren Umgebung schwierig. Gleich vorweg, mit einer oder zwei Zuchtstuten und ein bis zwei Fohlen im Jahr brauchen wir denen gar nicht zu kommen. Dass das Hobby ist, hat sie sofort klargestellt, weil ich ihr erzählt hatte, warum wir den Hof gekauft haben."

Ich blickte René ungläubig an und hoffte, dass er ein wenig übertreiben würde oder mich veräppeln wollte. Es musste, so mein ständiger Gedanke, doch möglich sein, mit ein paar Pferden und mehr Land auf professionell zu machen. Wozu kannte ich zwei bis drei Pferdewirte, die offiziell den Betriebsleiter machen könnten. War das Verfahren nicht gängige Praxis, um seinen Resthof für private Pferdehaltung zurechtzumogeln?

„Ich weiß was du denkst, Schnegge, aber so wie wir uns das vorgestellt haben, wird Plan B leider nicht funktionieren. Frau Granitz sagte, es gäbe unzählige Pferdebesitzer, die es bis vor einigen Jahren noch geschafft hätten, sich mit gekauftem Betriebskonzept und Pseudobetriebsleiter eine Baugenehmigung zu erschleichen, aber die Zeiten seien vorbei. Wir sollten auch kein Geld für das Erstellen eines Betriebskonzeptes ausgeben, was wir sowieso nicht umsetzen können. Die Landwirtschaftskammer würde es merken. Und von der Abfolge ist es so, dass wir das Betriebskonzept, was wir selbstverständlich selbst schreiben, dann auch vorstellen, also verfechten müssen. So sehen die, ob wir es selber umsetzen können oder nicht."

„Dürfen wir es denn dann ganz allein umsetzen und praktizieren, wenn es schlüssig ist und bei denen durchgeht? Oder braucht man dann auch noch wieder einen Betriebsleiter?"

„Den Betriebsleiter braucht es trotzdem, weil wir keine Landwirte oder Pferdewirte sind. Wir haben nicht die notwendige Fachkompetenz, die uns autorisieren würde, unser eigenes Konzept umzusetzen. Wir könnten aber in Aussicht stellen, dass wir uns das Wissen aneignen."

„Also das Konzept kann mit Betriebsleiter oder Nachweis von eigener Kompetenz oder Nachholen von notwendigen Ausbildungsvarianten durchgehen?"

„Genau. Und dann würde die Landwirtschaftskammer dem Landkreis eine Empfehlung aussprechen, dass das Konzept so in Ordnung ist und dann stünde der Erteilung der Baugenehmigung von Seiten des Landkreises eigentlich nichts mehr im Wege."

„Verstanden. Hast du schon eine Idee mitgebracht, was man machen könnte?"

„Nicht wirklich. Aber es sollten eher kleine Tiere sein."

„Also Pferde ade und willkommen Kakerlaken oder Seidenraupen. Die werden gerade in China als Delikatessen gezüchtet."

„Kaninchen vielleicht. Schafe sind auch relativ kompliziert. Lass uns einfach mal ein bisschen nachdenken und recherchieren. Eventuell ruft ja Schrader morgen an und sagt, dass die Nachbarn lieber heute als morgen „Wohnen und Pferd" wollen."

Zwei Wochen nach unserem Termin im Rathaus erhielten wir tatsächlich einen Anruf von Bauamtsleiter Striesow. Allerdings teilte er uns entgegen meinem Hoffen und Sehnen mit, dass das Projekt „Wohnen und Pferd" keinen Zuspruch „bei den Nachbarn" gefunden hätte. Nähere Auskünfte dürfte er uns aus Datenschutzgründen aber nicht geben. Ich bedankte mich formal höflich für den Anruf und fragte René, der im Auto neben mir saß, mit der tränenerstickten Stimme eines akuten Anfalls von sentimentalem Selbstmitleid:

„Und nun?"

„Wir gehen jetzt wie geplant unsere Jeans kaufen, dann sehen wir weiter. In welche Richtung war Karstadt noch mal?"

„Da links geht's zum Parkhaus. Aber wir können doch jetzt keine Hosen kaufen gehen."

„Doch müssen wir. Wir haben nix mehr zum Anziehen."

Als ich mich verheult und lustlos, mit den Gedanken bei der Baugenehmigung und nicht bei den Beinkleidern, für eine schrecklich sitzende Stretch-Jeans entschied, nur weil mir die topmodische Wurstpelle, „die man jetzt so trägt" von einer lispelnden, kleinen Verkäufermaus angereicht wurde, klingelte Renés Handy.

„Bonjour Chantal, ma belle. Je t'embrasse très fort. Tu vas bien?"

Chantal war gefühlt eine meiner größten Konkurrentinnen um die Gunst meines mal mehr, mal weniger geliebten und gefürchteten Mannes. Sie hatte René während seiner Studienzeit in Frankreich „betreut". René sagte immer, sie habe ihn, wie einen Sohn aufgenommen. Und das, obwohl Mütterchen Chantal bereits eine Tochter namens Anne hatte. Anne, eine Grundschullehrerin, war die Ex-Frau von Alain, dem Juniorchef der Ziegenkäserei, in der René den praktischen Teil seiner Ausbildung absolvieren durfte.

Großzügig bot Chantal René damals an, ein Zimmer auf ihrem Landsitz zu bewohnen. Dass dieses Zimmer der Raum direkt neben ihrem Schlafzimmer war, empfand ich bis zu dem Moment als äußerst amüsant, da ich Chantal auf unserer ersten gemeinsamen Frankreichreise in die Charante-Maritime persönlich kennenlernte.

Als wir das schmiedeeiserne Einfahrtstor hinter uns gelassen hatten und uns über den weißen Charente-Kiesel dem Eingangsportal des Herrenhauses näherten, flegelte dort lasziv an die Wand gelehnt ein weibliches Wesen, das mir vertraut erschien. Ich kannte sie als Kleopatra, als Martha aus „Wer hat Angst vor Virginia Woolf" und Besitzerin von Lassie. Aber was genau machte sie, die verstorbene Elizabeth Taylor hier? Oder war das ihre Tochter, die irgendwo in der Nähe ein Cognacgestüt betrieb, damit ihr versoffener Lebensgefährte á la Richard Burton jr. ihr nicht die Haare vom Kopf trank?

Die zierlichen Füße der Schönen steckten in spitzen Schlangenlederpantoffeln mit Pfennigabsätzen und ihre wohlgeformten Beine waren in schwarze Netzstrümpfe gehüllt. Ein knallrotes Kleidchen umspielte schmeichelhaft die untadeligen Proportionen ihres Körpers und harmonierte unübertroffen mit dem ebenholzfarbenen gelockten Haar und der schneeweißen Haut. Die Chanel Sonnenbrille lag auf einer feinen, zierlichen Nase, unter der volle, samtig glänzende Lippen verheißungsvoll lächelten.

Ich bekam Angst. Schließlich hatte ich etwas zu verlieren. Wer war diese Frau, die in das Beuteschema eines jeden Heteromannes auf diesem Erdball passte und noch immer an der Wand klebte, ohne sich zu verpissen. Ich hatte eine böse Ahnung und hoffte darauf, dass sie mindestens eine Augenklappe unter der Brille tragen würde und strohdoof oder manisch-depressiv wäre.

Meine Stoßgebete wurden nicht nur nicht erhört, sondern in übelster Weise missverstanden. Wo andere Leute Augen hatten, hatte Chantal tiefdunkle, ausdrucksvolle Smaragde mit fünf Zentimeter langen Wimpern. Und es sollte noch schlimmer kommen.

Als sie uns begrüßte, verströmte sie mit wenigen Worten und Gesten eine Herzenswärme und Klugheit, dass ich mir seit langem wieder vorkam, wie der käsige „Chinaböller" mit Schlitzaugen, einer Dauerfünf in Französisch und dem Hintern in der Abluft der Heißmangel.

René grinste mich von der Seite an.

„Krieg dich wieder ein. Wenn ich sie gleich küsse, denk dran, dass sie bereits seit drei Jahren in Rente und seit zwei Jahren Oma ist."

„Ich weiß ja nicht was für ein fragwürdiges Frühverrentungskonzept die hier haben, aber für mich heißt das, dass sie viel Zeit hat, ihre Libido zu pflegen und vielen Männern das sehr gefallen könnte."

Am Abend musste ich außerdem feststellen, dass sie phantastisch kochen konnte, einen intelligenten Humor besaß und ich nicht anders konnte, als sie sehr zu mögen.

Chantal gehörte fortan zu unserem kleinen Freundeskreis und ich auch zu dem ihren, was mich sehr stolz machte. Sie war eine tolle Frau, die nicht nur viel konnte und wusste, sondern sich und ihre Tochter als alleinerziehende, berufstätige Mutter bewundernswert durch das Leben geschifft hatte. Wider Erwarten gab es keinen Richard Burton oder Chefarzt in ihrem Leben, der sie die Oberschwester der Intensivstation in eine sorglose, wohlhabende Zweisamkeit entführt hatte. Vielleicht weil sie es nicht wollte, denn schlangestehende Bewunderer wird es mehr als genug gegeben haben.

Als René an jenem Tag in der Jeansabteilung des Bremer Karstadt Hauses sein Telefonat mit unserer gemeinsamen Freundin Chantal beendet hatte, schwieg er eine lange Weile. Dann fragte er mich zögernd:

„Warum eigentlich keine Ziegen?"

Ich überlegte ziemlich lange und wusste nicht wirklich, was von dieser Idee zu halten war.

„Ziegenkäse? Joghurt? Ja. Warum eigentlich nicht? Hat Chantal dich grad gefragt, warum du nicht das machst, was du bei denen eine kleine Ewigkeit geübt hast?"

„Richtig. Und ich frag mich das auch."

„Meinst du es gibt hier in Deutschland einen Markt dafür? Ich als Lactoseintolerante kenne mich in der Milchszene nicht so aus, aber da Lactoseintoleranz nichts mit Fremdenfeindlichkeit zu tun hat, wäre ich an den Machenschaften der Franzosen durchaus interessiert."

„Das sind schon längst nicht mehr nur Produkte der Franzosen. Als ich während meiner Weihenstephaner Zeit bei der Käsepäpstin Susanne Hofmann am Viktualienmarkt gearbeitet habe, waren die milden Ziegenweichkäse der Renner. Der Joghurt ist in Frankreich unglaublich gefragt. Er ist sehr sahnig im Geschmack, regt die Verbrennung des Körpers an und ist eine Alternative bei diversen Kuhmilchunverträglichkeiten. Den könnte ich mir für hier auch vorstellen, und es gibt ihn so gut wie gar nicht in Deutschland. Ebenso wie Blauschimmelkäse aus Ziegenmilch."

„Mag sein, aber eine Käserei ist doch Gewerbe. Und im Zuge unserer Zwangsbeschulung zum Thema Baurecht haben wir doch gelernt, dass wir, wenn wir unverschämtes Glück haben, zwar Landwirtschaft, aber auf keinen Fall ein Gewerbe betreiben oder beherbergen dürfen. Das darf doch nur unser Seniorenherbergsvater Matteo mit dem Tonstudio im Nebengebäude. Wir dürfen das nicht. Für uns gilt das Bürgerliche Gesetzbuch und nicht das Blutrecht des stärkeren, weil durch heimische Inzucht veredelten Dorfbewohners."

„Ja. Könnte leider stimmen. Lass uns nach Hause fahren. Ich möchte über das Betriebskonzept nachdenken."

„Und die Hosen?"

„Wir brauchen keine Hosen."

Uns war schnell klar, dass sich aus der reinen Produktion von Milch nur schwer ein schlüssiges, gewinnträchtiges Betriebskonzept würde entwickeln lassen. Die Fremdverarbeitung des „weißen Goldes" durch Dienstleister zu Joghurt und Käse wurde durch wenige Rechenschritte betriebswirtschaftlich ad absurdum geführt.

„Was sagt denn überhaupt Frau Granitz zu der Idee mit den Ziegen?"

„Also am Telefon klang sie sehr interessiert. Wir haben für übermorgen einen weiteren Beratungstermin vereinbart. Ich werde ihr meinen vorläufigen Entwurf für das Betriebskonzept vorlegen, habe aber wenig Hoffnung, dass sie das Thema dann immer noch interessant findet. Mit externer Käserei plus Betriebsleiter, der uns auferlegt ist, würden wir bei unserem vom Platz realisierbaren Tierbestand nur rote Zahlen schreiben. Und dabei habe ich die Schlachtung eines Teils der Böcke und die Fleischvermarktung schon einkalkuliert, auch wenn dir der letzte Gedanke nicht so gefällt. Aber Milch geben leider nur die Ziegen. Die Böcke erwartet bis auf die Landbeschäler ein anderes Schicksal."

„Ja, das ist mir schon klar. Was meinst du, wie lange die uns vom Landkreis noch Zeit geben, bevor die Abrissverfügung für den halben Stall kommt? Es ist ja mittlerweile schon Anfang März."

„Keine Ahnung. Ich habe versucht, zu Frau Stillmann Kontakt aufzunehmen, aber sie blockt jedes Gespräch ab. Wobei ich fast das Gefühl habe, dass sie auf unserer Seite ist, aber irgendwie kommt kein Hinweis außer: Bringen sie ihr Betriebskonzept bei der Landwirtschaftskammer so schnell wie möglich durch. Auch wegen unseres Bauantrages zum Haupthaus gibt sie keine Auskunft. Trotzdem kommt sie mir nicht so feindselig vor, wie all die anderen, nur irgendwie unsicher und ängstlich. Mir fällt kein besseres Wort ein, obwohl das für ihre Funktion und Macht ja nicht wirklich passend ist."

„Vielleicht hat sie gar nicht so viel Macht. Dann könnte es schon passen."

„Na ja. Wir spekulieren grad ein bisschen viel, glaub ich."
„Na, mal sehen."

Auch Frau Granitz konnte unsere roten Zahlen nicht schwarz rechnen. Machte uns aber Mut an dem Thema Ziegen festzuhalten. Die Produkte seien gefragt und der gesamte Markt sei ein wachsender. Leider hatte Frau Granitz nur beratende Funktion, und so konnten wir lediglich hoffen, dass unser nächster Ansprechpartner bei der Landwirtschaftskammer in Bremervörde ein Mann namens Bröder und seines Zeichens der Prüfer unseres Betriebskonzeptes uns ähnlich wohlwollend entgegentrat.

Bis dahin gab es nicht nur noch einiges zu erarbeiten, es gab auch noch einiges zu verdauen.

Mitte März 2012 erreichte uns die Nachricht, dass unsere Baugenehmigung für das Haupthaus erteilt werden würde und wir die Unterlagen zugesandt bekämen, wenn wir den beiliegenden Gebührenbescheid von knapp viertausend Euro binnen eines Monats begleichen würden.

Ich saß, während ich die Amtsmitteilung las, mit der für mich schon sehr üblichen gelbblaulila Gesichtsfärbung am Küchentisch und verstand die Welt ein weiteres Mal nicht mehr.

„Wieso eine Gebühr? René, ich kapiere das nicht. Die Stillman hat uns doch, als wir den Gauben-Bestandsnachweis erbracht hatten, geschrieben, dass es sich bei unserem Haus um eine Sanierung handelt und deshalb keine Baugenehmigung mit Gebühr im eigentlichen Sinne erforderlich sei. Wieso jetzt viertausend Euro?"

„Willkür. Arroganz der Macht. Was sonst? Ich denke aber wir sollten das jetzt nicht anfechten. Wir bekommen sonst nie eine Genehmigung für die Nebengebäude. Aber gemach. Ich hab nämlich auch eine gute Nachricht. Eine ziemlich gute sogar."

„Sprich."

„Ich habe gestern wegen Infos zum VHM, also „Verband handwerklicher Milchverarbeiter" mit dem Bruder von Susanne Hofmann, Wolfgang Hofmann, gesprochen. Er ist, wie seine Schwester ein namhafter Käseguru. Als ich ihm so von unseren Problemen erzählt habe, hat er mir ein Buch empfohlen. Es heißt „Die Hofkäserei" von Albrecht-Seidel und Mertz. Wolfgang meinte, da stünde irgendwas zu Gewerbe und nicht-Gewerbe von Käsereien drin. Ihn habe das nicht so interessiert, weil er das Problem nicht hätte. Könnte aber für uns wichtig sein, meinte er. Dieses Buch hab ich mir sofort in der Bremer Innenstadt besorgt. Sie hatten es bei Hubert. Ich habe das Buch aufgeschlagen und die frohe Botschaft sprang mich an. Eine Hofkäserei ist kein gewerblicher Betrieb, es ist ein landwirtschaftlicher Nebenbetrieb. Weißt du, was das heißt? Ich kann jetzt ein schlüssiges Betriebskonzept schreiben. Das ganze wird langsam rund."

„Das ist ja zu schön, um wahr zu sein. Wusste Frau Granitz nichts davon?"

„Nein. Die Landwirtschaftskammer oder einzelne Abteilungen wissen anscheinend auch nicht alles. Ziegen sind für die ja auch nicht unbedingt Tagesgeschäft. Aber egal. Ich setz mich sofort hin und fang an zu schreiben. Jetzt hab ich richtig Lust."

Ich hatte umso weniger Lust, das tägliche Gewusel in den Geschäften allein zu stemmen, aber um zum Ziel zu kommen, blieb uns keine andere Möglichkeit, als uns arbeitsteilig zu sortieren und die Siebträgermaschinen, Mikrowellen und Kühlzellen über Ferndiagnose von René heilen und kurzzeitig wieder zum Leben erwecken zu lassen.

Mitte Mai 2012 stand unser halber Stall immer noch und wir saßen Herrn Bröder von der Landwirtschaftskammer Bremervörde gegenüber, um sein Urteil zum Betriebskonzept der Ziegenkäserei „La chèvre bleue" mit von mir entworfenem Firmenlogo entgegenzunehmen.

„Also, Herr Kurz, ich bin kein Mann der überschwänglichen Worte, aber was sie hier abgeliefert haben, ist das Beste, was ich je in meiner Laufbahn gelesen habe."

Im Verlauf der geradezu euphorischen Lobeshymne beobachtete ich René von der Seite und spürte das erste Mal, dass er ernsthaft Blut geleckt zu haben schien. Irgendwie war das Projekt, das ja nun auch schon einen Namen hatte, nicht mehr nur Mittel zum Zweck, sondern schien sich als erstrebenswertes Vorhaben in seinem Inneren zu verselbstständigen und sein Wunschdenken zu beflügeln. Mit leuchtenden Augen sprach René über „seine Ziegen" als habe er sich im Leben um nichts anderes gekümmert als um „seine Mädels".

Da wir tatsächlich noch gar keine Toggenburger oder bunte deutsche Edelziege vorweisen konnten, sondern René nur gefühlt einen Harem von dickbusigen Schönheiten mit Körbchengröße F betreute, war ich mehr als froh, dass Herr Bröder lediglich fragte, wie viele Ziegen wir denn noch mal anstrebten und nicht, wie viele wir schon hätten. Dass wir planten, uns zu „Übungszwecken" einige Tiere von Alain aus Frankreich zu holen und in unserem halben Stall einzuquartieren, war ein Entschluss, den wir bereits vor einigen Tagen gefasst hatten.

Es erschien uns verwegen, in den nächsten drei Jahren eine Anzahl von fünfundsechzig Ziegen realisieren zu müssen und dies ohne sorgfältige Vorbereitung in Angriff zu nehmen. Von daher war es nur naheliegend für uns, so bald wie möglich Ziegen zum Eingewöhnen und „Üben" bei uns einzuquartieren.

Die Vorstellung zum Zwecke der Gewinnerwirtschaftung tatsächlich einmal eine solche Anzahl von Ziegen auf dem Hof zu haben, ließ mich im Moment dieses Gespräches erstmalig Abschied von der Vorstellung nehmen, dass das Projekt unauffällig und nur zur Rettung des Hofes nebenher laufen könnte.

Verstärkt wurde das Gefühl durch den Hinweis Bröders, dass wir selbstverständlich noch mindestens vier Hektar Land dazu pachten müssten, da dem Selbstversorgungsanspruch im Hinblick auf die Futtergrundlage genüge getan sein muss. René hatte im Betriebskonzept bereits zwei Hektar Pachtland, das Albert, zu dem wir wieder einen guten Kontakt hatten, uns „offiziell" zur Verfügung stellen wollte, nachgewiesen. Weitere vier Hektar als Auflage gaben mir zu verstehen, dass die Landwirtschaftskammer es bitter ernst meinte mit unserem Ziegenkäse.

So schwärmte Bröder von den wunderbaren Ziegenkäsen, die er während seiner Urlaube in der Provence genossen hatte und dass er sich riesig freue, bald einen Produzenten in der Nähe zu haben. Er verabschiedete uns mit den besten Wünschen für die Zukunft und der Zusage, dass seine Empfehlung an den Landkreis nicht besser würde ausfallen können.

Wir verließen das Gebäude der Landwirtschaftskammer und gingen beschwingt in Richtung Parkplatz, während ein strunzzufriedener René neben mir mit der Sonne um die Wette strahlte.

Trotz der mich leicht bedrückenden Erkenntnis, dass hier und heute wohl ein weiteres Lebensprojekt geboren war, frohlockte ich innerlich, als ich zu René sagte:

„Na, das wird wohl nix mit der reinen Selbstversorgung."

„Nö, aber das ist mir schon lange klar."

„Ach so?"

„Ja sicher. Also ich hab wegen Land, weil ich wusste ja, dass Bröder heute damit kommen würde, schon mal meine Fühler ausgestreckt. Wir hatten doch nach der Eröffnung letztes Jahr ein Werbeschild an der Bundesstraße aufgestellt. Du weißt doch noch, das Riesenteil, bei dem dein Vater noch den Aufbau auf dem Leiterwagen geschweißt hatte. Der Acker, auf dem das Schild stand, bevor die Verwarnung mit dem Räumungsbescheid kam, gehörte doch einem Landwirt, der uns über zehn Ecken von Peer Meerkamp vermittelt wurde. Er hieß Thore Meyerdirks. Erinnerst du dich?"

„Ja, dunkel."

„O.K. Den hab ich nach Pachtland gefragt, weil mir sein Betrieb recht groß vorkam. Und als ich vor zwei Wochen dort war und er mir aber sagte, er könne mir nichts verpachten, hatte er gerade Besuch von einem Kollegen. Kurt Meika. Der wiederum ist wohl ein richtig fetter Landwirt. So ein Groß-grundmogul. Ich weiß nicht mehr wie viele hundert Hektar der hatte. Sechs oder sieben. Ich hab es vergessen. Als der hörte, dass ich Pachtland suche, kamen wir ins Gespräch und er schlug mir vor, ich solle ihn begleiten. Er selbst hätte eine KG, die Holstenhof KG westlich von Bokel. Der andere Ge-sellschafter dieser KG wiederum hat seinen Hof auf einer In-sel in der Weser und dieser Mann, Hein Strohbeen, könnte, so vermutete Meika, Interesse haben, uns Land zu verpachten, und da er den grade aufsuchen wollte, bin ich mitgefahren. Nächste Woche unterschreibe ich den Pachtvertrag. Sechs Hektar für die nächsten zwanzig Jahre."

„Aha? Was du für interessante Kontakte pflegst. Sauber. Kommt ja auch nicht so oft vor, dass Landwirte heutzutage Fläche verpachten. Bei uns in der Nachbarschaft war doch keiner bereit, uns auch nur einen Quadratmeter zu überlassen. Was sind das für wohltätige Männer? Dieser Meika und dieser Strohbeen. Oder hast du deine Seele verkauft?"

„Noch nicht. Aber eins nach dem anderen. Also Kurt Meika scheint einer zu sein, der einen ziemlichen Riesenbetrieb vom Schreibtisch aus führt. Er arbeitet mit einer Großmolkerei zusammen, hat einen Fuhrpark, der gut eine Million wert ist, mehrere Angestellte, ist im Kreditausschuss der hiesigen Sparkasse, im Prüfungsausschuss der Landwirtschaftskammer und, und, und. Also er scheint schon ein wenig Einfluss und Macht zu haben. Er ist ein typischer Netzwerker, an vielem interessiert, irgendwie durch alle Ohren geschossen und sucht glaube ich immer nach lohnenden Kontakten und Geschäftsmöglichkeiten. Hein Strohbeen ist die genau andere Variante eines Landwirts. Bodenständig, einfach, ruhig, wortkarg und für mein Gefühl irgendwie ehrlich. Sein Sohn Riko ist Herdenmanager bei Meika und Hein zieht die Fersen der KG bei sich auf der Insel auf. Ihr Hof wirkt so, als könnten sie Geld gebrauchen. Deshalb auch ist Hein wohl bereit, uns Fläche zu verpachten. Sehr zu meiner Beruhigung, weil ich nach allem, was wir erlebt hatten, keine Chance gesehen habe, dass uns in einem Radius von hundert Kilometern um unseren Hof irgendjemand Land verpachten würde."

„Wohl wahr. Aber das Verhör ist noch nicht beendet. Was hat es mit dem angedeuteten Seelenverkauf auf sich? Was planst du noch?"

„Nicht heute. Bitte. Meine Gedanken sind noch etwas unausgegoren. Es ist auch eher ein Verkauf meines Körpers, als meiner Seele. Gib mir ein paar Tage bevor ich beichte."

„Boah, da verlangst du aber was von mir."

„Ja, stimmt. Sorry. Da muss ich mir wohl ganz schnell was ausdenken, um dich abzulenken. Ich hab auch eine Idee. Lass uns doch eben mal bei der Stillmann anrufen und ihr erzählen, wo wir gerade waren und dass wir standing ovations von Bröder bekommen haben. Die Bewertung des Betriebskonzeptes müsste ja so in zwei bis drei Tagen bei ihr auf dem Tisch liegen. Wir können ihr gleich ankündigen, dass der Antrag auf Baugenehmigung in maximal drei Wochen folgt. Kurt Probst hat mir gesagt, die Statik müsste bis dahin fertig sein. Die Zeichnungen hat er übrigens schon seit längerem fertig. Malente hatte ihn dafür freigestellt. Ich glaube der hat ein schlechtes Gewissen wegen unserer Hofproblematik. Aber ist ja schön, wenn er versucht es wieder gut zu machen, indem er uns hilft. So, und wenn nun das Urteil der Landwirtschaftskammer so gut ausfällt, wie Bröder es angekündigt hat, dann müsste unsere Baugenehmigung gute Chancen haben, durchgewinkt zu werden."

„Deine Worte in Stillmanns Ohr. Dann ruf mal an bei ihr."

Über die Freisprechanlage des Wagens konnte ich dem Gespräch folgen. Auf die Bitte Renés, ihn von der Zentrale aus zu Frau Stillmann durchzustellen, folgte die schon so oft genossene Überbrückungsmelodie in Gestalt eines Trompetenmedleys. Mitten in „Aber bitte mit Sahne" ertönte die Stimme der Baudezernentin Stillman.

„Bauamt Landkreis Verden. Stillman am Apparat."

René begrüßte sie gut gelaunt und voller Vorfreude auf ihre Reaktion.

„Frau Stillmann, sie hatten uns gesagt, dass eine ganz wesentliche Bedingung für die Erteilung der Baugenehmigung der Segen der Landwirtschaftskammer ist. Ich glaube, die Hürde haben wir genommen. Ich denke, sie sind eine der wenigen, die sich darüber freuen werden. Daher konnte ich mich grad nicht zurückhalten sie anzurufen."

Die Beamtin schwieg bedrohlich lange, bevor sie langsam ansetzte zu sprechen und scheinbar jedes Wort auf die Goldwaage legte.

„Also ich freue mich sehr das zu hören. Sowohl was den Erfolg bei der Landwirtschaftskammer angeht, als auch die Tatsache, dass sie meine positive Einstellung zu ihrem Bauprojekt bemerkt haben. Ich muss ihnen aber auch mitteilen, dass ich nicht mehr mit ihrem Fall betraut bin. Man hat mich abgezogen. Fragen sie mich bitte nicht nach den Gründen. Ich bin nicht befugt, ihnen dazu Auskünfte zu erteilen. Insofern wünsche ich ihnen alles Gute und viel Erfolg. Auf Wiederhören."

„Ääääh, Frau Stillmann?"

Frau Stillmann hatte aufgelegt.

Wir schwiegen uns eine kleine Ewigkeit an. Dann sagte ich begleitet von einem müden Stoßseufzer:

„Ich glaube nicht, dass unsere Baugenehmigung mal eben durchgewinkt wird, nur weil wir die Bedingungen erfüllt haben. Wir sollten uns auf ein paar mehr Widerstände einrichten und darauf, dass auf uns ein ganz besonderer Anforderungskatalog zukommt. Der Filz sitzt nicht nur im Rathaus, es stinkt auch beim Landkreis. Die werden für uns einen ganz besonders scharfen Hund ausgraben, pass mal auf."

„Das sehe ich nach dem Telefonat auch so."

Ich spürte, dass René noch etwas sagen wollte. Er rang einige Minuten mit sich, dann schaffte er es.

„Wenn du heute noch eine Stunde Zeit hast, würde ich gern mit dir in unseren Beichtstuhl fahren."

„In die Eisdiele?"

„Ja, genau. Musst aber keine Angst haben, ist nicht so schlimm, wie beim letzten Mal"

„O.K. Halt ich zwar für unwahrscheinlich, komm aber trotzdem mit."

Ich hatte diesmal aus Aberglaube, weil das Spaghetti-Eis mir beim letzten Mal kein Glück brachte, einen „Wild Love" Becher bestellt. Bevor ich die Hälfte meiner Portion geschafft hatte, orderte René, ohne bislang etwas Substanzielles gesagt zu haben, seinen zweiten „Karibik-Traum".

„Brauchst du erst mal Nervennahrung?"

„Jawoll. Aber wirkt schon. Gleich geht's los. Also ich hatte dir ja gesagt, dass mir beim Schreiben des Betriebskonzeptes klar wurde, was man so alles braucht, um das Projekt Käserei zu realisieren. Beim Land hatte ich mich ja schon gekümmert, bevor der Bröder hätte sagen können, „alles schön und gut auf dem Papier, aber wo ist denn nun das Land, das sie brauchen". Es gibt noch einen Faktor, der erfüllt sein muss und für den es noch keinen handfesten Nachweis gibt."

René machte eine nervige schöpferische Pause. Ich ergriff das Wort.

„Traust du dich nicht? Oder soll ich raten? Oder gleich fragen, wer denn die Betriebsleitung macht? Oder soll ich dir noch einen Baby Doll Becher bestellen, damit die Nerven nicht schlapp machen?"

„Ja, genau. Bestell. Aber lieber einen „Terminator"."

„Da ist zuviel Alkohol drin."

„Fahr du bitte. Ich brauch den Stoff jetzt."

Ich winkte dem netten Mädel mit der Caféhausschürze zu.

„Noch einen „Terminator" bitte." Und zu René gewandt: „So nun weiter."

„Du hast es fast schon selber gesagt. Wir brauchen eine Betriebsleitung. Würden wir uns eine Person kaufen und anstellen, sofern wir sie finden, dann wäre das ein erheblicher Kostenposten, der das projektierte Budget fast sprengt. Das habe ich im Betriebskonzept auch so festgestellt und eine weitaus bessere Alternative benannt."

Es folgte ein ehrliches „aha?" von mir, ohne eine Idee von besagter Alternative.

„Also ich könnte mir vorstellen eine landwirtschaftliche Lehre zu machen. Was hältst du davon?"

Ich starrte René ungläubig an. Meine Gesichtszüge entglitten allmählich der Schwerkraft folgend in Richtung Tischkante.

„Ich bin begeistert, Scheißerchen. Ich finde, dass es Zeit wird, dass du endlich mal wieder eine Ausbildung machst. Du hast doch erst fünf Berufstitel. Das ist mit Anfang vierzig entschieden zu wenig. Außerdem kann ich mich auch endlich mal wieder ganz allein um die Geschäfte kümmern. Ich bin irgendwie gar nicht mehr ausgelastet. Wann hast du denn deinen ersten Schultag, als beschulter Berufsschullehrer zwischen einer Horde von Pubertätskrüppeln als Klassenkameraden?"

„Am 14. August."

„Das ist nicht dein Ernst."

„Ich will es ja erst mal mit dir besprechen. Also ich kann mir vorstellen, dass ich die Käserei wirklich betreiben möchte. So richtig als Erwerbstätigkeit. Nicht nur zur Makulatur für die Baugenehmigung. Überleg mal, dem Hof würde Leben eingehaucht werden, wir hätten etwas, was wir lange machen könnten, und wir müssten uns nicht mit einem kostspieligen Betriebsleiter herumschlagen."

Mit trotziger Mine gab ich René im letzten Punkt Recht.

„Was sowieso nicht lange gut gehen würde. Die Halbwertzeiten unserer Bügelfrauen sprechen Bände. Bei deinem Anspruch an die Menschen, mit denen du unmittelbar zusammen arbeitest, ist der Gau vorprogrammiert. Und dann auch noch eine Person, von der wir abhängig sind. Im Übrigen, finde ich, ist ein Makulaturbetrieb mit einem teuren Angestellten ein Widerspruch in sich. Aber musst du deshalb gleich eine Lehre machen? Kannst du dir die Qualifikation nicht über Lehrgänge aneignen?"

René griff nach meinen Händen.

„Lass uns doch gleich ganze Sachen machen. Du stimmst meinen Bedenken ja in gewisser Weise zu. Also dass ich mit den Leuten nicht auskomme, das sehe ich nicht ganz so, wie du, aber man findet einfach nichts Vernünftiges. Außerdem kommt als weiteres Argument für die Lehre noch hinzu, dass wir mit der Privilegierung, die ich dann hätte, auch die Baugenehmigung kriegen müssten. Und bei den korrupten Verbändelungen, die wir in allen Instanzen spüren, plus unserem Beliebtheitsgrad in der Gegend, sollten wir auf Nummer Sicher gehen. Paul könnten wir dann auch irgendwann holen, wenn ich Bauer wäre."

Ich grinste zu seiner Analyse, weshalb zwischenmenschliche Verhältnisse in seinem Fall scheitern oder nicht scheitern, konnte mich seinem abschließenden Plädoyer für eine Ausbildung aber nicht wirklich entziehen.

„Wahrscheinlich hast du mit Kurt Meika gesprochen. Richtig?"

„Richtig. Ich würde, glaube ich, auch sonst keinen Lehrherren finden, der einem gut vierzigjährigen Mann die Chance gibt, eine Ausbildung bei ihm zu machen."

„Und dann auch noch einem so besserwisserischen Akademiker."

„Genau das reizt ihn, glaub ich. Meika verspricht sich etwas davon, dass ich an einigen Stellen vielleicht mehr weiß, als er."

„Du bist natürlich auch eine günstige Arbeitskraft."

„Auch das ist richtig. Ich habe ja gesagt, dass ich plane, meinen Körper zu verkaufen."

Mein Blick verlor seine grundsätzliche Verzweiflung nicht.

„Aber dann bin ich doch ganz allein mit dem Scheiß in den Geschäften."

René tätschelte mir die Wange.

„Ach du armes Hascherl. Ich hab zweimal in der Woche Berufsschule und zwar nur bis mittags, weil ich von einigen

Fächern befreit bin. Einen Tag darf ich im eigenen Betrieb im Aufbau arbeiten und der Wochenenddienst ist alle zwei Wochen immer von sechs bis zwölf und 25 Tage Urlaub im Jahr hab ich auch noch. Da kann ich auch immer noch was in den Geschäften machen. Außerdem ist Frau Schlump mittlerweile absolut selbstständig. Das Büro flutscht ohne uns. Ich denke also, ich könnte das mit der Lehre schaffen und dann kann uns keiner mehr ans Bein pinkeln."

Langsam konnte ich meine Mundwinkel wieder nach oben ziehen.

„Na ja, wenn einer das schafft, dann du. Hast du den Lehrvertrag schon unterschrieben?"

„Nein, aber wenn du mir deinen Segen gibst, dann würde ich so schnell wie möglich zuschlagen, bevor Meika es sich anders überlegt."

„Na, dann mach mal."

„Oh danke Schnegge."

Ich bekam einen Kuss dafür, dass ich meinem Mann gestattete, die Anstrengung einer weiteren Ausbildung auf sich zu nehmen. René entlockte mir einerseits immer wieder Bewunderung für seine Energie und sein Durchhaltevermögen. Andererseits hatte er meiner Ansicht nach genau wie Malente noch ein klein wenig was gut zu machen und bekam daher nur meine Erlaubnis, nicht aber mein Lob.

Da mein Handy mittlerweile zwanzig unbeantwortete Anrufe und fünfzehn SMS anzeigte, machten wir uns auf den Weg.

„Du, Schnegge, wenn ich nächste Woche den Bauantrag abgegeben habe, könnten wir doch danach noch mal zusammen nach Frankreich fahren, bevor die Lehre losgeht. Wir fahren einfach mit dem VW-Bus und nehmen auf der Rückfahrt vier Ziegen und einen Bock von Alain mit. Was hältst du davon?"

Gegen einen Kurzurlaub, den ersten seit einer Ewigkeit, sprach nichts, bis auf die Kombipackung von Arbeit und Vergnügen, die René zu schnüren im Begriff war.

„Ich glaube, ich fahre lieber meine Mitarbeiter zwischen den Geschäften hin und her. Fahr mal alleine."

„Och sei kein Spielverderber. Warum denn nicht?"

„René, ich kann es mir mit den Ziegen im VW-Bus beim besten Willen nicht vorstellen."

„Die sind doch noch ganz klein. Und in ihrer Transportbox."

„So klein können die gar nicht sein."

Vive la France. Edle Silberfische, ein multiresistentes Keimsofa und bislang unentdeckte (Alltags-)Kunst von Joseph Beuys in einer Zweigstelle des Louvre

Anfang Juli starteten wir mit unserem VW-Bus Richtung Frankreich. Wir hatten geplant, in zwei Etappen zu fahren. Unser erster Anlaufpunkt sollte Paris sein. In einem soundsovielten Arrondissement nahe dem Stadtzentrum lebte Wilfried Flaubert mit seiner Frau Annet und den Kindern Eleonore, Clément und Mael.

Die Familie Flaubert war im Frühjahr 2011 ebenso wie wir eingeladen, gemeinsam mit Anne und Christian ihren vierzigjährigen Geburtstag in den Pyrenäen zu feiern. Anne, Chantals Tochter und ihr zweiter Ehemann Christian hatten für die gesamte Geburtstagsgesellschaft bestehend aus sechs Paaren mit insgesamt zwölf Kindern ein im fortgeschrittenen Rohbaustadium befindliches Gästehaus angemietet. Der ansässige Skilehrer plante das halbfertige Chalet für zukünftige Skischüler umzubauen und musste von Anne mit einer stolzen Summe zum Baustopp überredet werden.

Im Erdgeschoss des Hauses gab es eine große Wohnküche, der eine ebenso großzügige Diele vorgelagert war. Zu den Mahlzeiten saßen die Kinder an einem eigenen Tisch in der Küche, während die Erwachsenen in der Diele aßen, tranken und ohne uns deutsche Lieder á la „Lily Marlen" sangen. Wir als das einzige Paar mit Migrationshintergrund an diesem Ort waren für die anderen ebenso das sprachliche und kulturelle Exoten-Highlight wie sie für uns.

Dass uns allen nur ein Bad zur Verfügung stand, bereitete mir anfangs ein nicht zu leugnendes Unbehagen.

Umso erfreuter war ich, als ich feststellte, dass die französischen Kinder, obwohl nicht dressiert, so doch sehr rücksichtsvoll und aufmerksam waren. Allesamt, vom vierjährigen Augustin, dem kleinen Sohn Annes, bis zur dreizehnjährigen, schwer pubertierenden Sophie, waren alle auf das Wohlergehen ihrer Mitmenschen bedacht.

Da die von den Erwachsenen ausgegebene Parole „adultes avant que les enfants", also so viel wie Erwachsene haben Vorfahrt vor Kindern lautete, hatte ich an den drei Tagen unserer Anwesenheit grundsätzlich freie Bahn in das immer saubere Bad. Durch welch unsichtbare Zauberhand die wundersamen Strippen dieser lautlosen Planung gezogen wurden, blieb mir verschlossen. Ließ mich aber, umso schwerer beeindruckt, die Abläufe genießen.

Am Tisch und im Schlafsaal der Kinder unter dem Dach herrschte zu meiner Belustigung immer lautstarke, ausgelassene Fröhlichkeit, aber auch die schien dem Anlass angemessen selbstregulierend zu sein. Ähnlich wie meine Schlummerfunktion am Fernseher oder Radio. Die Methode war, dass immer eines der älteren Kinder die Verantwortung für die Gruppe hatte. So waren die jeweiligen „Schichtführer" mit dem Ehrgeiz beseelt, die Truppe so zu koordinieren, wie es von ihnen erwartet wurde und die Alpha-Tiere im Erwachsenenrudel zufrieden und voll des Lobes waren.

Während der drei Tage erlebte ich es nur einmal, dass Christian das Wort ergriff und „silence" in Richtung Kindertisch schmetterte. Einen Umstand, den ich ausgesprochen schade fand, weil ich lieber dem Kindergeschnatter gelauscht hätte als den Erzählungen der Erwachsenen über die „magnifique" Wanderung, die sie für den nächsten Tag geplant hatten.

An dem Abend der offiziellen, nachträglichen Geburtstagsfeier gab es buntes, semi-peinliches Programm, mit selbsterdachten Showeinlagen. Wer wollte, verkleidete sich, wie Wilfrieds achtjährige Tochter Eleonore. Ihrem Traum von einer Existenz als rassige, spanische Flamenco-Tänzerin verlieh der pummelige, sommersprossige Rotschopf durch einen schwarzroten Alptraum aus Tüll und Satin fragwürdig rührenden Ausdruck. Das Kleid wirkte, wie von ungeschickter Hand selbst genäht, wurde aber als „made in Kambodscha" Produkt auch bei uns in exklusiven Boutiquen namens „Rudis Resterampe" oder „Elkes Fundgrube" speziell zur Karnevalszeit feilgeboten. Mich störte daran nicht, dass es kein teures Kleid war, sondern dass für einen solchen Schrott irgendwo auf der Welt jemand einen Hungerlohn bekam, damit ein anderer es nach einmaligem Tragen in die Ecke schmiss. Mich versöhnte geringfügig, dass Eleonore sich den ganzen Abend unwiderstehlich schön fand und dieses Gefühl für die folgenden Jahre vielleicht ein wenig zu konservieren vermochte.

Der dreizehnjährige Pierre, Annes Sohn aus erster Ehe mit Alain, hatte mit den zwei um mindestens einen Kopf größeren Mädchen, Sophie und Ella, eine Tanzchoreographie einstudiert, die mich schmerzlich süß an Boney M und damit meine ersten Klassenfeten mit Flaschendrehen erinnerte.

Wilfried und seine Annet tanzten nach einer jahrelang praktizierten Schrittfolge mit Eindreh- und Hebefiguren eine Rock 'n' Roll Einlage, die vor allem durch Wilfrieds freigelegten Bauchnabel und seinem üppigen *„poigneé d'amour"*[1] beeindruckte Blicke auf sich zog. Man kam an diesem wilden, halb-glatzigen Tänzer mit dem rotgelockten Haarkranz und den hundert Millionen Sommersprossen einfach nicht vorbei. Er war bei unserer Ankunft gemeinsam mit Christian das zweigestirnige Empfangskomitee.

Wobei Wilfried gegenüber Christian den weitaus dominanteren und spürbareren Part repräsentierte. Wir wurden von

---

[1] Umgangssprachlich der französische Begriff für Hüftgold, der sinngemäß Haltegriff beim Liebesspiel bedeutet.

ihm derart herzlich begrüßt, dass sein üppiges Bäuchlein mir als Abstandshalter nicht unrecht war. Der rundliche Mittvierziger mit der orangenen Marmorierung auf der schneeweißen Haut sprühte vor hemmungsloser Fröhlichkeit. So plauderte Wilfried, begleitet von dekorativen Speichelfontänen aus seinem nimmer müden Munde denn auch unablässig in dem franco-germanischen Kauderwelsch, das seine zwei Auslandssemester in Heidelberg hervorgebracht hatten, auf uns ein.

Wohl auch wegen einer angeborenen Sehschwäche und nicht nur wegen des chronisch verschluckten Clowns schien er sich den Objekten, die er in Augenschein zu nehmen gedachte, auf unmittelbare Tuchfühlung zu nähern. Ich hatte seine dicken, mit Fettfingerabdrücken übersäten Aschenbechern gleichenden Brillengläser bei den Worten „herzelisch willkomm lieb Frönd" so dicht vor meinen Augen, dass ich zu schielen begann.

Als Wilfried sich wieder aus meinem Gesicht entfernt hatte, sah ich, dass auch er schielte. Bruchteile von Sekunden dachte ich, er mache sich einen Spaß und fixierte nur deshalb seinen Nasenhöcker, weil er mir assoziieren wollte, dass er als Folge des Eindringens in mein Gesichtsfeld nun auch begonnen hätte zu schielen. Aber im Gegensatz zu mir schielte er schon vor unserer Begegnung ein Leben lang und leider irreparabel. Ich war froh, bei der Begrüßung nicht begleitet von den Worten („guter Witz und ach das ist er also der erotische Blick der Franzosen") hämisch mit dem Finger auf ihn gezeigt zu haben.

Hinter Wilfrieds zentnerschweren Brillengläsern erschienen seine Augen derart überdimensioniert und monströs, dass sein schielender Blick unschlagbar in Szene gesetzt wurde und seinem Antlitz eine fehlende Attraktivität verlieh, die in einem, wie ich meine 70er oder 80er Jahre Walt Disney Film auch einem Warzenschweinbaby zugesprochen wurde, von dem man sagte, es habe ein Erscheinungsbild, das nur eine Mutter lieben könne.

So ungefähr wäre auch Wilfrieds Einsortierung auf der Begehrlichkeits- und Schönheitsskala eines deutschen Hartz-4 TV-Senders ausgefallen. Nicht so in Frankreich. Im Land der Liebe und Leidenschaft gestaltete sich der Stellenwert eines solchen Prachtexemplars glücklicherweise weitaus vorteilhafter. Würde Wilfried innerhalb einer deutschen Partnerbörse, also auf dem nationalen Frischfleischmarkt keinerlei Beachtung finden und den soziokulturellen Gepflogenheiten gemäß fettsüchtig, zurückgezogen und einsam vor Computer und Fernseher versumpfen, weil von der schönheitssüchtigen Gesellschaft gemieden, so rückt bei einer Mehrzahl der Französinnen ein unvorteilhaftes Äußeres beim anderen Geschlecht nicht dermaßen als niederschmetterndes Manko in ihr Bewusstsein, wenn denn die Erscheinung der Person begleitet wird von erfrischendem Intellekt und einem sonnigen Gemüt.

Dies war bei Wilfried der Fall. Er stürzte sich derart lebensfroh mit Liebenswürdigkeit und Charme auf die Menschen, dass keiner sich ihm entziehen konnte. Seine Frau Annet wirkte auch nach zwanzig Ehejahren noch hochgradig verliebt in ihren „Chérie".

Vor unserer Abreise aus den Pyrenäen baten Wilfried und Annet uns, sie in Paris, ihrem Lebensmittelpunkt, zu besuchen, wenn wir uns demnächst einmal in Frankreich aufhalten sollten. Sie boten uns sogar an, dass wir bei ihnen wohnen könnten. Annet berichtete, sie hätten ein großes Appartement mit einem separaten Schlaf- und Badezimmer, was uns selbstverständlich zur Verfügung stünde.

Ich war in Anbetracht der horrenden Hotelzimmerpreise in Paris und der netten Gesellschaft der Familie Flaubert sehr angetan von der Offerte, bedankte mich und betonte ehrlich und aus vollem Herzen, sie bei Gelegenheit sehr gern zu besuchen.

Als wir allein waren, fragte ich René, womit die beiden ihren Lebensunterhalt bestritten, dass sie sich eine derart große Wohnung in Paris leisten konnten. René hatte den Gesprächen entnommen, dass Wilfried sein Geld als Kartograph verdiente und Annet Lehrerin an einem Gymnasium sei. Zudem war ihr Wohnort „Montrouge" nicht direkt im Zentrum von Paris, sondern ein wenig vorgelagert und daher so unsere Vermutung auch für eine fünfköpfige Familie noch bezahlbar.

Letztendlich sollte dies aber auch nicht unsere Sorge sein. Voller Vorfreude schrieb René vor dem Beginn seiner landwirtschaftlichen Lehre an die Familie Flaubert, dass wir auf unserem Weg in die Charante-Maritime sehr gerne das erste Juli Wochenende Zwischenstation bei ihnen in Paris machen würden.

Die Antwortmail erreichte uns umgehend.

Liebe Freunde
Wir warten Euch in unsere Schöne Land.
36 Avenue Boulanger
92120 MONTROUGE
Das Hotel „Schlafen Sie Gut"!!! Ein gutes Hotel mit Schöner Zimmer! Gut Restaurant Und Gut Wein auch!

Von Autobahn A1: Es ist besser die „Péripherérique Exterieur" nehmen. Es ist ein wenig langer aber die „Périphérique Interieur" ist häufig „Die Große Katastrophe" mit Abfüllung.
Zu fahren mit A1 nach „Porte de la Chapelle".
Auf die „Périphérique" nehmt ihr die Ausfahrt „Porte de Chatillon".

*Wenn ihr ein Problem habt, wenn ihr verloren seid, ruft ihr
mich an.*

*Wann Ihr in unserer Straße angekommen seid, ruft ihr mich
auch. Für die Parkplatz!*

Gute Reise und bis Bald

Wilfried für di Ganze Familie

Unsere Fahrt durch das abendliche Paris gestaltete sich ausgesprochen geruhsam. Leider mussten wir, weil es wieder einmal Probleme in einem meiner Geschäfte gab, unsere Anfahrt von Samstag auf Sonntag verschieben. Familie Flaubert nahm unsere Umbuchung mit Gelassenheit. Wir sollten lediglich versuchen vor 21h00 einzutreffen, weil die Kinder uns vorm zu Bett gehen „doch so gern" noch sehen wollten.

Den Lockstoff, der das kindliche Begehren so befeuerte, hatte ich sorgfältig ausgewählt. Eleonore bekam von mir passend zu ihrem Flamenco Outfit Kastagnetten, Haarschmuck in Form einer roten Seidenrose und einen handbemalten Fächer. Für Clément, der seit einem Jahr Deutsch in der Schule lernte, hatte ich einige Asterix Bände in deutscher Sprache im Gepäck und auf Mael, den Ältesten mit der längsten Ausbildung in der fremden, „terriblen" Sprache wartete das Buch Tschick von Wolfgang Herrendorf plus Hörbuch.

Der Pariser Vorort Montrouge, durch den „unsere Uschi" uns auf dem Weg zu den Flauberts in einem radebrechenden Französisch lotste, machte einen äußerst mondänen Eindruck auf mich. Die prachtvollen Fassaden der Bürgerhäuser waren gut erhalten oder stilgerecht als Neubauten rekonstruiert und in das Gesamtbild eingepasst. Kaum eine der glamourös beleuchteten Straßenzüge war nicht durch Baumreihen begrünt und mit netten, kleinen Geschäften des täglichen Bedarfs aufgelockert. Die vorbeieilenden Menschen wirkten mindestens gepflegt, die meisten jedoch darüber hinaus auch sehr urban und faszinierend stylisch.

Wir hatten, nachdem wir die Ringstraße mit ihrem Abgasgestank verlassen konnten, die Scheiben des Busses heruntergekurbelt, um die feuchtwarme, sommerlich exotisch duftende Weltstadtluft tief einzusaugen.

Ich schwelgte in einem mir unbekannten Duft, der mit Sicherheit der Gesundheit nicht wirklich, aber den Sinnen absolut zuträglich war. Die Rundreise durch die Straßenschluchten mit den unzähligen anheimelnden Lichtspielen an den Gebäuden, die wie eine einzige riesige Filmkulisse wirkten, hätte für mein Dafürhalten noch Stunden fortdauern können.

Zu meinem Leidwesen, ich hatte an diesem Abend keine Lust mehr auf holprige Konversation, in einem geringfügig besseren Französisch als dem von Uschi, kündigte selbige irgendwie ungeduldig und mit quakiger Stimme die baldige Ankunft am Zielort an. Wir mussten Wilfried Bescheid geben, dass wir seine Avenue in wenigen Minuten erreichen würden.

Ich rechnete damit, dass er uns eventuell einen Parkstreifen am Straßenrand blockiert hätte.

In dem Moment, da ich meinen Verdacht laut äußerte, belehrte Renés mitleidsvoller Blick mich eines Besseren.

Als wir in die Avenue Boulanger einbogen, sahen wir wenige hundert Meter vor uns etwas rundes Hüpfendes mit kariertem Hemd und Kompottschalen vor den Augen. Wilfried gestikulierte wild und hoch motiviert, aber für uns unverständlich in der Luft herum. René parkte am Straßenrand und stieg aus, um den Plan unseres Gastgebers in Erfahrung zu bringen.

Mit verblüffter Mine sagte René, während er wieder in den Bus stieg:

„Wilfried hat einen Tiefgaragenplatz für uns. Auf dem eigenen steht sein Wagen, aber der Nachbar ist im Urlaub."

„Wahnsinn. Die haben Stellplätze zu den Wohnungen? Das kostet doch bestimmt so viel, wie bei uns ein Ein-Zimmer-Apartment. Der Wilfried muss aber ein kleiner Krösus sein. Da bin ich auf die Wohnung gespannt. Und du planst schon mal eine weitere Umschulung, diesmal zum Kartographen in Paris. Da würd' ich mir glatt noch überlegen, unsere Bauruine zu verscherbeln. Merle und Aron haben hier genug Bäume zum Dranpinkeln und Paul kommt in die Tiefgarage."

Nachdem auch ich Wilfried durch das Wagenfenster geherzt und geknuddelt hatte, begaben wir uns mit unserem Großraumgefährt auf die Zielgerade in die Katakomben. Schon als wir den für französische Verhältnisse monströsen Bus die Schräge abwärts rollen ließen, hatten wir die Befürchtung, er könne skalpiert werden und das Land, wenn lebend, dann als Cabrio oder mit Plisseefalten am Dach verlassen.

Wilfried gab uns von außen Zeichen, dass wir weiter fahren könnten.

„Ca marche!" Rief er uns mit glückseliger, strahlender Miene zu. Zögerlich bewegten wir unseren Bus langsam weiter vorwärts, als ein dezentes Rucken im Wageninneren uns signalisierte, dass wir im Begriff waren, uns fest zu fahren. Während mir als alter Französischleistungskurslerin ein erschrockenes „Merde" entfleuchte, kräuselte René seine sonst spiegelglatte Stirn und betonte, sich dem nur anschließen zu können. Nachdem er die Handbremse derart fest angezogen hatte, dass ich meinte, man bräuchte eine Fachwerkstatt oder den ADAC, um sie wieder zu lösen, öffnete René die Wagentür und stieg aus. Ich spürte, wie er im Zwiegespräch mit dem unerschütterlich fröhlichen Wilfried seinen Tonfall zu kontrollieren versuchte.

Während der bebrillte Narr begeistert von seinen navigatorischen Leistungen schien und verzückt feststellte, „il manque seulement un petit peu", fluchte René leise, dass bei ihm auch „nur ein bisschen fehlt", bevor ihm gleich die Hand ausrutsche.

„Comment?" Fragte der wissbegierige Kartograph, der keine Gelegenheit auslassen wollte den Feinheiten der deutschen Sprache aufzuspüren.

„Der Vollpfosten soll seine Klappe halten." Raunte René mir durch die offene Scheibe zu, bevor er sich Wilfried zuwandte, ihn anlächelte und sagte:

„Pardon Wilfried. J'ai rien dit à toi. J'avais seulment parlé avec moi."

Dann begann René die Luft aus den Reifen zu lassen, um den Wagen frei zu bekommen. Wir waren nun um die Erkenntnis reicher, dass für die Gegebenheiten in den Pariser Tiefgaragen unser Bus definitiv zu hoch war. René fuhr die Schräge rückwärts wieder empor. Da wir fast auf den Felgen rollten, entlasteten wir das Gefährt und räumten unsere drei Reisetaschen und die Kiste Bier für Chantal auf die Straße. Den Blick auf das kaputte Autodach vermieden wir beide vorerst.

Wir erklärten Wilfried, dass wir uns jetzt erst einmal eine Tankstelle und einen Parkplatz suchen müssten und danach zurückkämen. Unser Gastgeber freute sich immer noch und versprach zwischenzeitlich unser Gepäck nach oben zu bringen. Mit viel Überwindungskunst gelang uns ein gequältes „merci beaucoup".

Resigniert stellte ich fest, dass wir ja eigentlich auch vorher schon wussten, dass er einen Knick in der Pupille hat, weshalb die Schuldfrage etwas breitgefächerter aufzulösen war.

„Wahrscheinlich konnte er die Höhe gar nicht richtig einschätzen. Was meinst du?"

„Ich weiß nicht. So grenzdebil, wie er sich bis zum Schluss eben vergnügt hat, worüber auch immer, hat er auf alle Fälle kein Gefühl für die Reparaturkosten, die uns erwarten. Und eigentlich kennt er seine Sehschwäche doch. Er hätte Bescheid sagen können, dann wärst du ausgestiegen. Das kann doch unmöglich die erste Situation in seinem Leben gewesen sein, in der er gezwungen war, so einen Abstand zu erkennen. Zumal als Kartograph."

„Tja, oder wir haben gerade den Grund für das ständige Verkehrschaos in Paris entlarvt." Sinnierte ich lakonisch vor mich hin.

Die nächste Tankstelle fanden wir vier Kilometer von der Avenue Boulanger entfernt. Nachdem wir unsere Reifen aufgepumpt hatten, begaben wir uns auf Parkplatzsuche. Wir stellten uns zu guter Letzt auf einen bewachten Hotelparkplatz, der fast mehr als das Doppelzimmer in selbigem Hause kostete und zwischen dem und Wilfrieds Wohnung fast acht Kilometer Strecke lag. Die Taxe, die wir uns für den Rückweg bestellten, brachte uns anderthalb Stunden nach Aufbruch vor Wilfrieds Appartement zu selbigem zurück.

Auf dem Bürgersteig standen noch zwei unserer Reisetaschen und eine leere Kiste Bier. Ich begann erneut zu hyperventilieren.

„Der wollte doch unser Gepäck nach oben nehmen. Jetzt ist eine von den Taschen weg. Ich glaub das nicht."

René klingelte bei Familie Flaubert. Wilfried kam nach unten und freute sich noch immer. Als er die zwei Taschen sah, sagte er:

„Oh mon Dieu. J'ai oublié. Ich vergess zwei Sack. Ein Sack in Appartement. Excusez-moi."

Dann lachte er wieder schallend.

Im fünften Stock, des Mehrfamilienhauses öffnete Wilfried mit einem stolzen „herein, willkomm lieb Frönd" und einer spektakulären Geste die unscheinbare, schmierige Wohnungstür. Gleich dahinter quetschten sich in einem engen schlauchigen Flur von dem einige Zimmer abgingen Annet und die Kinder. Nach dem großen, herzlichen Begrüßungsspektakel mit viel „Bisou" und „Embrassement" wurden wir in ein Zimmer gebeten, in dem ein Esstisch mit sechs Stühlen stand. Die Wände waren vollgestellt mit einfachen Naturholzregalen, deren Böden sich unter der Last hunderter von Büchern, Zeitschriften und Krimskrams bogen.

Man bat uns, an dem gedeckten Tisch Platz zu nehmen. Die Kinder trugen höflich unsere Taschen und stellten sie zwei Meter entfernt von der Abendgesellschaft wieder auf dem Boden ab. Es folgte eine einfache, aber leckere Brotzeit mit Baguette, Gänse-Rillette, Hagebuttentee und verschiedenen Käsesorten. Alle überhäuften uns mit Fragen und Erzählungen. Es wurde viel gescherzt und gelacht und ich war irgendwie schon wieder mit Frankreich und seinen Bewohnern versöhnt.

Als ich begann, die Gastgeschenke zu verteilen, trat ein wenig Ruhe ein. Jedes der Kinder war beschäftigt. Für Wilfried und Annet hatten wir einen edlen Champagner im Gepäck, den wir für diesen gemeinsamen Moment in ein Kühlelement gewickelt hatten, um mit den beiden zur Feier des Tages formvollendet anzustoßen.

Für mein Empfinden fast widerwillig öffnete Annet beim Anblick des Präsentes die Tür einer Kommode hinter sich, holte vier fleckige Weingläser heraus und stellte sie auf den Tisch. René öffnete die Flasche mit einem festlichen Knall und schenkte fast ebenso widerwillig, allerdings wegen des Zustandes der Gläser, den Schampus ein.

Wir stießen miteinander an und plauderten weiter. Annet erzählte von ihrer Schule, Wilfried von der Kirchengemeinde, in der er Musik machte und Mael von seiner Pfadfindertruppe.

Während mein und Renés Glas sich leerten, blieben die von Wilfried und Annet fast unberührt. Ich fragte verwundert nach, ob ihnen der Champagner nicht schmecken würde. Doch, doch sagte Wilfried daraufhin auf Französisch, aber sie wären nicht solche Alkoholiker, wie wir. Ich verschluckte mich bei dieser Äußerung und überließ für die nächsten Minuten René die alleinige Konversation.

Mein Blick schweifte im Zimmer umher. In der anderen Hälfte des Raumes waren ein Klavier, diverse andere Musikinstrumente und ein riesiger Fernseher. Davor stand ein ehemals hellbeiges Sofa, das alle Phasen der kindlichen Entwicklung begleitet zu haben schien. Die Zeit, als die Babys nach dem Stillen die Milch geradewegs wieder ausspien ebenso wie die Jahre, in denen sie schnell gewickelt werden mussten, während auch dabei mal etwas danebenging. Nicht zu vergessen die Zeit, als sie als Halbwüchsige begannen, wie auch jetzt mit ihren Straßenschuhen auf ihm rumzuhüpfen und sich dabei mit ihren Schnotten- und Schokoladenfingern auf ihm abfingen. Ich fand es luxuriös, dass die Kinder anscheinend einen eigenen Wohnzimmerbereich hatten, zumal mit einem derart großen Fernseher.

Insgesamt war der Raum mit seinen Gegenständen, für mein Empfinden und im Vergleich zu unserer Wohnung – wobei ich schon mildernde Umstände einräumte, weil wir allein lebten – „versifft" bis „saudreckig". Ich hoffte inständig auf einen weniger muffigen und nicht derart verwanzten Gästebereich.

Nicht, weil ich nach dieser Erkenntnis den großen Bad-Test plante, sondern wegen meiner kurz vor dem Bersten stehenden Blase, fragte ich die Dame des Hauses nach der Toilette. Ich wurde von Annet an das andere Ende des Schlauchflures verwiesen.

Entlang der einen Seite des Ganges, den ich zögerlich zu beschreiten begann, befanden sich Einbauschränke. Sie standen fast alle auf und offenbarten ein chaotisches Innenleben. Unmengen an Jacken, Sweatshirts und Pullovern lagen auf Regalbrettern oder hingen den modrigen Geruch vieler Regengüsse verströmend kurz vor dem Abrutschen auf ihren Kleiderbügeln. Der Gestank, den die am Boden aufgetürmten Schuhe ausdünsteten, verschlug mir nach diesem anstrengenden Tag den Atem. Ich hatte große Furcht davor, das Bad zu betreten. Wie sich rasch herausstellte, war das Gefühl berechtigt. Der schimmelige Feuchtraum mit seinen türkisfarbenen Fliesen und den fliehenden Silberfischen, der sich mir nach dem Herunterdrücken der klebrigen Türklinke offenbarte, war ein dunkles Loch, dem das künstliche Licht eher schmeichelte, als es in seiner wahren Scheußlichkeit abzubilden.

Als ich gierig auf körperliche Reinigung das Wasser am Waschbecken laufen ließ und meine Finger unter den Strahl hielt, stellte ich fest, dass der Abfluss verstopft war. Eine mit Seifen- und Zahnpastaresten durchsuppte milchige Pfütze wartete fast eine Minute darauf, sich allmählich in die Pariser Unterwelt verabschieden zu können. Mein Blick schweifte zaghaft umher, während ich nach einer Möglichkeit suchte, meine Hände abzutrocknen. Ich wurde fündig. Bevor ich jedoch in das vermeintliche Handtuch an der Wand griff, reagierten meine Instinkte. Vorsichtig näherte ich mich dem Objekt zunächst nur mit der Nase. Ein halber Meter reichte und mir strömte ein schimmeliger Geruch entgegen, der Wäschestücken anhaftete, die zwei Wochen in der Waschmaschine vergessen wurden und dort langsam vor sich hin kompostierten.

Während ich meine Hände an meiner Hose trocken rieb, fiel mein Blick auf eine Sammlung von ungefähr fünfzig Zahnbürsten mit komplett umgebogenen Borsten und festgeklebter Zahnpasta. Sie waren auf mehrere ebenso appetitliche Plastikbecher verteilt oder lagen auf dem Badewannenrand und dem Heizkörper. Ich konnte unter all diesen Sondermüllbürsten

nicht eine einzige entdecken, mit der ich die Fugen der Fliesen-
fußböden meiner Bistroküchen noch hätte putzen mögen.

Mir fiel der Spruch eines deutschen Kabarettisten ein, der
da fragte: „Ist das Kunst oder kann das weg?" Auch der Haus-
meister der Düsseldorfer Kunstakademie musste sich 1986
beim Anblick der „Fettecke", einem Kunstobjekt von Joseph
Beuys, bestehend aus fünf Kg Butter, die der Künstler vier
Jahre zuvor unterhalb der Zimmerdecke angebracht hatte,
diese Frage gestellt und eindeutig beantwortet haben, als er
die Flecken entfernte. Franz Joseph van der Grinten, ein deutscher Kunsthistoriker, mit dem ich mich während des Abiturs
auseinander setzen musste, hatte gesagt: „Künstlerisch können Zahnpasta und Silber die gleiche Funktion haben und
daher auch dieselbe Qualität."

Schwer zu sagen also, wo ich mich gerade befand. In dem
verwesten Feuchtbiotop einer französischen Mittelstandsfa-
milie oder in einer Zweigstelle des Louvre.

Dann erinnerte ich mich dunkel, weshalb ich mich an diesen schrecklichen, verseuchten Ort begeben hatte. Meine Blase hatte unter Schock völlig vergessen auf ihre Entleerung zu
bestehen. Ich suchte ängstlichen Blickes nach der Kloschüssel.
Fand sie und wagte es nicht, mich auf die, wie zu erwarten, mit
Undefinierbarem vollgekleckerte Toilettenbrille zu setzen. Um
im Stehen besser pinkeln zu können, klappte ich den Sitz nach
oben. Das Verhängnis nahm damit seinen weitergehenden Lauf.
Die nun auf dem weißen Keramik-Rand der Toilettenschüssel
und der Unterseite der Klobrille ersichtlichen braunroten Spuren der unterschiedlichsten Ausscheidungsprodukte aus verschiedensten Ursprungsepochen ließen nicht völlig unerwartet
für mich die gerade verspeiste Gänse-Rillette an Champgner-
schaumsößchen abrupt und krampfartig durch meine Speise-
röhre in Richtung Mundraum wieder nach oben schießen.

Ich brachte es jedoch nicht über mich in dieses Klo zu kotzen. Es war zu dreckig für mein intimes Vorhaben. Ein winzig kleines Wassertröpfchen, das mir möglicherweise aus dieser Kloake ins Gesicht gespritzt wäre, hätte mich auf ewig irreparabel verunreinigt. Durch meine lebenserhaltenden Reflexe beflügelt, schoss also mein Kopf in Bruchteilen von Sekunden hinüber zum Waschbecken.

Der Speisebrei, der aus meinem Schlund quoll, landete frontal auf dem verstopften Ablauf des Waschbeckens. Ich hatte keine Zeit und Muße darüber nachzudenken, musste es aber auch nicht. Mir war sofort klar, dass ich die Masse würde heraus schaufeln müssen. Ich griff nach einem der Plastikbecher, zog die Zahnbürsten heraus und schob mit einer Hand das Erbrochene hinein.

Dann kippte ich den Brei mit entsprechendem Sicherheitsabstand in die Toilette. Das Waschbecken reinigte ich zunächst mit Toilettenpapier und abschließend mit ein wenig Wasser und Seife. Den Becher säuberte ich in der Badewanne und stellte die Bürsten wieder hinein. Ebenfalls über der Badewanne spülte ich mir den Mund. In meiner Hosentasche fand ich ein paar heilsbringende Pfefferminzpastillen, die ich erleichtert zerkaute.

Meine notleidende Blase schrie noch immer. Ich stellte mich erneut über die Toilettenschüssel, allerdings ohne sie diesmal eines Blickes zu würdigen. Nachdem Unmengen an Harn endlich meinen Körper verlassen hatten, atmete ich kurzzeitig auf.

Während ich meine Hose hochzog und die Knöpfe schloss, suchte ich nach verräterischen Spuren meiner eben durchlebten Tragödie. Der Plastikbecher war nun, ebenso wie das Waschbecken, viel zu sauber für die Flaubert'schen Wohnverhältnisse. Allerdings, so mein Verdacht, würde kein Mitglied dieser Familie es bemerken.

Auf dem Weg zurück an den Esstisch fragte ich mich mit wachsender Besorgnis, wo sich eigentlich der besagte Gästebereich mit eigenem Bad befinden könnte und in welchem Zustand er wohl sein mochte. Es gab noch eine Tür, die von dem Raum abging, in dem wir saßen und in dem auch das vollgepupste Sofa der Kinder stand. Eventuell war hinter dieser Tür unser Bereich. Ich tröstete mich mit dem Gedanken, dass ein Gästezimmer ja in der Regel etwas gepflegter war als die täglich benutzten Räume.

Und während ich im Begriff war, mich selbst zu betrügen, erreichte ich die anderen. Die Kinder, die am nächsten Tag zur Schule gingen, begannen mit ihren gute Nacht Wünschen, weil sie ins Bett mussten. Annet räumte den Tisch ab und Wilfried offenbarte uns die Gebrauchsanleitung für den nächsten Tag. Sie würden uns selbstverständlich wecken, um sich vor der Arbeit und der Schule zu verabschieden. Abends wären sie alle wieder da und wir könnten dann gemeinsam noch etwas kochen, wenn wir Lust hätten.

Während Wilfried seine Vorstellungen vom Verlauf unseres zweitägigen Aufenthaltes in Worte fasste, öffnete er eine Tür der Anrichte, aus der Annet zuvor die Weingläser gezogen hatte. Wilfried nahm ein rosa Bettlaken und zwei Polyesterdecken heraus und ging damit durch den Raum auf das kontaminierte Sofa zu.

Mein Atem wurde pfeifender, wie immer, wenn ein Asthmaanfall drohte.

Lachend ruckelte unser Gastgeber an dem toxischen Restmüllpolster herum und erzählte begeistert, dass dieses geniale Möbelstück, man ahnt es kaum, mal eben ruck-zuck auch eine Schlaffunktion habe.

„Et voila. Mein zweit Nam c'est David Copperfield."

Dann schnatterte Wilfried weiter. Sie würden in ihrem Schlafzimmer direkt neben uns liegen. Falls also etwas sei, sind sie in unserer unmittelbaren Nähe. Leider wäre ihr Bad en-suite im Moment nicht in Ordnung, weshalb sie das der Kinder am Ende des Flures benutzen. Wir sollen uns also nicht erschrecken, wenn nachts einer von ihnen an unserem Schlafplatz vorbei zur Toilette ginge. Uns ständen dann morgen, wenn alle das Haus verlassen hätten, die Wohnung und der Kühlschrank komplett zur alleinigen Verfügung.

„Et maintenant mes chers amis, bonne nuit."

René und ich waren nun zu zweit im Raum. Wir mussten flüstern, damit unsere Herbergseltern uns nicht hören konnten.

Wir hatten zwei saubere Frotteehandtücher im Gepäck. René, der wusste, was in mir vorging, legte beide Tücher längs auf meine Liegefläche. Die Sofakissen, die wir als Kopfkissen benutzen sollten, legten wir beiseite. Dann zog ich mir eine der muffigen Decken über meinen bekleideten Körper. Lediglich meine Schuhe hatte ich ausgezogen. Wir drückten uns fest aneinander. René begann sanft zu schnorcheln, während ich durch das offene Fenster bis zum nächsten Morgen den Geräuschen der Straße lauschte und davon träumte, doch wenigstens eines unserer Hundekörbchen, als Bettersatz für mich mitgenommen zu haben.

Um sechs Uhr morgens huschten Annet und Wilfried in Nachthemd und Unterhose an uns vorbei. Wir hörten ihre und die Stimmen der Kinder im hinteren Teil der Wohnung. Eine halbe Stunde später öffnete sich die Tür zu unserem Raum. Wilfried voran versammelte sich die gesamte Familie Flaubert durcheinander plappernd vor unserer Schlafstelle, um sich, wie sie sagten, von uns zu verabschieden. Wir würden uns schließlich erst heute Abend wieder sehen. Und wann, dachte ich, hat man auch schon einmal die Gelegenheit, mürrische unausgeschlafene Deutsche noch Bett warm zu besichtigen.

Ich hatte mich aus hinreichend bekannten Gründen am Abend zuvor nicht abgeschminkt und wusste nur allzu gut, wie ich aussah. Meine Wimperntusche hatte schwarze Halbmonde unter die Augen gezaubert und mein durchgewühlter, ungewaschener Haarschopf wies etliche, talgige Nistplätze für obdachlose Vögel aus. Ganz zu schweigen von meiner stressbedingt rotgescheckten Gesichtshaut, die ein bisschen an ein Foto erinnerte, das meine Eltern geschossen hatten, als ich und meine Cousine Simone gemeinsam mit Masern im Bett lagen.

Meine Decke hatte ich bis zum Kinn gezogen, um zu verbergen, dass ich bekleidet war.

Eleonore tätschelte mir während der frühmorgendlichen Abschiedsprozedur derart mitleidig und stumm die Wange, dass ich mich fühlte wie ein räudiger Straßenköter, den man einzuschläfern gedachte, weil er zu hässlich war, um vermittelt zu werden. Dann gingen die Folterknechte endlich.

Bevor ich aufstand, zog ich meine Straßenschuhe noch im Liegen an. Dann bewegte ich mich mit René im Schlepptau in Richtung meines Traumbades. Dort begann ich mit der Scheuermilch, die unter dem Waschbecken stand, die Badewanne zu schrubben. Danach duschte ich auf den Füßen hockend in der Wanne. Während des Versuchs uns zu reinigen, ohne uns gleichzeitig an den uns umgebenden Gegenständen wieder einzusauen, berieten René und ich das weitere Vorgehen. Ich plädierte für eine sofortige Weiterreise, während René einen Tag in Paris verbringen wollte und willens war eine weitere Nacht im Grand Hotel Flaubert zu verbringen.

Er schlug mir vor, heute in der Stadt, ein Kissen, eine Decke, einen Schlafanzug und eine Flasche Rotwein für mich allein einzukaufen. So der Gedanke, könnte ich mich mit dem textilen Schutzschirm vor den Flaubert'schen Keimen schützen und mit Hilfe des Alkohols, sowohl meine Organe desinfizieren, als mich auch konsequent in eine Vollnarkose schlürfen. Ich versprach, darüber nachzudenken. Zu einem jedoch war ich auf keinen Fall bereit, ich würde nichts mehr essen, was in der Küche dieser Familie zubereitet wurde. Ein zehn Sekunden währender Aufenthalt in dem Raum, der mich stark an das Innenleben eines Faulturmes erinnerte, reichte, um diesen Entschluss unumstößlich in mir zu manifestieren. Ich plädierte dafür, in Paris einige kalte Leckereien zu besorgen und damit ein Abendbuffet zu gestalten.

Wir verließen die Wohnung und fuhren mit der Metro in Richtung Stadtzentrum. Der Sommertag in Paris war herrlich und ließ mich den bevorstehenden Abend und die Nacht für ein paar Stunden vergessen.

Irgendwann gegen neunzehn Uhr konnten wir unsere Rückkehr nicht weiter hinauszögern und machten uns auf den Weg Richtung Montrouge.

Mit dem guten Gefühl Haltung bewahrt zu haben, verabschiedeten wir uns noch am Abend von den Kindern und am nächsten Morgen von Annet und Wilfried. Es war mir trotz meines Widerwillens gegenüber den fragwürdigen Hygienestandards der Flauberts wichtig, den Eheleuten meinen Dank für ihre Gastfreundschaft auszusprechen. Die beiden schienen auch keinerlei Zweifel an der Ehrlichkeit meiner zur Schau getragenen Begeisterung für den Aufenthalt zu hegen, weshalb Wilfried zum Abschied darum bat, uns als kleine Gegenleistung, das eine oder andere Kind während der Ferien schicken zu dürfen.

„Scheiße. Das hab ich nun von meiner gespielten Euphorie. Obwohl – authentisch empfunden hab ich das Gefühl, aber nur weil der nahende Abschied mich so glücklich gemacht hat. Ich mag gar nicht daran denken, wie die Rasselbande uns unser Haus an einem Nachmittag ruinieren würde. Jeder einzelne von denen. Unsere Dobermänner, diese desaströsen, freiesten aller freien Radikale, machen, wenn sie dürfen, nicht annähernd so viel Dreck und Chaos, wie die", fluchte ich, als wir in einer Taxe in Richtung unseres Busses unterwegs waren.

„Abwarten, ob sie sich wieder melden. Dann können wir uns immer noch überlegen, wie wir damit umgehen", beruhigte René mich und schlug vor, bei Chantal anzurufen und nachzufragen, ob sie Lust hätte, sich heute oder morgen mit uns zu treffen.

Ich lauschte dem folgenden Gesprächsverlauf. René berichtete Chantal von unserem Aufenthalt bei Wilfried. Er lachte viel und herzlich über Chantals Bemerkungen. Als René das Telefonat beendet hatte, war ich gespannt zu hören, was ihn derart amüsierte.

René berichtete, dass Chantal entsetzt war zu hören, bei wem wir die letzten zwei Nächte verbracht hatten. Die Flauberts waren im gesamten Bekanntenkreis als eine unübertroffen suddelige Familie verschrien. Keiner hätte es je gewagt, bei den „Flodders", wie sie sie nannten, auch nur eine Einladung zum Tee anzunehmen. Die Angst vor offiziell ausgerotteten, aktuellen oder noch unbekannten Infektionskrankheiten war bei allen, die sie kannten ein offenes Geheimnis.

„Achso, und wir als blöde, unwissende Ausländer sind ihnen auf den Leim gegangen?"

„Richtig. Denn Chantal fragte gleich, ob sie uns ihre Kinder schicken wollen. Es sei ihre Masche, Freunden einen vermeintlichen Gefallen zu tun und sie hinterher zu fragen, ob eines der Kinder die Ferien bei ihnen verbringen könnte. Schlimmstenfalls kämen sie sogar alle für ziemlich lange."

„Gut dass wir vorgewarnt sind. Und was ist mit Chantal? Hat sie Zeit?"

„Leider nein. Sie ist ab heute Nachmittag in Royen in ihrer Ferienwohnung. Sie ist dort verabredet, sonst wäre sie später gefahren und hätte sich vorher mit uns getroffen. Sie war ein wenig traurig, dass wir uns nicht angekündigt hatten."

Von einer Anmeldung bei Chantal hatten wir abgesehen, weil unsere Ankunft zu ungewiss war. Wir kannten ihre akribischen Vorbereitungen zum Anlass unserer Besuche, und wir wollten sie auf keinen Fall mit einer Absage enttäuschen.

Selbstverständlich hatte sie René noch am Telefon angeboten, dass wir während ihrer Abwesenheit bei ihr zu Hause wohnen könnten. Wir hätten die Offerte gern angenommen, hatten aber schon ein Zimmer in einer Pension in Cognac reserviert. Dort verbrachten wir zwei geruhsame Tage und fuhren von dort aus zu Alain, um unsere Ziegen auszusuchen.

Alain Delon, der Ziegenhändler unseres Vertrauens oder
was der deutsche Bauer nicht kennt, verurteilt er trotzdem

Alain, der Ex-Mann von Anne, war ein Vollblut-Käsemensch. Er hatte um die sechshundert Ziegen in dem Betrieb, den er von seinem Vater in zweiter Generation übernahm. René lernte während seines Studienaufenthaltes bei Alain vieles, von dem er nicht gedacht hätte, dass er es jemals für sich würde nutzen können und sogar muss.

René und sein Lehrmeister von einst waren gleichaltrig. Während man jedoch René seine vierzig Jahre kaum ansah, wirkte der von seinem rauen Leben in der Landwirtschaft geprägte Alain fast ein Jahrzehnt älter. Der immer noch gut aussehende, aber ehemals wunderschöne Mann, der auf den Hochzeitsfotos mit Anne aussah, wie Alain Delon, war mittlerweile vollständig ergraut. Nichtsdestotrotz aber blieb er der quirlige, jugendliche Alleinunterhalter, den René vor einigen Jahren kennengelernt hatte.

Ich fand es komisch, dass, wenn ich zu Hause anderen über unsere Freunde in Frankreich berichtete, ich diese Unbekannten der Einfachheit halber mit den Schauspielern verglich, denen sie ähnelten, um es meinem Gegenüber zu erleichtern, die familiären und geschäftlichen Verflechtungen zu überschauen.

Da gab es dann Chantal, alias Liz Taylor, Alain, alias Alain Delon und Anne, die Tochter Chantals wiederum, die an die junge Bette Davis erinnerte. Last but not least war da noch Dominique, alias Angelina Joli, der Dorfvamp, in den René sich so unsterblich verliebt hatte und für die er nicht nur jedes Wochenende von Weihenstephan in die Charante raste, sondern der er sogar einen Heiratsantrag machte. Der einzig von sich aus getätigte und leidenschaftlichste seines bisherigen Lebens vermutlich. Ich ziehe diesen Schluss, weil bei unserer Heirat ich die Fragende war und seine Begeisterung sich in Grenzen hielt. Was man daran ablesen konnte, dass er am Abend nach unserer ausschließlich standesamtlichen Trauung, die ihn während der Zeremonie zu Lachkrämpfen hinriss, mit zwei Freunden in die Sauna und ich allein zum Geburtstag meines nichtsahnenden Vaters ging.

Zu Renés Leidwesen und meinem späteren Glück hatte seine große Liebe Dominique ihn damals betrogen. Jene verblühende Schönheit, die zu meiner unverhohlenen Freude bei einem unserer späteren Besuche in ihrem Haus nur noch durch zunehmendes Übergewicht und eine Foto-Kollektion alternder Suggardaddy-Liebhaber im Stile eines Serge Gainsbourgh auf dem Kaminsims beeindruckte. Während unseres Smalltalks beobachtete ich interessiert, ob ich ein verräterisches Funkeln in Renés Augen entdecken konnte, wenn er Dominique ansah und mit ihr sprach. Aber das Feuer wirkte, wenn zwar nicht erkaltet, so doch im Erlöschen begriffen.

Schon bei unserer Ankunft auf Alains Anwesen begann dieser ununterbrochen mit René zu scherzen. Er machte seinem Ruf als Unterhaltungskünstler alle Ehre und schien dies auf den diversen Messen und Märkten auch als ein Geheimnis seines Erfolges in Anschlag zu bringen. Arme Anne dachte ich, als ich mir vorstellte, wie Alain, als junger Mann auf seinen Verkaufstouren durchs Land die Frauen zum Lachen brachte und hundertfach verzauberte. Ich weiß nicht, wie viele Kinder Alain gezeugt hatte, offiziell zumindest hatte Pierre, sein Sohn aus der Ehe mit Anne, zwei weitere Geschwister von verschiedenen Müttern. Verstehen konnte ich die Frauen durchaus. Eine wunderhübsche Erinnerung an diesen Mann zumindest hatten sie auf alle Fälle, sowohl im Stammbaum als auch im Kinderzimmer.

Im Stall durften wir uns vier junge Ziegen und einen kleinen Bock aussuchen. Ich hatte den Harem und die Namen für die Hübschen und ihren Beschäler schnell zusammen. Rehlein, Zwergi, Kleines und Kleinstes sollten ebenso wie Heino, der Bock, die Reise auf unseren Hof mit uns antreten.

René hatte eine Plastikwanne für das Ziegenpippi im gesamten hinteren Teil des Busses ausgelegt. Wir hatten außerdem die Transportboxen der Hunde und eine weitere große Holzkiste für die Tiere dabei. Alles wurde vor Ort mit Stroh ausgepolstert und mit Heu und Wasserflaschen bestückt. Es waren so kleine gemütliche Wohneinheiten entstanden, an deren Wänden die Tiere sich bequem anlehnen konnten und entsprechend Halt fanden.

Am Abend des nächsten Tages traten wir gemeinsam mit unserer lebenden Fracht die Heimreise an. Der Sitz neben dem Fahrer ließ sich komfortabel um 180 Grad drehen. Unsere Schutzbefohlenen hatte ich so permanent im Blick. Alle fünf lagen friedlich in ihren Abteilen, hatten die Backen voll Heu und käuten wieder.

Sie ließen sich von mir streicheln und genossen die Liebkosungen. Schon lange vor Erreichen der deutsch-französischen Grenze hatte ich diese Wesen mit den ausdrucksvollen Augen und den filigranen Gesichtern tief ins Herz geschlossen.

Vier Stunden bevor ich mit Fahren an der Reihe war, legte ich mich in die größte Kiste neben Rehlein ins Stroh. Ich hatte selten ein derart erholsames Nickerchen erlebt, wie Seite an Seite mit diesem entspannten Geschöpf. Die urwüchsige Duftmischung aus Heu, Stroh und Tierleibern tat ihr Übriges, damit ich mich selten so wohl fühlte wie in diesem Moment.

Als wir gegen Mittag zu Hause ankamen, trugen wir die Tiere einzeln in den Stall. Von ihrer Box, die ursprünglich für Paul geplant war, ging eine Tür zur Stallgasse und eine weitere hinaus auf die Weide. Dort hatte René ihnen ein kleines Auslaufgehege abgesteckt und für die körperliche Ertüchtigung mittig den Stamm eines gefällten Obstbaumes platziert. Keines der fünf Tiere wagte auch nur einen Schritt in den Außenbereich. Sie stürzten sich, statt auf das frische Gras, lieber auf das Heu von der Weserinsel, also unsere exklusive Hausmarke. Wir ließen sie in Ruhe und gingen ins Haus, um die Post durchzuschauen.

Die Berufsschule hatte einige Informationen zum Schulhalbjahr, dem Lehrerkollegium und dem Stundenplan geschickt. Mir war nicht im Geringsten wohl bei dem Gedanken, dass René demnächst nur noch abends für mich und die Geschäfte da sein würde. Wobei von der Rangfolge der Wichtigkeit die Geschäfte um Längen vor mir lagen. Ich wusste, wie kurz zwei Jahre sich in meinem bisherigen bewegten Leben anfühlten, und hoffte, dass es während Renés Lehrzeit wenigstens nur so bleiben und sich nicht nochmals beschleunigen würde.

Den letzten Sonntag vor dem ersten Schultag waren wir bei Kurt Meika zum Einstandskaffeetrinken der Lehrlinge und ihrer Eltern eingeladen. In unserem Fall war ich die Eltern. Einen Umstand den Kurts Frau Bärbel, genannt Babsi, stundenlang todkomisch fand. Neben dem weiteren, ebenfalls elternlosen Lehrling Steffen, der sich im dritten Lehrjahr befand, waren außer Kurt und seiner Frau noch deren drei verwöhnte und sehr selbstbewusste Sprösslinge Kai, Uwe und Dörte anwesend.

Die Landwirtsgattin Babsi war eine im Dauereinsatz kochende und backende Sabbeltasche mit viel Hüftgold, welches jeden Monat einer anderen Diätattacke ausgesetzt wurde.

In jener Woche unseres Vorschultreffens war Trennkost Vergangenheit. Das neue Motto lautete Hollywood Diät und bestand, wenn ich es richtig verstanden hatte, aus Fett und Schampus. Die Mandarinen-Schmandtorte war für die Fette zuständig und Kurt für den Sekt, den es zur Begrüßung gab.

An diesem Nachmittag wie auch zu anderen Anlässen, hauptsächlich Fressgelagen mit Bekannten, Familie und Angestellten im Hause der Meikas, fiel mir auf, dass Unterhaltungen nicht möglich waren. Jeder fiel dem anderen ins Wort und redete, während ein anderer sprach. Themen wurden im Minutentakt gewechselt, übersprungen oder ignoriert. Keiner ging auf zuvor Gesagtes ein oder verfolgte einen Gedanken länger als zwei hundertstel Sekunden. Meist rannte Babsi während der Sabbelorgien zwischen Kochinsel und Küchentisch mit einem Headset auf dem Kopf umher und unterhielt sich vor der im Raum laufenden Gesprächskulisse mit ihrer Diätassistentin, der Miederwarenabteilung des Einkaufszentrums, der Vertrauenslehrerin von Dörte oder dem Kieferorthopäden von Uwe.

Ich hatte zunehmend den Eindruck, dass Kurt der Netzwerker und Taktiker im Umgang mit Menschen, sich Vorteile von dem Kontakt zu René und mir erhoffte. René hatte eine naturwissenschaftliche Ausbildung, die half, Kurts Bildungsdefizite an der einen oder anderen Stelle auszugleichen. Zudem gab René neben der Lehre den Kindern Nachhilfeunterricht in fast allen Fächern außer Sport und Religion.

Das Interesse Kurts an mir bestand in der Hoffnung, ich könne ihm in meinem Mutterkonzern den Kontakt zur Unternehmensleitung herstellen und ihm damit die Option eines weiteren Absatzmarktes für seine Milch verschaffen. Als sich zunehmend herauskristallisierte, dass dies weder in meiner Macht lag noch ich die Motivation hatte, ihm dahingehend behilflich zu sein, schwand das Interesse an uns. Wir wurden erst weniger, dann gar nicht mehr eingeladen. Während einer der letzten Geburtstagsessen, denen wir beiwohnen durften, wurde der Ton uns gegenüber zunehmend herablassender.

Kurt, der seinerseits nicht als der großzügigste Arbeitgeber verschrien war, lästerte lauthals vor der dreißigköpfigen Gästeschar über die angeblichen „Hungerlöhne", die ich meinen Mitarbeitern zahlen würde. Er posaunte seine Weisheiten in die Welt, ohne meine Konditionen zu kennen oder jemals bei mir erfragt zu haben. Für mich arbeiten zu müssen, wäre wohl für jeden Menschen „das Letzte", ließ er alle Anwesenden wissen. Woraufhin ich ihm vor dem versammelten Publikum die Frage stellte, was genau er denn meinen würde und woher er sein vermeintliches Wissen über die Arbeitssituation und die Befindlichkeiten meiner Mitarbeiter hätte.

Er lachte mich grölend aus und schmetterte:

„Das weiß doch wohl jeder. Oder was meint ihr alle so?"

Einige lachten schallend mit, andere lächelten nur verlegen und schauten über ihre am Körper verschränkten Arme auf den Tisch.

„Jetzt hör aber mal auf, Kurt. Das ist doch alles nur Spekulatius. Du weißt das doch gar nicht genau, wie das so ist bei denen", Rief Babsi ihm zu, als sie mit einer Terrine Gyrossuppe den Raum betrat. Dann sprach sie für alle hörbar eine Frau am anderen Ende des Tisches an und sagte:

„Beate, setz du dich mal zu der Martha rüber. Die hat auch einen Imbiss, wie du. Da könnt ich euch schön drüber unterhalten, näch?"

Glücklicherweise saß im Zuge der letzten gemeinsamen Abendveranstaltungen bei den Meikas der sehr angenehme Dorfrentner Hermann Grüttert neben mir. Hermann half jedem im Ort, sofern es in seiner Macht stand. Er war ruhig, gebildet und vor achtzig Jahren auf dem Nachbarhof, den er bis vor fünf Jahren noch selbst bewirtschaftete, geboren. Wie sich im Gespräch herausstellte, kannte der alte Herr unseren Nachbarn Matteo. Der hatte im hiesigen Altenheim seine Ausbildung gemacht und dort auch seine Frau Olli kennengelernt.

Da Hermanns Frau Trude ebenfalls im Altenheim gearbeitet hatte und dort bis zum heutigen Tag immer noch aushalf, obwohl die zu betreuenden Senioren meist jünger waren als sie selbst, bestand immer noch ein regelmäßiger Kontakt zu Matteo. Hermann, dem ich auf Grund unserer Querelen mit den Nachbarn und den daraus resultierenden Schwierigkeiten ein wenig Leid tat, sagte ganz leise zu mir:

„Ich erzähl dir jetzt etwas, was du wissen solltest, aber sag niemandem, dass du das von mir hast. Der Matteo spricht wegen des Altenheimbetriebes ja öfter mal mit meiner Frau Trude. Und der hat er gesagt, als er leicht einen in der Krone hatte, dass er es schon schaffen wird, dass euch finanziell die Luft ausgeht und er sich dann den Hof unter den Nagel reißen will. In seinen Augen seid ihr reiche Arschlöcher, die in Thedinghausen nichts zu suchen haben und die eine Abreibung brauchen. Eigentlich wollte er den Hof damals schon, aber da haben sie vom Schwiegervater nicht das nötige Geld bekommen. Aber so findet er das jetzt auch besser. Er sagte, ihr könnt ruhig ein bisschen was renovieren und den Hof dann verscherbeln, wenn ihr komplett abgenervt seid. Das wäre dann sein Moment sagt er, da würde er dann zuschlagen und den Hof kaufen. Er meint, man würde euch die Sache schon madig machen, da hätte er keine Zweifel. "

Ich war Hermann dankbar für die Bestätigung eines Verdachtes, den ich schon lange hegte.

„Was meinst du, Hermann, warum ist der so? Er hat natürlich auch mindestens einen Verbündeten, wenn nicht das halbe Dorf auf seiner Seite, aber speziell von ihm geht schon sehr viel Aggression aus. Er kommt mir vor, wie ein unglaublicher Konkurrenzgeier. Irgendwie so ein Alphamännchen mit riesigem Minderwertigkeitskomplex, der unter dem Pantoffel seiner Alten steht und deshalb alle da draußen, die ihn nicht als Häuptling anerkennen, zu Tode hetzen möchte."

Hermann überlegte, bevor er zu einer Antwort ansetzte.

„Dem muss ich nichts mehr hinzufügen. Es ist sehr hart, aber trifft es eigentlich ganz gut. Auch das mit dem zu Tode hetzen. Matteo geht über Leichen, der hat, außer für sich, für keinen Mitgefühl. Er ist ja als Kind im Kinderheim groß geworden. Damals ging es in diesen Häusern leider noch nicht so human zu wie heute. Da hat er, glaub ich, gelernt, sich mit allen möglichen und unmöglichen Mitteln zur Wehr zu setzen und auch anzugreifen. Also seid auf der Hut."

„Tja aber was soll denn noch passieren? Die haben uns doch schon angezeigt."

„Was noch passieren soll, Mädchen? Hallo! Denk dran, ihr habt eure Baugenehmigung noch nicht."

Da hatte der gute Hermann mehr Recht als mir lieb war.

Auf den Einschulungskaffee bei den Meikas folgte der erste Schultag.

Die Situation in der Berufsschulklasse war für René ein wenig wie die, von dem promovierten Hans Pfeiffer mit den drei F in der „Feuerzangenbowle" von Heinrich Spoerl. René war studierter Berufsschullehrer. Sein Klassenlehrer Herr Eumel, ein junger Mann um die dreißig, hatte seine Ausbildung gerade beendet und verbarg seine Unsicherheit hinter einer Maske aus gespielter Härte. Zum Glück ließ er sich von René helfen, wenn es darum ging, die Meute der halbstarken, landadeligen Millionäre zu bändigen.

Fast alle der vor Kraft berstenden Landwirtssöhne in der Klasse hatten Betriebe im familiären Umfeld, die kaum weniger als vierhundert Hektar Land, mindestens zwei fette John Deere und dreihundert Stück Milchvieh ihr eigen nannten. Nur ein Viertel der Mitschüler waren betriebslose Quereinsteiger, Umschüler oder Quotenfrauen. René war innerhalb dieser Randgruppe der Ober-Exot, der in keine Schublade passte. Sowohl seine Mitschüler, als auch die Lehrer begegneten ihm anfangs mit Skepsis. Als jedoch die Klassenkameraden bemerkten, dass er ihnen half, indem er bei sich abschreiben ließ oder Förderunterricht organisierte, wuchs das Wohlwollen gegenüber dem „Klugscheißer-Ingenör".

Auch die Lehrer begannen ihn zu schätzen. Er unterstützte die, die es nötig hatten dabei, die Klasse zu disziplinieren, ohne sie als unfähig zu entlarven, und machte eine Korrektur seiner Klausuren in der Regel deshalb überflüssig, weil sie sowieso meist fehlerfrei waren. Seine Fähigkeit, Lehrstoff aufzusaugen wie ein Schwamm, erleichterte ihm die wider Erwarten doch sehr harte Lehrzeit.

Belastend war vor allem der Dauereinsatz rund um die Uhr. Auf die Schule folgte irgendein technischer Notfall in unseren Geschäften, dann ging es am nächsten Tag in aller Herrgottsfrühe in den Lehrbetrieb und zu Hause warteten noch unsere Tiere, die ebenfalls versorgt sein mussten. Außerdem war René gezwungen, praktische Defizite gegenüber seinen Mitschülern zu kompensieren, die er zwangsläufig hatte, weil er im Gegensatz zu ihnen, nicht in der Landwirtschaft aufgewachsen war. All die Jungens und Mädchen, deren Eltern sie seit frühester Kindheit mit auf den Schlepper oder in den Melkstand genommen hatten, brauchten keine Sorge zu haben, das „Leistungspflügen" oder das „Kampfmelken" nicht zu meistern. René hingegen musste sich nach Feierabend den Schlepper seines Lehrherrn leihen und es trainieren, schnurgerade Furchen mit bestimmter Tiefe im Acker zu ziehen. Dies war die Voraussetzung, um zu bestehen, wenn die Prüfer mit ihren Messstöcken und Wasserwagen die Fertigkeiten des Lehrlings hinterfragten.

An den ruhigeren Abenden saß René dann meist stumm und todmüde neben mir vor dem Fernseher und bestückte seine Gräser- und Unkräutermappe oder schrieb sein Berichtsheft.

Ich versuchte René zu entlasten, indem ich so viel wie möglich von ihm fernhielt. Die Probleme in den Geschäften sollten nicht zu ihm dringen. Ein Umstand, der während der Lehre die für mich größte Belastung darstellte.

Die Woche vor Weihnachten 2012 hatte René Schul- und Betriebsfrei. Wir wollten einen Tag nach Hamburg fahren, dort etwas essen, bummeln und den Weihnachtsmarkt besuchen. Am Morgen des besagten Tages, René hatte gerade die Ziegen versorgt, stand unser Briefträger winkend vor dem Tor. Ich nahm eine Handvoll Briefe in Empfang und ging damit in die Küche. René folgte mir und setzte sich mit an den Tisch.

Auf einem der Briefe entdeckte ich den Absenderstempel des Landkreises Verden. Ich wurde schlagartig nervös. Meine Finger waren feucht, als ich hektisch versuchte den Briefumschlag aufzureißen.

Ich brachte es nicht über mich, den vom Fachdienst „Bauen, Planung und Straßen" im Allgemeinen und dem Fachdienstleiter König im Speziellen formulierten Inhalt zu lesen, und reichte René den Briefbogen aus braunem Recyclingpapier. Ebenfalls nicht ganz unberührt begann René vorzulesen:

„Sehr ge… u.s.w.,

Zur weiteren Bearbeitung des Bauantrages benötige ich daher folgende Unterlagen:
- *Eigentumsnachweis über mind. 2,1 ha Grünland im Original mit Auszug aus dem Liegenschaftskataster*
- *Pachtverträge mit einer Pachtdauer von 18 Jahren über mind. 2 ha Grünland im Original mit Auszug aus dem Liegenschaftskataster*

Die Landwirtschaftskammer hat in ihrer Stellungnahme ermittelt, dass für die zukünftig gehaltenen 65 Ziegen mind. 4,1 ha Grünland als überwiegend eigene Futtergrundlage erforderlich sind.

In der zum Bauantrag vorgelegten landwirtschaftlichen Betriebsbeschreibung haben Sie 1,05 ha als Eigentums- und ca. 5,45 ha als Pachtfläche angegeben. Bei der als Eigenland angegebenen Fläche kann nach Abzug des Hofgrundstücks allerdings nur die Grünlandfläche von ca. 8600 qm berücksichtigt werden.

Zur Sicherstellung der Dauerhaftigkeit und Nachhaltigkeit des Betriebes sind mind. 50% der als Futtergrundlage erforderlichen Fläche, d.h. ca. 2,1 ha als Eigentum nachzuweisen. Die übrige Fläche kann als Pachtfläche mit einer Pachtdauer von mind. 18 Jahren nachgewiesen werden. Dabei ist zu berücksichtigen, dass es sich um hofnahe Flächen mit einer Entfernung von max. 10 km zur Hofstelle handeln muss."

René starrte auf das Papier.

Plötzlich hatte ich wieder diesen kalkweißen Katastrophenteint im Gesicht, den mein Körper, seit man uns angezeigt hatte, in den besonderen Momenten der Panik auf mein Antlitz zauberte.

„Was soll das heißen", fragte ich, als wäre es eine hilfreiche Methode sich dem Inhalt einfacher Sätze zu versperren, indem man sich blöd stellte.

„Genau das, was dort steht. Der Landkreis benennt als eine neue Bedingung zur Erteilung der Baugenehmigung, nicht nur die Pacht, sondern den Besitz von 2,1 ha Weideland in einer Entfernung von maximal zehn Kilometern zu unserem Hof. Gleiches gilt bezüglich der Entfernung natürlich auch für das geforderte restliche Pachtland von zwei Hektar."

René blickte nicht zuversichtlicher, als ich auf den mittlerweile erkalteten Kaffee in unseren Tassen.

Endlich begann eine längst überfällige, vitale Zornesröte die kränkliche Blässe aus meinen Wangen zu vertreiben.

„Wie sollen wir das denn hinkriegen?" Ich zog die Stirn in Falten und polterte weiter:

„Falsche Frage klar. Wir sollen es nicht hinkriegen, das ist die Intention, die dahinter steht. Fast alles in einem Umkreis von zehn Kilometern gehört Matteos Schwiegervater. Das, was ihm nicht gehört, wird von ihm kontrolliert, und falls einer da draußen uns etwas anbieten würde, dann zu einem unerschwinglichen Preis. Und wieso überhaupt 10 Kilometer Entfernung? Deine Mitschüler haben zum Teil Land in einem Radius von 20 oder 30 Kilometern. Das ist doch reine Schikane. Was steht denn im Gesetz. Gibt es da Vorgaben?"

René griff nach dem Laptop.

„Ich schau mal eben nach."

Nach einer Stunde, die ich mit dem Kritzeln von Männchen, die gerade aufgehängt werden, verbracht hatte, sagte René:

„Ich glaub, ich hab da was. Laut einem Gerichtsurteil, darf die Entfernung des Weidelandes nicht mehr als 18 Kilometer vom Hof betragen. Mal sehen, wie die das mit den 10 Kilometern begründen und ob sie es überhaupt begründen. Wir sollten vielleicht einen Anwalt und auch die Landwirtschaftskammer einschalten. Mir kommt das, was die jetzt von uns verlangen, schon wieder mal sehr willkürlich vor."

Während René weiter nach Informationen suchte, setzte ich mich ins Auto und fuhr los. Es zog mich zu den Strohbeens auf die Insel. Ich hatte Hein und seinen Sohn Rico, wie auch seine Frau Kim auf den Feiern der Meikas kennengelernt. Die beiden Männer waren sehr ruhige Zeitgenossen, die lange überlegten, bevor sie etwas sagten, aber das, was sie dann sagten, auch meinten. Gesellschaftlich standen sie mit ihrem kleineren und teilweise maroden Hof weit hinter den Meikas. Dieser Umstand schien sie nicht wirklich zu stören, weshalb es ihnen auch an dem Ehrgeiz mangelte, daran etwas zu ändern.

Dennoch waren sie kleineren Geschäftsmodellen aufgeschlossen, die halfen ein wenig Geld in die Haushaltskasse zu spülen. Es war mir nicht entgangen, dass Kim eine dreißig Jahre alte Küche besaß, die auseinanderzufallen drohte.

Durch die Fenster des Hauses zog es wie Hechtsuppe und das Dach eines Nebengebäudes war eingebrochen. Das Land, das sie uns zur Pacht zur Verfügung gestellt hatten, spielte natürlich nicht einmal einen Bruchteil dessen ein, was sie gebraucht hätten, um auch nur eine der großen Baustellen am und im Haus in Angriff zu nehmen.

Kim war allein zu Hause, als ich mit meinem Wagen auf den Hof fuhr. Sie begrüßte mich herzlich und bestand darauf, mir einen Kaffee zu kochen. Die Bäuerin war eine quirlige, fleißige Frau, die neben der Landwirtschaft noch einem Putz-Job im nahegelegenen Hotel nachging. Sie wirkte mit ihrem feinen, seidigen Haar immer ein wenig wie ein kleiner zerzauster Kanarienvogel in der Mauser.

Die Arbeit und die insgesamt drei erwachsenen Kinder hatten Spuren an ihrer Konstitution hinterlassen. Keine der vielen Entbehrungen und Belastungen jedoch hatten jemals ihrer guten Laune und Lebensfreude Abbruch getan. Letzteres zumindest behaupteten die von ihr, die sie besser kannten als ich.

Ich folgte Kim in die Küche. Dort duftete es nach frischem Weihnachtsgebäck. In einem Fernsehapparat, der auf einem Teil der Arbeitsplatte stand, lief eine Folge von „Daktari". Kim grinste mich verlegen an.

„Ich liebe diese Filme. Ab November erlaube ich mir meine Vor- und Nachweihnachtsvideokassetten. Der Fernseher hat keinen Empfang, aber Videos gehen. Ich hab noch „Flipper", „Urmel aus dem Eis" und ganz viele „Ferien auf Saltkrokan" Folgen. Aber sag, was führt dich zu mir? Wahrscheinlich willst du zu Hein."

Ich schwieg und dachte über die Antwort nach.

„Ich weiß es nicht, Kim. Lass mich dir einfach erzählen, was für ein neues Problem wir haben, und dann kannst du ja mal sagen, ob ich deinen Mann ansprechen kann oder es besser lasse."

Kim hörte mir geduldig zu. Als ich fertig war, fragte sie spontan: „Aber sind wir denn weniger als zehn Kilometer voneinander entfernt?"

„Luftlinie schon. Und auf diesen Aspekt der Luftlinie würde ich in der Argumentation für das Land hier bei euch auch weiter aufbauen. Es gibt ja sogar ganz direkt von uns zu euch auf die Insel eine Fähre, die früher für Transporte von Futtermitteln genutzt wurde. Heute sind es nur noch Fahrradfahrer, die so auf die Insel kommen, aber theoretisch ginge auch Heu und Stroh. Außen rum, also über die Straßen sind es übrigens 15 Kilometer von uns bis hierher."

Ein besorgter Blick aus Kims Augen traf mich.

„Also ich kann, was Landverkäufe angeht, natürlich nichts entscheiden, aber ihr solltet Hein auf alle Fälle fragen. Er mag euch und findet es gut, wie ihr euch durchbeißt. Außerdem ist René unserem Rico eine große Hilfe im Melkstand bei den Meikas. Den habt ihr also auch auf eurer Seite. Das letzte Wort hat aber sowieso Oma Gertrud, Heins Mutter. Das ist eine ganz kluge Frau, die natürlich eines begriffen hat, nämlich, dass ein Landwirt sich nur im äußersten Notfall von seinem Land trennen sollte."

„Danke für deinen Rat Kim. Was meinst du, könnten wir es wagen, über Weihnachten mal bei euch vorbeizukommen? Da seid ihr da und wir haben auch ein bisschen Zeit. Für uns wäre es ideal, aber sag du mir, ob es sich schickt. Ihr seid ja schließlich unter euch."

Kim lachte fröhlich.

„Klar könnt ihr vorbeikommen. Ab dem ersten Feiertag nachmittags gehen uns sowieso die Themen aus."

Ich spürte einen kleinen Hoffnungsschimmer, als ich mich auf die Heimfahrt machte. Zu Hause berichtete ich René von meinem Gedanken mit der Luftlinie und dem Gespräch in Kims Küche.

„Wir sollten es auf alle Fälle über die Strohbeens versuchen. Eine Alternative fällt mir auch gar nicht ein. Herr Bröder von der Landwirtschaftskammer hat übrigens noch nie von einer solch strengen Auflage gehört. Zehn Kilometer sind normalerweise ein Klacks. Kurts Flächen sind zum Teil auch viel weiter entfernt. Er empfiehlt uns einen Termin beim Bauamt zu machen und nach der Begründung zu fragen. Falls wir Hilfe brauchen, steht er uns zur Verfügung."

Am zweiten Weihnachtsfeiertag nachmittags stiegen wir beladen mit kleinen Präsenten in unser Auto und fuhren Richtung Insel. Strohbeens schienen tatsächlich erfreut über ein wenig Abwechslung. Kim und Heins Tochter Neele, ihres Zeichens Berufsreiterin und seit drei Jahren wohnhaft bei ihrem Lebensgefährten in den Niederlanden, war die perfekte Gesprächspartnerin für mich, während René den Studienberater für Dicki, den zweiten Sohn spielen durfte. Nach vier sehr unterhaltsamen Stunden im Wohnzimmer der Strohbeens und etlichen vertrauensbildenden Maßnahmen mit französischem Feuerwasser aus unserer Hausbar, blieben kurz vor unserer Abfahrt gerade noch fünf Minuten, um Hein auf unser Anliegen bezüglich des Landkaufes anzusprechen.

Wie zu erwarten, reagierte er sehr minimalistisch. Hein schaute auf den Boden, räusperte sich mehrfach und murmelte:

„Da muss ich erst mal drüber nachdenken."

Im neuen Jahr hatten wir nicht früher als Ende Januar 2013 einen Termin beim Bauamt in Verden bekommen. Ein Gespräch bei der Landwirtschaftskammer machte natürlich nur im Anschluss an ein Treffen mit König und unserem aktuellen „Bauantragsbetreuer" einem Herrn Lauss Sinn, weshalb die Untätigkeit und das Warten, zu dem wir verdonnert waren, uns so unruhig wie unzufrieden machte.

Hein Strohbeen hatte sich zu unserem Leidwesen vier Wochen nach Weihnachten ebenfalls noch nicht bei uns gemeldet, weshalb wir einmal mehr in die Offensive gingen. Ich griff zum Telefon und rief bei Strohbeens an. Wie von mir erhofft, ging Kim ran.

„Du Kim, wir wollten euch zusammen mit Oma Gertrud am nächsten Wochenende zum Kaffeetrinken bei uns einladen. Habt ihr Lust?"

„Ich schon. Danke erst mal für die Einladung. Gib mir zwei Tage, dann frag ich die anderen."

Zwei Wochen nach meinem Anruf bei Kim rollten die Strohbeens an einem sonnigen Sonntagnachmittag Mitte Februar in ihrem grünen Uralt-Daimler auf unseren Hof.

Der Amtstermin in Verden hatte zwischenzeitlich stattgefunden. René, der das Gespräch alleine führen musste, kam mit wenig erfreulichen Nachrichten nach Hause. Das Auftreten der Beamten ihm gegenüber war auch diesmal wieder äußerst unzugänglich und autoritär. Sie sperrten sich massiv gegen den Luftlinienansatz und begründeten die Notwendigkeit von Kauf statt Pacht und die geforderte geringe Entfernung des Landes mit einerseits einer von ihnen erwünschten Autarkie unseres Betriebes und andererseits einer Erhöhung der Wirtschaftlichkeit des Hofes durch geringere Wegstrecke.

Herr Bröder von der Landwirtschaftskammer baute uns im Nachhinein wieder auf, indem er Gegenargumente lieferte, von denen er sagte, dass die Aussage von ihm als Landwirtschaftssachverständigem in derlei Fragen mehr Gewicht hätte, als die Einschätzung eines Baumenschen. Wichtiger als die Entfernung des Landes sei die Qualität der Gräser. Ziegen als ausgesprochen kritische Futterverwerter bräuchten auch besonders hochwertiges Raufutter, was sehr für die Insel spräche.

Außerdem könnten wir als kleine Landwirtschaft mit spärlichem Fuhrpark doch sicherlich auch auf die Maschinen der Strohbeens zugreifen, was ein weitaus gewichtigeres Wirtschaftlichkeitsargument sei, als eine Wegstrecke, die sowieso nur ein paar Mal im Jahr relevant wäre. Bröder entließ uns in der Überzeugung, dass der Landkreis Verden die Flächen auf der Insel akzeptieren müsste und wir nur schauen sollten, dass wir sie auch bekommen.

Gertrud Strohbeen war tatsächlich eine ungemein weltgewandte, eloquente und intelligente alte Dame. Man spürte, dass sie ihren Hein ein wenig zu träge und untätig fand, gab aber dennoch all ihren Schäfchen in der Familie, welche ihr ausnahmslos um Längen unterlegen waren, das Gefühl, sie auf ihre Art zu schätzen.

„Sag Gertud zu mir." Waren ihre ersten Worte an mich. Ihre Letzten, bevor sie uns an diesem Tag verließ, lauteten:

„Ich finde, ihr braucht Unterstützung. Ach und darf ich mit meinen Landfrauen mal zum Kaffee vorbeikommen? Ich find es zu schön bei euch und den Ziegen."

Die nächsten Wochen folgten etliche Girls-Days auf unserem Hof, ohne dass die Kaufanfrage nochmals thematisiert wurde. Den selbstgebackenen Kuchen brachten die graumelierten Mädels stets selbst mit. Den Pinot, eine Spirituosenspezialität aus der Charente, stellten wir. Ein Aufenthalt von fünf Stunden auf unserer Terrasse war keine Seltenheit, aber auch nie eine Last. Die Damen sangen, beflügelt durch die französische Edelspirituose, lautstark ihre Heimatlieder und schmusten mit den ersten Lämmern unserer Mädchen, die René ihnen vorsichtig in den Schoss legte. Es gab eine Bambie, die Schwestern Toffie und Fee, zwei pechschwarze Sorayas, die ich nicht unterscheiden konnte und neben den Brüdern Sigfried und Roy, das Einzelkind-Böckchen Taifun.

Irgendwann Mitte Mai, als René den ersten Käse und Joghurt zu produzieren in der Lage war, weil die Euter der Ziegen trotz der Babys immer prall gefüllt waren, kam Gertrud auf uns zu.

„Also meine Mädchengang habt ihr überzeugt. Käse und Joghurt schmecken ganz vorzüglich und das französische Teufelszeug ist sogar fester, fast zu fester Bestandteil unseres Lebens geworden. Kurzum, alle meine Freundinnen sind dafür, dass Hein euch das Land verkauft. Und Kim kann, glaub ich, auch mal eine neue Küche gebrauchen. Nächste Woche, wenn ich keinen Pinotte intus habe, gehen wir in die Preisverhandlungen, und danach schaut, dass ihr einen Notartermin bekommt. Mit Hein rede ich. Okay?"

Es folgte eine ziemlich kitschige, aber authentische Szene, in der ich Gertrud in den Arm nahm und nicht verhindern konnte, dass mir die Tränen übers Gesicht liefen. Diese fünfeinhalb Hektar, die wir am Stück nehmen mussten, waren unsere Rettung. Wir hätten von niemandem in unserem Umfeld auch nur ein Zehntel dessen an Weideland bekommen. Unser Projekt wäre damit, trotz Renés Lehre, zum Scheitern verurteilt gewesen.

Das notwendige kleine Vermögen für den Kauf konnten wir inzwischen wieder aufbringen. Als Käufer hatten wir René vorgesehen, der fast sein gesamtes Gehalt, bestehend aus Lehrlingslohn und den Bezügen bei mir als Haustechniker, in die Tilgung fließen ließ.

An einem heißen Junitag des Jahres 2013 saßen René, ich, Hein Strohbeen, sein Sohn Rico und Oma Gertrud geschniegelt und gebügelt beim Notar Dr. van de Holtern. Der Anwalt war von allen Beteiligten, also Strohbeens und uns, ausgewählt und beauftragt worden, den Kaufvertrag entsprechend unserer Vorgaben aufzubereiten.

Obwohl es sich bei dem Notariatstermin um einen lediglich formalen Akt handelte, dessen monatelange Vorbereitung die eigentliche Schwierigkeit darstellte, hyperventilierte ich mit schweißnassen Händen und pochendem Herzen in dieser für mich als bedrohlich empfundenen Kulisse.

Auch Strohbeens erschienen mir eingeschüchtert und deplatziert. Einerseits, weil sie in ihren Sonntagsgewändern wirkten, als müssten sie in die Kirche, und andererseits, weil man spürte, dass Land verkaufen eine Art Amputation für sie war, der sich zu stellen eine immense Überwindung für sie bedeutete. Umso mehr hoffte ich auf eine schnelle Abwicklung des Prozedere, damit nur niemand auf den Gedanken kam, es sich anders zu überlegen.

Van de Holtern begrüßte uns förmlich und reserviert. Dann richtete er in einem Ton, der etwas Vorwurfsvolles hatte, das Wort an uns.

„Sie haben mich hier und heute beauftragt, den Kauf des in den Unterlagen benannten und im Besitz des Hein Strohbeen befindlichen Flurstücks mit ihnen gemeinsam abzuwickeln. Ich werde dies tun, muss aber im Vorhinein noch einmal den Berufsstand des Käufers hinterfragen. Ich konnte keinerlei Angaben finden, nach denen sie, Herr Kurz, Landwirt sind. Dies müssten wir hiermit bitte nachholen."

Wir schauten allesamt irritiert in die Runde. Keiner von uns verstand, worauf der Notar hinaus wollte. René ergriff das Wort.

„Ich bin auch noch kein Landwirt. Warum sollte das von Bedeutung sein?"

Van de Holtern seufzte gequält, nahm seine Brille in Zeitlupe ab und schaute uns mitleidig in die Augen. Dann sagte er etwas, von dem ich geahnt hatte, dass es in irgendeiner Form kommen würde.

„Weil sie nur als Landwirt ohne Probleme landwirtschaftliche Fläche kaufen dürfen. Sie können es auch als Ingenieur, der sie von Haus aus sind, aber dann könnte ein Landwirt um die Ecke kommen und sagen mir steht das Land viel eher zu und ich will es. Und dann hat er ein gesetzliches Anrecht darauf, dass sein Kaufinteresse bevorzugt behandelt wird und die Kaufoption ihm zugesprochen wird. Strohbeens können ihr Verkaufsinteresse dann auch nicht mehr rückgängig machen. Das Land müsste an den Bauern verkauft werden, der diesen Einspruch erhoben und sein Kaufinteresse vorstellig gemacht hat."

„Oh Gott, bloß das nicht!" Gertrud die sonst so unerschrockene alte Squaw, war völlig außer sich. Hein, der noch nicht verstanden hatte, worin das Problem bestand, entschied, weil es immer passte, sich Muttis Gemütslage anzupassen, wirkte dabei aber eher wie ein verschnupfter Walrossbulle, während Rico ebenfalls um Orientierung im Tagesgeschehen ringend, kindlich verstört zwischen Oma und Papa hin und her blickte.

„Ja, bloß das nicht." Kommentierte Hein einerseits aus Solidarität zur Mutter, andererseits langsam die Situation erfassend, die Sachlage.

Van de Holtern bat daraufhin, sich von uns verabschieden zu dürfen, da weitere Termine drängten und wir unter diesen Bedingungen wohl kaum das Risiko einer derartig ungewissen Transaktion würden eingehen wollen.

Auf dem Parkplatz vor der Kanzlei betonte ich, wie froh ich sei, dass der Notar uns vor einem schwerwiegenden Fehler bewahrt hatte. Ich versuchte so der Situation zum Abschied einen positiven Stempel aufzudrücken und zu verhindern, dass Strohbeens mit nur negativen Gefühlen und einer riesigen Angst vor allem, was sich außerhalb ihres Hofes abspielte, nach Hause fuhren.

„Ich werde gleich unseren Anwalt befragen, ob es eine Möglichkeit gibt, dieses Problems Herr zu werden, ohne dass ihr irgendein Risiko eingeht. Wir melden uns, wenn wir mehr wissen."

Die arme Gertrud zitterte immer noch vor Angst.

„Ja Mädchen, aber es muss wirklich ganz ohne Risiko für uns sein. Stell dir mal vor, wir haben da plötzlich einen anderen, völlig fremden Landwirt vor der Nase. Das geht gar nicht. Mir wird ganz schwindelig bei so einem Gedanken."

„Ja, mir wird ebenso." Sprach der mittlerweile auch vollständig von Erkenntnis erleuchtete Hein und führte seine Mutter zum Auto.

Rico blieb noch kurz bei uns stehen.

„Das müssen die beiden erst mal verdauen. Aber schaut doch mal, ob man den Kauf trotzdem sicher gestalten kann. Die Tür ist, glaub ich, nicht zu. Aber die beiden sind scheue Rehe. Gebt ihnen etwas Zeit." Rico warf uns einen aufmunternden Blick zu und folgte dann seiner Familie zum Auto.

Als wir allein waren, verließ mich meine Selbstbeherrschung und mein Körper begehrte einmal mehr auf gegen die vielen emotionalen Eruptionen der letzten Monate. Ich hockte bewegungsunfähig im Gras hinter unserem Auto und heulte hemmungslos. René saß neben mir, streichelte mir den Rücken und reichte mir Wasser. Nachdem es mir besser ging, schritten wir nahtlos über zur Tagesordnung. Ich fragte René, wie noch mal dieser Anwalt hieß, den Kurt Meika bei Landkauffragen zu Rate zog.

„Eyckhoff. An den hab ich auch schon gedacht. Ich ruf mal eben bei der Auskunft an."

Zwei Tage später saßen wir in der Kanzlei von Dr. Eyckhoff, einem Landwirtssohn und Fachanwalt für Verwaltungsrecht.

„Also ich hab mir ihre Situation, die sie mir am Telefon geschildert haben, schon mal durch den Kopf gehen lassen. Ich muss zugeben, dass ich vor einem solchen Problem noch nicht gestanden habe. Die Baugenehmigung für landwirtschaftliche Gebäude zu stellen, während man in der Lehre ist, ist ebenso selten, wie derart harte Auflagen vom Landkreis zu bekommen, wenn der Betrieb im Aufbau ist. Aber wie dem auch sei, wir sollten versuchen einen Weg zu finden. Rein juristisch befinden wir uns in einer ziemlichen Zwickmühle. Wir könnten den Flächenverkehrsausschuss um eine Vorabentscheidung bitten, das Land kaufen zu dürfen. Das Land ist schließlich Bedingung für die Baugenehmigung. Was als besondere Härte in der Situation ein Argument für eine Sonderbehandlung sein könnte. Normalerweise entscheidet der Ausschuss, der Behördenbestandteil ist, aber nicht nur aus Beamten besteht, ausschließlich auf Grundlage von normalen Kaufverträgen. Da wird dann gesagt, ist okay, oder nein, weil der Käufer kein Landwirt ist. Die Fläche kriegt nur der, der Bauer ist und sagt, ich will das Land. Man könnte versuchen, einen Vorvertrag zu formulieren und abzuschließen. Den müssten wir dann dem Flächenverkehrsausschuss, bestehend aus Leuten vom Landvolk, dem Kreislandwirt und Mitarbeitern des Landkreises vorlegen. Die könnten dann auf der Grundlage des Vorvertrages eine Vorabgenehmigung für den Landkauf erteilen. Wenn uns das gelänge, was eigentlich ungesetzlich ist, dann hätten wir eine Chance."

René atmete tief und schwer durch.

„Positiv klingt erst mal, dass nicht nur Beamte vom Landkreis im Flächenverkehrsausschuss sitzen. Das könnte unsere Chancen erhöhen, respektive wir hätten überhaupt erst mal eine."

Eyckhoff, der unsere Vorgeschichte nicht nur interessant fand, sondern auch meinte, dass unser Durchhaltevermögen und unsere Zähigkeit Unterstützung verdienten, schien hochmotiviert, was mir sehr half, die aktuellen Widrigkeiten zu ertragen.

Der Anwalt erklärte uns das weitere Vorgehen. Wir erfuhren, dass der Ausschuss in bestimmten Zeitabständen tagte und unser Rechtsbeistand vor dem nächsten Termin den Vorvertrag mit uns machen würde. Er riet uns, das Komitee vorab zu kontaktieren und über die Umstände zu informieren. Eventuell gemeinsam mit einem Fürsprecher der Landwirtschaftskammer. Dann hieß es abwarten. Falls man zu unseren Gunsten entscheiden würde, könnten wir in der Kanzlei von Eyckhoff mit dem dort praktizierenden Notar den endgültigen Kaufvertrag schließen.

Daran jedoch wagte ich noch nicht ansatzweise zu glauben. Dennoch verließen wir die Kanzlei mit dem Gefühl, einen klitzekleinen Ansatz gefunden zu haben.

Bis zum nächsten Treffen des Flächenverkehrsausschusses waren es noch vier Wochen. In dieser Zeit mussten wir Strohbeens überzeugen, dass es einen potenziellen Weg des Landkaufs gab, der völlig ungefährlich für sie war.

Ich schlug vor, Oma und ihren persönlichen Flächenverkehrsausschuss in Form ihrer Mädchengang am übernächsten Wochenende zu Maishähnchen und „Pinotte" einzuladen.

René seufzte.

„Dann musst du das aber allein organisieren. Ich hab Zwischenprüfung. Ich muss lernen. Zum Essen bin ich dabei, trinken müsst ihr allein."

Ich rief bei Gertrud an. Schon im Klang ihrer Stimme schwang eine unüberhörbare Besorgnis mit. Sie war mir noch zugeneigt, hatte aber die Sorge, wir könnten mit unserem Anliegen Unheil in das sortierte, geordnete und katastrophenfreie Leben ihrer Familie bringen.

„Gertrud, bitte. Du hast doch deine gesamte Jury dabei. Alles weise, erfahrene Sachverständige für die Dinge des Lebens. Wenn deine Mädels sagen, Daumen runter, dann lassen wir es. Wenn

ich sie aber überzeugen kann, dass Eychhoffs Vorschlag ungefährlich für euch ist, dann kannst du ja noch mal überlegen."

Die Entscheidung der zwölf Geschworenen fiel erst kurz
vor Mitternacht. Kam Gertrud sonst nur mit sechs Mädchen,
so war es diesmal die doppelte Kopfzahl. Sieben Maishähnchen, fünf Flaschen Pinot, drei Rollen Fürst-Pückler Eis und
acht Asti Spumante waren gut angelegte Entscheidungshilfe.
Das schwer erkämpfte Urteil erging zu unseren Gunsten. Danach fuhren wir die Damenrunde mit einem Durchschnitts-
alter von zweiundsiebzig Jahren in unseren beiden Autos und
einer Taxe nach Hause. Wobei nicht alle Frauen in unserer
Gemeinde wohnhaft waren. Dietlinde Stolze z.B. kam aus der
Nähe von Lüneburg und Annemarie Meiners aus Bremervörde. Sie war, wie wir auf der Fahrt erfuhren, mit Gertrud in die
Grundschule gegangen, danach hätten sie sich aus den Augen
verloren. Ilse Kronert, die wir nach Schwanewede fuhren und
mit der Gertrud regelmäßig Shopping Queen schaute, hatte
ihren Haustürschlüssel in Annemieke Gruhls Handtasche
vergessen, weshalb wir nochmals nach Bremen-Oberneuland
zurück mussten. Gegen fünf Uhr morgens dann hatten wir
unseren Geschworenentransfer abgearbeitet.

Drei Tage später durften René und Hein in der Kanzlei von
Dr. Eyckhoff mit Omas Segen den Vorvertrag für den Landkauf abschließen. Danach wandte René sich umgehend an
den Flächenverkehrsausschuss. Das Gespräch mit der für uns
zuständigen Sachbearbeiterin verlief kurz und knapp. Frau
Meyer-Bothling, so der Name der Beamtin im Vorzimmer zur
Macht, instruierte René, ihr den Vertrag mit seiner Stellungnahme einzureichen.

Als René dies noch am selben Tag mitsamt dem Empfeh-
lungsschreiben der Landwirtschaftskammer in der Vertrags-
mappe tat, quittierte Frau Meyer-Bothling emotionslos und

unaufgefordert den Empfang. Sie wies René an, sich frühestens in zwei Wochen zu melden, um sich nach dem Verlauf der Angelegenheit zu erkundigen.

Das Zeitfenster empfand ich als außergewöhnlich kurz. Ich war positiv überrascht, dass wir nicht auf die nächsten sechs Wochen vertröstet wurden.

Und geradezu euphorisiert war ich, als René mich zehn Tage nach dem Abgabetermin des Vorvertrages anrief und mir sagte, Frau Meyer-Bothling hätte ihm gerade telefonisch mitgeteilt, dass man unserem Anliegen stattgegeben hätte und wir den endgültigen Kaufvertrag abschließen könnten. Er, René, würde als Käufer akzeptiert sein.

Renés Anruf erreichte mich in einem der glücklichen Momente, die ich in einer der Ziegenboxen damit verbrachte, für meine zukünftige Nebentätigkeit als Melkerin zu trainieren. Zwergi, die Besonnene, war immer recht gnädig mit mir, wenn ich ihr unbeholfen die Striche quetschte und lang zog, um die wertvolle weiße Flüssigkeit aus ihrem drahtigen Körper zu ernten.

Rehlein dagegen war eine Herausforderung. Sie ließ mich ohne Erbarmen erfolglos hinter sich herjagen und lachte sich meckernd schlapp, wenn ich hechelnd in einer Ecke kauerte, um Kraft für die nächste Treibjagd zu sammeln.

Währenddessen beobachteten die „kleinen Strolche" Bambie, Toffie und Fee und die beiden Sorayas die Szenerie unablässig und ließen keine Gelegenheit aus „sich einzubringen". Taifun, der schüchterne kleine Bock, war als Muttersöhnchen wie es im Buche stand, meist ausgeschlossen von den wilden Spielen der Mädchenclique, und versteckte sich unter der Heuraufe, während Sigfried und Roy es vorzogen allein zu spielen.

Genetisch ganz und gar Bergziege, sprangen, rannten und kletterten die Mädchen wild und unkapputtbar stundenlang in ihrem Gehege umher. Eines ihrer Lieblingsspiele bestand darin, mit Anlauf an einer Boxenwand hochzuspringen, sich am höchsten Punkt in der Luft zu drehen und mit den Hinterläufen wieder von der Wand abzustoßen. Je höher und je weiter sie kamen, umso euphorischer und lauter fielen ihre spitzen Triumphschreie nach der vollendeten Luftakrobatiknummer aus.

Eine für die Kleinen besonders amüsante Variante dieses Zeitvertreibes sah so aus, dass ich, während ich melkend auf dem Boden hockte, als lebende Sprungschanze mitwirken durfte. Ich spürte schon, wenn sie sich aufgeregt auf der Stelle tretend hinter meinem Rücken postierten und zunächst untereinander auszuhandeln schienen, wer als nächstes mit Karacho in Richtung meines Rückens Anlauf nehmen durfte oder sollte, um sich von mir statt der Mauer mit einer halben Schraube in die Luft abzudrücken. Ihre Freude über die gelungenen Rittberger in Kombination zu meinen Schmerzensschreien war dann noch weitaus euphorischer als im Zusammentreffen mit der unpersönlichen, stummen Wand.

Einmal, bevor die Erste auf mich zusprintete, wandte ich ihnen mein Gesicht zu, um sie zu beobachten. Alle drei Zicklein standen unruhig tippelnd Schulter an Schulter nebeneinander und schienen sich zuzurufen „ich will", „nein, ich zuerst", „immer drängelst du vor", „jetzt trau ich mich grad nicht, lauf du", „Feigling", „ bin ich nicht", dann rannte unvermittelt doch eine vermeintlich Todesmutige los, während ich schützend meine Muskulatur anspannte und die Luft anhielt.

Mittlerweile mochte ich unsere Ziegen und ihren liebenswerten Beschäler nicht mehr missen. Mir war früher nie aufgefallen, wie hübsch und sympathisch diese Geschöpfe sein können. Ekelig wurden sie eigentlich nur kurzzeitig, wenn das andere Geschlecht, die Ehre oder eine Portion Kraftfutter ins Spiel kamen. Aber auch dann respektierten sie uns als die Stärkeren. Ein Umstand, der im Hinblick auf unsere körperliche Unversehrtheit von nicht unerheblicher und zu unterschätzender Bedeutung war. So ist es in Deutschland im Gegensatz zu Frankreich nicht gestattet, Ziegen zu enthornen. Demzufolge waren zwar unsere Muttertiere relativ wehrlos, nicht jedoch ihre Nachzucht und unser Landbeschäler Heino. Eine Tatsache, an die man sich schnell gewöhnen musste, wenn einem das Augenlicht im Speziellen und der Rest des Körpers im Allgemeinen wichtig waren. Hinzu kam, dass nicht alle Tiere so zutraulich waren, wie die aus unserer Zucht und unserer Betreuung.

So hatte René Anfang Juli zur „Bereicherung" unseres stalleigenen Genoms einen noch relativ kleinwüchsigen Jung-Bock von einem befreundeten Züchter erstanden. Die unsympathische, kackbraune Mutation hatte gefühlt neunzig Prozent Erbmaterial von einem schwer erziehbaren, hormonell stark gestörten Jack Russel auf der DNA.

BungaBunga, wie ich ihn zu nennen mich gezwungen sah, sprang zum Einstand an dem doppelt so hohen und tief in seine Yoga- und Thai Chi Übungen vertieften Heino empor, um ihn mal eben im Vorbeigehen zu pimpern und dem körperlich überlegenen Mitbewohner auf diesem Wege zu zeigen, wer hier in Zukunft das Sagen haben würde.

Heino, der anfangs noch von einem Missverständnis ausging, reagierte zunächst recht wohlwollend und souverän, indem er den Gnom ignorierte. Der Testosteron gesteuerte Rammler jedoch wusste, wie sich zu seinem späteren Leidwesen herausstellen sollte, Heinos großmütige Geste nicht als eine solche zu erkennen und dankbar anzunehmen. Stattdessen fuhr er lebensmüde, wie er augenscheinlich war, mit seinen provokanten Begattungsversuchen fort.

Irgendwann aber riss auch dem tiefenentspannten Heino der Geduldsfaden und er näherte sich mit gesenktem Kopf dem irren Zwerg. Der große Bock nahm BungaBungas Hals zwischen seine Hörner, presste ihn an die Wand und zog ihn am Mauerwerk empor. Auf einem Meter Höhe hielt Heino inne, dann begann er den Geisteskranken ausgiebig durchzuschütteln. Als der schlappe Fellsack keinen Mucks mehr von sich gab, ließ Heino den Größenwahn mit den dicken Eiern einfach ins Stroh fallen und würdigte ihn keines Blickes mehr.

BungBunga brauchte ein halbes Stündchen, um sich von seiner Psychotherapie zu erholen. Danach war er zwar von einer vollständigen Genesung noch weit entfernt, schien aber auf einem stetigen Weg der Besserung. Sein Sozialverhalten gegenüber Heino zumindest hatte sich merklich verbessert.

Einiges zu wünschen übrig jedoch, ließ auch in der Folge seine extrem frauenverachtende Gesinnung, die sich in spontanen Vergewaltigungen der sonst so liebestollen, doch nun verschreckten Gespielinnen äußerte, und von denen der Triebtäter auch nach Abklingen des ersten Hormonrausches keinen Abstand nahm. Wir entschieden deshalb, diesen schwer bis gar nicht Therapierbaren aus Rücksichtnahme auf die Opfer der häuslichen Gewalt nicht nur in Sicherheitsverwahrung zu nehmen, sondern gleich in die Wurst zu schicken.

Es berührte mich nicht, dass BungaBunga zum Schlachter ging. Bei allen anderen Böcken, gerade den selbst gezogenen, die ich wochenlang auf dem Arm trug und denen ich zärtliche Namen gab, die aber qua ihres Geschlechtes Todgeweihte waren, auch wenn ihnen zwei Jahre ein schönes Leben beschert wurde, fiel es mir schwer, ihr Schicksal zu akzeptieren und nicht zu leiden, wenn ihre traurigen Augen mich aus dem Topf heraus anschauten.

Anfangs plädierte ich gegenüber René dafür, ein oder zwei eigene Böcke für die Zucht zu verwenden, musste aber einsehen, dass die Inzuchtproblematik zu gravierend für die

Nachkommen war, als dass dieses Risiko sich gelohnt hätte. So fuhren wir alternativ einmal im Jahr zu Alain und holten uns ein paar vielversprechende Jungspunde.

In meine Gedanken vertieft und immer noch in der Box hockend, erhielt ich zwanzig Minuten nach Renés erstem Anruf einen weiteren von ihm. Diesmal sagte er, er habe mit Oma Gertrud und Hein gesprochen und es geschafft, dass wir unseren Vertragstermin beim Notar am Dienstag der nächsten Woche hätten.

KAPITEL

24

Das Finale: Salto Mortale in die Insolvenz oder
Survival of the fittest?

Als der Herbst kam, begannen wir die offene Seite des Stalles erneut mit Holzbohlen winterfest zu verschließen. Wir hatten dies im letzten Jahr schon einmal gemacht. Dann zum Sommer – um der guten Luft willen – die provisorische Wand aber wieder entfernt.

Spätestens Ende September des Jahres 2013 war uns klar, dass die Baugenehmigung nicht mehr so zeitnah erteilt würde, dass der Bau der zweiten Stallhälfte vor dem Wintereinbruch hätte beendet werden können.

Seit der Einreichung unseres Kaufvertrages für das Land und der offiziellen Akzeptanz der Flurstücke als geeignet für unseren Betrieb, riefen wir ungeduldig alle zwei Wochen unter diversen Vorwänden beim Bauamt des Landkreises an und versuchten „so nebenbei" den Stand der Entwicklung in den Fachabteilungen zu erfragen. Die Erfolglosigkeit unseres Unterfangens und die Sorge unser „Generve" und unsere Penetranz könnten uns schaden, verhielten wir uns ab Mitte November ruhiger und unterließen unseren bemüht höflichen Telefonterror.

Ende November, René steckte gerade in einer Hochphase seiner Jahresabschlussklausuren, erreichte uns nach langer behördlicher Funkstille ein Brief des Landkreises Verden. Die Amtstierärztin Frau Dr. Grüne teilte uns mit, dass die Bauplanung für unsern Stall „immer noch nicht" den Anforderungen der EU-Bestimmungen für artgerechte Tierhaltung entsprechen würde. Eine Zustimmung ihrerseits zu dem gestellten Antrag somit nicht erfolgen würde. Wir waren ratlos, weil uns jedwede Anhaltspunkte fehlten, woran Frau Dr. Grüne sich störte.

Während der Planungsphase hatte René mehrfach Rücksprache mit dem Veterinäramt gehalten und um Zusammenarbeit gebeten. Die Vorgaben, die uns bezüglich Lichteinfall, Luftaustausch, Tränken, Auslauf und zu vielen anderen Aspekten mitgeteilt wurden, hatten wir unserer Einschätzung gemäß eins zu eins umgesetzt.

Wir riefen bei Frau Dr. Grünes Vorzimmerdame an, um einen Gesprächstermin zu erbitten, der uns Klarheit verschaffen sollte über die behaupteten, abstrakt in den Raum gestellten Abweichungen von den Vorgaben des Amtes. Uns wurde mitgeteilt, dass Frau Dr. Grüne drei Wochen im Urlaub sei. Dann wäre Weihnachten und der frühestmögliche Termin, den man uns anbieten könnte, wäre dann in der zweiten Januarwoche. Uns blieb gar keine andere Wahl, als den Vorschlag zu akzeptieren.

Umgehend nach Renés letzter Klausur verbrachten wir täglich zwei bis drei Stunden damit, Material über Ziegenhaltung im Internet zu recherchieren und mit unserem Bauantrag abzugleichen. Unsere Anstrengungen dahingehend erübrigten jede andere Entspannungsaktivität über die Weihnachtsfeiertage und Sylvester. Die Auswertung unserer Nachforschungen im neuen Jahr ergab, dass es im Hinblick auf verschiedenste Aspekte der Haltung von Ziegen sehr widersprüchliche Kriterien und Auflagen gab. Letztendlich ging es einzig und allein darum, welche der Varianten Frau Dr. Grüne zu bevorzugen und von uns zu verlangen gedachte.

Gespannt und verunsichert zugleich saßen wir in der zweiten Januarwoche des jungen Jahres vor der Amtstierärztin Dr. Grüne und ihrer Langzeitpraktikantin Moni Liebenthron. Die Veterinärin schien sich zu formaler Freundlichkeit zu zwingen. Ich hatte die Medizinerin bisher noch nie gesehen, in meiner Vorstellung aber ein völlig anderes Bild von ihr, als die Realität mir nun offenbarte.

Sie war wider Erwarten jung, also geschätzt Ende Dreißig, und sehr sportlich. Bekleidet war sie mit Jeans, Ringelshirt und Reitstiefeletten. Ihr Erscheinungsbild wirkte, als sie sich von uns unbeobachtet glaubte, weltoffen, modern und unkompliziert. Für uns schien die Beamtin, als sie aus dem angrenzenden Arbeitszimmer in das Besprechungszimmer trat, mit ihrem Habitus und ihrer strengen Miene abrupt in eine davon abweichende Rolle zu schlüpfen.

Ich fragte mich, warum diese Frau augenscheinlich ein derart negatives Urteil über uns hatte. Nach einer kurzen Begrüßung begann sie mit leicht resigniertem Unterton das Wort an uns zu richten.

„Also, was kann ich noch für sie tun? Ich hatte detaillierte Vorgaben zur Belüftung, zur Boxenanzahl, zur Boxengröße und so weiter und so weiter gemacht. Nichts davon ist von ihrer Seite umgesetzt. Wollen sie jetzt ihre gesamten Hausaufgaben noch einmal mit mir durchgehen, anstatt sie zu Hause zu machen?"

„Ja, bitte." Sagten René und ich gleichzeitig. René ergänzte um die Bemerkung, dass wir selbstverständlich unsere Aufgaben gern eigenständig erledigt hätten, aber wir nicht erkennen, wo unsere Auflösung der Vorgaben von ihren Forderungen abweiche.

Die Doktorin schnaubte abfällig, bevor sie mit ihrer Tirade begann. Moni, jene liebreizende Praktikantin, die es zu ihrem und unserem Glück nach Verden und nicht ins Weiße Haus in Washington verschlagen hatte, setzte an, das folgende Referat zu protokollieren.

Die Amtstierärztin sprach in Kürzeln. So sagte sie zum Beispiel, dass wir nach Punkt 2.3 die geforderten zwei Zentimeter nicht eingehalten hätten und nach Punkt 2.4 auch dem Folgeaspekt zwangsläufig nicht gerecht werden konnten. So ging es bis Punkt 5.3 weiter. Trotz unseres mittlerweile profunden Wissens über Ziegenhaltung sahen wir uns außer Stande die Punkte 2.3

oder 5.1, sowie 3.7 und 4.11 in einen dergestalt sinnvollen Kontext zu stellen, dass sich ein halbwegs nachvollziehbares Anforderungsprofil an artgerechte Tierhaltung ergab.

René bat nach einer gefühlten halben Stunde zaghaft darum, Frau Doktor möge die Punkte, die Zentimeter und die Kubikmeter doch bitte den Oberthemen und dem Bauplan zuordnen, weil wir Probleme hätten zu folgen und im Prinzip „null Orientierung" haben, worüber unser Gegenüber gerade spräche.

Frau Dr. Grüne wurde sehr rot im Gesicht.

„Ich merke an ihrer Bauplanung sehr wohl, dass sie nicht wissen, wovon ich spreche, aber ich bin es leid, mich tausend Mal zu wiederholen. Meine Zeit ist mir ehrlich gesagt zu schade für eine derart dilettantische Herangehensweise ihrerseits an ein solches Projekt. Es geht hier um Tierwohl und ich stehe kurz davor, ihnen grundsätzlich die Befähigung abzusprechen, Ziegenhaltung nach unseren gesetzlichen Vorgaben bewerkstelligen zu können."

Ich schaute flehentlich zu René. Wir sahen uns an. Keiner von uns beiden wagte etwas zu sagen. Wir hatten Angst, des Raumes verwiesen zu werden, als Moni, die Göttliche, das personifizierte Erbarmen und Mitgefühl ansetzte und sprach:

„Entschuldigung Frau Dr.Grüne, darf ich bitte abgleichen, ob Herr Kurz und Frau Schönbach unseren letzten Forderungskatalog bekommen haben?"

„Warum sollten sie nicht?" Pampte Frau Doktor, während wir die Anregung dankbar aufgreifend um Einsicht in besagten Forderungskatalog baten.

„Darf ich?" Fragte zaghaft der Erzengel Moni.

Die Frau Doktor verlieh mit einer abfälligen Handbewegung ihrer widerwilligen Zustimmung Ausdruck.

Moni, die Erlösung, betrat drei unendlich lange Minuten später erneut den Raum und legte uns fünf vollständig beschriebene DIN A4 Seiten auf den Tisch. Da waren sie die

Punkte 2.3, 5.7, 6.2 bis 17.5. Wir blickten erstarrt mit ein wenig Lähmungsspeichel in den Mundwinkeln auf die Schriftstücke, dann schaffte es René zu sagen:

„Wir kennen diesen Forderungskatalog nicht. Wohin haben sie ihn geschickt?"

Grüne, obschon noch selbstgerecht ungehalten, wirkte dennoch leicht konsterniert.

„An den Projektleiter König, der es an sie weitergeleitet hat."

„Hat er aber nicht. Wann soll das gewesen sein?" Fragte ich fast schon mit einem Anflug von Erleichterung.

„Vor drei Monaten. Einen Monat danach habe ich sie nochmals angemahnt und die nun letzte Aufforderung vor der Ablehnung ihres Bauantrages durch meine Abteilung habe ich Ende November, entgegen unserer Gepflogenheiten, direkt durch mein Büro an sie schicken lassen, weil Herr König sich im Urlaub befand."

Auf einige Sekunden des betretenen Schweigens erfolgte die Bitte Renés, Frau Dr. Grüne möge den Forderungskatalog doch hier und jetzt nochmals mit uns durchgehen, da er uns gänzlich unbekannt sei. Wir würden umgehend die Korrekturen in Angriff nehmen, müssten aber die uns bislang vorenthaltenen Mankos zunächst einmal kennen. Ich spürte, wie es René gefiel, auf den sehr wahrscheinlichen Moment des Korrupten, Unlauteren und Fragwürdigen in diesen Amtsgebäuden anzuspielen und sein Gegenüber dabei zu betrachten.

Dank unseres mittlerweile profunden Wissens und der angelesenen Fachkompetenz Bauvorschriften bei Tierhaltung betreffend, hatten wir nach einer weiteren halben Stunde alle Punkte verstanden und auf einen gemeinsamen Nenner mit der Doktorin gebracht.

Wir verabschiedeten uns von der nun zugänglicheren und sehr nachdenklich wirkenden Amtstierärztin, die es schlussendlich aber standhaft vermied, von der Fachdebatte abweichend auch nur ein einziges wertendes Wort über das obskure Verhalten ihrer Behörde, respektive ihrer leitenden Köpfe zu verlieren.

Erst in sicherer Entfernung zum Gebäude begannen René und ich miteinander zu sprechen.

„Mich erschüttert gar nichts mehr, René. Brechts sinngemäße Bemerkung in der Dreigroschenoper, was denn ein Einbruch in eine Bank gegen ihre Gründung sei, bebildert mein Misstrauen in den Staat und seine kapitalistischen Institutionen ebenso, wie das gerade erlebte. Aus der katholischen Kirche mit ihrer Heuchelei bin ich bereits ausgetreten, dem Bauamt Verden und dem vorgelagerten Gemeindefilz können wir uns leider nicht derart leicht entziehen. Aber es berührt mich zunehmend weniger, mit welcher hartnäckigen Hinterfotzigkeit sie versuchen, uns mürbe zu klopfen. Sie erreichen das Gegenteil. Und wenn ich schon bei den vermutlich falsch zitierten Denkern bin, dann muss der Nietzsche auch noch herhalten. Was uns nicht umbringt, macht uns stärker. Und deshalb gehen wir jetzt eine Puddingschnecke essen."

„Genau. Und ich hätte auch noch einen passenden Nietzsche für die Nudistenkolonie, in der wir leben."

Ich blickte ungläubig.

„Nudisten, wie FKK und splitterfasernackt?"

„Korrekt. Neid und Eifersucht sind die Schamteile der menschlichen Seele. Passt doch, oder? So und jetzt ruf ich schon mal bei Kurt an, dass wir die Zeichnungen korrigieren."

Bevor René zum Telefon griff, hakte ich nach.

„Sag mal, Scheißerchen, welche Abteilungen fehlen denn jetzt noch. Also Statik ist inoffiziell vor einem Monat durchgewinkt worden. Tier sehe ich nach unserem Termin heute als unproblematisch. Aber irgendwas hängt doch noch."

René zog die Stirn in Falten.

„Ja. Entwässerung hängt ganz gewaltig. Kurt hatte vor Ewigkeiten ein externes Erdbaulabor in unserem Namen beauftragt. Die sollten ein Gutachten für die Oberflächenentwässerung, also Regenwasser für unser Grundstück machen. Ich kann, wenn ich Kurt gleich anrufe, ihn bitten, dass er den zuständigen Sachbearbeiter namens Dorn noch mal nervt und eine Stellungnahme einfordert. Das wäre übrigens nicht das erste Mal, dass er dort vorstellig wird. Bisher wurde er fast immer abgewimmelt."

Wir betraten ein Café in der Verdener Innenstadt und suchten uns einen Platz, an dem wir ungestört waren. Während René telefonierte, ging ich zur Kuchenvitrine. Nachdem ich die Bestellung für uns aufgegeben hatte und zum Tisch zurückkehrte, erwarteten mich erneut Informationen, die vollständig in das Bild unserer Erfahrungen vor einer Stunde bei der Amtstierärztin passten. René berichtete, dass laut Kurt, der Sachbearbeiter Dorn, den er zufällig von sich aus heute Morgen schon angerufen hatte, bezüglich des Gutachtens unseres Labors festgestellt habe, dass „alles falsch ist".

René erklärte mir, dass das Erdbaulabor mit fiktiven, aber für unseren Fall sehr wahrscheinlichen Daten gearbeitet hätte, und dass diese Schätzdaten nun von Dorn als falsch bezeichnet würden.

Ich verstand nicht ganz.

„Arbeitet man denn immer mit geschätzten Werten?"

„Nein, aber die Herausgabe der tatsächlichen Werte, die die Mitarbeiter des Labors bei der Gemeinde angefordert haben, ist ihnen verweigert worden."

„Hast du das gerade erst erfahren oder wusstest du das schon länger?"

„Ich habe es gerade erst erfahren, weil das Labor sich sehr sicher war, dass die Schätzungen akzeptiert würden, obwohl es sehr selten vorkäme, dass ihnen die Herausgabe der realen Daten verweigert würde. Letztere Information hätten wir schon früher bekommen müssen, aber Kurt hatte vergessen, es uns zu erzählen."

„Also irgendwie sind die sich für nichts zu schade. Die boykottieren uns an jeder möglichen und unmöglichen Stelle. Sollten wir vielleicht zum Vorgesetzten von König gehen und mit einer Dienstaufsichtsbeschwerde drohen? Es gibt ja mittlerweile einen riesigen Korb von Indizien, die dafür sprechen, dass in unserem Fall nicht alles mit rechten Dingen zugeht. Und so ein Dorn kann auch nicht einfach nur „ist alles falsch" sagen und uns zappeln lassen."

René grübelte und aß Torte, während ich ihm erst meine Sachertortenschnitte unterschob und danach Nachschub vom Tresen besorgte.

„Ist vielleicht gar nicht so schlecht die Idee. Ich dachte erst, es wäre etwas heftig, aber wir machen es ja nur mündlich, nicht schriftlich. Gibt's eigentlich noch Kuchen?"

Am nächsten Morgen griff René zum Telefon. Während des Gespräches mit Königs Vorgesetztem hatte René das Wort Dienstaufsichtsbeschwerde zwar nicht benutzt, aber derart elegant und treffend umschrieben, dass es unausgesprochen in jedem Satz mindestens zwei Mal mitschwang.

Noch am Nachmittag desselben Tages rief Herr Dorn René auf seinem Handy an und bot ihm einen Gesprächstermin „zur Klärung der noch ausstehenden Fragen" für die Folgewoche an. Zur geistig moralischen und sachkundigen Unterstützung bat René Kurt, ihn zu begleiten.

Am Tag der Unterredung mit Dorn um 15h00 wartete ich gespannt auf eine Rückmeldung der beiden Männer, machte mir allerdings wenig Hoffnung, dass sie sich vor siebzehn oder achtzehn Uhr melden würden. Um 15h20 summte mein Handy. Laut Display handelte es sich bei dem Anrufer um René. Ich hörte ihn am anderen Ende schallend lachen.

„Du glaubst es nicht. Das Ganze hat zehn Minuten gedauert. Der Typ hatte die tatsächlichen Grunddaten der Gemeinde auf dem Schreibtisch liegen, hat damit vor unseren Augen seinen eigenhändig für uns ausgearbeiteten Entwässerungsantrag gemacht und gesagt, den würde er selbstverständlich auch genehmigen. Dann hat er uns seine Visitenkarte für die Formulierung von Entwässerungsanträgen in die Hand gedrückt und danach konnten wir gehen."

In den nun folgenden Wochen, nach dem Termin bei dem Sachbearbeiter Dorn, ging alles recht schnell. René hatte seine theoretische Abschlussprüfung, aus der er mit einem sehr guten Gefühl ging am 18.06.2014.

Eine Woche später, lag ein Anschreiben des Landkreises Verden in unserem Briefkasten. Man teilte uns darin mit, dass wir nach Zahlung eines Betrages von 5.645,- Euro bis zum 31.07.2014 die Unterlagen unserer Baugenehmigung zugesandt bekämen.

Am 25.06.2014 hatte René seine letzte praktische Prüfung vor der Landwirtschaftskammer. Als er danach zu Hause eintraf, fragte ich ihn nach seinem Gefühl. Er strahlte und sagte matt:

„Ist glaub ich sehr gut gelaufen."

„O.k., dann fahren wir jetzt zwei Tage fort. Lass dich überraschen. Deine Koffer sind schon gepackt."

„Und die Tiere?"

Ich erklärte René, dass unsere liebe Frau Schlump, die weltbeste und treueste Sekretärin auf diesem Planeten, bei uns einhüten würde. Sie kam hervorragend mit den Ziegen klar und auch die neuen Jungböcke von Alain, die ich aus Anlass der Fußballweltmeisterschaft 2014 Schweini, Yogi und Podolski getauft hatte, liefen ihr hinterher wie unsere Hunde.

„Und Matz und Hummel?"

Matz und Hummel waren unser jüngstes Lämmerpaar.

„Was soll mit ihnen sein? Sie bekommen, wenn nötig ihren Kamillentee aus der Nuckelflasche. Ist alles schon besprochen."

„Ich hab aber noch Berufsschule."

„Ich schreib dir eine Entschuldigung."

Fünf Stunden später, so gegen 22h00 saßen wir müde und glücklich in der Empfangshalle des Hotel Adlon in Berlin.

„Ist das schön hier." René konnte sich nicht satt sehen. Seit ich ihn kannte, erzählte er, er wolle irgendwann einmal im Adlon in Berlin wohnen. Ich hielt den Anlass oder besser die Anlässe der letzten drei Monate oder Jahre, wie auch immer, für angemessen, ihm und mir diesen Wunsch zu erfüllen.

Die dicken Kissen des bequemen Sofas, auf dem wir saßen, der verrückte, überdrehte Russe am Nachbartisch mit seinem Zylinder, dem weißem Heesters-Schal und den Swarovski-Steinen an seinen Designerturnschuhen, unser wunderschönes Zimmer, die sanfte Klaviermusik des Pianisten am Ende des Raumes und die vielen anderen Eindrücke in diesen imposanten und doch familiären Räumlichkeiten ließen uns eine kleine Ewigkeit vergessen, dass wir nicht nur Durst, sondern auch Hunger hatten.

Der Chef de Rang, ein makelloser, charmanter Beau, der uns zuvor ein Weißbier und einen Sauvignon Blanc gebracht hatte, trat auf mein fast unmerkliches Lächeln in seine Richtung erneut an unseren Platz, um sich nach möglichen weiteren Wünschen zu erkundigen.

„Könnten wir eventuell noch etwas zu essen bestellen?" Fragte ich zaghaft, weil ich es um diese Uhrzeit, geradezu als Unverschämtheit empfand, danach zu fragen.

Aber selbstverständlich, antwortete er, entschwand kurz und kehrte mit der Speisekarte zurück.

René lächelte.

„Schau mal, wie originell, Currywurst vom Havelländer Apfelschwein mit Pommes und Ketchup. Scheint eine Spezialität des Adlon zu sein. Das nehme ich."

Es blieb nicht bei dieser einen Wurst. René bestellte sich nach der Zweiten noch eine dritte. Die vierte Currywurst teilten wir uns. Das Fleisch war köstlich und es stand somit fest, was und wo wir am nächsten Abend essen würden.

„Vergiss aber ja nicht meine Entschuldigung." Teilte René mir bestimmt, mit vollem Mund mit.

Gegen zehn Uhr morgens im Bett sitzend, der erschöpfte René schlief noch immer, kam ich seinem Wunsch nach.

Entschuldigung

Sehr geehrter Herr Eumel,

hiermit möchte ich meinen Ehemann Herrn René Kurz vom Berufsschulunterricht am 26.06.2014 entschuldigen.

Als Mäzenin und aufmerksame Beobachterin seiner Lernerfolge möchte ich allen an seiner Ausbildung zu einem nützlichen Mitglied der deutschen Landwirtschaft beteiligten Lehrkörpern ein Zwischenlob für diverse Etappenerfolge aussprechen.

So hat René seit Beginn seiner Lehre auffällig an Fettgewebe verloren und zunehmend Muskelmasse aufgebaut. Er ist dadurch ausdauernder und leistungsfähiger auf vielerlei Gebieten. Die Trainingsvorbereitungen zum Leistungspflügen in 10/12 haben die Ergebnisse in der häuslichen Gartenpflege und beim Einparken im Stadtverkehr äußerst positiv beeinflusst.

Zudem möchte ich eine eklatante Verbesserung seiner Konzentrationsfähigkeit und eine Reduktion seiner Fernsehsucht anmerken, die ich beobachte, seit wir abends gemeinsam die Ungräser für sein Berichtsheft sortieren und katalogisieren.

Als defizitär allerdings empfinde ich Renés sensorische Sensibilität. Sein Geschmacksempfinden, im Speziellen seine Analysefähigkeit der in verschiedensten Speisefleischsorten über das Futter zugeführten Aromanuancen können von René weder befriedigend noch ausreichend differenziert werden.

Ich möchte Ihnen ein erschütterndes Beispiel schildern:

Das von mir zu Schulungszwecken im Backofen zubereitete Hauskaninchen wurde, vor seinem dreitägigen Buttermilchbad nach der Schlachtung, zu Lebzeiten ausschließlich mit Löwenzahn ernährt. Zwei Geschmacksnoten, die beim Genuss des Fleisches unverkennbar sind. Nach der Verkostung ergab sich von Seiten des Schülers Kurz folgendes niederschmetterndes Urteil: Er habe ein leckeres Wiener Schnitzel vom Holzkohlegrill gegessen.

Da Schule nicht alle Lernschwächen des Azubis Kurz zu kompensieren in der Lage ist, habe ich als das familiäre Umfeld mich verantwortlich erklärt und in Absprache mit dem Lehrbetrieb Strategien entwickelt, ihm bei dem Weg ins Leben unterstützend behilflich zu sein.

Zu diesem Zweck scheue ich weder Kosten noch Mühe. Eine erste von mir organisierte Exkursion ins Reich der olfaktorischen Sensorik galt dem Havelländer Apfelschwein. Mein Bemühen, bei dem Produzenten direkt vorstellig zu werden, scheiterte. Man verwies mich an die Stätte des Verzehrs und der Vermarktung. Dies ist zu meinem großen Missfallen als einziger Anlaufpunkt das Grand Hotel Adlon in Berlin. Ein Ort, an den es einen zu Schulungszwecken nur mit größtem Widerwillen zieht, da Fernsehmoderatoren wie Schrottkalk und Jauche, russische Großmogule und Fußballprofis nicht gerade die Tischnachbarn sind, die man sich für ein entspanntes und effektives Lernumfeld wünscht.

Dennoch muss ich attestieren, dass meine Bemühungen von Erfolg gekrönt wurden. René hat in der Currywurst, die ich ihn verzehren ließ, auf Anhieb das Apfelschwein erkannt, resp. es in

dem von mir entworfenen Multiple-Choice-Test gegen die Schil-
lerlocke und den Bienenstich abzugrenzen gewusst.

Ich denke, der ausgefallene Berufsschultag ist durch diesen
grandiosen Erfolg bei weitem überkompensiert und für Sie,
Herr Eumel, ein ebensolcher Anlass zur Freude wie für mich.

Selbstverständlich füge ich Belege meiner pädagogischen Be-
mühungen bei.

Anlage: Speisekarte und Quittung des Grand Hotel Adlon.

Mit kollegialem Gruß,

M. Schönbach

Nachdem René allmählich und sehr entspannt erwachte, danach stundenlang genussvoll unter der Regentusche stand und seine Lebensgeister langsam aber entschlossen zurückkehrten, verbrachten wir den Rest des Tages unbeschwert bummelnd in Berlin.

In der Abteilung für Elektrogeräte des KaDeWe meinte René, während er die neueste Generation von Dampfbügeleisen ausprobierte:

„Irgendwie bist du ruhiger geworden. Kann das sein?"

Ich zuckte mit den Schultern.

Er sprach weiter.

„Also ich finde es schön, dass unserem Hof jetzt Leben eingehaucht wird. Dass er hoffentlich Menschen anzieht, die gute Produkte von verwöhnten Tieren kaufen wollen. Und du bist übrigens, umso schwieriger es wurde, immer gelassener geworden. Das war in deinen Geschäften eine nie zu beobachtende Verlaufsform. Auch nach der größtmöglichen zu erreichenden Routine nicht. Vielleicht war das also alles ganz gut so für uns."

Ich wollte René die anheimelnde Stimmung nicht verderben, war aber dennoch nicht wirklich gewillt, dem jahrelangen, schmerzvollen Martyrium, das unsere Nachbarn uns durch ihre Anzeige angetragen hatten, aus einer Champagnerlaune heraus die Absolution zu erteilen.

„Scheißerchen, bitte, ich will trotzdem wissen, wer genau aus dieser Mischpoke es war."

„Alles gut. Ich hab in vier Wochen einen Termin zur Akteneinsicht."

Ich verstand meine spontane Gereiztheit nicht wirklich. Es stimmte, was René gesagt hatte. Ich war irgendwie ruhiger, gelassener und glücklicher geworden. Eine gewisse Sinnhaftigkeit von täglicher Arbeit ließen mich meine Mädchen und Jungens eher erahnen und fühlen, als vieles von dem bisherigen Tun in meinem Leben.

4 Wochen später.

Ich zog Hummel das Fieberthermometer aus dem Popo, als René auf den Hof fuhr.

„Schön, dass du kommst. Ich muss mal eben ins Geschäft. Hummelchen geht es gut. Kein Fieber mehr. War bei dir irgendwas?"

„Nein. Außer du willst wissen, wer es war. Ich war eben beim Landkreis."

„Wieso beim Landkreis? Und wer was war? Ach so, ja. Jetzt versteh ich. Der Termin wegen der Akteneinsicht. Hatte ich vollständig vergessen."

Ich überlegte kurz, dann sagte ich mit inbrünstiger Überzeugung: „Nein, will ich eigentlich nicht mehr wissen, weil ich gar keine Lust hätte, mich bei denen zu bedanken. Das wäre dann doch ein bisschen viel verlangt, obwohl angemessen in Anbetracht des uns von ihnen unbeabsichtigter Weise angetragenen Glückes. Bis nachher. Vergiss das Fiebermessen nicht."

Nach einem flüchtigen Kuss auf Renés fragenden Mund, ging ich zum Auto und fuhr vom Hof.

FIN

Inhalt